アクティベイター

ACTIVATOR
TOW UBUKATA

冲方丁

集英社

アクティベイター

主な登場人物

真丈太一（しんじょうたいち）……アネックス綜合警備保障 警備員

鶴来誉士郎（つるぎよしろう）……警察庁警備局 警視正

鶴来真奈美（まなみ）……鶴来の妻／真丈の妹

楊 芊 蔚（ヤンチエンウエイ）……中国人民解放軍空軍パイロット

楊 立 峰（リーフオン）……投資家

香住甲太郎（かすみこうたろう）……防衛装備庁 長官官房装備官

香住綾子（あやこ）……アネックス綜合警備保障 受付

鳩守 淳（はともりあつし）……経済産業省 産業調査員

馬庭利通（ばばとしみち）……経済産業省 兵器流通・開発担当

辰見喜一（たつみきいち）……外務省 在外公館警備対策官

鵜沼洋一（うぬまよういち）……出入国在留管理庁 出入国管理部審判課長

亀戸 卓（かめいどすぐる）……東京空港警察署 副署長

周 凱 俊（チヨウカイジユン）……中国人の工作員（ハンドラー）

影法師（クリムジヤ）……韓国人の追跡手（チエイサー）

吉崎元彦（よしざきもとひこ）……鶴来の部下

海老原 威（えびはらたけし）……外務省 北米局参事官

卯佐美要子（うさみようこ）……海老原の「愛人」

黒澤進一（くろさわしんいち）……「一の会」会長

島津光雄（しまづみつお）……航空自衛隊パイロット

マット・ガーランド……米軍電子情報分析官

モルスカヤ・ズィズダ……ロシアの暗殺者

デイヴィス・アバクロンビー……米軍Ｊ２情報将校

本作の執筆にあたっては多くの方々にご協力をいただいた。
中でも弁護士の清水政彦氏と、現役自衛官のＫ氏には、
細かな描写に至るまでご助言をいただき、心より感謝を申し上げます。

1

「シマー25、離陸（テイクオフ）」

指令（オーダー）に従い、編隊長の島津光雄（しまづみつお）一尉が、Ｆ－２戦闘機を離陸させた。僚機と編隊を組み、百里（ひゃくり）基地から該当の海域へ、空白に割りあてられた回廊（コリドー）を通って飛んでいく。

さらに二機、後続として飛び立つ予定だ。

離陸してすぐ、入間ＤＣ（防空指令所）の要撃管制官から指示が来た。

「シマー25、オフサイド、エスタブリッシュ、メインテイン・ツー・セブン・ゼロ、エンジェル・ツー・フォー、セットスピードＭＡＣポイント・ナイン・ファイブ」

最初のワードとナンバーは、島津機をあらわすコードだ。オフサイドは中部航空方面隊の入間ＤＣのコード、エスタブリッシュは通信の確立を意味する。メインテインは方位、エンジェルは高度、そして出すべきスピード。それらを了解したと告げるため、島津はスロットルレバーの通話ボタンを親指で二度押し、じゃっじゃっと音を返した。通信内容を秘匿するとともに、いちいち言葉を返す手間を省くための慣例だ。要撃管制官はヘッドマイクのジッパー音で返すこともあった。

オーダーは、領空侵犯の恐れに備えて発される、スクランブル発令にもとづく措置だ。

領空とは、十二浬（カイリ）（約二十二キロメートル）の領海上空のことで、ここに侵入されると、本土は目と鼻の先となる。そのため、主に排他的経済水域である二百浬上空をＡＤＩＺ（防空識別圏）とし、そこに侵入する相手に対し、スクランブルが実施される。

発令から五分以内に離陸すべきとされることから、五分待機とも呼ばれる任務だ。

航空自衛隊が一手に引き受けるが、厳密には軍事行動ではない。警察権の行使だ。

領土侵犯には、陸は警察だけでなく旧入国管理局の出入国在留管理庁が、海は海保こと海上保安庁が対応する。それぞれ管轄省が異なり、入管庁は法務省、海上保安庁は国土交通省の管轄だ。当然、どちらも警察権にもとづく組織であって、軍事組織ではない。

空の警察権の行使を自衛隊が担う理由は、もちろん、戦闘機を運用できる組織がほかにないからで、世界的には軍隊の仕事とされるのが普通だ。

運用に欠かせない空自のレーダーサイトは、ほぼ米軍から自衛隊に移管されたもので、対ソ陣営の名残といえた。レーダーサイトがＡＤＩＺを二十四時間態勢で監視し、動向が不審な飛行体があれば、ただちにスクランブル発令が下される。

ただし他国の軍用機が示威目的で飛来するとは限らない。うっかり侵入してしまった民間航空機などは最小限の警告で済む。軍用機の多くはロシアと中国のもので、日本のレーダーやスクランブルの反応の調査や演習中の爆撃機が大半だ。当然、通信で警告して退去させるのだが、たいてい和やかでも敵意に満ちてもいない。互いにやるべきことを淡々とこなすだけだ。

過去には、アメリカが空自すら知らない飛行計画を立てたこともある。二〇〇〇年に竹下登元首相が逝去した際、ブッシュ元大統領がおしのびで日本の山陰地方に来ていたのだ。もちろんこれは特殊なケースで、アメリカ軍機が秘密裏に日本の空を飛びはしない。民間機が増えて混雑する一方の空路を確保する上で、むしろ飛行計画の提示は必須だ。

——本当に迷惑なのは、ただの物体だな。

いっそ、そうであってほしいという気分で、島津は思った。そうでないことは、この時点ですでにわかっていたのだが。

デパートにアドバルーンが付きものだった時代は、紐が切れた気球が多く見られたという。最近はコントロール不能となったドローンが難物で、気象学者が念入りに自作したものなどは意外なほど落ちてくれない。撃墜するわけにもいかず、日本国民に被害が出ない場所で、万事障りなく海の藻屑(もくず)になってくれることを願うばかりだ。

——夕暮れが近い。

島津一尉は、ちらりと不安を覚えた。

離陸時の時刻は、十七時五十七分。春先で日が長くなったとはいえ、悠長にしていたら光量がどんどん減退する。F‐2には、DC(防空指令所)から送られてくるレーダーデータを表示する国産のデータリンク装置JDCS(F)というシステムが搭載されているので、たとえ暗闇でも追跡は可能だが、オーダーに従う以上、パイロットには対象を目視する義務があった。

レーダー上で発見してのち無線で警告したら相手は消えた——というだけでは警察権の行使としては不十分なのだ。相手が何者で、どの方角へ去ったか、見て確かめる。その目視に、支障をきたしかねない時間帯だった。

——なぜこの時刻を選んだ？

示威目的の軍機なら視認されにくい時間は選ばない。誇示にならないのだから当然だ。

夕暮れから夜間を狙って来たなら、偵察行動か、それ以上の目的があることになる。

低高度飛行で敵艦を攻撃する。都市部を爆撃する。そう考え、心臓がひやりとするような気分を味わったとき、ＤＣから情報が来た。

「ブラ、ターゲット・シングルグループ、スリー・ゼロ・ゼロ、ワンハンドレット、トラッキング・ワン・ツー・ゼロ、アルト・ワン・ツー、アンノウン、ワン」

ブラはＢＲＧ、ベアリングレンジ（方位と距離）の略だ。相手はシングルグループ、一梯団規模。それが方位三〇〇、距離一〇〇マイル、風速を考慮した対象機の機首方向は一二〇、高度一二〇〇〇フィートの位置にいる。島津はまた通話ボタンを二度押して了解したことを告げ、目指すべき方角へ、僚機とともに機首を向けた。

そうしながら、管制官の最後の言葉が脳裏にこだまするのを覚えた。

アンノウン、ワン。

不明の機体が、一機。

最初にスクランブル対応をしたロードリックこと那覇ＤＣから情報が来ていたが、不明というのは、通常知られる機体のどれにも該当しない新型機らしいことを意味する。

それがたった一機で、南西航空方面隊が守る沖縄から、中部航空方面隊が守る関東まですり抜け、小笠原諸島付近でようやく峯岡山のレーダーに探知された。

西部航空方面隊が動かなかったのは、対象が沖宮間を通過し、南大東島からグアム方面へ向かうと思われたからだ。普通、そうなる。そうならなかったことが何を意味するか、まだわからない。

――西日がきつい。

視認を阻害すること甚だしい。焦りをぐっと押し殺したとき、何かが見えた。

「タリホー」

島津が声に出してＤＣへ報告した。発見を示す言葉だ。そうしながら、自分が何を見ているか考えた。黒い、板状と袋状のもの。それが、くるくる回転しながら落下してゆく。

――偽装部品か。

最新型の軍機の機密を守るため、あえて余計なものをつける場合があるのだ。意図的に機能を低下させ、過小評価させるために。あるいはそうすることで、もっと性能があると見せかける。なんであれ、そんなものをわざわざ付ける機体は限られている。

公表前の最新鋭の機体だ。そうでなければ偽装する必要がない。そしてその偽装を、ここにきてパージした。高度な軍事訓練か、作戦の一環かもしれない。誤ってこちらの領空に侵入したのか。それとも意図的か。何もかもわからなかった。

「タリホー、ワン・ツー、目標物（ＴＲ）、フェイクパーツ。本体を探す」

島津が言った。対象機の略号と機体数を口にすべきだが、不明ゆえそう告げるしかなかった。ＤＣからの指示はない。目視（タリホー）のあとはパイロットに全責任が委ねられる。

思わず尻の穴に力が入った。

――げすびたの穴がすぼまっとるぞ。下手（しょま）なことすなよ。

頭の中で自分に言い聞かせた。こういうとき、なぜか郷里の訛(なま)りが出る。速やかに緊張を追い払いながら、相手が偽装を外した理由を考えた。こちらが追っていることを相手が悟ってやったのだとしたら、何を意味するのかを。

――攻撃態勢。

だとしても動揺しない自信はあった。戦闘への覚悟は日頃から抱いている。相手から攻撃された場合のオプションを。反撃か。逃走か。決断までの猶予は僅(わず)か数秒だ。

――攻撃のために沖宮ラインを抜けたというのか？

これは、沖縄と宮古島の間を抜けて太平洋側へ出ることをいう。日本の防空の急所というべき空域で、そこから太平洋側へ出た機体は、国内のレーダー網でとらえることが困難になる。レーダーサイトが米軍から移管されたものである以上、太平洋側を監視する機能をろくに持たない。アメリカの侵攻に備える必要などないというわけだ。

ここで対応しうるのは自分達だけだった。沖縄周辺を守る南西航空方面隊のスクランブル対応機は南大東島まで追跡し、燃料の残量の問題から帰投している。九州・中国・四国の西部航空方面隊、その先の中部航空方面隊は動かない。管轄を越えた活動が推奨されないのは、どんな組織でも同じだ。

ふいにレーダーにヒットするものがあったが、追っている相手ではなかった。数が違う。新たに二機、それこそ太平洋側から現れたが、こちらは友軍で、すぐ視認できた。

アメリカ軍機。F／A-18。ボーイング社が開発した特大のスズメバチ。そのG型機。つまり電子戦機(グラウラー)だ。

その直後、暗がりが降ってきた。

島津は息を呑んで見上げた。そこだけ夜が訪れたようだった。空が黒く切り抜かれている。巨大な三角形の物体。水平部や垂直部の尾翼がない、全翼型の形状。

そんなしろものが、一切こちらの探知に引っかからず、幻のように降下してきた。

――冷静とせんならん。冷静とせんならん。

総毛立つほどの緊迫感の中で自分に言い聞かせ、報告した。

「タリホー、スタンバイ、20、TR、頭上にいる。新型の爆撃機と思われる。形は、B－2によく似た無尾翼機。おそらく、中国のH－20、一機」

DCにいる人々が、度肝を抜かれているところが目に浮かんだ。目視情報を報告するという務めの一部を果たせたことで、ぐっと落ち着きを取り戻せていた。

――日本人で最初に、これほど間近で見た人間になるな。

美しいというより、不気味なほど完璧に設計された機体だった。現実の物体ではなく、CGでも見ているような気にさせられる。

護衛機なし。攻撃の兆候なし。爆撃機に上を取られているということを除けば、即時対応の事態ではないといえた。そもそも高度を下げた爆撃機は脅威とはいえない。この手の機体が真価を発揮するのは、手出しできない高高度で、死の天使として振る舞うときだ。対領空侵犯措置の規則では、不明機の全方位（三次元）二〇〇〇フィート（約六〇〇メートル）に近付いてはならないとされている。だが、攻撃される危険性は低いと判断した島津は、新型機の詳細を調べるために、下後方から五〇メートル以内に近付いた。

相手がなぜ機体をさらしたかはさておき、遭遇したからには警告せねばならない。

だが島津が中国語で相手に呼びかけようとするや、相手側から、声が届いてきた。

「日本国軍機F－2へ。聞こえているか。F－2へ。応答を願う」

流暢（りゅうちょう）な英語だった。島津は呆気にとられた。同僚もそうだろう。言語の問題ではなく、若い女性の声で呼びかけられたせいで意表を衝（つ）かれたのだ。

「聞こえている」

島津が応じると、同じ女性の声が、いささかの躊躇（ちゅうちょ）もなく、一単語ずつ区切るように力を込めて告げた。

「われ亡命を希望す（アイム・シーキング・アサイラム）。繰り返す（アイ・リピート）、われ亡命を希望す（アイム・シーキング・アサイラム）」

2

『社に到着。勤務に励む』

真丈太一（しんじょうたいち）は小さな運転席に座り、携帯電話で手早くメッセージを打ち込んで送信した。

「上官への報告みたいだな」

独りごちたところ、義弟から本当に上官じみた返事が来た。

『了解。忠勤を期待する』

そうしてくれないとこっちが困るんだぞ、という威（おど）しめいたニュアンスを感じた。

携帯電話をジャケットの懐に突っ込み、二十五万円の現金決済で買った、当座しのぎの軽自動車から降りて屋根に肘を乗せ、忠勤すべき対象を見上げた。

アネックス綜合警備保障、東京本部。義弟の紹介で就職することが出来た会社。勤め始めてふた月になるが、十階建ての立派なビルを見るたび、初めて来た気分にさせられる。

強行制圧すべき目標――なし。

攻撃の兆候を示す武装した人間――影も形もなし。

状況――きわめて深刻に退屈。

「大変な任務だ」

駐車場を横切ってエントランスに入ると、仰々しい会社のロゴマークの下にいる受付の若い女性が、今日一番という感じの微笑みを浮かべて迎えてくれた。

「おはようございます、真丈さん」

お互い、親族の意向でこのビルに放り込まれたという境遇を分かち合う思いが強いのだ。ネームプレートの『香住綾子（かすみあやこ）』の名前を見るたび、君の伯父に顔が似なくて良かったな、と口にしそうになる。あの男の親族に、どうしたらこんな可憐（かれん）な女性が出現することになるのか不思議だった。遺伝子は偉大だ。

「やあ、おはよう。夕方に朝の挨拶ってのは、やっぱり妙な感じだな」

「まだ慣れませんか？」

「すっかり慣れたよ。十時間後には、おやすみなさいだ」

「今週末から昼勤のシフトになるんですよね？」

「そうだったかな」

そらっとぼけて言った。可愛い女の子が、こっちのタイムスケジュールを把握しようとしている。悪いことではないのだろうが、歓迎すべきかどうかは考えものだ。

「真丈さん、フレンチとかお好きですか？」

話題が飛んだ。真丈はちらりとエントランスを振り返った。この子が相手をしなければいけない客が来るか、別の職員が出勤して来ないか期待したが、誰もいなかった。

「エスカルゴ以外はね」

アフリカの肉食カタツムリが凶悪な寄生虫をやどすことを話しかけてやめた。それを食おうとしたフランス外人部隊（エトランジェ）の陽気な隊員のことを話せば、きっと彼女も愛想良く笑ってくれるだろう。そしてあとで誰かに尋ねるかもしれない。エトランジェってどこのお店？

「意外に美味しいんですよ。真丈さんならきっと好きになりますよ」

いささかも怯（ひる）まず彼女が言った。上手く休日が重なったら一緒に行こうとこちらが口にするのを期待しているのかもしれない。そうでないかもしれない。単に純粋に、美味いものを食べた感動を分かち合いたいだけという気もする。

だが彼女が、自分の休日をこちらのシフトに合わせて来そうな予感がした。

「今度、試してみるよ」

曖昧に返したが、かえって、つけいる隙を与えてしまった。彼女の目が俄然（がぜん）光った。

「じゃあ、今度――」

しわぶきが背後で響いた。綾子が口を閉じた。真丈はむしろ救われた気分で振り返った。口をへの字に曲げた、六十がらみの制服の男がいた。

「おはようございます、坂田部長」

真丈が言った。部長が右手の人差し指を、くいくいと動かした。こっちに来いというのだ。特殊部隊における〝注目しろ〟の合図ではない。

「また今度」

一言残してカウンターから離れた。綾子が唇の端に笑みを溜めてうなずいた。

部長は、特に真丈に用事があるわけではなかった。受付のカウンターに肘をついて女の子と話していたことが気に入らないようだった。

「君の勤務態度だが、私はどんな評価を付けるべきだと思うかね？」

部長室にわざわざ連れてきて、自分だけ椅子に座って言った。

「常にシフト開始三十分前には出勤していることについてですか？」

「その後の態度についてだ」

「何かミスが？」

部長のこめかみに血管が浮かんだ。勤務評価についての会話で相手を脳溢血に追い込めるかもしれない。対象を無力化する最新の手口だと義弟にメッセージしたくなった。

「社の玄関先で私語に耽るなど、我が社の社員らしからぬ振る舞いだ。覚えておきなさい」

元警察官らしい言い回しに感心した。私語に耽る。どこかのキリスト教組織みたいだ。屍のように沈黙せよ。軍票と同じ金属製の識別票を首からぶら下げる宣教師が、子どもをさらいに来るアフリカの民兵と自動小銃で戦う姿を思い浮かべたが何も言わなかった。

「ご教訓、感謝いたします。坂田部長」

きびきびと口にしながら、大変感銘を受けましたと顔じゅうで表現してみせたところ、部長のこめかみに浮かぶ血管の数が如実に増えた。

「では勤務に励みます」

相手が何か言う前に、踵を鳴らして敬礼した。我ながら見事な所作。何千回も繰り返して身につけたものだ。部長が呆気にとられた隙に、回れ右をして部屋を出た。

夜勤組の待機室では、職員たちがテレビ・モニターの前に集まっていた。最も年嵩の男の背後に立ち、現世から撤退しつつある残り僅かな髪の上から覗き込むと、『緊急速報!!』のテロップが見えた。

「災害のニュースですか?」

真丈が尋ねると、何人かが振り返った。目の前にいる年嵩の男が言った。

「中国の戦闘機が、日本に飛んできたんだとよ」

すぐにテレビに向き直った。戦争でも始まったかのような顔つきだが、即応の準備にかかる様子はない。自分が戦うことは想定していないのだろう。

若い男が、比較的冷静な調子で言った。

「その戦闘機、羽田空港に着陸しようとしてるんですって。空港が大騒ぎですよ」

「へえ?　それはないだろう」

みんなニュースに夢中で、真丈の反論に応じる者はなかった。若い男もすぐテレビに目を戻している。真丈は彼らから離れ、ロッカールームへ向かった。

――正式な発表があったな。

ニュースになるということは、そういうことだ。国民に対する説明というより、外交問題に発展させないための発表だ。自分達は間違ったことをしていないと先手を打って主張するのだが、日本政府が苦手としてきたことでもある。いちいちアメリカの意向に従って発表するせいで、自国の対応マニュアルが蓄積されていないのだ。

——アメリカが関わっている。

それが、この国で最も強い報道圧力なのだから、そうなる。

「羽田か」

それが妙だった。仮に太平洋側でスクランブルが発令されたとして、有名な民間空港が強制着陸の舞台になることなどありえない。最悪の一言だ。混雑する民間空港に混沌(こんとん)をもたらし、首都圏の空で大渋滞が起こる。空自がそんな真似をするとは思えなかった。

どんな事情があればそうなるのか。強制できなかった。警告を無視され、列島上空に進撃された。とんでもないことだ。空自だけでなく米軍も出動するだろう。

「それはないいな」

退屈すぎるせいで、おかしなことを考えてしまうのだ。そう思いながら制服に着替えて待機所に戻ると、テレビの前の人数が大幅に減っていた。飽きたのではなく、ＣＭに入ったのだ。年嵩の男と数人が、他のニュース番組を探してチャンネルを替えていた。

若い男は、パソコンで検索している。検索欄に『羽田』の文字が見えた。

民間空港に戦闘機。昔そんなことがあったな、という記憶を刺激された。何十年も前、日本で起こったことだ。当時も、自分のように「案件」に関わる者がいただろうか。

スピーカーから発される声で、考えを中断させられた。

「緊急です。緊急です。顧客番号を確認の上、担当者は至急、出動して下さい」

みな、社から支給された携帯電話の画面を確認した。

「世田谷（せたがや）の楊（ヤン）さんです。またかよ」

担当である若い男が、ぶすっと言った。みなが共感するような顔つきになった。

裕福な中国系の顧客への反感というわけではない。むしろ上客だった。普通、通常回線が途切れた場合を想定してダブル回線で満足するところを、さらに回線を増やしてトリプルにする客だ。これに通常の二・五倍の警備保障料を払う。素晴らしい客だが、その分、気軽に助けを求めるらしい。レストランの店員を呼び止めるのと同じ感覚で、防刃チョッキを着た職員を呼びつける。担当者はたまったものではない。

「今月だけで、十二回目か」

真丈が携帯電話で記録を見ながら言った。二日に一度は呼んでいる。

「話し相手が欲しいんでしょうかね。じいさんの一人暮らしだし」

若い男が渋々といった調子で出動のために防刃チョッキを着込んだ。

真丈は立ったまま携帯電話の画面を操作し続けた。情報には最後まで目を通す癖がついているのだ。呼び出しに用いられた回線を確認すると、第三回線だった。過去一度も使われていない回線。侵入者がダブル回線を想定して両方を封じたとしても、なお助けを呼べるよう設定された、最後の命綱。

「待った。おれが行くよ」

真丈が、若い男を呼び止めて言った。

「部長に、勤務評価について小言を言われたんだ」

若い男が、にやっとした。

「お願いします」

真丈も笑みを返し、身支度を調えた。金庫室で該当住居の封印鍵を取り、所定のボタン付きポケットに入れて出動した。

自前の軽自動車ではなく、企業ロゴのついたフォードアの自動車だ。

——二人ひと組じゃない。

渋滞を避けながら、ぼんやり考えた。単独派遣。二人ずつ出動させる予算は組まれていない。危険なやり方だ。二人ひと組は鉄則といっていい。現金輸送の監視でも、スクランブル発令でも。単独では、カバーできる領域が限られ、たやすく通信不能になる。

——義弟よ、おれは忠勤しているぞ。

メッセージを送りたかったが、運転中なので控えた。

出発から八分で、該当住居の前に到着した。安全運転を心がけながらの迅速な出動。工夫すればあと二分は短縮できるかもしれない。

車を降りて玄関の呼び鈴を鳴らした。反応なし。屋内で音がしているのかも不明だ。

監視カメラに目を向けた。作動中であることを示す赤い小さなランプの光が見えなかった。カメラが切られていた。

トリプル回線を選ぶ住人がわざわざカメラをオフにするものだろうか。

庭へ移動し、電話を取り出そうとしてやめた。近くに誰かがひそんでいた場合、電話で耳を塞いだ瞬間、死角から襲う。自分なら、そうする。

相手が屋内にいる場合、こちらの声を聞かれて位置を知られたくなかった。

塀に何かがかけられているのが見えた。厚手の毛布。塀を越えるとき有刺鉄線に引っかからないように。侵入経路だ。

腕時計を見た。十八時半を回っている。黄昏(たそがれ)時だが、真っ暗ではない。侵入者は夜になるのを待たなかった。それだけ急いでいた。あるいは留守だと思っていた。

塀を越えた誰かが辿(たど)ったであろうコースを進み、キッチンにある裏口のドアへ近寄った。

棍棒(こんぼう)代わりにもなるフラッシュライトをベルトから外し、逆手に握ってドアを照らした。

サムターン錠が丸ごと外されていた。

ライトを消し、身を低めてドア枠を左手で引っ張った。音もせずドアが開いた。屋内へ入ると、暗く、しんとしていた。単独行動。またその思いがわいた。

相手は何人だ？　家のあるじは無事か？

ライトをベルトに戻し、警棒と催涙スプレーを装着するボタンがきちんと留まっていることを確認した。揉(も)み合ったときに相手に奪われないためだ。

指出しグローブをはめた両手の指を、わきわきさせた。臨戦態勢。するするとリビングへ移動した。無人だった。カーテンが大きく開いている。薄灯りの中、一人掛けのソファが倒れ、そばの床に黒いものが広がっていた。鼻をつく臭いで血だまりだとわかった。

階段へ移動し、二階に上がった。階段に敷かれたカーペットが足音を消してくれた。

二階で待ち伏せする者はいなかった。部屋が四つもあり、どのドアも閉まっていた。ドアの下の隙間から、どの部屋も灯りがついていないことがわかった。

トリプル回線。コントロールパネルの一つは三階のベッドルームに設置されている。家のあるじは三階へ向かった可能性が高かった。助けを呼ぶために。最後の命綱を求めて。

三階へ上がってすぐ、呼吸音が聞こえた。誰かが苦しげに息をしている。絶え絶えという感じだ。病気ではなさそうだった。血の臭いがした。強烈な、鮮血の臭い。

「アネックス綜合警備保障です」

声を出しながら、慎重にベッドルームに入った。

「ここだ……ここにいる」

大きなベッドの向こうから弱々しい声がした。

「楊さんですか？」

普通は本人確認のため暗証番号を言わせるが、そんな余裕があるとは思えなかった。

ベッドを回った。ガウン姿の老人が、壁に背をもたせかけていた。死因は失血死になるだろう。胸から流れ出たらしい黒っぽく見える血溜まりを確認してそう思った。

相手の死因もそうなるかもしれない。老人の右手に大きなナイフがあった。鋭利なコンバットナイフが血で濡れている。キッチンにあったのを咄嗟（とっさ）につかんだのではなさそうだ。

「二人……、あと二人。家の中……捕まえろ」

今にも絶息しそうな掠（かす）れ声。だがしっかりと、日本語で、老人が言った。

――鋼鉄の魂だな。

自分を助けるより、相手を捕らえろというのだ。すごい根性だった。十二回も呼びつけた上客。襲撃を予期してコンバットナイフを常備していた一人暮らしの老人。

「わかりました」

相手に背を向けた。手当てしようとすれば侵入者たちに襲われる。単独ではすべきこともできない。どのみち救えるとも思えなかった。一分以内に絶命するはずだ。工夫すれば短縮できていたかもしれない時間が口惜しかった。

「他に伝えたいことは？」

老人を見ずに訊いた。二人いるという襲撃者達の情報が欲しかった。だが、老人は全く別のことを告げた。

「H－20が来る……。J－20のはずが……偽られた。三日月計画に、介入……」

ちらりと老人を振り返った。

「なんの計画だって？」

そのとき、ベッドルーム・サイドのバスルームの引き戸が大きな音を立てて開かれた。

身構えたが、誰もいなかった。フェイントだ。

入って来た廊下側のドアから、黒ずくめらしい人影が飛び込んできた。

相手が握るナイフが、吸い込まれるようにして真丈の脇腹に迫った。

3

黒い上下のスエットに、黒い目出し帽。いかにもな殺し屋。素人の物盗りではない。

真丈はそう確信していた。殺害目的の侵入。おそらくタイムリミットがあり、それで暗夜を待たず実行に移した。そいつが小ぶりなコンバットナイフを素直に突き込んでくれれば、一瞬で取り押さえることができる。高強度金属プレートとケブラー繊維のサンドイッチである防刃チョッキを着た者の脇腹を、ナイフで抉ることは不可能だ。

真丈が警備会社の人間であることは、そいつもわかっているだろう。緊急出動した警備会社の人間が、防刃チョッキなしで現れることは、まずない。だから当然、脇腹への攻撃はフェイントだ。実際そいつは脇腹を突くとみせて、真丈の膝を蹴ろうとした。

真丈が下がってかわすと、今度はナイフを持たない方の手で、裏拳とみせたスナップを放ち、指の爪で真丈の両目を叩こうとした。

体勢を崩させ、視界を奪い、馬乗りになる。そうして頸部を切り裂くか、喉を突くか、脇の下をナイフで抉る。どれも無理なら股間か大腿部を刺す。防刃チョッキを着た相手にはそうするしかない。とにかく大量出血につながる傷を負わせる。それがナイフの役割だ。

真丈は、顔に向かって飛んで来た指を、ぱっとつかんだ。予測のたやすい攻撃なら、こうして防ぐことも簡単だ。

右手でそいつの左手の人差し指と中指をつかんだまま、右方向へ――相手が持つナイフとは逆側へ動いた。刃物を持つ相手に対しては円運動が基本だ。

真丈が右へ。相手も右へ。真丈はナイフが届かない距離と角度を保とうとする。相手はナイフが届く場所へ追い詰めようとする。至近距離の鬼ごっこ。周囲にある物は何でも使う。ベッド。サイドテーブル。椅子。スタンドライト。相手が足を取られて転ぶよう誘導する。そうなれば即チェックメイトだ。しかし薄暗い中、どちらも転ばず、家具を跳ね飛ばしながら、ぐるぐる廻り続けた。尋常でない握力。一方が他方の指を握りしめたまま。

相手は左手をもぎ離そうとし、ナイフでフェイントを仕掛けてくるが、真丈は離さない。目出し帽からのぞく目と口に、驚きと焦りの色が浮かんでいる。

ぐるぐる廻ることは、真丈にとって周囲を確認できるというメリットがあった。未確認のもう一人に備えねばならない。背後から組み付かれ、急所をガードできなくなるのが一番まずい。もう一人はまだバスルームにいる。引き戸を開けて真丈の注意を引こうとしたのだ。バスルームも廊下側に通じているが、一瞬で移動して廊下側のドアからベッドルームに突進することは難しい。パートナーと示し合わせての奇襲。

——義弟よ、おれは忠勤しているぞ。

相手は、真丈をベッドがある方へ追い詰めようとしていた。足を取られないためには、ベッドに乗るしかない。その一瞬で、こちらの大腿部を刺す気だ。相手の指を握っていると、そういうことが察知できる。相手が注目する方へ、無意識に指に力が入るからだ。

ベッドの反対側では、虫の息のクライアントである楊氏が、うつろな目をしている。

真丈の膝がベッドの端に当たった。相手がナイフを繰り出そうとしたが、その前に真丈が一回転した。相手の指を握ったまま、右手に体重を込め、ベッドの上で前転したのだ。

ぼくっ、と何かがまとめて弾けるような感触があった。相手の指の関節が外れたのだ。

相手が呻(うめ)き声を漏らした。いや、悲鳴を吞み込んだというべきだろう。真丈が楊氏のそばの床に着地したときには、右手に握ったものが、ぐにゃぐにゃだった。二本まとめて、関節という関節を脱臼させてやったのだ。

ベッドに前のめりに突っ伏したのは相手の方だった。真丈は手を離した。思った通り、もう一人が相棒の不利を悟り、開いたままの引き戸から飛び出してきた。

黒ずくめの上下。目出し帽。右手にナイフ。相棒と同じ出(い)で立ち。同じ戦術。こちらの防刃チョッキの隙間を狙う。そのために動きを封じるか視界を奪う。

そいつは、比較的わかりやすい攻め方をした。ナイフを何度も繰り出し、こちらの額を切ろうとしたのだ。上手くいけば、流血で目を塞ぐことができる。

だが上手くいくとは限らない。真丈はナイフをかわしてベッドの上に飛び乗り、指を負傷した男の頭上を、ハードル走の要領で跳んだ。

二つのナイフが閃(ひらめ)いたが、どちらも真丈には届かなかった。

着地して廊下へ走り出た。いったんの逃走。階段の手前で振り返り、腰のフラッシュライトを右手で取った。照明部の近くを逆手に握り、顎の下辺りで相手を照らすように持つ。柄の部分を肩に担ぐように構える。何も持たない左手を前へ出し、牽制(けんせい)に用いる。

世界的にオーソドックスな、フラッシュライトや警棒による構えだ。フラッシュライトなら照明部を、警棒なら柄頭(つかがしら)を相手に向ける。そうすると、握ったものの全体の長さが、相手からは見えなくなる。つまり間合いを見切ってかわすことが難しくなる。

もちろん首や側頭部のガードにもなる。良いことずくめだが、日本ではあまり見られない。警察はしないことになっているらしい。攻撃性が高すぎるからだそうだ。

また、忘れてはいけないもう一つの利点がある。フラッシュライトの場合、照らすことができる。追ってきたのは指が無事な方の敵だった。そいつが廊下へ現れるや、真丈はフラッシュライトのスイッチを押した。放たれた光が、そいつの目を直撃した。

わざわざ指や刃物で狙うよりはるかにたやすい目潰しだ。四百ルーメン、つまり照明範囲が四百メートルに及ぶ光を、距離三メートルほどで浴びたとき、僅かな表面積の眼球への光束発散度がどれくらいかはさておいて、一時的に視力を奪うには十分だろう。

相手がたたらを踏み、空いたほうの手で顔を庇って光を遮ろうとした。意表を衝かれた様子が丸わかりだ。無防備に突き出された手へ、真丈がするする近寄り、スイッチを入れたままのフラッシュライトを思い切り振り下ろした。

柄頭が手甲を強打した。骨が砕けた感触があった。相手が苦痛に呻いて退いた。

これで、相手の左手のことは、ほぼ考えなくて済むようになった。

真丈はすぐまた顎下に照明を戻し、相手の顔を照らした。

相手が、光に向かってナイフを突き上げることはわかっていた。がむしゃらに、腕の動きだけで何度も切っ先を繰り出す。上から下へ向かう攻撃を受けた者が、なんとかして劣勢を覆そうとする反射的な動作。

真丈はフラッシュライトのスイッチを切り、床に胸がつきそうなほど身を低めて突進した。思ったとおり、相手は光があった場所へナイフを突き込んでいる。不自由な視界の中で、真丈が高々と棍棒を振り上げる姿でも思い描いているのだろう。

相手の右足に飛びつき、膝で顔を蹴られないよう身をひねって尻を床に滑らせ、仰向けになりながら両脚を回転させた。そうして相手の腰に下肢を絡みつけ、床に倒れさせた。

ブレイクダンスに似た動きだが、真丈は、この動きを人に説明したり教えたりするのが苦手だ。普通、相手の足下へ滑り込めば、踏みつけられたり、蹴られたりするリスクを伴う。どんな格闘術も、自分は倒れず、相手を倒すことに主眼を置く。なのになぜ自ら倒れるような戦法をとるのかといえば、自分にとってそれが合理的だから、というほかない。

おのれの全体重を駆使して、立っている場所から相手を引っこ抜く。その目的は、床や地面という、この世で最も硬くてでかい凶器を、最大限活用することだ。

事実、相手は前のめりに床へ落下した。胸と顔面を床に叩きつけられ、衝撃で手にしたナイフがすっぽ抜けて階段のほうへ飛んでいった。その気なら落下速度を倍にしてやることもできたが、しなかった。殺してしまうかもしれないからだ。

立ったときの高さから頭部を落下させただけで、人は死に至るほどの衝撃を受ける。床にカーペットが敷いてあっても、大したショックアブソーバーにはならない。

手加減してやった代わりに、真丈は全身を回転させて起き上がりながら、左手で抱えた相手の右足首を、おのれの体重をかけて挫(くじ)いてやった。

関節が拉(ひし)がれる確かな手応えがあった。相手が真丈の足の下でくぐもった声をこぼし、身を丸めて体を震わせた。思い切り悲鳴を上げたいのに、我慢しているのだ。

これで一人は、ほぼ行動不能となった。十秒もかかっていない。真丈はベッドルームのほうへ向き直り、フラッシュライトを先ほどと同じように構え、スイッチを入れた。

仲間を援護する気だったもう一人が顔をしかめてたたらを踏み、左腕をかざして光を遮ろうとした。既視感を覚えさせる反応。指が痛むらしく、手を庇うように肘を突き出している。その肘先へ、フラッシュライトの柄を猛然と振り下ろした。

相手が、ぎゃっと声を上げ、感電でもしたかのように身をすくませて後ずさった。

ルーチンワーク。相手が負けじと突き上げるナイフをかいくぐり、床で身を回転させて絡みついた。自分の体重を使って相手の重心を崩し、床から引っこ抜き、放り落とす。

そいつも、呆気なく床に激突した。目は眩(くら)み、息は詰まり、頭は朦朧(もうろう)として、一分はまともに動けない。格闘中に一分も動けなくなれば、死んだのと同じだ。

真丈はまた体を回転させて起き上がり、相手が武器を手放したか確かめた。まだナイフを握っている。落下の最中、武器を手放すなと自分に言い聞かせたのだろう。

大した根性だと感心しながら、その手を容赦なく踏み潰した。かかとに全体重を込め、垂直に蹴り砕いたといったほうがいい。これまた床という凶器を活用しての攻撃だ。

そいつもショックで身を震わせながら、懸命に悲鳴を呑み込んでいる。それどころか、

「章魚(チャンギユウ)……」

と憎々しげに呟く余裕すらあった。

何のことかわかった。蛸(たこ)だ。真丈の動き方から連想したのだろう。これまで色んな人間から言われてきたせいで、その単語だけはいろいろ知っていた。

中国語で章魚。フランス語でピウヴル。ドイツ語でクラーケ。イタリア語でポルポ。英語でオクトパス。トルコ語ではアハトポット。元教官からはタコ真丈のあだ名を頂戴したものだし、挙げ句にはコードネームとしても使われる始末だった。

日本で蛸といえば無害でコミカルな食用の生き物というイメージだが、世界には獰猛で怖い存在とみなす人々がいる。どんな相手でも触手を絡みつけて食うからだ。頑丈な甲羅を持つ甲殻類や、ときには鮫すら食う。猛毒を持つ蛸は、悪魔じみた害獣とされる。

ともあれ真丈には、またか、という以上の感想はなかった。蛸呼ばわりされても嬉しくないし、ますます蛸みたいに動こうとも思わない。自分にとって最も合理的な動作をしているだけで、世界中の人間からどう呼ばれようと気にしたことはなかった。

——なかなかの忠勤じゃないか？

むしろその点を評価してほしかった。平和な国で、退屈なほど何も起こらないはずの仕事に就いたのに、いかにも職業的な暗殺者といった連中を無力化してやったのだ。

誰より楊氏に知ってほしかった。縁も義理もなく、この二人が何者かも知らなかったが、孤独に戦わねばならなかった男に敬意を表するのは悪いことではないはずだ。

そんなことを思いながらフラッシュライトで倒れた二人の顔を交互に照らしつけた。

「立つんだ」

日本語で言ったが動かないので、ためしに英語で言い直した。

「立て。立たなければ、階段から、お前らを投げ落とす」

すると二人とも、悲痛な呻き声をこぼしながら、上体を起こした。

「そうだ、立て」

英語でまた言った。二人が膝立ちになり、よろめき立った。

「壁を向け」

二人がそうした。真丈はフラッシュライトを脇に挟み、手早くボディチェックをした。一人のポケットから結束バンドが何本かと、小さな催涙スプレーの缶が出てきた。使う機会を得られなかった品々。

真丈はそれらを自分の上着のポケットに入れ、もう一人を調べた。こちらからは携帯電話が出てきたので、それも自分の上着のポケットに入れた。

「ベッドルームに入って、ベッドに座れ」

足を痛めた男が、けんけんしながら従った。もう一人も、痛む両手をぶら下げるようにして移動した。二人ともベッドに座り、痛みで大粒の汗をかきながら、憎しみに満ちた目を真丈に向けた。真丈は頓着せず、彼らの手首を背側に回し、結束バンドで拘束した。

二人の目出し帽をひっぺがし、床に捨てた。どちらも二十代前半のアジア系らしい。むろん、被害者の楊氏が中国系だからといって、加害者もそうとは限らない。それを調べるのは自分の仕事ではないので、それ以上は何もしなかった。

真丈は気にせず楊氏のそばへ行き、屈み込んだ。楊氏は壁に背を預けたまま動くのをやめていた。首に手を当ててみたが脈はなかった。その顔に、ちょっと獰猛な、歯を剝いた笑みが浮かんでいる。二人の苦痛の声を聞いたのかもしれない。

何者か知らないがこれで成仏してくれることを願いながら、自分の携帯電話を取りだした。会社と警察の両方に報せねばならない。坂田部長はまだ帰宅していないはずだ。部下の活躍を称える。クライアントの死に動転して責任を真丈に押しつける。部長がどちらの反応を示すか考えた。後者だろう。上手く説明してやる必要がありそうだった。

その前に、義弟に自分の忠勤ぶりを報せた。

『ヨッシー殿。今しがた務めを果たした。民間でも働けることを証明できそうだ』

メッセージを送って画面を見ていると、すぐに返事が来た。

『真丈殿。至極結構。有意義と知り、安堵すること大なり。更なる忠勤あれかし』

冗談じみているほど律儀で古風。出会った頃は馬鹿にされているのかと思ったし、今でもたまにそう思うが、義弟は常に大真面目だ。むしろそうでなかったためしがない。

妹はこういうところに惚れたのだろうか？　いつも疑問に思うが、答えは出ていない。

気を取り直して会社に電話をかけた。コール音を聞きながら、部長を落ち着かせられるような上手い説明を思案した。結局、何も思いつかなかった。

4

鶴来誉士郎は、携帯電話をしまいながら、質問を予期していた。

「お義兄さんですか？」

運転している吉崎元彦が、興味を隠さず訊いた。声のトーンが高い。サイレンを鳴り響かせて高速道路を突っ走ってきたという緊張感と全能感のせいだ。

「そうだ」

「警備企画課にいたと聞きました」

「一時的にな。当時は防衛省の客だった」

「それって、どういうキャリアなんです？　企画課に出入りする防衛さんって」

鶴来は心の中で舌打ちした。人の印象に残るのは、もはや義兄の才能だ。自分が何の仕事をしているか理解しているのかと疑いたくなる。

そのくせ消えるときは一瞬だ。誰にも追跡できない。実際、今の仕事に就かせるまで長いこと行方不明だった。連絡はまめに来るのに居場所をつかめず、おかげで鶴来はおのれの追跡スキルに致命的な欠陥があるのではと思わされたものだ。ある日ぶらりと現れ、民間で働きたいと言ってこなかったら一生再会できなかったろう。そういう義兄だった。

「たまたまだ」

「たまたまって」

吉崎が笑いをふくんで言い返した。耳ざとさを自慢する出世雀（すずめ）は、ごまかしは許さないという態度を上司にも向ける。三十代の警視正の周囲には、こういう雀が集まるものだ。スピード出世の秘訣（ひけつ）を知ろうとしてのことだが、そんなものあるはずがない。あるとしたらとにかく有能たることだ。警察組織は無能を許さない。憎悪することすらある。

――諜報（ちょうほう）部隊が花形だと信じさせられている弊害だな。

鶴来と義兄が、諜報作戦の経験者だという公然の秘密が出回ったのだ。吹聴するのはいつだって組織内の誰かで、こちらの反応を窺（うかが）うためにそうする。こちらは否定も肯定もできないというのにいい迷惑だ。

――少し馴らしておくか。

そう決め、穏やかに微笑んだまま言った。

「今は民間で働いているよ」

「鶴来さんが斡旋したんでしょう？　魚河岸にお義兄さんを送り込んだんですか？」

魚河岸は、リタイアした警察関係者の天下り先のことだ。陸揚げされた、死んだ魚が買い叩かれる場所。そういう厭なニュアンスを、さも気の利いた言い回しであるかのように口にする。自分も将来、同じシステムに乗って生活を安定させる気でいるくせに。自分だけ埒外のふりをする言い分にうんざりした。

だが表には出さず、むしろ共感するようにうなずいてやった。ただの演技ではない。表情術というやつだ。相手を誘導するための技術としての表情作り。たっぷり訓練を重ねてきたおかげで、嘘発見のスペシャリストである微表情研究官ですら欺く自信がある。

「リハビリが必要なときもあるさ。生け簀に入れてやっただけだ」

「生け簀ね」

吉崎が笑った。鶴来も笑った。内心では、冷ややかにこう付け加えていた。

——ちなみに、おれはお前を、いつでもそこに放り込むことができるんだよ。

鶴来のスマートで人好きのする仮面の裏側を見抜いた人物は、これまで二人しかいない。一筋縄ではいかない兄妹。義兄はともかく、彼女の面影がよぎるだけで、まだ胸が痛む。これでもずいぶん和らいだほうなのだが。自分が喪失感に苛まれていた間、義兄がどこで何をしていたか、知りたくもなかった。

それはともかく今は隣にいる部下の面倒をみてやらねばならない。上の人間から、鶴来への出動要請がどこからどういう理屈で発されたか探ってこい、と言われたことを隠しもしない阿呆を、上手く操縦するのだ。

「空港警察まで意外に早く着けそうだな」

「そりゃ、高速をサイレン鳴らして走ればそうでしょう」

いちいち言い返すタイプなのはわかっていたので、そこでまた微笑んでやった。

「的確な道路選択のたまものだな」

「ナビ通りに進んだだけですよ」

また言い返す。誉められて当然という気持ちを無邪気に発散している。評価されて当たり前の、子どもの頃から優秀とみられてきた人間の特徴。誉められることへの無防備さ。

「少なくとも、近道をしようとして、かえってドン詰まるタイプじゃないな」

「まあ、そうですね。そんな馬鹿じゃありません」

やっとこちらの言葉を肯定した。

「そう。毛を吹いて疵を求めないことが、我々の職場では何より重要だ」

やや間が空いた。けをふくって何だっけ？　聞いたことがあるが正確な受け答えがわからない。そういう吉崎の思念が伝わってきたが無視してやった。

「まあ、そうですね」

意味が定かでない言葉を肯定した。言葉の丸呑み。

――よしよし、良い子だ。

従順にさせるための最初のステップ。ほどなくして手足のように操れるだろう。

誉められて当たり前の人間は、一人前とみなされないことへの恐れを抱えるものだ。結果、組織的な基準に対する服従の念が強い人間に育つ。基準に達しているとみなされるためなら何でもする輩となり、こうして心の弱点を露呈してくれるありがたい人材となる。

「部下が頼もしいと上司は楽なもんだ。助手席に座っていればいいんだからな」

「私に指示を出すという仕事は忘れないで下さい」

吉崎が苦笑して言った。冗談めいているが、この男の本質があらわになっていた。指示をくれ。なければ何もできない。そういう人間だとあっさり認めたようなものだ。

「君なら、指示を出す前に片付けそうだ。とはいえ私も仕事をしているふりくらいはしないとな。羽田に出動した部隊と、お客さんを確認しよう」

待ってましたとばかりに吉崎が口を開いた。骨を投げれば飛びつく犬。

「警視庁の第二方面が総出動。お客さんについては近隣国からの空路による亡命ということで、上も入管……もとい入管庁での受け入れの方向で考えています。こういうのは外務省が動くのがセオリーですし。また、突発的な事案ではあるものの過去に例があることから機体の扱いを除き、原則として自衛隊は管轄外。現場は我々の主導となります」

「スターの動向は？」

これはアメリカのことだ。星条旗にちなんだ通称。「星」と呼ぶと犯人を示す「ホシ」と混同するため区別されていた。誰が決めたか知らない馬鹿馬鹿しい用語。だがそれを知る者と知らない者とを区別できるという点では有用だ。

「現時点では静観。日本側からの要請を受けて動く段取りと聞いています」

声のトーンがだいぶ落ち着いてきた。そのままロボットになってもらうため、相手が答えやすいことを尋ねた。

「本部の等級は？」

「警察庁本庁内に、最高警備本部を設置すべきかは検討中。特設警備本部として、空港警察署内にて、東京空港警察署と警備局が共同で本部を設置。警備課長が現場に出向くかは検討中。お客さんが大人しくする限り、署内で完結するでしょうね」

「大したものだ。よく事案を承知しているな。感心したぞ」

知っていて当然のことを復唱させただけだが、大いに誉めた。吉崎がにっこりした。

「にしても、中国人が戦闘機を飛ばして亡命なんて額面通り受け取っていいんですか？」

「というと？」

「ダブルスパイに仕立てる気で、わざと送り込んだんじゃないでしょうか。戦闘機を調べさせて、トロイの木馬を感染させるとか、自爆目的とか、警備局でもいろいろ言われてますし。民間空港への着陸を決めたのが誰であれ、責任を追及されるでしょうね」

早急な疑念の表明。誉められたがっている人間にありがちな態度。

「中国側に、そんな真似をするメリットがあると思えない。まずは亡命を希望しているという男性軍人がどれほど有用で協力的か見定めよう」

「中国の軍人が、演習中に突如として亡命ですって。そんなの信じられますか？」

「旧ソ連の軍人であれば、今しがたお前が言ったように、過去に例がある」

「ヴィクトル・ベレンコ中尉ですね」

もう調べたらしい。インターネット万歳だ。果たして吉崎が諳（そら）んじるように言った。

「一九七六年九月。演習中、ミグ25迎撃戦闘機で当時のソ連領から脱出し、日本領土を侵犯。亡命を希望し、函館空港に強行着陸した人物です。当時の空港が通報するも、当初は警察と自衛隊がともに出動を押し付け合い、結局、北海道警察が空港を封鎖したことから、今回もその良き先例に倣うことになったわけですね」

「そうだ。よく調べたな」

「ネット情報ですよ。詳しい記録を探して送るよう言っておきました。当時のソ連と今の中国じゃ状況が違いすぎますし。ベレンコ中尉の亡命理由は極貧から逃れるためだったらしいですが。今の中国じゃ、軍属の子息のために親が金で階級を買ってやるっていうじゃないですか。そんな軍人が、何かに絶望して逃げる理由なんてありますかね」

「だから我々が調べるんだ。そろそろ出口だぞ。道を間違えるな。左に行け」

鶴来はそう言って、わかりきっている上に長々と続く解説を中断させた。

吉崎は言い返さなかった。良い傾向。従順に、湾岸の国道三五七号を進んだ。

国道の出口を出て直進し、アークビル横を通過すると、すぐに東京空港警察署の建物が見えた。もし道を間違えると、羽田空港ターミナル前まで行くはめになり、一周するのに十分はかかる。焦りまくる吉崎の相手などごめんだ。

署に着くと、満車状態だった。ほとんど第二方面に属するパトカーや機動隊のバスだ。普通乗用車も多数停まっている。まだ車輛が集まるため、隣接するタクシーセンターの敷地を借りる段取りがついているはずだ。ただしタクシーセンターに行くつもりはない。

「署の敷地で停めよう」

自分たちの存在を現場で誇示する必要があるため、吉崎にそう命じた。

吉崎が窓を開けて、駐車整理中の警官を呼びつけた。

「そこの君。警備局の者だ。一台分、空けさせてくれ」

警官の顔が硬くなった。不快感を表に出すまいとしているのだ。それでも了解し、署のパトカーをどかして停めさせてくれた。もし義兄であればとっくに降りてどこかへ行っているだろう。指揮系統に重きを置かない単独主義者。本人は二人ひと組(ツー・マン・セル)は基本だとかなんとか言うくせに。結局、義兄はここにおらず、吉崎などという男が代わりにいる。

――どうも苛(いら)つくな。

吉崎のせいなのか、義兄のせいなのか、突発的な事案において政治的露払いをさせられるせいなのかはわからなかった。おそらくその全てだろう。

警察署内もやはり大混雑で、一般市民がかなりいた。荷物がどこかへ消えたとか、どこに泊まればいいんだといった、警察の業務ではないことをわめき立てている。フライトがキャンセルされた上に空港から退去させられたせいで、みな殺気立っているのだ。

ここで警備局だと口にするわけにはいかない。特設本部は場所が秘匿されるからだ。

目立たないよう階段をのぼり、二階で署員をつかまえて設置中の本部に案内させた。

どうなるか不明の仮設本部。羽田空港内に設置し直されるかもしれず、警察庁本庁内に指揮管轄が移されるかもしれない。なんでも想定可能だ。国家安全保障会議において、緊急事態大臣会合が開かれることだって、ないとはいえない。

重要なのは、そうしたことにならないよう、署内で完結させることだ。警察庁の主導で。それが鶴来の役目であり、そのためには本部で主導権を握ることが急務となる。

もし他へ本部権限が移行すれば、ここでの努力は無駄となり、自分の失態となる。無事に収束した場合も、次のステップにふさわしい組織に情報を渡し、自分は速やかに舞台から退かねばならない。露払いに、蔭働き。代わりに最新情報をいち早く集めることができるし、本当の仕事を果たす上では好都合だ。自分がいた痕跡がほぼ残らないのだから。

本部となる予定の部屋に入ると、二十代から五十代の、十人ほどの人員が、準備に大わらわだった。パーティションが運ばれ、椅子と長机が並べられ、通信線が確認され、モニターや無線の接続が確かめられている。そうした人々に、指示を出す者がいた。これから来る者の席順を決める者。わざわざコーヒーを淹れさせに人を走らせる者。どいつが係長で、主任で、係員か、数分ほど眺めただけで、だいたい把握できた。

鶴来は壇に歩み寄り、マイクのスイッチを入れて声を吹き込んだ。

「ご苦労」

部屋にいる全員が振り返り、きょとんとなった。

「警察庁警備局、警視正の鶴来誉士郎だ。こちらは吉崎。顔と名を覚えておいてくれ。諸君は今、喫緊の事態への迅速な対応が求められている」

だったら手を止めさせるな。そう言いたげな視線をたっぷり浴びた。手を止めさせることが目的だから平気なものだ。限られた時間を必死に守るのは従。その貴重な時間を自分のために使わせるのが主。人間はそういう風に時間を扱う。

「では引き続き作業に専念してくれたまえ」

マイクのスイッチを切り、全員を監視するかのように佇(たたず)んでいた。

みな、窮屈そうに作業に戻った。指示を出していた者が無言になった。席順を決めていた者が部屋から出て行った。コーヒーを持って来させた者が、カップを受け取ってじろじろ鶴来を見た。組織は万力だ。構成員をいつでも押し潰せるハンドルを誰かが握ることになる。そのハンドルを握っているのは自分であると、ひとまずは強引に主張したが、あまり手応えはなかった。誰も鶴来に挨拶しに来ない。あの若造を放り出せという空気が部屋の内外に漂い、鶴来はともかく、吉崎を落ち着かなくさせた。

「大丈夫でしょうか」

こそこそと馬鹿なことをささやく吉崎へ、

「空港警察は優秀だ。大丈夫だろう」

わざと違う答えを、きっぱり口にしてやった。

「大丈夫だと信じたいね」

だしぬけに男が入って来て言った。ずんぐりとした、制服姿の男だ。紺色のズボン、ライトブルーのシャツ、肩章つきの上着。警官ではなく、航空自衛隊の装いだった。

「香住さん。お久しぶりです」

鶴来が微笑んで手を差し出した。相手がいて当然という顔。だが内心では、なぜここに現れたか推測を巡らせている。

「もう教官とは呼ばんのか」

男が笑って手を握り返した。それから吉崎とも握手をした。

「防衛装備庁の長官官房装備官、航空担当の香住甲太郎。空自では空将だ。よろしく」

大声で告げ、存在を主張している。この男も露払いに来たのだと鶴来が察する一方、吉崎が目を光らせた。

「この方、鶴来さんの教官ですか？」

鶴来はまたしても心の中で舌打ちさせられた。せっかく吉崎の頭から、鶴来の本当のキャリアを解明しろという上からの命令を消すことに成功しかけていたのに。

――ウラ屋志願のスパイか。

そう思うとまた腹が立った。ウラとは裏理事官のことで、警察庁警備局警備企画課の統括者をさす通称だ。正式名称はないことになっている。そもそも存在しない前提の、課報工作部隊を率いる役職だ。いないはずの警察庁キャリア。吉崎が目指す花形中の花形だ。

――この世には、お前が知るキャリアとは違う次元の人員もいるんだよ。

そう言ってやりたかった。もちろん言うわけにはいかないのだが。

「機動隊の術科でな。まだ若かったこいつに色々教え込んだもんさ」

香住が言って、意地悪そうな視線を鶴来に送って寄越した。吉崎が鶴来のキャリアの正体を知ろうとしていることを早くも察したのだ。おれも詳しく知りたいね、と香住の目が言っていた。鶴来の本当の仕事を探ろうとする者が、二人に増えた。任務を秘匿すべき者が最も警戒しなければならないのは、結局のところ仕事をともにする連中の好奇心だ。

かと思うと、香住が別の話題を口にした。

「当該機体は、この空港に着陸させて第五十一ゲートに誘導することになりそうだ。さっき見てきたが一般客の退避はほぼ終えている。機動隊員がせっせと封鎖中だ」

牽制じみた言い方。こちらが現場確認で後れをとったことを指摘したいのだろう。

「署から最も近いゲートですね」

鶴来が受け流した。

「そちらは、どう聞いてる？」

「亡命を希望する中国軍人の警護と聴取、そして現場の監督。以上ですよ」

「どうして亡命だって知ってるんだ？」

吉崎が、もろに意表を衝かれるのをよそに、鶴来は毛ほども笑みを崩さず言った。

「そう聞いています」

「遭遇したのはスクランブル発令を受けたパイロットで、相手の女が民間空港への着陸を希望したって話だ。付近の基地への着陸を命じたが、不可能と判断されたらしい。羽田での受け入れもすんなり決まった。いったいどこの誰が決めたんだ？」

直截（ちょくせつ）な問いかけ。駆け引きではない。香住の内心の怒りがにじみ出ていた。

危険な軍用機を侵入させ、民間空港への着陸が許可された経緯がわからない。だから、香住がここに来る役目を買って出たのだ。わざわざ制服に着替えて。あとあとパイロットや現場の自衛官が、責任をひっかぶらされることを防ぐために。

空自には航空戦略というものがない。それが問題だった。陸・海に比べ、歴史が浅いからだ。個々の部隊の戦術的運用のみとなれば、ひとたび問題が発生したとき、責任は現場の人間に丸投げされかねない。戦略的な責任を取る人間がいないのだからそうなる。

だがそれとは別に、香住の発言には聞き捨てならない重大な要素があった。

「女ですか」

鶴来は淡々と呟いた。さすがに吉崎も表情を消している。

「ああ。そう聞いてる」

亡命を希望する男性軍人。鶴来と吉崎はそう聞かされていた。警察庁に入った情報を、上からおろされたのだ。亡命者は二人以上いるのか。深刻な情報伝達ミスが発生しているのか。わからなかった。

重要なのは、ここで指揮管理を掌握することだ。そしてそのとき重要な人物が入室した。

「みな、ご苦労」

鶴来と同じ言葉を口にしながら現れた年嵩の男は、署の副署長だ。こういうとき自ら前に出る警察署長はあまりいない。何かあればキャリアに傷がつくからだろう。現場指揮、人事、メディア対応を任されるのは、たいてい副署長で、この男の主なプロフィールはすでに警備局から鶴来と吉崎に伝えられている。

「失礼」

と鶴来は軽く香住に会釈してきびすを返し、ずかずかとその男に近づいた。

「お疲れ様です、亀戸卓（かめいどすぐる）副署長。警察庁警備局、鶴来警視正です。迅速なる本部設置に感謝いたします」

亀戸副署長がさっそく渋面になってうなずいた。

「そちらこそ、迅速な派遣ですな」

精一杯の牽制。東京空港警察署は警視庁管轄だ。もし警視庁が今件を担うなら、亡命者は管轄である東京都内に留まらねばならなくなる。しかし、ゆいいつの事例であるベレンコ亡命事件に倣うなら、いつでも他県へ亡命者を護送できるよう、最初から警察庁管轄にすべきだ、ということで話がついているはずだった。都知事からも、この件に都政が関与せねばならない事態は極力回避してほしいという意向が、警察組織に伝えられている。

「では以後、当該本部および本署担当人員は私の指揮下に置かせて頂きます」

一方的に言うと、亀戸副署長がむっつりとうなずいた。

「そのように聞いています。何かあれば私におっしゃって下さい」

「はい。重ねて感謝申し上げます」

鶴来はそう言って、室内の人員へ顔を向けた。

「では諸君。以後、私の指示に従うように」

多くの者が背筋を正した。先ほどより格段に好ましい反応。上々の首尾だ。むろん仕事は始まったばかりで、証拠に副署長とは異なる権限を持つ者たちが次々に現れた。

厳めしい皺だらけの顔の男が、きちきちした動作で入って来ると、まず面識があるらしい副署長に軽く頭を下げてみせた。副署長のほうはずっと丁寧に頭を下げている。

「出入国在留管理庁、出入国管理部審判課長の鵜沼洋一です」

入管こと入国管理局を前身として刷新された組織だ。外務省で生まれ、法務省に引き継がれた歴史もある。法務省で長らく外様として扱われていた組織が、不法滞在者対策および外国人労働者の受け入れの強化を主眼とし、いよいよ体制を整えたといったところだ。その存在をアピールする上で、亡命事件ほど格好の事案はない。

またこの庁の課長はおおむね充て職といって、すでに別の職にある者がつけられる。審判課長として充てられるのは、検事だ。ここの副署長にとっては「鵜沼検事」であり、警察庁の鶴来よりも指示に従うべき相手といえた。入管は検察庁からは独立しているという建前だが、実際のところ元々の組織文化や人脈を切り離すのは簡単なことではない。

鶴来が、その鵜沼へ自分の存在を示す前に、また別の男が、ぬっと現れた。

日焼けした、でかい男だ。プロレスラーかアメフト選手みたいな頑健な体躯が、スーツの上からでも見て取れる。

「外務省、在外公館警備対策官、辰見喜一。警視庁からの出向です。見たところ主要な方々が早くもお揃いのようですな」

鼻につくほどリラックスした調子。目つきは鋭く、余計な動きや表情を見せない。いかにもプロといった佇まい。

在外公館の警備対策官とは、警察官、自衛官、海上保安官、入国警備官などが外務省へ出向した際の肩書きだ。基本的に武装せず、警備プランを立てることを務めとするが、もちろん武器の扱いを知らない人間が就く役職ではない。むしろ警備対策官の武装についての議論はかなり前から行われており、外務省は、国交省の海上保安庁のように特殊部隊を組織し、在外公館の警備にあてるべきと長年主張し続けている。

その主張をのちのち通すためにも今件を有効に活用したい意図で派遣されたのだろう。鵜沼とは異なる意味で、いかにも現場の人間といった感じだ。そしてその辰見のあとすぐ、また趣の異なる人物がふらりと入って来た。

事務職然とした、小柄な銀縁眼鏡の男だった。その自己紹介がまた振るっていた。

「失礼します。経済産業省の、鳩守淳といいます。よろしくお願いします」

肩書きなし。自分は隅で大人しくしていると前もって断るように誰にも近づかない。

明らかに場違いな人間が登場したせいで、いっとき沈黙が降りた。

鶴来が見た限り、亀戸副署長も、鵜沼審判課長も、辰見も、香住も、誰一人として反応を示さなかった。なぜ経産省が人員を派遣するのか誰も知らないのだ。あるいは、知っていてあえて黙っている。後者の場合、ことは面倒になりそうだ。

なんであれ、警察庁と警視庁の人間ばかりか、防衛装備庁、法務省、外務省、経産省の人間が集合した。この全員を黙らせ、主導権を握る。大した露払いだ。吉崎が不安をにじませるのをよそに、これはこれでやり甲斐があると鶴来は思うが、疑問もあった。亡命の受け入れ判断を担う外務省にバトンを渡し、法務省が入管庁を使ってバトンに食いつこうとするのを傍観したいところだが、各人の目的がわからないのだ。亀戸副署長のプロフィール以外、全て白紙なのだから、早々に情報を集める必要がある。

香住が腕時計を見ながら窓へ近寄った。

「本官もみなさんに自己紹介をしたいところだが、そろそろ来る頃ですな」

部屋にいる全員が、つられて窓を向いた。鶴来と吉崎も倣った。

夕暮れどきだが、湾岸部の煌々たる灯りのおかげで、かなり遠くまで視界が届く。

やがて香住の言葉通り、それが見えた。

薄暮の空に、うっすらと浮かび上がった機影を、鵜沼審判課長が指さした。

「来たぞ」

鶴来も他の面々も、とっくにそれを目視している。

ぐんぐん迫るそれを見つめる吉崎が、我慢ならないというように振り返った。

「鶴来さん――」

手振りで吉崎を止めた。言うな。さらに目で黙らせた。吉崎が口をつぐんだ。男性軍人が乗る戦闘機。そう聞いていた。だが迫り来るものを見る限り到底そうは思えなかった。

特殊な翼がはっきり視認できるようになると、室内にどよめきが起こった。異様な形状。全幅はおそらく五十メートルを優に超える。

「話を聞いたときはまさかと思ったが、マジだぜ、ありゃあ」

香住が感嘆の声を漏らした。やはりこの男は、正しい情報を得ているらしい。

「どう見ても、最新鋭のステルス爆撃機、H－20だ。まともに開発が成功したかどうかもわからなかったしろものを、国内で見ちまうってのか」

爆撃機。その上方で、空自のものらしき戦闘機が四機も飛んでいる。通常のアラート機二機に、さらに次直のアラート機二機が加わったのだ。

巨大な機体が高度を下げるや、みな窓際から後ずさった。爆弾が降ってくるかもしれないという、日常ではまず考えもしない不安に襲われたのだ。

「着陸態勢に入った。東京タワーの指示だな」

香住の呟きに、みなが訝しげな目を向けた。

「ここの管制塔のことだ。観光名所のほうじゃない。距離と高度に従って、遠い順に東京コントロール、東京レーダー、東京タワーの三段階で管制される」

鶴来が、部屋にいるオペレーター役の係員たちに命じた。

「管制塔が指示を出したのか確認しろ」

彼らがすぐに確認を取り、女性オペレーターの一人が代表して答えてくれた。

「はい。エスコート中の空自の戦闘機ではなく、管制塔の指示です」

鶴来はうなずいた。情報の確認と、通信網の確認のためだった。この先、通信管理が生命線となる。急場しのぎでも立派に機能することがわかって大いに安心させられた。

その間にも、それが滑走路へ接近していた。民間の航空機は退避済みだ。そもそも便が激減したご時世であることから、それほど多くの機体を動かす必要はなかっただろう。

がらんとした広大な空間に、真っ黒いブーメランのような形状をした翼が、悠々と舞い降りた。まるでこの滑走路はよく知っているというような、迷いのない着陸(ランディング)。

空港中の人間が固唾(かたず)を呑む中、それが地上を走り、減速していった。着走ではなく、車輪による移動へと変化し、ゆったりとゲートに近づいてきた。やはり、迷いなく。

この羽田空港に降りる。そういう計画を淡々と実行したという印象を鶴来は感じた。

――中国側の工作。

ここに来るとき吉崎が口にしたことがよみがえった。わからない。何もかも不明だ。

ひどく長い時間が過ぎていった。レーダー波をほとんど反射しないと噂(うわさ)の黒い翼に、時間までもが吸い込まれてしまうようだ。

やがてゲート手前の、『51』と記された一時停止領域で、それが止まった。

再び時間が流れ始めたとき、突然それがUターンを始め、部屋を騒然とさせた。

「なぜ動くんだ？」

亀戸副署長が、さっさと止まれといいたげにわめいた。

「旅客機用のゲートとは、操縦席の高さが合わないからでは」

鵜沼審判課長が推測でものを言うのへ、香住がきっぱりと告げた。

「いつでも離陸可能な態勢を取るためですよ。給油を要求する気かもしれませんな」

それが、その通りだというように機体後部をこちらに見せて停止した。コクピットはどこからも見えないが、機体の形状をすっかり視認できた。巨大な翼を。近くのジェット機の倍以上ある。素人の自分ですら戦闘機とは違うとわかるのに。なぜ現実と異なる情報が伝わったのかわからない。

那覇ＤＣからの情報だとしたら奇妙きわまる。

「管制塔より、パイロットが機体を降りるとのことです」

オペレーターの一人が言った。優秀である証拠に、鶴来が何も言わずとも、壇側の壁の大モニターに空港内の監視カメラの映像を出してくれた。

「現場機動隊員に状況を伝達。機体後方を避けて側面を囲み、警戒を厳にするよう通達」

鶴来が指示すると、モニターで機動隊員が一斉に動き、機体の両側で壁を築くのが見えた。領空侵犯者への示威。亡命希望者の警護。どちらともとれる配置といえた。

爆撃機下部のハッチが開き、ラダーが現れ、そこから人が降りてきた。

ヘルメットをかぶった人物が、一人。

ラダーをしまってハッチを閉じると、機体に背を向けて歩み出た。両手を挙げながら左右の機動隊員を見回している。

右手に拳銃を持っているが握ってはいない。親指と手の平で銃身を持っており、それを停止領域の『51』の表示付近に置き、一歩下がった。

それからヘルメットを取り、足下に置いた。

女だ。鶴来はモニターで確かめながら心の中で呻いた。男性軍人ではない。長い黒髪の、美貌といっていい女性。パイロットにしては、かなり細身といっていい。

大勢の機動隊員に囲まれながら、臆した様子はみられなかった。むしろ敢然とした眼差しを、空港警察署の方に真っ直ぐ向けている。対峙すべき人々がそこに集まっていることを知っているというように。その口が動き、何かを告げた。

「何と言っている？」

鶴来の問いに、オペレーターが答えた。

「英語でこう言っています。私は、中国人民解放軍空軍八一隊、ヤン……チェンウェイ。亡命を希望する。当機体は、高度な機密を有する。誰も触れてはならない」

はっきりと亡命を口にした。情報通りに。だが問題は、それ以外の全てが食い違っているということだった。

男性軍人が乗る戦闘機——女性軍人が乗る爆撃機。いったいどこで情報が交錯した？

女は、モニター越しに凛然とこちらを見つめている。必死に逃げてきたというより、これから決死の覚悟で何かをしようとしているような顔つきだと鶴来は思った。

5

「美人(シャン)だな。あちらじゃ顔でパイロットを選ぶのか?」

香住が言った。いまどきのコンプライアンスでは問題になる発言だが、それで面々が息を吹き返した。彼らが口々に発言する前に、鶴来が、大声で告げた。

「ただちにパイロットを保護。機体は現状のまま警護しろ」

たちまち亀戸副署長と鵜沼審判課長から反論の声が起こった。

「あの機体をゲート前からどかすのが最優先だ。羽田をいつまで閉鎖する気だ」

これは亀戸副署長の言だ。

「あれが国賓(こくひん)に見えるか? 国境侵犯だ。我々が拘束すべき相手ではないか」

これは鵜沼審判課長。

鶴来は、彼らを意図的に冷罵した。

「見てわからないのか? あれは最新鋭機と、そのパイロットだ。機密の塊であり、それを操縦した有能な人員だ。いずれも重大な価値を持つし、何より人道的観点から丁重に協力を求めるべきだ。高度な政治的判断を要する亡命者を、問答無用で逮捕するなど言語道断だ。もし仮にあの機体が自爆機能を備え、彼女がそれを行使したときはどう責任を負う」

一気にまくし立てると、亀戸副署長が怯む傍ら、鵜沼審判課長が反論した。

「そのような行使を防ぐためにこそ、ただちに拘束すべきだと言っている」

「ことは国際世論にかかわる。入管庁は、受け入れの用意を万全にしてほしい」

「――なに？　受け入れ？」

「国内法上の手続きが必要となることは明らかであり、先のベレンコ亡命事件の例に倣ってもそれが妥当だ。当本部にて、私が護送の指示を出す。まさか、受け入れの指揮までこちらに委ねるつもりで、ここに来たわけではないでしょうな」

鵜沼審判課長が押し黙った。法律上の手続きなら署内でも完結するなどと反論すれば、だったらそちらは黙っていろということになってしまう。発言力を維持するには、受け入れの指揮を執るため入管庁に戻らねばならない。そうすると、この場に不在となり、発言そのものができなくなる。これぞ、権限争いの椅子取りゲームだ。

「……むろん、受け入れの指揮はこちらが執る」

「では我々は、鵜沼審判課長を大いに信頼し、初動対応に努める。至急、現場隊員にハンガーおよびゲートの封鎖と、機体およびパイロットの警護を命じろ」

誰がここのボスになるか注意深く見守っていたオペレーターたちが即応した。上意下達の良いところだ。誰も言い返さない。上が揉めている間も、しっかり仕事をしてくれる。

「現場機動隊隊長が、第五十一ゲートおよび周辺を封鎖済み。パイロット周辺に隊員百四十六名を配置。警備態勢を整えつつパイロットとの接触を控え、距離をとっています」

オペレーターの一人が誇らしげに告げた。鶴来は微笑んだ。これで、問題が生じたときは、誰も命令していないのに、現場人員が勝手にやったと言うことができる。組織とは、このように、上にいる人間にとって便利なものであるべきなのだ。

「これから私がパイロットと接触する。警護を厳に維持せよと隊長に伝えろ」

「了解。警護を厳にします」

すんなり言い換える。警備より一段階上の対応だ。鶴来の権限を一段上にするための。

「行くぞ、吉崎」

鶴来は、呆気にとられる亀戸副署長と、動物みたいに歯を剝く鵜沼審判課長の二人を、堂々と無視した。警察の人間が、検事にそのような態度を取ることは本来あり得ないことなのだ。その常識が通用せず、きっと新鮮な屈辱を味わったことだろう。

香住、辰見、鳩守は、亀戸と鵜沼がやり込められるのを傍観し、笑みをたたえてすらいる。早くも鵜沼の脱落を悟っているのだ。

香住が呟くような調子で言った。

「大した口達者だ。旗色が悪そうでも、立ち会わなけりゃ、もっと悪くなるな」

制服の襟をわざとらしく正し、部屋を出ていく鶴来と吉崎のあとを追う。辰見と鳩守が続き、亀戸は、鵜沼がうなずくのを待ってからそうした。その鵜沼も、忌々しげに携帯電話を取り出して入管庁に連絡を入れながら、後に続くしかなかった。

署から空港の敷地へ向かうと、警備で立っていた警察官が、駆け寄って鶴来たちを案内してくれた。お偉方がぞろぞろ来るのだから、もちろんそうするに決まっている。

滑走路に出ると、女が、ゲート前で辛抱強く立ち続けていた。自分を取り囲む、物言わぬ機動隊員の壁を大人しく眺めている。近づくなと威嚇することもない。

暗い滑走路で、責任者がやって来るのを、孤独に待っている。

現場の機動隊が率先して動かねば、この人物は無防備だった。権限争いで失われる貴重な時間のなんと多いことか。だが組織というものが大きくなり、同時に保障すべきことが増えれば増えるほど、運用するために犠牲になるものも増えるのが現実だ。

鶴来が近づくと、彼女はまず、ぞろぞろやって来る面々のほうを見た。それから、不思議そうに鶴来に目を向けた。若い男が代表して近づいてくることを訝しんだのだろう。

鶴来はとびきり親しげな笑みを浮かべて手を差し出した。

「您好（ニンハオ）。我叫（ウオジャオ）、鶴来誉士郎」

簡単な挨拶。名前だけ日本語の発音で告げた。彼女が真顔のまま握手に応じた。

「我叫（ウオジャオ）、楊芊蔚（ヤンチエンウエイ）」

手を離すと、英語に切り替えた。

「北京語と英語、どちらでも意思疎通ができます。お望みなら通訳をつけます」

「あちらにいる方々も、両方の言葉を喋（しゃべ）ることができるのですか？」

彼女が同様に英語で返した。

「残念ながら全員とは言えないでしょう」

「では英語で話します。機密にかかわる会話に、なるべく通訳を介したくありません」

鶴来はうなずいた。英語であっても通訳を望む連中はいる、とは言わなかった。

「改めて、お迎えが遅くなり申し訳ありません、マーム。私はナショナル・ポリス・エージェンシー、セキュリティ・ビューロー・オフィサーの、ヨシロー・ツルギです」

「メトロポリタン・ポリス・デパートメントでも、イミグレーション・サービス・エージェンシーでもないのですね？」

女が即座に訊き返した。日本通だ。警察庁と警視庁を厳密に区別できている。

警察庁は、内閣府外局で、国家公安委員会に属し、鶴来がいる警備局を擁する。

警視庁は、東京都知事管轄下にある東京都公安委員会に属し、東京空港警察署を擁する。

イミグレーション・サービス・エージェンシーは出入国在留管理庁だ。イミグレーション・ビューローすなわち旧入国管理局とも、しっかり区別している。

半世紀以上も、法改正と組織再編が繰り返され、複雑化する一方の日本の行政組織を正確に理解しているのだ。軍隊を意味するフォーセズやアーミーという言葉も口にしない。自衛隊の制服を着た香住が鶴来の背後にいるにもかかわらず——日本の戦闘機にエスコートされてここに来ながら——自衛隊員が接触するはずはないと考えている。

衝動的に日本へ逃げてきたのではない。計画的な行動であることが窺えた。

「ミスター・ツルギ。上着から、私の身分証を出したいのですが、よろしいですか？」

「ええ。構いません」

彼女が、ポケットから取り出したものを、鶴来に渡した。パスポートと身分証。これで身柄の裏を取る仕事が大幅に楽になった。

楊芊蔚。二十八歳。階級は上尉。四川省出身。こうした階級や出生地からはまだ何も判断できない。重要なのは本物を渡したかどうかだ。

「これらをお預かりしてもよいですか？　本物か確認します」

「はい。没収するのではないのですか？」

「その必要が生じたとき以外、原則として、あなたの所有物です。返すと約束します」

「わかりました」

「吉崎、頼む」

鶴来が渡すと、吉崎が面倒な言い返しはせず、大人しく受け取った。

「私があなたと機体の警護を監督し、あなたを事情聴取します。休息は必要ですか？」

「未開封の水と軽食を与えて頂ければ助かります」

彼女が言った。見るからに疲れた様子だが、冷静だった。とてつもないほどに。

異国の地でたった一人、何百人もの人間に取り囲まれ、注目されているにもかかわらず。

「あの機体について、注意すべきことはありますか？」

「はい。決して触らず、動かさないで下さい。私が立ち会わないまま、あの機体に乗り込んだり、解体することは、厳しく禁じて下さい。とても重要なことです」

鶴来は厭な予感を覚えた。彼女自身に関することより、ずっと必死な口調だからだ。

「あれはきわめて重要なものでしょう？　野ざらしにせず、格納庫に入れて厳重に管理するのはいかがでしょうか。我々が責任をもってそうします」

「私が立ち会わない状態で、あれを動かすのは、大変危険です」

「なぜですか？　理由をお聞かせ下さい」

「なぜなら……爆弾倉内に、爆弾が搭載されているからです」

言葉を失いかけた。隣の吉崎が、遅れて意味を察し、身を強（こわ）ばらせた。

「どれほどの威力が？」

「一度に炸裂したらですか？　あの建物も、あちらの建物も、壊滅するでしょう」

羽田空港のターミナルと警察署を順番に指さしながら言った。本当にそんな威力があるのか不明だ。これも裏を取るしかない。

「あなたの立ち会いがなければ爆発すると？」

「高度な機密を有する機体であるため、自爆機能が備えられています。それがどのような機構であるか、口頭で説明することは困難です」

「遠隔操作もできると？」

「適切な手段があればできます。むろん、可能な限り、機体を安全な状態にしていますが、誤作動が生じないとも限りません」

好ましくない回答。民間空港に降り立った特大級の自爆犯が、何らかの取引のため脅迫しているような印象を生じかねない。それでは拘束すべきという鵜沼の主張が正当化されてしまう。ここで早くも彼女が危険な不法入国者とみなされるのは避けたかった。

その鶴来の懸念を察したか、彼女がやや早口になって言った。

「兵器を搭載しているはずはなかったんです。燃料の消費を抑えるため、何も搭載せずに飛ぶ予定でした。そのため燃料もぎりぎりに……。詳しい説明をさせて下さい」

「わかりました。あの機体は、プロフェッショナルの手で、安全に管理します」

ひとまず彼女を信頼する演技に努めるのとは裏腹に、背筋に冷たいものを感じていた。

——本当に亡命が目的なのか？

彼女が冷静で理性的だという事実を、幸いとみなすべきかもわからない。中国の工作という不穏な考えがまたぞろわき、簡単には押しやれなかった。

鶴来は、彼女に微笑みかけ、一緒に署へ来るよう促しながら、自分が最悪の貧乏くじを引いたかもしれないことを覚悟した。

6

真丈は、なかなか上手くやっている自分を誉めたくなった。

『ヨッシー殿。民間でもスキルを活かせるというのは良いものだ。忠勤しがいがある。単独行動であることを除けば』

義弟へ短いメッセージを打ち、ウィンクをしながら微笑む顔文字を末尾につけた。

すぐに返信があった。

『真丈殿。ますます結構。こちらは多忙につき返信が滞ることを先にお詫びする。出動人数については経営者に意見書を提出する。引き続き忠勤あれかし』

携帯電話に向かってウィンクし、どこかにいる律儀な義弟に感謝の念を献げた。

それから、拘束されたまま痛みで呻く二人の殺し屋を眺めた。被害者である楊氏の遺体の顔には、真新しいハンカチを見つけて覆ってやっている。

ここですべきことは、もう終えていた。面倒だったのは、坂田部長への電話だ。

「いったいどういうことかね！」

簡潔に説明したのに、坂田部長は叫び続けた。嘘だと言ってほしいのだ。しかし、クライアントが死に、殺し屋二人を拘束した事実は変わらない。

「私の責任で処理します」

仕方なくそう言ってやった。組織的に不可能なはずだが坂田部長は俄然飛びついた。

「そう。君の責任だ。君、竹原と交代したろう。それで出動が遅れたんだ。君が点数稼ぎをしようとして出動が遅れた。違うかね。君が遅れたんだろう」

「私の責任で処理しますよ、坂田部長。私が警察に通報しましょうか？」

「私がやると言ったろう。君はそこにいたまえ。君の責任だ。すべきことをし、私に報告するんだぞ。口頭でな。まず君の口から聞く。いいな」

「報告書を残すなということですか？」

返事はなく、坂田部長の方から通話を切ってくれた。一刻も早く警察と話をしたくなったのだろう。現場の人員が独断で通報することを好まないくせに、責任を取ってくれることは喜ぶ。そういうありかたを好む組織に、驚くほど向いている人材だ。

警察への通報といっても一一〇番ではない。アネックス綜合警備保障は警察と付き合いが長い。要は天下り先だ。緊急事態において話すべき相手は決まっているのだろう。

そのあとで真丈は三階に二人を残し、一階を見て回った。もう一人が、どこかにいるはずだった。一階の倒れたソファで血溜まりを作った誰かが。楊氏の血でないことは確かだ。あれほどの出血では三階まで駆け上がれない。楊氏に反撃された誰かが流したものだ。

楊氏は、最初の襲撃者と戦い、三階に逃げ、アネックス綜合警備保障に通報した。そこへ二人の後詰めが到来し、傷を負い、死んだ。

押収したナイフの血の汚れを見たところ、楊氏に傷を負わせたのは、真丈に指の関節を外された方だと判断できた。二人に訊いてもよかったが、自分の仕事ではないし、尋問というのは時間がかかるものだ。こちらが一人しかおらず、相手の情報もなく、縛りつけた二人がさらなる苦痛を覚悟して沈黙しているとなれば、なおさらだろう。

真丈はキッチンの裏口から家の外へ出て、塀にかけられた、厚手の毛布をフラッシュライトで照らした。塀の有刺鉄線を封じるためのもの。ハシゴを探したがなかった。三人もいればハシゴなしでも協力し合って乗り越えることは簡単だ。

真丈は地面を照らし、正確に自分の足跡を辿って移動した。警察への気遣い。可能な限り痕跡を少なくしてやる自分の親切ぶりに感心しながら、道路に出て、塀を回った。

毛布がかけられた場所に、バンが停車していた。車体には電気会社だと主張するロゴがプリントされている。いかにも偽装という感じだ。

車のナンバーを照らし、その場で記憶した。窓を照らすと、電線や工具、ハンガーにかけられた作業着といったものが見えた。意外に本物の電気会社なのかもしれない。

近づいて覗き込んだ。縦長の大きなものがシートの間に見えた。毛布にくるんだ何か。

真丈はポケットからハンカチを出して左手を覆い、指紋がつかないようバンのドアに手をかけた。ロックされてはいない。家の中にいる二人が、戻ってきたとき、すぐに車内に飛び込めるようにするためだろう。

ハンカチを持ったまま、毛布をはだけた。真っ白いものと真っ赤なものがフラッシュライトの灯りの下に現れた。白いのは、高密度ポリエチレン製スーツだ。頭から手足の先まで、顔以外の全てを覆うスーツ。着れば、肉体由来のものを残さず行動できる。髪の毛、菌、ＤＮＡ。海外では警察や鑑識が使う。日本では食品工場で最も多く使われている。

赤いのは、それを着た男だった。血まみれだ。刺される前から着ていたのだろう。痕跡を残さずに誰かを殺すための装い。だが単独で赴き、逆に刺された。こうなると楊氏のほうが待ち伏せしていた可能性が高い。それで、残りの二人も出動する事態となった。

男は見開いた目を宙に向け、瞬きすらしない。口は毛布の端をくわえていた。毛布を噛み裂こうとするように力を込めて。苦痛の声を上げないようにするためだ。

鋼鉄の魂だな、と死んだ楊氏に対するのと同様の感銘を抱いた。

痛みに耐え、仲間が戻るのを待ち、出血多量で死んだ。無言で。孤独に。

筋金入りの殺し屋。あるいは、そのように訓練された人員。

なんであれ、三人目が背後から襲ってくることはなくなった。真丈はバンのドアを閉め、屋内に戻った。三階に行くと、二人ともきちんと拘束されたままだった。安心して一階で待ったが、警察はなかなか来なかった。坂田部長が長々と説明しているのだろうか。

真丈はポケットから携帯電話を取りだした。男たちの一人から奪ったものだ。未登録品。犯罪者が好む道具。いまどきの犯罪組織は、追跡困難な携帯電話を構成員に持たせる。

三階に行き、携帯電話を持っていた男の背後に回って相手の指でロックを解除した。指紋認証はこういうとき便利だ。本人がいさえすれば解除できるのだから。

通話履歴は四日前からだった。メッセージアプリは使われた痕跡がない。サーバーにデータが残るのを嫌がったのだとしたら、犯罪者としてのレベルが一段上がる。

通話先は、三つの番号のみ。その携帯電話の番号もふくめ、四つの番号を記憶した。

携帯電話をその場に置き、一階に降りた。階段に座り、壁にもたれて自分の携帯電話を取り出し、メモアプリを起動して、わかったことを入力した。警察に話す際に便利だからだ。忘れてしまうことへの用心ではない。メモも見ずに車のナンバーや携帯電話の番号をすらすら諳んじると、なぜか自分のほうが不審に思われるのだ。ちょっと練習すればそれくらいの記憶術は誰でも可能だと言っても、たいてい信じてもらえない。

『楊立峰（リーフォン）。元リージン・テクノロジー代表。投資家』

ついでに楊氏のこともメモした。アネックス綜合警備保障が所有するデータだ。

『J20。H20。三日月計画に介入。意味は不明』

楊氏が喋ったことだが、調べるのは自分の仕事ではない。

メモを入力し終えると、改めて自分の手際のよさが実感されたが、本当にすることがなくなった。

時刻を見た。午後八時過ぎ。いくら何でも遅すぎる。坂田部長が実は通報していないという可能性に思い当たった。まさか、一晩考えてから通報する気だろうか。

そう思ったとき、やっと車が停まる音が聞こえた。ついで車のドアの開閉音。一、二、三、四、五。多い。いったい何人の警官が来たのか。

真丈は腰を上げ、警察がチャイムを鳴らすのを待った。

チャイムは鳴らず、ドアが勢いよく開き、洒落たスーツを着た長身の男が入って来た。靴も脱がない。廊下に革靴の音が響いた。真っ直ぐ真丈の前に歩み寄り、立ち止まった。

四十代半ば。黒々とした髪をぴっちりオールバックになでつけ、目と首はセンサーのように左右に振られっぱなしだ。動作は何から何まで、きびきびしている。軍人だろう。それ以外の職業がまったく思いつかなかった。

「私は中国大使館から派遣されました。周凱俊（チョウカイジュン）です」

男が日本語で言った。その背後に、さらに二人のスーツ姿の男が現れた。そしてその後ろに、二人の警察官がいた。なぜ警察が最も後ろにいるのか。目の前にいる周が、これで何の疑問もなくなるというように何かをポケットから取り出した。発行されたばかりの、ぴかぴかのＩＤカード。外交官身分証明票だった。一つではない。束であった。

「私の身分票です。駐日外国公館に勤務する外交官であることを証明するものです。この家にいるはずの者も、同様です」

目の前の男。楊氏。ベッドルームで拘束された二人。バンで死んでいた男。全員の身分票。どれも作られたばかりのような真新しさ。急いで顔写真を印刷したと思われる品々。

「なんで他人のものを持ち歩いているんだ？」

真丈が尋ねたが、周と名乗る男はそれを無視し、逆に尋ねてきた。

「あなたが通報して下さった方ですか？」

「いや。それは上司がしたはずだ」

「私がちょうど署にいたので、同行させて頂きました」

「警察署に先回りしたのか？」

周はまた無視し、背後にいる二人のスーツの男を指さした。

「彼らも外交官です」

「へえ」

「楊立峰も外交官です。どこにいるかわかりますか？」

真丈は口をつぐんだ。馬鹿馬鹿しさを通り越して気分が悪くなってきていた。

警官が、彼らを避けて廊下の壁に背をこすりつけるようにして移動してきた。

「人が死んでいるという通報がありました。アネックス綜合警備保障の方ですね？」

「はい。真丈太一です」

目の前の男に対抗して、社員証を取り出したが、警官は興味を示さなかった。

「えー、ちょっと込み入った状況みたいなんで、みなさんで署に来て頂けますか」

警官が言った。真丈が率先して応じた。

「もちろんです。二人、三階の寝室にいます。一人が同じ寝室で死亡。もう一人、裏手の道路に停められたバンの中で死んでます」

警官が、ふーっと息をついた。改めて大ごとだと認識したらしい。ちらりと周を見た。

「えー、一緒に来てもらえますか？」

「はい。この家にいる者たちは、我々と一緒に行きます」

「はあ。一応、通報があったんで、私達が連れて行きますがいいですか？」

「彼らは外交官です」

周が繰り返した。警官がまた深々と息をついた。

「えー、ではまあ、とにかく署に来て下さい。あなたも来て頂けますか、真丈さん？」

「もちろん」

今しがた答えたはずだとは言わず、我ながら辛抱強く返答した。こういう忠勤ぶりも義弟に報告すべきだろう。自分は民間人として立派にやっているのだ。

結局、ばらばらに車に乗ることになった。周と二人が、拘束されていた二人を三階から連れてきた。二人とも結束バンドを切られており、苦痛に震えながら階段を降りた。

真丈は、奪ったナイフは三階の洗面台に並べておいてあると警官に告げたが、回収してくれなかった。警官は一階から上には行かなかった。

周たちの車の後部座席に、二人が乗せられた。スーツ姿の一人が運転席に乗り、周は助手席に乗った。真丈は車のナンバーを覚えたが、確かに大使館のものだった。

もう一人のスーツの男が、裏手に回ってバンの運転席に乗った。塀の毛布には手をつけなかった。車内の死体など知らん顔だ。手をつけてはいけない証拠物件のはずだが、警官は何も言わなかった。あの中に死体があると真丈が言っても曖昧にうなずくだけだった。

楊氏は家に残された。警察が家を封鎖して鑑識に調べさせるだろうと真丈は素直に思ったが、後悔することになった。

三軒茶屋（さんげんぢゃや）二丁目にある世田谷警察署の敷地に車を停めて建物に入った。

真丈は周とは別に、聴取室に案内された。安っぽいテーブルとパイプチェアがあった。チェアの一つに座ると、お茶を出された。それには手をつけず壁を眺めて待った。壁には、『録音録画を禁じる』とか『外部との連絡を禁じる』といった張り紙があった。携帯電話やICレコーダーに×印をつけた絵が描いてある。色つきだ。

密室を力に変える組織の標語。権力とは自由に事実を並べ替える力だという暗黙の了解があるのだ。恐ろしいことだが誰も問題にしていないことが張り紙から伝わってくる。羊の群の思考。全員の行動原理になっているのに、みな自分のせいではないと思ってしまう。

真丈は、自分が上手くやっていたと思っていたあれこれについて考え直した。尋問すべきだったろうか。あのバンからもっと証拠となるものを見つけておくべきだったろうか。一人では無理だ。民間人では無意味だ。限界がある。そう思うしかなかった。

とにかく見聞きしたことを話す。記録に残してもらう。さもなくば無意味になる。楊氏が孤独に戦って死んだことも。バンの中で男が歯を食いしばって死んだことも。

だが誰も来なかった。供述を取る者が現れない。部屋に時計はなかった。携帯電話に×印がつけられた絵を眺めながら、構わず自分の携帯電話を取り出し、時刻を確かめた。

午後八時半を過ぎている。坂田部長はなかったことにしろと頼んだのだろうか。真丈は立ち上がり、ドアを開けた。たまたま通りがかった私服の刑事らしい男が立ち止まった。

「あんた、まだいたのか?」

真丈は眉をひそめた。

「ここで待っているよう言われましたが」

「ああ……そうか。申し訳なかったな。みんなもう帰った。あんたもそうしていいよ」

「どういうことですか?」

刑事は肩をすくめた。こっちも忙しいんだといいたげな、ぞんざいな仕草だった。

「誰も死んでないそうだ。蘇生したとかでね。怪我した者もいるが、まあ身内の問題で、訴えもない。おやかたさんの事情だしな。あんたも帰りな」

おやかたさんとは大使館のことだ。治外法権。警察は手が出せない。出す気もない。

真丈はじっと立っていた。刑事は何か言いかけたが、面倒くさくなったのか、きびすを返して立ち去った。話を聞く者はいない。ここにいても仕方がなかった。真丈は署を出た。周が乗っていた車はなかった。バンもない。自分が乗っていた会社の車だけがあった。

車に大股で歩み寄って乗り込み、すぐさま楊氏の家まで走らせた。

灯りは全て消えていた。監視カメラは停止したままだった。警察は封鎖していなかった。庭へ行った。塀の上の毛布がなくなっていた。キッチンの裏口のドアノブも元に戻っていた。シリンダーごと外されていたのに。ドアは鍵がかかっていて開かなかった。

フラッシュライトでガラス戸越しに室内を照らした。血溜まりがなかった。ソファもカーペットも消えていた。大人数で急いでやったに違いない仕事。

真丈はフラッシュライトをしまい、社の車に戻り、考えた。

事件にはならない。誰も死んでいない。そんなはずはなかった。楊氏も、バンにいた男も死んでいた。外交官。四人とも。もし外交官同士で殺し合うなら、はなから治外法権で守られた大使館の中でやるはずだ。しかしＩＤはおそらく本物だろう。本物を作ったのだ。

多岐にわたる外交特権。抑留不可。拘禁不可。刑事・民事・行政裁判の、一部訴訟を除く免除。証人となる義務も免除されるだけでなく、彼らを保護する義務が日本側にある。

生きているのに死んだことにされるということが、しばしばあることは知っていた。多くは、その人を守るためだ。命を狙われる誰かが、死んだことにして危険を回避する。

だが、生きていることにされるとは、どういうことか。それは良いことだろうか。

楊氏に関しては、良いこととは思えなかった。彼は死ぬ気はなかった。抵抗した。戦った。助けを呼び、捕まえろと言った。なのに、なかったことにされた。

真丈は携帯電話を取り出すと、作ったメモに、周凱俊という名と、その男が乗った車のナンバーを付記した。身分票をいっぺんに見せられたときに記されていた、三人の男達の名も、楊氏をふくめた五人分のＩＤナンバーも、全て打ち込んだ。

忘れないようにするためではない。真丈は忘れることができない。よほど意識しないと忘却できないのだ。特技であると同時に、呪いじみた記憶能力だった。ずっと前に見た妹の死に顔ですら、今目にしたかのように克明に思い出すことができる。

メモは、いざというとき義弟に送るためだ。情報を有意義に活用してくれる人間に。

――捕まえろ。

楊氏はそう言った。血まみれで。孤独に戦い、負傷した身で。捕まえろ。それが死んだ妹の声であるように感じながら、真丈は携帯電話をしまい、車を出した。

7

「あなたをこの署から、入管庁へ連れて行き、そこであなたの事情聴取と、亡命のための刑事免責手続き、ビザの発給などを行います。移送の準備をする間、署内で部屋を用意します。食事、シャワー、休息を取るなどして下さい。着替えも用意します」

鶴来は英語でそう述べた。優しい笑みを浮かべて。優しいと相手が感じるよう計算された表情術。

そうしながら彼女を観察したが、大した反応は見られなかった。

安心も怯(おび)えも警戒もない。落ち着いて訓練通りのことをしているという印象。

「ご厚意に感謝します。着替えはスカートでなければ、ありがたく着用させて頂きます」

「了解しました、マーム。拳銃とフライトヘルメットは預かりますが、よろしいですか？」

「もちろん」

鶴来は吉崎を振り返り、彼女にもわかるよう英語で言った。

「拳銃とヘルメットの管理を署の人間に任せられるよう手配しろ。それと、彼女に与えるものは、飲食物や衣服など、全て安全を確認しておけ」

「イエス、サー」

「応援は？」

「警察庁の応援が到着。各庁は、うちが本署を優先的に使用することで合意。それと彼女の部屋が用意できています」

「素晴らしい」

大げさに誉めてやった。吉崎を従僕とするためであり、自分がここのリーダーであることを周囲に示すためでもある。堂々と振る舞えば、彼女も、鶴来を頼る気になるだろう。ぜひそうあってほしいものだ。いつでも機体に搭載した爆弾を炸裂させることができるかもしれない相手に何をすべきかといえば、互いの信頼を構築するしかない。

「各隊は各所で警護につき、私に配置を報告しろ。問題があれば、それも報告しろ。マスコミと接触したときもだ。些細(ささい)なミスであっても、決して隠すな。必ず私に報告しろ」

日本人が好む、ほう、れん、そうの一つを強調して言った。報告、連絡、相談のうち、上意下達の組織が最重視するのが、報告だ。

連絡は、下の者が適切にすべきことであり、上の者の責任ではない。

相談は、形だけ済ませればいい。本気で下の者の相談に応じれば、たいてい組織改革が必要になる。そんなことを優先する組織は、日本国政府のもとでは一つも存在しない。

報告を受ける者が、組織を動かす。それが世界中の組織の大前提だ。それゆえ、報告はときに密告となり、誣告（ぶこく）ともなる。それらを適切にさばくのが上の者の務めだった。

把握すべきことは無数にある。空港内の様子、滑走路の状況、周辺の道路状況、マスコミがどこにどれほどいるか。そして、彼女が提示する情報の裏づけ。大事なことからどうでもいいことまで、山のような報告がもたらされるだろう。想像するとうんざりするが、今から微笑みを分厚くし、苛立ちをあらわさないよう気をつけるしかない。

中国側の工作、という考えも、しつこくわいてくる。

——本当に自爆装置があるのか？

ソ連からの亡命者ベレンコ中尉が乗ってきたミグには、機密を守るための爆破装置が、操縦系統に仕掛けられている可能性があったが、実際にはなかったらしい。

あの機体に、それがないと断定はできない。むしろ、ある可能性の方が格段に高い。

彼女のために空けられた聴取室の前で、いったん女性警官にあとの世話を任せた。本部に戻ろうとすると、彼女が唐突に言った。

「ミスター・ツルギ。あなたにだけお話ししておきたいことがあります」

鶴来はうなずいた。良い兆候だ。信頼の構築。とはいえ、聴取を先に行うべきではなかった。どのような証言に、どの組織の証人を同伴させるか注意深く決める必要がある。

「それは今すぐでなければいけませんか？　まずはあなたに休養を取ってもらいたい。私は安全に移送する準備をしたら、またここに戻ってきます」

「ではのちほど。適切なタイミングでお話しします」

大人しく引いた。理性的な証拠。興味を惹くためのブラフの可能性もある。

いずれにせよ、女から信頼されるという点で、早くも一歩前進したといえる。

吉崎をふくめ、人員をぞろぞろ引き連れて本部に戻ると、改めて命じた。

「くれぐれも客として遇するんだ。彼女は容疑者ではないということを肝に銘じろ。諸君の態度一つが、外交問題に発展するかもしれないのだからな」

我ながら大げさだだが、こう言わねば署の人員が、どんな態度をとるかわからなかった。警察関係者の多くは、権威的に振る舞う教育をされており、中には権威の意味がわからず、ただ横柄で、チンピラじみた態度をとる者もかなりいる。

幸い、彼女を任せた女性警官たちは慣れた様子で、しっかりエスコートしてくれそうだった。空港という、日本でも格別に面倒な用件が殺到する場所柄ゆえでもあるだろう。

拳銃とヘルメットについては、吉崎が署の刑事を呼んで保管の責任者としていた。空港での危険物押収に慣れた人員だ。銃の扱い方もよく知っている。

「ヘルメットに付随するいかなる装置にも触れるな。何が自爆装置かわからん」

刑事は真剣な顔で処理班とともに管理にあたってくれた。羽田空港には爆発物の専門家も常駐している。彼らが責任を持ってくれるのは実務的にも政治的にも頼もしい限りだ。

刑事たちが本部から出て行くと、改めてオペレーターに指示を出した。

「くれぐれも、機体にはふれず、誰も近づかせるな。周囲に進入禁止のコーンを並べろ」

現場の人員がすでにそうしていたが、自分の権限を誇示するため何度も命じた。

「空港周辺の地図をモニターに出してくれ」

モニターに、警察用の地図が現れた。グーグル・マップのほうが精度は高いが、うっかり誰かが全世界に護送ルートを発信しかねないしろものを使うことはできない。

「機動隊に、移送の車列を三段階にわけて用意するよう通達。第一段は、用意が調い次第、私の命令で出す。そちらは、マスコミ用のパイパーになってもらう」

パイパーとは囮（おとり）のことだ。ハーメルンの笛吹き（パイパー）のようにネズミの群を運んでもらう。マスコミへの目くらましだ。外国の工作員は十中八九、マスコミのふりをして接近する。最も不自然にならないからだ。空港入り口には、大勢の記者で人だかりができているとの報告があり、そちらの警備も強化させた。もちろんマスコミや民間人を守るためではない。いざとなれば素早く人をどかして、自分たちの安全な通り道を確保するためだった。

オペレーターの一人に、ニュースを常にチェックさせた。テレビ、ラジオ、インターネット、新聞。なんでもだ。最新のものを幾つか、見出しだけ読み上げさせた。

中国側は、『遺憾』だの『非常事態』だのという言葉を連発していることがわかった。

日本側は、『確認を要する』という一言で防御中らしい。

平凡なフレーズ。本当の意味での非常事態にはなっていない。

中国側の工作員は、すでに羽田空港へ入り込んだだろう。冷戦まっただ中でのソ連機亡命事件においてすら、ソ連の工作員が亡命者との接触を試みている。現代で中国側の工作員が何をするか予測不能だ。結末が予定されていないことを祈るしかない。

最悪なのは、日本国政府中枢が、早くも関係諸国と密約を交わしている場合だ。

「政府は、亡命者の扱い方を決めたんですかね」

吉崎も、それが気になって仕方ないというように、小声で呟いた。

「我々が、慎重に、かつ丁重に、彼女を警護する。それだけを考えろ」

鶴来は、地図を見たままそう応じた。背後では、オペレーターたちのほか、亀戸副署長、香住、辰見、鳩守が着席して鶴来を見守っている。鵜沼はとっくに入管庁へ行くため署を出ていた。彼らの視線のプレッシャーを無視し、鶴来は考えた。とにかく彼女を機体から遠ざけなければならない。歩いていって自爆できるような場所には、置いておけない。

「元いた国に帰すと決めていたら……」

吉崎がまた呟いた。

「余計な心配をしている場合か」

吉崎が素直に黙った。ここに来る途中、軽く馴らしておいた成果だ。延々と不安を口にし続けるようなら、警察庁に送り返さねばならなくなる。それこそ、そんな場合ではない。

吉崎に言われるまでもなく、政府の判断一つで、事態は激変する。そして政府というやつは、ときにとんでもない密約を交わす。その乱暴さは、ほとんど任俠映画じみている。

かつて韓国の民主運動家の男が日本に逃げたときなどは、ＫＣＩＡ（韓国中央情報部）が、日本国内の暴力団組織の協力のもと、千代田区のホテル内でその男を拉致したのだ。

　のちに韓国大統領となるその男を、

「殺さないこと」

という条件で、まぎれもない日本政府が国内での誘拐を黙認した。暴力団の協力も、政府は知っていた。見返りに、ときの日本国首相には韓国政府から四億円が支払われたという。関係者は誰も咎（とが）めを受けていない。真相が暴露されたのはずっとあとのことだ。

　金大中（キムデジュン）事件。吉崎も、それが念頭にあるのだろう。

　現時点では、政治思想に関する問題は、まだ存在していない。冷戦のような、あるいは民主化運動のような、イデオロギーの問題かどうかは亡命者である彼女の聴取次第だ。

　今は純粋に、機密の塊である兵器に乗って、祖国から逃げた軍人がいるだけだった。

　中国がどう判断するにせよ、やがてアメリカが第三者として仲裁に乗り出すだろう。

　米軍もとっくに動いているだろうし、米軍のために働く人々は、この国のいたるところに存在する。空港警察署の中にも米軍への情報提供者がいる。ほぼ公的な存在として。

　首相および各省庁には、米軍からの〝直接指導〟が、とっくに発されているだろう。

　こういうとき日本国政府が米軍抜きで判断することはない。米軍がプランを立て、その通りに日本が動く。アメリカ政府より先に、米軍が水先案内人となる。それが日本の〝通常運転〟だ。日本は半主権国家といわれるゆえんでもある。

　ただし鶴来のもとに、米軍主導と思（おぼ）しき命令はまだ来ていない。鶴来も、誰にも報告をしていなかった。各庁の合意が伝えられたなら不要なのだ。この先、権限をどこかに譲り渡すステップに到達したら、報告すればいい。警察よりもはるか上にいる組織に。アクティベイト案件として。これに関しては誰にも任せられず、鶴来がやらねばならなかった。

亡命者をどこに置くか。実のところ選択肢は、入管以外にもいくつも存在した。海上保安庁に連れて行く。自衛隊基地に連れて行く。米軍基地に連れて行く。都内の警察署に連れて行く。都内のホテルに連れて行く。他県へ連れて行く。

このうち海上保安庁は最初に除外していた。管轄が国土交通省だからだ。余計な政治が生まれるし、空路で来た亡命者を、海が管轄の組織に任せるのは筋が違う。

ただし海上保安庁の協力は不可欠だ。国内でも数少ない実戦を経験した部隊を擁するのだから当然だろう。彼らは警察の装備など比較にならないほど強力な火器を有し、海上での銃撃戦で敵性の船を撃沈させた戦果もある。横浜の施設では、彼らが沈めた機銃つきの北朝鮮の工作船が堂々と展示されている。日本がこうむる厄介な問題の大半は海から来る。海上保安庁はすでに海岸警備を強化し、中国側の工作員の上陸を監視しているはずだ。

自衛隊基地は、はるかに面倒な問題が生じる。政治的かつ歴史的な問題だ。中国からの亡命者を自衛隊基地に連れて行くことは、それだけで外交上の火種を作りかねない。

米軍基地も現時点では同様だ。各省庁の頭越しになり、事態を大きくすることになる。

都内の諸施設にいきなり運べば、警護に不安が生じる。結局のところ、まず入管庁に移動させるのが最善だった。次の受け入れ先が整うまで、そこで免責と入国の手続きを行う。

そのあと都内のホテルに移る。ビザの支給が済めばそれが可能だ。要人の宿泊に慣れたホテルは都内にいくらでもある。そこで滞在させ、最終的なゴールへ移す算段を整える。

ゴールは、アメリカだ。これもベレンコ亡命事件に倣ってのことだが、彼女の亡命先が日本になることはない。アメリカがそうした役割を担う。羽田から入管庁へ、民間施設へ、そして米軍の施設から、最後にはアメリカ本土へ送り出す。それが正しいルートだ。

香住が近づいてきて、大声で尋ねた。

「あのエックスを、どこのホテルに泊めるんだ？」

エックスとは亡命者を意味する言葉だ。使用機会がないせいか、同室の大半が眉をひそめた。香住が、勝手なコードネームをつけたと思ったのだろう。

辰見と鳩守は、当然のような顔でいる。彼らは亡命者の呼び方を知っているのだ。外務省はむろん、経産省の人間も、海外での活動を通して知る機会があるはずだった。

「まだ決めていません」

「ニュー山王ホテルかい？　赤坂プレス・センターまでヘリを飛ばせば、すぐ到着だ」

香住が重ねて訊いた。東京港区の南麻布にある、米海軍所有の宿泊施設のことだ。さっそくアメリカ側に引き渡すのか、と言っているのだ。

「まだ決めていませんよ。エックスの聴取とビザの発給が先です」

同じ言葉を返し、オペレーターたちへ訊いた。

「車列の用意は？」

「整っています」

「第一段がパイパーであることは通達済みだな？」

「はい。女性人員をエックスに偽装させています」

聞き慣れないはずのエックスという言葉をさっそく使っている。順応性の高い人員だ。

「ただちに海上保安庁、第三管区海上保安本部へ移動を開始。保安本部へはパイパーが行くことを伝え、何かあれば私に連絡するよう言っておいてくれ」

「了解」

「東京出入国在留管理局へのルート上に白バイと機動隊の輸送車を配置。第二段を地上ルートで向かわせる。第三段はＶＩＰ専用の地下ルートで向かう。エックスが乗るのは第三段の輸送車だ。以上を通達」

「了解」

「エックスはどうしている？」

「お待ち下さい。えー、こちら本部、エックスは……亡命女性はどうしていますか？」

そのオペレーターがイヤホンに手を当てている間、別のオペレーターが声を上げた。

「空港より、中国系ジャーナリストを自称する数名が、機体への接触を試みようとしたとのこと。敷地外へ出した上で、尾行をつけています」

「さっそく怪しいのがわいたな。警護区画に入れず、入ろうとする者は全てマークだ」

「了解しました」

「えー、エックスですが、入浴と着替えと食事を済ませ、待機中とのことです」

「私が行く。コネクティング済みのインカムをくれ」

オペレーターの一人が席を立って、インカムを鶴来に渡した。吉崎にもそうした。

鶴来はインカムの接続を確認し、それから面々を振り返った。

「エックスを車輛に乗せる。進行の際、私と吉崎は現場に立つ。ここで待機するか、同行するかは、各自に任せる」

亀戸副署長が鼻を鳴らした。彼が署を離れることはできない。

香住は、さっそく腰を浮かしている。一緒に来る気だ。

辰見は曖昧な表情を浮かべて肩をすくめた。本部のモニター越しに鶴来の仕事ぶりを見てやるという構えだ。虎視眈々と権限奪取の機会を狙っていることを隠しもしない。

鳩守は気づけば立ち上がっていた。この人物が何を目的としているかまるで不明だ。

鶴来と吉崎が部屋を出て、署員の案内でエレベーターに乗った。香住と鳩守が続いた。

「鳩守さんとお呼びしてよろしいですか？」

静かな箱の中で、鶴来がやんわり尋ねた。

「はい、鶴来警視正」

男がわざとらしく肩書きをつけて呼んだ。情報通であることをひけらかしたいらしい。

「なぜここにいらしたのですか？」

「楊芊蔚上尉の警護を担当される方に、お話しすべきことがありまして」

今度は、亡命者のフルネームと階級を淀みなく口にした。

「いったいいつ彼女の情報を得たのですか？」

「先ほど、ここに到着してからですよ」

大嘘だ。相手の微表情からもそれがわかった。

「話とは？」

「三日月計画」

その言葉で、何もかも説明できるというような調子だった。吉崎と香住が、鳩守に目を向け、それから鶴来を見た。二人とも意味がわからないのだ。鶴来にもわからなかった。

「それはなんですか？」

「適切な状況でお話しすべきことでして」

鳩守が言った。ならエレベーターなどで口にするなと言ってやりたかったが、鶴来は、わかりますよ、という微笑みを返すにとどめた。

目的の階に着き、エレベーターから出ながら、鶴来は言った。

「ではエックス護送中、我々の車に同乗して下さい」

「ありがとうございます。ぜひそうさせて頂きます」

「俺も同乗していいかい？　ここまでタクシーで来たんだ」

香住が鶴来に訊いた。

「もちろん」

鶴来はそう言ったが、内心では、香住も鳩守も、ここの留置場に閉じ込めたい気分だ。

刑事部屋に案内され、女がいる部屋に入った。窓のない聴取室。女性警官が彼女に何ごとか英語で話しかけていた。このお菓子は中国にもあるのかといった、他愛ない会話。聴取の前に、相手の気持ちを楽にさせてくれている。なかなか悪くない対応だ。

パイプ椅子に行儀良く座っていた彼女が、顔を上げて鶴来を見た。

入浴の効果だろう。さっぱりした印象で、心なし疲労の色が薄らいだようだ。上下のぴったりした黒いスーツに白いワイシャツ姿。脱いだパイロットスーツなどは証拠品保管用のカゴに丁寧に入れられている。持ち物にはタグがつけられ物品リストが作成されていた。

拳銃は弾薬を抜かれ、ヘルメットと一緒に、署の証拠品保管庫に入れられているはずだ。

「マーム。お待たせしました。間もなく移動します」

女がうなずいた。初めて会ったときとまったく変わらぬ態度だった。

「何かご不便はありますか？」

「いいえ。お気遣いに大変感謝しています。これらの購入明細を、渡して下さい」

彼女が、テーブルのペットボトルや、開封されて平らげられた食品を手振りで示した。

「ご心配なく。しかるべき予算から支払われます」

鶴来はそう告げながら、彼女の挙動を興味深く観察した。

これくらいなら自分で払えるという態度だった。貧困に喘(あえ)いで命からがら逃げてきたという印象ではない。ベレンコ中尉の亡命の動機は、貧困から逃れたい一心だったらしい。事件後、ソ連上層部はパイロットの待遇の劣悪さを知り、慌てて改善させたという。

彼女は、むしろ富裕層か、中流より上の生活に慣れているように見えた。彼女が初めて垣間見せたパーソナルな情報。役立つかはわからないが、鶴来は頭の中でメモした。

「今は、あなたとお話しする上で、適切なときですか？」

「適切です」

鶴来は、自分以外の人間を部屋から出した。いったんのオフレコ。まず内容を聞き、あとで適切な証人を同席させて同じ話をさせるつもりだった。

ドアを閉め、彼女と向かい合って座った。

「これで、私以外、誰も聞けません。あなたが望まない限り、録音もしません」

彼女が唇を引き結んだ。重大な話をする前触れ。顔から血の気が引いたように見える。

――何を言う気だ？

鶴来は、彼女が何も言わないうちから厭な予感に襲われ、腕に鳥肌が立つのを覚えた。

「私は知りませんでした。乗ってから気づいたのです。乗るのは本来、私では……。いえ、とにかく私は、燃料の消費率から、搭載物の存在に気づき、機体の重心に関するロードマスター・データを確かめました。それで、通常の爆弾の他に、あれが積まれていることを知ったのです。一発だけ……ですが確実に、あの機体の中に存在しています」

彼女がきつく眉をひそめた。信じてほしい、というのではなく、彼女自身、とても信じられないのだ、というように。

鶴来は鳥肌が両腕から体中へ広がるのを覚えながらも、穏やかさを保って訊いた。

「教えて下さい。あの機体に、何が積まれていると言うのですか？」

彼女は言った。

「重力自由落下式（グラヴィティ・フリー・フォール）……核弾頭爆弾（ニュークリア・ウォーヘッド・ボム）」

8

真丈は、車を走らせながら、会社の携帯電話をスピーカーモードにして本社にかけた。

「しばらくかかりそうなんだ。坂田部長にそう伝えてくれないか」

仕事を交代した竹原に伝言を頼んだが、

「もう帰っちゃいましたよ。なんか疲れた顔してました」

とのことで、報告義務を免除された清々しさを覚えた。午後九時前。受付の香住綾子も帰宅しただろう。自分が何をしているか誰にも話す必要がない。気楽なものだ。むろん単独行動よりさらに危険な状態であるとわかっている。バックアップのない完全な独断行動。

「真丈さんのシフト、俺が代わりますね」

「悪いな」

「いやいや。俺の代わりに面倒ごとをおっかぶってもらったんですから」

「他の人たちはどうしてる?」

「みんなニュースに釘付けですよ。中国の爆撃機が羽田に着陸したんですって」

「ああ、あれか」

ありえない。反射的にそう思ったが、ニュースで騒がれているということは、本当に起こったのだろうか。まさか。あまりに馬鹿げている。

「爆撃機はないだろう」

「いや、そうかもしれないんですって。黒くてでっかい、ブーメランみたいな三角形の飛行機、あるじゃないですか。アメリカとかの。それが来たって。映像で見られますもん」

「あとでネットで見てみるよ」

「見た方がいいっすよ。絶対。あんなのがマジであるなんて、びっくりですよ」

「そうするよ。じゃ、みんなによろしく言ってくれ」

通話を切った。ブーメランみたいな三角形。全翼型のステルス爆撃機。そんなものが中国から飛来した。ますますありえない。この国の報道はどうなってしまったのか。

真丈は考えるのをやめ、社用の携帯電話を車載の充電器につないだ。それから個人の携帯電話を取り出し、覚えている番号を打ち込み、スピーカーモードでかけた。コール音がしばらく続いた。

車は国道二四六号線を北東へ進み、六本木通り（ろっぽんぎどおり）へ入ろうとしていた。

「はい。赤坂プレス・センター」

相手が英語で告げた。真丈もそうした。

「真丈太一という者ですが、ミスター・アバクロンビーにつないで頂けますか？」

「ミスター・アバクロンビー」

相手が繰り返した。復唱ではなく、間違い電話ではないかと訊き返されているようだ。

「ええ。デイヴィス・アバクロンビー。情報将校。J2所属。現在、駐日中」

「ミスター……ええ、タイチ・シンジョー。お名前をお伝えすればいいのですか？」

こんな時間におかしな通信をつないで、高官に叱責されるのは嫌だと暗に言っていた。

「はい。それと、オクトパスからの電話だ、ともお伝え下さい」

沈黙があった。冗談かと思ったのだろう。やがて、諦めたような声が返ってきた。

「わかりました。少々お待ち下さい」

待機用の音楽が流れ始めた。その間に、六本木通りに入って麻布へ向かっていた。

「お待たせしました。お話し下さい」

さらに二秒待つと、不機嫌そうな声が聞こえてきた。

「アバクロンビーだ」

「真丈です」

「本当に貴様か……」

相手が呻くような声をこぼした。歯が猛烈に痛んでいるような声だ。

「蛸壺に潜って無期限の休暇中だろう。復帰は聞いていない」

「していません。民間の仕事をしています。近くにいますので少しお会いできませんか？」

再び呻き声。それから、またしても諦めたような声を返された。

「わかった。公園で会おう」

「ありがとうございます」

ぶつっと苛立たしげに通話が切れた。礼には及ばないということらしい。

六本木通りの西麻布交差点を折れ、外苑西通り（がいえんにしどお）から右へ、青山（あおやま）墓地の方へ向かった。

また右へ曲がれば、赤坂プレス・センターの入口があるが、そのまま直進した。

先ほどの電話の相手が宿泊している建物を、右手に見ながら進んだ。

ハーディ・バラックス。エルマー・ハーディ伍長の名にちなんだ、米兵の兵舎（バラックス）だ。

別名、六本木在日米軍基地。二・二六事件で有名な陸軍歩兵第三連隊が駐屯した場所だが、一九四五年にGHQが接収して以来、ずっと米軍が駐屯し続けている。

赤坂プレス・センター、ハーディ・バラックス、星条旗新聞社、でかいヘリ・ポート。その全てが都内の広大な一等地に存在しており、東京に用のある米軍要人は湾岸の米軍基地からヘリでここに来て、ニュー山王ホテルという、これまた米軍所有の施設で宿泊する。都や港区は、用地返還のため涙ぐましい努力を続けているが、願いは叶いそうにない。米軍に土地と空域を占拠されているという点では、東京も沖縄も変わりないのだ。

バラックス脇を通り、青山公園の南地区に車を入れて停めた。

外に出ると夜気が心地好かった。相手が来るまでの間に、トイレで用を足しておいた。それから広々とした公園の緑で囲まれた小道を、バラックスに向かって歩いた。左手のヘリ・ポートのフェンスを眺めながらぶらぶらしていると、前方から足音が聞こえた。

「お久しぶりです」

足を止めて言った。白髪の、いかにもミリタリー・インテリジェンスに所属するために生まれてきたような気難しそうな顔をした白人が、乱暴な足取りで近づいてきた。『六本木ナイトフィーバー』と日本語でプリントされた派手なTシャツに、半ズボン、スニーカー、手にはハンドタオルとミネラルウォーターのペットボトルという出で立ちだ。

「何の用だ、ジョー」

姓を二つに割って、あたかもファーストネームであるかのように呼ばれた。

「その格好はなんです？」

「少し走ってくると言って出て来た」

「部下もつれずに？」

「上官のプライバシーを守ることの重要さを、彼らは知っているからな。何の用だ？」

「あのバラックスは、いまだに一泊二千円で泊まれるんですか？」

「コネがあればな。最近は三千円ちょっとに値上がりした」

「それでも安い」

「貴様の国の政府が出してくれる、オモイヤリヨサンのおかげだ」

英語で話しているのに「思いやり予算」だけ日本語で口にした。米軍を代表しての感謝のあらわれだろう。人の名前のようでもある。思井遣代さん。実在しそうな名だ。

「なぜかストックホルム症候群を連想しました」

アバクロンビーがせせら笑った。

「土地を返せだの、ヘリ・ポートを閉鎖しろだのと言う日本人もいるが、今では日本国政府から出て行かないでくれと懇願されているのだ。少なくとも私たちはそう認識している」

「この国が民主国家としてはかなり悲惨であることは知ってますよ」

「出て行くかもしれんがな」

「そうなんですか？」

「撤退したとしても司令部は残るし、貴様のようなアクティベイターも温存される。ニュースになるよう意図的にリークしているはずだぞ。話題にならんのか？」

「うちの国民は、見て見ぬ振りと、忘れるのが得意なんです」

「どこの国もそんなものだ。私の故郷の街では、世界地図上でイラクがある場所を指させる者は、半分もおらん」

「在日米軍の撤退に賛成するアメリカ軍人は、もっと少ないでしょう」

「選挙パフォーマンス頼みの暴れ者を大統領にしたせいだ。我が祖国は百パーセント官民統治であり、軍は政府に従う。そもそも戦略的にはグアムでの防衛が理に適っているのだ。レッドやコンに対しては、同盟国であるお前たち自身に防衛を任せて何が悪い」

レッドは赤い国旗すなわち中国、コンは共和すなわち北朝鮮のことだ。

「ハンマーと戦うため、この国やオーガに基地を作って、他は無視ですか」

ハンマーはソ連のことで、今ではロシアを意味する。オーガは易者、つまり占い師のことで、韓国国旗に描かれた卦を占う横棒にちなんでいる。

「政治的かつ戦略的な問題だ。冷戦当時は必要なことだった」

アバクロンビーがぶすっとなった。彼の人生で、いちいち言い返されるというのはまれなのだ。特に、軍事やその歴史認識に関しては。

「アメリカ政府が日本独立を決めた後、軍が占領し続けたのも必要なことだったと？」

「もちろんだ。朝鮮戦争があったしな。今でも、この国はその後方基地を担っとる」

アバクロンビーが、右手にタオルを、左手にペットボトルを持ったまま、さっさとこの胸に弾丸を撃ち込めというように大きく両腕を開いてみせた。

「世間話が目的か？　用件を言え」

「マット・ガーランド。彼の協力が必要なんです」

アバクロンビーがやれやれというようにかぶりを振った。

「何をする気だ？」

真丈は防刃チョッキにプリントされた社名を指さした。

「うちのクライアントが殺されたんです。背後に、外交特権を濫用する中国人がいます」

「ペルソナ・ノン・グラータで追放しろ」

「その前に逃げられそうなんです」

「今がどういう状況か知っているのか？」

「いいえ。何かあったんですか？」

「中国機が羽田空港に着陸した」

「ああ、ニュースでやっているそうですね」

「本当に知らんのか？　お前の義弟が現場にいるのだぞ」

「忙しそうだとは思ってました。あとでネットを見ますよ。おれは息絶える前のクライアントから、犯人を捕まえろと頼まれただけです」

アバクロンビーが腕組みし、頭を左右に傾げながら真丈を見つめた。

「死んだクライアントに従ってどうする」

「あなたの上官が、同じ事をあなたに頼んだらどうしますか？　あるいはあなたが部下に同じ事を頼んだあと、死んだとしたら？」

アバクロンビーが眉間に皺を寄せた。知ったことかと言いたいのだろうが、アメリカ軍人としての生活が長いと、忠誠心にかかわる言動をおいそれとは否定できなくなるのだ。

「大した信念だな」

アバクロンビーがちっとも感銘を受けていない様子で言った。そして、実はそれよりも懸念していたらしいことを、遠慮がちに口にした。

「貴様の妹のことは、整理がついたのか」

真丈は黙った。とっくについたと答えるべきだったが、できなかった。

「貴様にはアクティベイターの任務に関し、期限なしの休暇が与えられている。きわめて特別な措置だ。なのに、南米で貴様を見た者がいるぞ。何をやっていた？」

真丈は黙っていた。

「我が軍は、南米での作戦で、貴様に借りを作った。そういうことか、ジョー？」

真丈は黙っていた。米軍が、「借りがある」という相手を、どう扱うかはわかっていた。

極秘作戦で外国人を使ってのち、その外国人が、自分がしたことを公開するなどと米軍や米国政府を脅迫したら、どうするか。綺麗に始末するだけだ。米軍は、外部に借りを作ることを厭わない。いつでも踏み倒せるからだ。もし借りを作った相手が脅迫者となったときは速やかに消す。統計的にも、その方が安いコストで済むと証明されている。

横暴なのではない。合理的なのだ。背筋が寒くなるほどに。

「ジョー」

アバクロンビーが口調を強めた。疑心暗鬼になられると面倒なので言い返した。

「そこまで貸しを作ったわけでも、そのことを盾にして、マットのことを持ち出したわけでもありません。おれがネットで勝手に彼と連絡を取れば、あなたは気分を害するでしょうから、事前に話を通しておくべきだと思って、お会いしたんです」

「当然だ。私のマーキュリー・チームを、なんで部外者に使わせねばならん」

真丈はまた肩をすくめた。類い希なる情報収集分析チームを、アバクロンビー個人のものだと信じているのは、インテリジェント・フォースの中でも、結局のところ、アバクロンビーだけなのだ。

アバクロンビーの睨むような目を、涼しげに見つめ返した。にらめっこは得意だ。笑うのを我慢すれば自然と変な顔になる。このときもミスター・ビーンなみに多彩な表情をみせてやった。アバクロンビーが顔をしかめた。笑いか歯痛をこらえているのだろう。どっちにしろ、予想どおり折れてくれた。

「マットだけだぞ」

「ありがとうございます」

「ナンバーを言うから書き留めろ」

「必要ありません」

アバクロンビーがうなずき、電話番号を口にした。

「不適切と判断された時点で、連絡を禁じる。いいな」

「はい」

「マットも、お前と話すと嬉しがる」

アバクロンビーはそう言うと、体を左右にねじり、おもむろに走り出した。走ると言って出て来たのに、汗一つかいていないのはおかしいからだ。

その背に向かって、真丈はふと思いついた質問を投げかけた。

「最近は、日本のことを、なんて呼んでるんですか？」

アバクロンビーは答えず、うるさそうにタオルを握った手を振った。

米国軍人が、勝手に作った各国のコードネーム。だが今では日本を意味する初期のコードネームは使われていない。日本の呼び方はまちまちで、一定していないのだ。

だが以前の呼び方を真丈は知っていた。ニーズだ。需要を意味するニーズではない。両膝のことだった。

ひざまずいて懇願する国。降伏した国。いかにも米軍がつけそうなネーミング。

真丈は車に戻り、電話をスピーカーモードにしてかけた。すぐに相手が出た。

「やあ、マット。おれだよ。シンジョーだ」

英語で呼びかけた。返事はない。代わりに呼吸音と、コツコツ叩く音がした。相手が電話機を使っていないことは知っていた。ヘッドセットを叩いているのだ。

「罪人(シナー)、ジョー」

「そうだ、タイチ・シンジョーだ」

「罪人(シナー)、ジョー。罪人(シナー)、ジョー。罪人(シナー)、ジョー」

どういうわけか、最初に名乗ったときに、そうインプットされてしまったのだ。マットが決めたルールを覆すことは、それがなんであれ容易ではない。

「マット・ガーランド、マット・ガーランド、マット・ガーランド」

相手に合わせて名を呼んだ。コツコツ叩く音が激しくなった。面白がっているのだ。

マット・ガーランド。いわゆる自閉症と診断された人々のみで構成されたマーキュリー・チームの一員だ。国防のためにそうした人材を活用することを発想したのはイスラエル国防軍で、衛星写真の分析チームを作ろうとして苦心惨憺(さんたん)した結果だった。来る日も来る日も、倦(う)まずたゆまず似たような景色を延々と眺め、微細な変化をたちまち発見する。そんな常人離れした忍耐力と認識力を併せ持つ人材を求めたところ、最適な人々に行き当たったのだ。

秩序を愛し、パズルを愛し、目の前のものを予断なく見つめ続けることを愛する人材。

その一人であるマットに、真丈は言った。

「人を五人、携帯電話を四つ、車を二台、捜しているんだ。五人のうち二人は死んでしまった。彼らの墓を作ってやりたいんだよ」

マットの静かな呼吸音から、こちらの言葉を注意深く聞いてくれていることが伝わってくる。マットは社会生活上、いろいろ難しい目に遭うこともあるが、コミュニケーション能力が皆無なわけではない。きちんと真丈の言葉を理解していた。その気持ちも。

真丈は五人の名を告げた。外交官の身分票のナンバー。電話番号。車のナンバー。最後に、自分の携帯電話の番号を教えた。

「彼らの墓を掘る（ディッグ・ゼア・トゥーム）。罪人（シナー）ジョーは、彼らの墓を掘る（ディッグ・ゼア・トゥーム）」

「そうだ。助けてくれるか、マット？」

「彼らの墓を掘る（ディッグ・ゼア・トゥーム）」

コツコツ叩く音が響き、通信が切れた。

真丈は、携帯電話を充電器につなげ、待った。

車が何台か、通り過ぎていった。道路の向こうには青山墓地の暗がりが広がっている。

罪人（シナー）ジョーは、彼らの墓を掘る。マットは、常に正しい。真実だけを見る眼差しで、どれほど残酷なことも直視する。無垢（むく）で勇気に満ちた、電子情報分析官。

五分ほどで、マットからのメッセージが大量に携帯電話へ送られ始めた。アルファベットと数字で構成された貴重な情報の塊。二台の車と携帯電話四つの位置。五人の情報。同一の住民票が全員に使用されている。丹念に追えば本当の情報に辿り着くはずだ。国内最大の監視システムを有する情報部隊のメンバーがもたらしてくれた恩恵。

真丈は車を出した。罪人ジョーは、彼らの墓を掘る。敵の墓を。ともに戦った者の墓を。あるいは妹の墓を。

整理がついたのか。アバクロンビーはそう訊いた。どうすればそんなことができるのか、わからなかった。わかるのは、この先ずっと自分は混沌を抱えるだろうということだ。なぜ妹は死なねばならなかったのか。問いの渦から生まれる混沌を、行動だけが抑えつけてくれる。行動だけが墓標代わりとなる。それもわかっていた。

――捕まえろ。

こだまし続ける声とともに、真丈は、車を湾岸へ向けて走らせた。

9

鶴来は衝撃から立ち直りながら、報告のタイミングを繰り上げざるを得ないと判断した。

「マーム、今の話は、決して他言無用です」

「はい」

自称亡命者の楊芊蔚が、鶴来の反応を予期していたように即答し、言った。

「私の立ち会いなく、あれに決して手を触れないよう、くれぐれもお願いします」

日本人にとって核兵器がどれほど衝撃的な存在か、よくわかっているという調子。それがいかに日本人の心情を揺さぶり、国内外の政治に強い影響を及ぼすかを理解しているのだ。この国の非核三原則とは何であるか、詳細に説明してみせそうなほどに。

いっときの緊迫の表情はどこかへ消え、女は再び冷静かつ毅然とした態度に戻っている。感情や表情をコントロールする訓練を受けているのだろう。それは、一般的なことだろうか？　対尋問スキルを持つパイロット。そんな人員がいる意味がわからない。

中国側の工作。しつこく浮かぶその考えを、やむなく思案の一部に組み込んだ。一刻も早く彼女を聴取し、矛盾や裏の意図がないか、微に入り細を穿って質さねばならない。

今ここでは無理だ。聴取に立ち会わせる証人を選ばねばならないし、いざというときに全面的に責任を背負わせ、スケープゴートになってもらう組織も必要だ。

このままでは自分がそうなりかねない。冗談ではなかった。亡命希望者が持ち込んだ核の炎で都民一千万人以上が蒸発する可能性に関するスケープゴート。一人の人間が背負うことも対処することもできない案件だ。その上、仮に現実になったときは、最初に蒸発する場所に立っていなければならない。あらゆる意味での死刑宣告といっていい。

「あの機体の警備については、厳重に、誰の手も触れさせないことを、お約束します」

内心では最高のプロフェッショナルを呼んですぐさま調査させたいところだ。米軍の協力を得た上で。核弾頭の解体作業の経験がある日本人などいると思えない。

「間もなく、あなたを移送する準備が整います。私はチームを監督しなければなりませんので、同行はできません。よろしいですか？」

「はい」

「移送後、改めて聴取をさせて頂くことになるでしょう。私はいったん失礼します」

鶴来はドアノブに手をかけ、一拍の間を置いた。ドアを開けた途端、

――あの機体は核を積んでいる！

間違っても、女がそう叫んだりしないことを確かめた。

女が静かに言った。

「何でも尋ねて下さい。決して包み隠さず話すことを、お約束します」

凜然とした態度。こちらが安心するよう誘導しているのだろうか。

鶴来は、すっかり安心させられたというような微笑を返した。そして、まったくそんな気分とはほど遠い状態で、いつでも瞬時に閉められるよう、注意深くドアを開いた。

女はじっとしている。鶴来は軽く目礼し、聴取室を出て、後ろ手にドアを閉めた。

狭い通路に立ち並ぶ人々が、鶴来へ視線をぶつけた。部下の吉崎、空自の香住、経産省の鳩守、警察官たち、刑事たち、ぶすっとした様子の亀戸副署長。

鶴来は、他の者を無視し、吉崎に命じた。

「彼女のエスコートをここの署員に任せ、お前は移送準備を監督しろ。入管側が受け入れ可能となり次第、出発だ。私はこれから、上に報告する」

吉崎が、上とは誰のことだと訊いてくることを警戒したが、

「わかりました」

と返しただけだった。質問なし。疑わしげな視線もなし。ウラ屋志望の人員が、鼻を利かせることを忘れてくれている。素晴らしい。先にこの部下を調教しておいてよかった。

「頼んだぞ」

鶴来は人が蝟集(いしゅう)して狭苦しい場所を離れ、別の聴取室のドアを勝手に開いた。

「ここは傍受される恐れがあるか？」

警察官たちが、何を言ってるんだろうという表情で鶴来を見つめ返した。

「電波は入りますよ」

一人がずれたことを口にした。鶴来は部屋を見た。テーブルと椅子以外、何もない。置いてある物やコンセントなどに録音機器が仕込まれている可能性はあるだろうか。

馬鹿なことを考えている。鶴来は警察官たちに適当にうなずいてみせ、誰も入ってくるなと目で告げながら、さっさと中に入ってドアを閉めた。

落ち着け。衝撃を受けたせいで明らかに過敏になっている。空港警察署の聴取室内で、盗聴が行われる理由などない。もしあったとしても空港警察署の責任だ。

現実的に考えろ。どうしたら、あの機体に核を搭載させることができる？

一つ、中国首脳陣が、核による先制攻撃を決断して準備させた。これなら最新鋭の爆撃機を使う理由にもなる。もちろん、まったくもってナンセンスだが。

一つ、テストなどのため、たまたま爆撃機に搭載されていた。この場合、厳重に管理されているはずの核弾頭の存在を、エックスが知らなかったとは考えられない。「核弾頭搭載機」として機体ごと厳しく管理され、とても亡命などには使えなかっただろう。

一つ、何者かが中国首脳陣や軍部の目を盗んで、核弾頭を製造し、あの爆撃機に積み込んでいた。この時代、材料さえあれば大学生でも核弾頭を作ることは可能だ。３Ｄプリンターで原子炉を作ることだってできる。

最後の仮説がどうやら現実的だった。誰がなぜそんな真似をしたかは二の次だ。ひとまず仮説を立てねば今後どう動いていいかわからなくなる。今ここでどう報告すべきかも。

鶴来は、警備局から支給されたものとは別の携帯電話をとりだした。

私物ということにしてあるが、実はこちらも支給品だ。たとえ私物であろうとも、それこそ今自分がこうして働いている限り、盗聴されているに決まっているのだが。

数件しか保存されていないナンバーの一つにかけた。

しばらくコール音が続いた。このタイミングで報告が来るとは思っていないのだろう。

「こちらオルタ・ファイブ」

応答があった。滑らかな英語。ボスの一人。鶴来には誰だかわからない相手だ。

「こちらクレーン。現在、デリゲートからの命令を実行中。状況を報告します」

鶴来も英語で言った。通話を傍受する者たちのため英語で話すよう命じられているのだ。重大事項を他国語で喋らされることに対する抵抗の念は、拭っても拭いきれないものがある。何より通話相手の語学力によっては、まどろっこしいことこの上ない。

幸い、その点では不自由ない相手らしい。鶴来は、誰であるか想像を働かせた。いや、誰であるかはあまり重要ではない。どの組織に所属しているかが重要だ。英語に堪能(たんのう)であれば、北米局の可能性が高い。ならば話が早くて済む。

「実行中の命令とは何か?」

相手が訊き返した。とぼけているのではない。オルタ・ファイブとは、五人のオルタネート・デリゲート、すなわち代表代理のことだ。五人の誰かが、常に報告を受けられるよう持ち回りで電話に出る。必ずつながる代わりに、齟齬（そご）をきたさぬよう、どのような命令があったか、そのつど口頭で確認せねばならないのだ。

「羽田空港における現場指揮を全面的に掌握すること。中国（レッド）より来たるエックスの身柄を保護し、安全かつ速やかに、適切な施設に移送し、しかるべき手続きを済ませること」

手短に喋りながら、どういうルールで彼らは報告を受けているのだろうかと思った。五人が同じ通信機器を用いているのか、一台ずつ支給されているのかもわからなかった。

鶴来が知っているのは、かけるべきナンバーと、自分が使用すべき通信機器、そして自分の真のボスは五人のうちの誰でもなく、彼らのさらに背後にいる存在だということだ。

国のウラのウラを司（つかさど）る存在。鶴来を警察庁警備局警備企画課に派遣した、本当の雇い主。国内の諜報工作を担うウラ屋ですら、事実上その末端組織でしかない。

「以上の命令を完了しないまま報告しているということか？」

いぶかしむような声。未完了なのに報告する場合は二つしかなかった。障害が発生して進行不能となりつつあるか、現行の事案とは別の重要な事案が発生した場合だ。

「全て順調に進行中。ただ一点、エックスよりきわめて重大な情報提供があり、オルタ・シックスへの速やかな伝達が望まれるものと考えます」

ファイブからシックスへ。本当の雇い主への伝達。できれば避けたい役目だという相手の気分が伝わってきた。たまたま電話に出ただけなのに、重荷のバトンを渡されるのだ。五分の一の確率で。さぞ不条理な思いだろう。

「伝達すべき情報とは？」

「機体内部にて、ブロークン・アローの可能性あり」

息を呑む気配。事前情報なしの衝撃。通話相手がよろめく姿を鶴来は想像した。

折れた矢（ブロークン・アロー）とは、核兵器の紛失や流出を意味する言葉だ。通話を盗聴中のシックス配下の人員も驚愕（きょうがく）しているに違いない。手持ちの情報とあまりに違うからだ。

「なお、命令ではレッドの戦闘機に乗る男性軍人を適切に保護することとありました。現実には、レッドの爆撃機に乗って亡命をはかった女性軍人を保護しています」

「承知している。適切に対処したまえ」

ファイブも鶴来と同じくらい、情報の齟齬に戸惑っている。おそらくシックスも。なぜ齟齬をきたしたか調査していることだろう。

「アローについて他に知る者は？」

「おりません」

「重大事案として受け取る。現行の案件に注力したまえ。現時点では良い働きをしているとは評価できないぞ」

「ご期待に添えるよう尽力します。ただ一つ、懸念事項が存在します」

要は質問したいのだが、この国の組織原理において、報告業務中に上への質問はタブーに近いものがあるので、あたかも報告の一部であるかのような言い方をした。

「何かね」

ひどく警戒するような声。もっと悪い報告が来るのではと身構えている。

「現場に、経済産業省の人間が現れました。私との同行を求めています」

「産調か」

間髪容(い)れぬ呟き。それについてはファイブ側でも把握していたらしい。

「同行を受け入れ、情報提供を受けろ。米国(スター)も注目している。国内アクティベイターの評価報告があるだろう。お互いの適切な友好と利益のため、誠意を尽くして対応したまえ」

友好、利益、誠意。この三つの言葉がセットになったことで、相手が誰かぴんときた。ファイブには珍しい失敗。あるいは、わざとヒントを出してきた。

外務省だ。友好、利益、誠意を目的とする省庁などほかにない。そしてファイブの構成員になれるのは外務省北米局員だけだ。

アメリカからの相当なプレッシャーがあると言いたいのだ。理由はわからない。なんであれ、ファイブとシックスのため、死に物狂いで働けと言われていることはわかった。役に立たないなら抹消するという脅しが込められていた。

「ただちに現場に戻り、ご期待に添えるよう最善を尽くします」

敬礼でもしているような調子で言った。実際にする気はさらさらなかったが。

「報告を待つ。通信アウト」

「通信アウト」

互いに会話終了を告げた。盗聴する者たちへの便宜のためだ。馬鹿馬鹿しい。

ともあれ鳩守淳の背景がわかった。産業調査員だ。経済産業省の官僚のなかでも、様々な調査活動に従事する者たち。世界中に存在する日本貿易振興機構を中継基地とし、世界の産業界にネットワークを築く。多くは組織で動くことよりも、個人プレーを重んじる。予算の都合上、みな一人でばらばらに活動するしかないといったほうがいい。

その存在は、この案件のバックグラウンドをも意味している。

貿易バランスだ。アメリカ国内では常に二つのバランスのうち、どちらを重視するかでせめぎ合いが生じる。軍事バランスと、貿易バランス。多くは、貿易バランスが物を言い、もう一方を台無しにしてしまうこともしばしばだった。アメリカの政治家が、国内の選挙に有用である方を優先し、影響が弱いと判断された方を犠牲にするせいだ。

かつてアメリカが、日本に禁じておきながら、自分たちでスーパーコンピュータを中国に売ったのも、貿易赤字の是正のためだった。将来の軍事バランスを揺さぶる行為。おかげで、中国はまたたく間にロシアを上回るサイバー戦力を手に入れてしまった。

日米貿易摩擦が問題になったときも、アメリカはＰ－３Ｃという機体を百機も海自に購入させている。貿易是正のために軍事用品を売る。それがアメリカの流儀といっていい。

この亡命は決して突発的なものではない。鶴来はそう確信した。過去のソ連機到来とは意味が違う。背景には、かなりの規模の産業的な利害が存在する。

――アメリカの工作か。

軍事と貿易。二つのバランスの是正。それも、ひどく強引な。そうするだけの動機がシックスの側にあり、ファイブはいつものごとく、それに従ったのだろう。

――三日月計画。

鳩守が告げた言葉。詳細は不明。だが日米が関わっていることは間違いない。

プランナーがいることも。事細かに計画した人間が。そう考えた途端、怒りがわいた。

誰のせいで民間空港に爆撃機を下ろし、一千万規模の国民を危険にさらすことになったか解明せねばならない。そして、記録に残さねばならなかった。入手可能な全ての証拠書類を保管してやる。

鶴来はそう心に決めた。それが鶴来にとっての怒りの発露だった。

たとえファイブやシックスから抹消を命じられたとしても。あるいはこの自分が抹消の対象になったとしても。過度なまでに文治主義の国家においては、書類の提示こそ爆撃に等しく組織を震撼させるのだから。

――この馬鹿げた事態をもたらした人間を特定して吹き飛ばしてやる。

内心で滾（たぎ）る怒りと使命感を押し隠しながら、鶴来は部屋を出ていった。

10

「パイパーが出発」

インカム越しにオペレーターの報告が伝わってきた。いちいち鶴来や吉崎が指示する段階は終わっている。現場指揮者が了解を告げ、鶴来のプラン通りにことを進めていた。

運転席でハンドルを握る吉崎も、現場とやり取りすることなく車を走らせている。

囮役の第一車列がマスコミを移動させると、別の囮役の第二車列が地上を走り出した。

そののち、エックスこと楊芊蔚を護送する第三車列が、ＶＩＰ専用の地下道へ入った。

鶴来は、吉崎に運転を任せて入管庁に向かわせながら、バックミラー越しに、二人の男を観察した。助手席の背後に、香住がいた。運転席の背後には、経済産業省の鳩守だ。

二人とも、湾岸の景色を心から楽しんでいるという顔で、鶴来の手並みを見ている。本部で、亀戸副署長と、外務省の辰見がそうしているように。その全員を海に蹴落とせたならどんなに気分がいいだろうと鶴来が思ったとき、だしぬけに鳩守が口を開いた。

「エックスが警戒したり怯えたりしていなければいいのですがね。日本の〝拷問入管〟の汚名は世界に知れ渡っていますから」

冗談めいた軽口。香住が面白がるように加わった。

「ソ連のベレンコさんのときも留置場に布団を入れて泊まらせたそうだ。一番安全だと言い訳してな。極貧のベレンコさんはそれでも喜んだそうだが、いまや日本人より金持ちの中国軍人にとっちゃ、どうだかわからんぞ。侮辱と受け取られたらどうする?」

鶴来は淡々と返した。

「留置施設に入れるとは聞いていませんが、もしそうなら、手続き上、必要な措置であることを彼女に説明するしかありませんね。入管も、自分たちの対応が国際的な影響を及ぼす可能性について、理解しているでしょう」

鳩守が食いつきそうなキーワードを意図的に交えた。手続き。国際的な影響。だが鳩守は合わせてこず、余計なお喋りを続けた。

「どの国も程度の差はあれ難民を虐待する傾向にありますが、とりわけ日本の入管は最悪で、まるで中東諸国の拷問施設じみてますよ。収容した人間に暴行するうち気づいたら死んでいた、といったことを平気で報告して何もなかったように片づけますから。我々が苦心して積み上げてきた平和で先進的な日本の国際的ブランドイメージが台無しです」

「建造物としては警察署についで防備に優れており、人目が少ないという利点もある。内部で行われていることについては自分は関知していませんが、エックスに見せるべきでないものがあるなら今ごろ鶉沼審判課長が必死に隠していることでしょう」

気楽な調子で返してやる。意図がわからない相手への牽制。目的地まで大した距離ではないから、到着する頃ようやく本題に入るという状態になるかもしれない。

「入管庁を飛び石にして、法務省の人間を現場から外すためだったとエックスに説明したらいい。その間に、警察庁で本部を設置するのかい？」

香住が、鳩守を観察しながら訊いた。吉崎が、鶴来に返答する気がないのを見て確かめてから口を開いた。順調に息を合わせてきている。思ったより悪くない部下だ。

「本部設置は見合わせることになりそうです。捜査対象が存在しませんし、警備主管であっても、外交その他については政府判断を仰ぐしかありません」

鳩守がにっこりと香住を振り返った。

「悪名高い入管庁が、国防の主管になるところを見てみたかった気もしますね。あるいは311に倣って、自衛隊の出動があっても諸外国はやむなしと納得するでしょう」

挑発的。この男は喧嘩を売りに来たのか？　鶴来はミラーの中の二人を見た。

香住は挑発には乗らず、太い顎にますます面白がるような笑みをたたえている。

「確かに、中国の軍機と軍船が領海付近でうようよしていると情報が入ってる。まあ首相は出動命令を出さんだろう。311のときみたいに、米軍関係者が首相官邸や防衛省に詰めているはずなんだがね。鳩守さんだっけ？　あんた何か聞いてないか？」

「私ですか？　いえいえ、それで、自衛隊はどうするんです？　スターからの情報なら無視できないでしょう」

香住が、にやっとした。

「なんでスターからの情報だとわかる？　おれは言ってないぞ」

鳩守が平然と肩をすくめた。

「他にありますか？　自衛隊は出動しないわけにもいかないでしょうね」

「警備訓練の名目で実質防衛出動させて部隊を展開する。ベレンコさんのときと同じだな」

「武器弾薬は倉庫に残したまま？」

「大急ぎで取りに行っているよ」

香住は口角を上げ続けているが、その目からはとっくに笑みが消えている。

自衛隊は通常、特定の基地に武器弾薬を保管し、有事の際にはわざわざ取りにいかねばならない。全国の部隊を常に丸腰にしておくという、世界でも珍しい国なのだ。

ひとえに消防法の問題だった。重火器の管理に関しては、消防署の指導に防衛組織が従うのだ。さらには建築基準法に従い、武器弾薬を保管する倉庫を、防御に長(た)けた建物にしてはいけないことになっている。ミサイル一発で、倉庫ごと武器弾薬が吹っ飛ぶ。その場合、自衛隊は弾薬のない兵器に乗り、素手に等しい状態で戦わねばならなくなる。

訓練を受けた者が数名、重火器で武装すれば、どの自衛隊基地であろうと、制圧することはたやすい。憲法九条以前に、日本の国内法そのものが、軍事的な行為がしにくいようデザインされているのだ。

鳩守は、そうした日本の事情をいちいち突いてきているのだが、意図は不明だった。

いつの間にか、話す相手も、鶴来ではなく、香住になっている。

「なんだ？　国内の防衛情報について、報告するよう命令されてんのかい？」

香住の声に迫力がこもった。のんびり相手の意図を読むつもりなどなさそうだった。

「いえいえ。一国民としての懸念です。まさか何十年も前のベレンコ氏のときのように、警備訓練名目で配置されるとは思いませんでした」

「何しろ、国内での被害は今のところ皆無だからな。羽田にいる一般人が、かなり迷惑したのは確かだろうが、国防に関わるこっちゃない」

「もし本当に、中国が攻めてきたら？　ベレンコ氏が亡命したとき、展開させられた北海道の部隊は、もしソ連が攻めてきた場合、特攻するしかなかったというじゃないですか」

「今の自衛隊で、そんな戦術は教えちゃいない」

カーナビのモニター上では、入管庁の建物が刻々と近づいてきている。

鶴来は、のんびり話す鳩守の意図を探るため、割って入った。

「相手が海上から攻めてきた場合、最初に接触するのは、海上保安庁の部隊でしょうね」

鳩守がにっこりうなずいた。

「ええ、ええ。いざとなれば彼らが防衛省管轄となって戦ってくれますね。国土交通省が羨ましいですよ。頼りになる特殊部隊を持っているんですから。うちや外務省も何度も創設しようとしては頓挫していますからね」

自衛隊は頼りにならないと言わんばかりだった。この挑発には意味がある。鶴来はそう考え直した。あまりにしつこすぎる。こちらの反応を推し量っている。

香住もそう判断したのだろう。注意深く鳩守を観察する眼差しになって尋ねた。

「経済産業省が、なぜ特殊部隊を欲しがるんだい？」

「移住を希望する経済人は、世界のあちこちにいます。彼らを安全に移送するには、ときとして銃器の扱いに長けたチームが必要となります。外務省が特殊部隊を欲しがるのは、要人が誘拐されたとき、救出チームがあればと考えるからですが、うちは逆なんです」

「速やかに重要人物をさらって来てくれるチームがほしいってわけか？」

香住が茶化した。

「はい」

鳩守が軽やかに断言した。

車は、首都高速中央環状線が併走する道路を抜け、橋に差しかかっている。入管庁の建物がある埋め立て地の出島に入ろうとした途端、鳩守がだしぬけに本題を口にした。

「特に、今回の移住希望者、十九名の扱いには大変な困難が予想されていましたから」

香住の顔から笑みが消えた。

吉崎が、呆気にとられた顔でミラー越しに鳩守を見つめた。

鶴来は、あっさり鳩守に注意を奪われた吉崎の肩を軽く叩いた。

——こいつの相手は任せて、お前はお前の仕事に集中しろ。

目で告げた。吉崎が慌ててうなずき、道路に注意を戻した。

鶴来は、身をひねり、ミラー越しではなく、直接相手に顔を向けた。

「説明してもらいましょう」

「ええ。そのために同乗させて頂きましたから」

ならなぜ早く話さなかったのか。だんだん相手の意図がわかってきた。

「ではお聞かせ願います」

「はい。今回の件の発端は、そもそも亡命を目的としてはおらず、単に私どもがしばしば行う、移住斡旋に過ぎませんでした。だいたい、中国だって原則的には、国民の海外移住を禁止しているわけではありませんからね。亡命というのもおかしな話でして」

また長話が始まりそうなので遮った。

「それで？」

「十九名分の三日月計画を立てたわけです」

「先ほどもおっしゃっていたが、三日月計画とは何ですか？」

「三日月という言葉を、一文字の漢字にすると、どういう字になるかご存じですか？」

すると香住が、いち早く納得したように言った。

「ははあ。月が出るわけか」

「はい。『朏(みかづき)』です。つまり、脱出ですね。中国の経済人が、危機的状況下で移住を強行しようとするときなどに用いられる暗号みたいなものでして」

「なぜ国外脱出しなければならなかったのですか？」

鶴来が訊いた。

「当局ににらまれたからです。中国の経済人や、経済に関わる事業の管理者には、よくある話でしてね。たとえば向こうのトップの某側近が、ある日突然、収監されたことがあったでしょう？　あれはもっぱら外貨の管理で、権限を大きくし過ぎたせいなんです。彼、自分を通さなければドルが手に入らないようにしたんですよ」

「間もなく到着します」

吉崎が言った。やはりそうだと鶴来は思った。鳩守はこれを狙って本題に入ったのだ。

「駐車場に入れろ。車を停めたら先に入って、受け入れを監督しろ」

「はい」

吉崎が東京入管前交差点を右折し、左手の駐車場入り口に車を乗り入れた。

このあと護送車列が続々と到着するため、最も奥に停め、サイドブレーキを引いた。

吉崎が振り返った。鶴来は、キーをそのままにしておけという指示を込めてうなずいた。

「失礼します」

さっと吉崎が出て行った。アイドリングする車に、三人が残った。

これで鳩守の意図がはっきりした。香住もとっくに悟っているだろう。吉崎を外すためだ。鳩守は、鶴来と香住の二人とだけ話すために意味のない会話を続けていたらしい。

「さて、そのようにして中国の経済人や政府要人を――まあ、向こうの政府要人というのは例外なく経済人でもあるわけですが、アメリカに移住させる斡旋をしていたわけです」

何ごともなかったかのように鳩守が続けた。話を脇に逸らす様子はもうない。

「一度に十九名を移住させる予定だったのですか？」

鶴来が訊いた。

「一人を移住させるとき、たいてい、その家族や親族も連れて行くことになります。入念に計画しておけば、さして問題なく、長期にわたって怪しまれずに移住させることができるのですが、今回は事態が急転してしまいました。どういうわけか、軍機を伴った亡命プランを進行させることになったせいです」

「スターの意向で？」

香住が怪訝そうに訊いたが、鳩守はその点については語らず、早口になって続けた。

「上海からステルス戦闘機J－20系統の機体を飛ばし、在日米軍基地に着陸させるというのが初期プランでした。なぜそのようなプランが立てられたかについては、幾つか理由があります。そのうち最も重要な点は、中国軍部の責任問題を引き起こして、あちらの体制を動揺させる必要があったということ。少なくとも私はそう聞かされていました。軍事的というより、政治的に強い動機を持つプランだったようです」

「初期プランでの着陸地点は国内の民間空港ではなかったと」

「むろんです。沖縄の嘉手納基地が有力候補でした。その次が横須賀です」

「沖縄はわかりますが、どうやって横須賀まで飛ばす気だったのですか？」

「沖縄本島と宮古島の間をすり抜けるルートが計画されていました」

「沖宮ラインか……」

香住が唸った。鶴来がその先を続けた。

「敵航空戦力が、沖縄本島と宮古島の間を抜けた場合、太平洋側に出ることができるというやつですね」

「そうだ。その時点で、この国の防空レーダー機能の死角に入る。沖宮ラインを抜けた戦力は、飛行距離の問題さえクリアすれば、東京首都圏まで邪魔されず飛べるんだよ」

鳩守がにっこりとうなずいた。

「日本列島の太平洋側には、峯岡山、御前崎（おまえざき）、串本（くしもと）、高畑山（たかはたやま）にしか効果的なレーダーが存在しませんからね。たった四ヶ所ですよ。敵は北から来るという想定しかない。もしまかり間違って、再びアメリカと日本が戦う場合、その方がアメリカに有利ですからね」

国防という点では、香住が険しい顔になるのもわかるが、今聞くべきことは違った。

「事情はなんであれ、飛行ルートを決めた上で軍機による亡命が準備されたのですね？」

「移住は十三名まで完了していました。残り全員が移住してのち、軍機の奪取が行われるはずでした。上海の駐機場にいる親族全員が、一致団結してことを行うはずだったのです。しかし中国国内で計画が露見したとの連絡がありました」

「あなたに直接連絡があったのですか？」

「いえ。日本国内に、楊立峰氏という人物がおり、彼が主な連絡を司っていました。その楊氏から、三日月計画に介入された、との連絡が来たのを最後に、行方が知れません」

「行方が？」

「世田谷区の警察署が殺人の通報を受けたと確認しています。被害者は、楊立峰氏」

「……国内で殺されたのか」

香住が重い口調で呟いた。

「でしょうね。その後、中国大使館から警察署に、楊氏が存命だという連絡があったそうです。事件性を消すための工作でしょう」

「残りの移住希望者はどうしているのですか？」

「未確認です。まだ中国国内におり、当局から逃げて潜伏していると思われます」

「あの女性のパイロットは何者なのですか？」

「わかりません」

「いゝ、いゝ、なんですって？」

「リストにない人物なのです。楊氏からも聞いておりません。私は、あの女性が本当に亡命希望者であるのか、それとも、中国当局が三日月計画に介入した結果、国内に導き入れてしまった、招かれざる客であるのかを知るために、ここに派遣されているのです」

中国側の工作。鶴来の脳裏で何よりも強くその言葉が浮かんだ。いや、本当にそうか。あの女性と話したときの印象と、かなり食い違うものがある。

工作員。脱出の計画を逆手にとって日本国内にまんまと侵入した軍人。なら核爆弾の話はなんだ？　あのとき、彼女自身が猛烈に怯えていたのは確かだ。

鶴来は言った。

「とにかく彼女を聴取する必要があります。合同で行っても構いません」

「ありがとうございます。それと、もう一つ、懸念すべきことがありまして」

鶴来は一瞬、機体に搭載された核のことを鳩守が言い出すかと思ったが、違った。

「この計画に、もっと厄介な存在が介入している可能性があります。国内の存在で、私どももその活動をはっきりと把握しているわけではありませんが……」

「どういう存在です？」

「スターに全面的に協力する日本国内の特殊な諜報部隊です。ＣＩＡ職員をモデルとして、組織から組織へ渡り歩き、正体が決して露見しないよう厳重に工作されているとか。そしてその働きの見返りに、日本の軍備を推し進めることが、彼らの目標だそうです」

香住が、怪訝そうに眉間に皺を寄せた。

「聞いたことがないな。組織名は？」

鳩守が言った。

「アクティベイター」

そのとき、どん！　と大きな音がし、車が揺れた。

全員が、車のテール側を振り向いた。吉崎が、トランクに手を突き、鶴来の方を見ていた。どうやら全速力で走ってきて、車体に身をぶつけるようにして止まったらしい。

鶴来が身を乗り出して運転席のドアを開くと、吉崎がシートに片膝をついて叫んだ。

「き、緊急事態発生！」

顔が蒼白で、ぜいぜい喘いでいる。急な運動のせいではない。精神的な衝撃のせいだ。

「どうした？」

「ご……護送指揮中、東京空港警察署が、約六分間にわたり停電していたそうです！」

「なんだと？」

鶴来は、反射的に耳のインカムに触れた。ぞっと寒気が背筋から一挙に全身に広がった。

香住が虚を衝かれたように太い口を大きく開け、鳩守が怪訝そうに身を乗り出した。

「に……にもかかわらず、イ、インカムが、通じ続けていたんです！　と、途中から、何者かが用意した、別の回線につながっていた模様！」

「落ち着け、馬鹿者！　なんだその有様は！」

鶴来は叱責した。吉崎が慌てふためいたところで何の解決にもならない。こういうとき動揺を止めさせ、粛々とすべきことをさせるのが、上意下達における上の務めだ。

「は、はい……申し訳ありません」

吉崎がようやく息を整えにかかった。

「私が直接確認する」

鶴来はそう告げると、仕事用の携帯電話を取り出しながら、車を出た。

駐車場の出入り口へ向かって早足で進みながら、コールした。

吉崎が慌てて追ってくる。香住と鳩守も、後に続いた。

歩道に出て、東京入管前交差点へ目を向けた。羽田方面から、交差点を曲がって、続々と護送車列がやって来る。やや遠くでバスのエンジン音が複数聞こえた。機動隊の輸送バスが、敷地の四方を取り囲んで盾となるべく展開しているのだ。

やっと、携帯電話に応答があった。

「こ、こちら空港警察署……」

オペレーターの一人。その背後で、大混乱に陥った人々のわけのわからない声がした。

「何があったか報告したまえ」

「は、はい……先ほど停電があり、復旧したところです。署のシステムに侵入され、電気系統に障害が発生したと思われます」

「停電中、本部システムはどうなっていた」

「完全に停止していました」

「護送車列から、システム停止について問い合わせはあったか」

「い、いいえ……私たちがシステムダウンしている間にも、やり取りをしていたと……」

「ただちに、本部システムおよび署のシステム・セキュリティを解析。侵入者の特定に尽力しろ。その署のシステムそのものが信用出来ない場合、別の場所に本部を設置し直す。報告はこの携帯電話にしろ。いいな」

「は、はい……」

今にも泣き出しそうな声を無視して通話をオフにした。

護送車列が駐車場に入ってきた。女性パイロットが乗っているはずの護送車が目の前を通ってゆく。鶴来はその車両を追って走った。吉崎もそうした。香住と鳩守は動かなかった。まるで見たくないものは見ないと決めているように。

全ての車両が停車した。鶴来は、護送車に走り寄り、後部ドアを目一杯叩いた。

ドアが開いた。飛び込んで中を見回した。誰も乗っていなかった。

「エックスはどこだ！」

鶴来の怒号に、運転手が怯え顔で目をまん丸にして言った。

「七号車と交代するよう命令されました……」

「七号車など存在しない」

「え……？　ですが、確かに自分は……」

運転手が、何か言おうとするのも構わず、車両を降りた。

吉崎が、失神しそうになるのを何とか耐えているといった顔で、鶴来の命令を待っていた。その向こうにいる香住と鳩守も、鶴来の対応を見守っている。

建物から、鵜沼審判課長が現れ、不審そうに人々を見回した。

車列から降りてくる人々が、配置を終えた機動隊の隊長たちが、入管で受け入れ態勢を整えた職員が、鶴来の周囲に集まってきていた。

——一世紀も前なら、腹を切る準備をするところだな。

鶴来は、自分でも意外なほど不敵にそう考えた。そんな真似をする気は毛頭なかった。

——ヨッシーは怒ると怖いからなあ。

頭のどこかで、義兄がそう言っていた。

鶴来は、自分が猛烈に怒っていることを遅れて自覚した。

人間は、怒りを抱いたときほど頭が冴(さ)えるものだ。

怒りを自覚する前から、ここでただちに何をすべきか、明確に、順序立てて考えていた。

そして、それをその場にいる全員に告げた。

「諸君、緊急事態が発生した。何が起こったかはまだわからない。だが何をすべきかは自明である。その一、空港警察署員は他署の応援を要請し、エックスの所在をただちに、全力を挙げて確認し、その保護に尽力せよ。その二、護送業務に関わった全ての車両、全ての人員、使用された全ての機器を、空港警察署に集め、現在オペレーター業務についている者が責任をもって最優先で調査せよ。その三、この工作は外部からのものだけとは到底、考えられない。組織内部において不審な点あらば、ただちに私に報告せよ」

そして、自分の怒りを隠さず口にした。

「このように我々を愚弄する者を、なんとしても特定する。我々がいかに職務に忠実であり、徹底して遂行する意志を持っているかを、この愚か者どもにわからせねばならん」

怒りの伝播。居並ぶ面々の顔つきがみるみる変わっていった。鵜沼審判課長ですら、鶴来の態度を好もしく感じていることが目つきでわかった。

鶴来は、彼らを死に物狂いで働かせるべく、怒気を込めて吼えてやった。

「いいな！」

「はい！」

大勢が一斉に返事をし、きびすを返した。

鶴来は、彼らをよそに、吉崎とともに車に戻った。香住と鳩守も後部座席に乗った。

Uターン——空港警察署へ。

誰も何も言わなかった。鶴来は、じっと考えた。エックスはどこへ行ったのか。誰がどこで罠を仕掛けたのか。敵は誰なのか。それら全てを解明して記録し、何世紀も遺るようにしてやるという怒りの念を滾らせていた。

11

追跡――いともたやすく。

実際に追いかけているのは真丈ではない。ＧＰＳと呼ばれる素晴らしい発明の成果。

マット・ガーランドが与えてくれた情報に従い、日の出埠頭へ車を走らせながら、はるか上空で地球の周囲を飛び続けている衛星のことを思った。

アメリカが運用する三十基余の測位衛星群。時計仕掛けの星たち。

ＧＰＳの本質は、位置や距離ではなく、時間を計測することにある。それも、きわめつきの精密さで。衛星は、電波という光の速さで飛ぶものを用いて、時刻と軌道情報を発信する。ＧＰＳ端末がそれらを受信し、発信した瞬間から受信するまでのごく僅かな時間の差を測る。この時間の差から、距離が算出される。

三基の衛星からの距離がわかれば、理論上はＧＰＳ端末の位置を知ることができる。

実際は、計算の誤差が生じることもあるため、正確な位置を知るには六基かそこらの衛星が必要だ。受信可能な衛星の数が増えれば増えるほど測位は精密になる。

地球上のどこでも活用できるが、これも実際のところ完璧ではない。ビル街など障害物が多いところでは電波が乱れるし、地下や屋内ではそもそも使用不能になる。

こうした弱点を補うのが日本の準天頂衛星などのＡ－ＧＰＳだ。Ａはアシストを意味する。こちらは携帯電話の電波が届くエリアであれば、市街地や屋内であろうとも、数メートルから二十メートル以内の誤差で、測位する。端末がいちいち衛星の信号を取得するのではなく、常時そうしているサーバーにアクセスし、衛星の軌道データを得る仕組みだ。

自分の現在地の計測を大企業に委ねることで、周囲にあるものが何だかわからず、道に迷うという、それまで人類の大半が経験してきた大いなる悩みから解放されたわけだった。プライバシーというものを犠牲にして。

マット・ガーランドの仕事ぶりには文句のつけようがなかった。四つの携帯電話と、二台の車。どの位置情報も、七十二時間は自動的に更新される。

マーキュリー・チームの追跡プロトコル。三日も追えば、たいてい相手の行動パターンを読むための大きな手がかりが得られる。

時間差が、教えてくれるのだ。焦って急いでいるか。余裕をもって移動しているか。同じルートを同じ時間で何度も移動するのなら、習慣的にそうしていることを意味する。

時間差。

楊氏がアネックス綜合警備保障に通報したタイミング。

真丈が楊氏の自宅に到着したタイミング。真丈が坂田部長に報せたタイミング。

坂田部長が警察に通報したタイミング。警察が到着したタイミング。

襲撃者たちは、監視回線を切断した上で侵入した。トリプル回線だとは知らずに。

楊氏の反撃も、真丈の到来も、彼らには想定外だった。

楊氏の自邸を速やかに片づけたかったが、真丈が居座るせいでできなかった。

一方で、警察の誰かが、周凱俊という男に、楊氏に関する通報があったことを教えた。

周は、数人分もの外交官用身分票を用意し、世田谷警察署に直行した。警察が来るのが遅れたのは、周が足止めを試みたからだ。だがさすがにできなかった。それで、警察に同行して現場へ来た。

時間差が教えてくれること。警察署への移動。迷わず、速やか。行動パターン。

警察内から、中国大使館に勤務するという男への、ホットラインが常設されている。

どうしたらそんなことになるのか。周に直接訊くのが一番だろう。

真丈は日の出駅まで五分の距離で、ガソリンスタンドに寄った。車と自分への給油。車のガソリンタンクを満タンにし、それから付近のドン・キホーテで必要なものと軽食とペットボトル入りのミネラルウォーターを何本か買い込んだ。

車内で食事をしながら、携帯電話の画面を眺めた。

位置情報の記録によれば、ハーディ・バラックスがある都内の米軍基地からほど近い、中国大使館に、いったん全ての携帯電話と車が集まっている。そしてすぐに車の一つが、携帯電話を二つ乗せて再出発し、埠頭まで移動していた。迷いなく、速やか。行動パターン。埠頭にある倉庫の一つに車ごと乗り入れたらしく、それから動きは止まったままだ。

どこの誰が管理する倉庫かわからないが、たびたび使っているのは明らかだ。目撃されることを恐れてさっさと退散しようとはしていない。

日の出埠頭には、プレハブめいたしろものに過ぎないとはいえ、湾岸警察署の水上派出所がある。警察の施設の目と鼻の先。

中継拠点かもしれない。願わくば、楊氏の遺体を処分するために運んだのであってほしい。その現場を押さえれば、遺体が存在すること、それが楊氏であることを証明できる。

だが、そうではないような気がした。

車は、周という男が乗っていたものだ。フォードアの乗用車。楊氏の自宅の裏にあった、三人目が死んでいたバンではない。遺体を処分するなら、バンごとそうする。わざわざクリーンな車に遺体を二つも入れて、犯罪の物的証拠を盛大に付着させるものだろうか。

何のために、こんな場所に来たかがわからない。歩いていって確かめるべきか、このまま待機すべきか、思案しながら、携帯電話の画面を眺め続けた。

あまり必要ないのだが、あえてそうした。通りがかる人間に警戒されないためだ。

夜、路肩に停めた車の中で、窓の外を見ながら黙々と食事をしているより、どういうわけか、携帯電話の画面に目を向けているほうが怪しまれずに済むのだ。理由はいろいろあるだろう。携帯電話に夢中になっている者は、とりわけ無防備な印象を与えるからかもしれない。邪魔だが、危険な存在ではないというわけだ。実際はそうとは限らないのだが。

アネックス綜合警備保障のロゴ入りの車に乗り、制服と防刃チョッキを着たままなのも幸いした。警備会社の車は、どこにでも存在する。駅前であればかなり自然に溶け込める。

いつもの習慣で、食事を取りつつ携帯電話を眺めているシフト前の警備員。そういう風に装った。しばらくいても、通報されないだろう。

飲食物の他に仕入れたのは、アクションカメラと呼ばれる録音録画機器とその他一式だ。カメラを取りつけるための折りたたみ式の棒。携帯電話用の有線式イヤホン。マイクロＳＤカード。小型の安っぽい双眼鏡。十徳ナイフ。

双眼鏡と棒はドアポケットに入れた。十徳ナイフはズボンのポケットに収めた。カメラはマイクロSDカードを挿入し、車内で充電している。もし通報されて持ち物を調べられたら、のぞき魔だと思われるだろう。言い訳は非常に難しい。

食事を終えてゴミを同じポリ袋にまとめ、車内のゴミ箱に突っ込み、カメラの充電を確かめた。満タンとはいかないが、使えるようにはなっていた。

携帯電話にアプリをダウンロードし、カメラと同期させた。カメラが映したものが、携帯電話の画面に現れた。ちょっと驚くほど明瞭な映像だ。

イヤホンを接続して片耳につけた。音もしっかり拾ってくれている。素晴らしい。今どきの量販店の品揃えたるや、誰でも監視活動ができるほどだ。

カメラの電源を切り、十徳ナイフとは反対側のズボンのポケットに収めた。

携帯電話の画面を、追跡用のものに切り替えた。相手に動きはない。ずっと倉庫の中にいる。そこで何かをしている。あるいは、待っている。

イヤホンのコードを携帯電話に巻きつけ、カメラと同じポケットに突っ込んだ。

車を発進させ、ゆりかもめに沿って進んだ。防犯用の進入禁止フェンスの位置を確認するために一度通過した。防犯のため、あちこち進入禁止になっている可能性があった。袋小路に陥らないよう道を確認してから、駅の周囲を巡ってまた同じ場所に戻った。

立ち並ぶ倉庫の前を通り過ぎながら、横目で様子を見た。

倉庫の一つ——その前に、男が一人、立っていた。見張りだろう。こちらの車のヘッドライトに気づいてぼんやり顔を向けたが、目立った反応はなかった。

数百メートル進んで左折し、再びぐるっと駅の周囲を移動した。

今度は湾岸に出て停めた。双眼鏡を取り出し、倉庫の裏手を見た。

そちらには誰もいなかった。

双眼鏡をしまい、しばらく進んで左折した。

先ほどの倉庫前の通りに出て、ゆりかもめの高架そばの、何もないスペースに停めた。駐車中の車が何台もあった。周囲に監視カメラもない。交差点の信号機に設置されている警察のカメラの視界からも外れている。

エンジンを切り、車を沈黙させた。双眼鏡と棒をドアポケットから取って後部座席に移動し、リアウィンドウから倉庫を覗き込んだ。

古びた三角形の屋根。くすんだ外壁材に『65』の表示。観音開きの扉の上には防塵(ぼうじん)カバーをネジ留めされた通気窓がある。

扉のすぐ脇に、カジュアルな格好をした若い男が一人。周が現れたときのようなスーツ姿ではない。見るからに下っ端といった感じの男が、倉庫の前で立ち続けている。

真丈が追跡している車が、その中にあると言ってくれている感じだった。

歩哨(ほしょう)の役目を担っているわけではない。歩哨は、一人でするものではないのだ。常に複数の人間が、一定のリズムで、巡回し続ける。そうすれば、誰かに異変が起こったとき、後から来た別の誰かが、すぐさまそれに気づく。

その男は、ただぼんやり突っ立っているだけだった。路上で麻薬を売っているわけでもない。薄手のジャケットの胸ポケットに手をやり、何かを取り出した。加熱式タバコの一種。火災の危険がない喫煙の道具。真丈もそれを試したことがあった。普段は吸わないのだが、職場で同僚と打ち解けるためにそうした。喫煙者は、同類に心を開く。自分たちの習慣を咎められ、肩身の狭い思いをしているからだろう。

その男は、さして肩身が狭そうではなかった。落ち着いて、リラックスしている。命令されたことを淡々と行っているという印象。やはりそうだ。誰かを待っている。その誰かが到着したら、倉庫へ入れる。それが、男の役目だ。

ということは、これから来る誰かは、目的の場所について詳しく知らないということになる。仲間ではない。ビジネスの相手。

真丈も待った。俄然、期待の念がわいた。遺体を処理する掃除屋が来るかもしれないからだ。その場合、追跡すべき対象が増えるが、不安はなかった。追跡中の携帯電話と車の方は、あと三日の間、いつでも位置情報を取得することができる。

追いかけるべきは、楊氏の遺体だ。そして、楊氏に刺されて死んだ男の遺体だ。

それらを処理しようとしている現場を押さえる。録画データを証拠として提出する。そうすれば、さすがに警察も動く。楊氏が生きているという偽装を台無しにしてやれる。

車内は少し冷えたが、気にならなかった。春先の心地好い涼しさだ。もっと劣悪な環境で、もっと長時間、希望もなく待機し続けた経験なら、いくらでもあった。

ほどなくして、それが現れた。監視を開始してから五分。だが現れたものがあまりに予想から外れていたため、来たるべき相手かどうか判然としなかった。

青と白で塗装された、大きな車だ。のっぺりとした箱形の車体。くまなく装甲で覆われており、窓やランプを金網で防御している。常駐警備車と呼ばれる、特殊トラックだ。

日本の警察が警備に用いるもので、暴動に対するバリケードの役目も果たす。その場合はフロントガラスにも装甲を施す。車内後方には、人員を休息させるための設備があり、真丈も過去に何度か、簡易ベッドで寝かせてもらったことがあった。

警察が死体の処理を請け負ったのだろうか。賄賂(わいろ)が横行する国なら、ありうる。この国ではどうか。ありそうもない。派出所の人員が車輛を移動させているだけだろう。そう思ったが、見張りの男が道路に足を踏み出し、警備車に向かって手を振った。タバコはとっくに胸ポケットにしまわれていた。

警備車が徐行し、倉庫の前で停まった。

見張りの男が倉庫に駆け寄り、観音開きの扉を開いた。中の灯りが道路を照らした。

車幅はぎりぎりだった。警備車が倉庫の中に入った。見張りも中に入り、扉が閉じられた。

警備車が姿を現してから、十秒かからなかった。慣れた行動。目的が何であれすぐに終わらせるだろう。なぜ警備車が現れたのか、などと考えている暇はない。

真丈は双眼鏡を後部ドアのポケットに入れ、棒を手にしたまま、急いで外へ出て、車を無線式のキーでロックし、足音を立てぬよう気をつけながら走った。

ジョガースタイル。アバクロンビーがTシャツと短パン姿で走り去るところを思い出した。そのときのアバクロンビーの倍以上の速度。倉庫の監視カメラに映らぬよう、裏手へ走った。倉庫の裏から側面へ走り、倉庫の表に来た。

カメラをポケットから出し、棒に装着して起動させた。

棒を伸ばして口にくわえ、倉庫の扉の上にある屋根に手をかけた。足を配電盤のカバーに乗せる。

ボルダリングの要領。僅かなでっぱりを利用し、体を持ち上げ、固定した。

右手でポケットから十徳ナイフを取り、指先だけで器用にドライバーを出し、通気窓に防塵カバーを固定しているネジの一つを緩めた。

十徳ナイフをしまい、棒を口から取ると、扉の上にある通気窓と防塵カバーの間に、カメラを差し込んだ。

窓から、銀色の棒が突き出ているのが妙に滑稽だった。

地上に降りて倉庫横に移動し、携帯電話を出してカメラの映像を呼び出した。上手く撮れないようなら、またよじ登って角度を修正するつもりだったが、その必要はなかった。やや斜めになっていたが、中の様子を確認するには十分だ。

倉庫の奥に、乗用車が置かれており、その手前に、警備車が停まっている。

車の間の、数メートルほどの距離に、何人もが立っていた。

真丈は、人数と性別を確認しながら、イヤホンを装着した。

性別。遅れてそのことに気づき、眉間に皺を寄せて画面を見つめた。

倉庫の中に、手錠をかけられた女がいた。

12

真丈は、小さな画面をじっと見つめた。ややあって、映像を拡大できることに気づき、そうした。

その操作で一瞬、画面が暗くなったが、すぐに元に戻った。

女がいた。長い黒髪。凜とした感じの、整った横顔。緊張を抑え込み、冷静さを保とうとする者に特有の、硬い表情。

こざっぱりとした服装。シンプルな黒のスーツ。白いワイシャツ。黒い靴。

その両手に、手錠がかけられているのも、見間違いではなかった。

被疑者の護送。まさか。被疑者を警備車に乗せて埠頭の倉庫に運んだりはしない。だが女の両側に、警察の制服を着た男が二人いた。いかにも被疑者を連行するといった様子。

映像を元の大きさに戻した。その間も、

《……代表して……申し上げます》

という声が真丈の耳に届いている。周凱俊の声。日本語で喋っていた。ちゃんと聞こえたわけではないが、どうやら警察の二人に、礼を言っているようだった。

周の後ろに、これまた楊氏の家に来たスーツ姿の男が二人いる。壁際には、カジュアルな格好をした若いのが二人、並んでいる。どいつも、税関職員のように無表情だった。

《……調子に乗るな》

警察の一人が言った。あまりよく聞こえないが、とにかく不機嫌そうだ。

《……すぐバレる。……だろうな。こっちの……》

もう一人の警察が詰問するように言った。周がうなずいた。何かを請け合ったらしい。

《……サイバー……回線……安心……》

それを、ふいに女が遮った。大きな声で。英語だった。

《あなたがたは保護をする義務があります。羽田空港で、ナショナル・ポリス・エージェンシーの、

セキュリティ・ビューロー・オフィサーが私の安全を約束してくれました》

女性の声の方が、こういうとき、はっきりと聞こえて楽だった。

女は、警察の二人に向かって訴えていた。羽田空港。警察庁。警備局職員。何一つ、辻褄が合う感じがしなかった。もしかすると女は、空港で捕まったテロリストかもしれない。これは本国送還のための引き渡しだろうか。羽田から何キロも離れた埠頭で。

まったく意味がわからない。

《今すぐ、この手錠を外して下さい》

女の訴えを、誰も取り合わなかった。

《闭嘴》

周が鋭く言った。他にも何か中国語で言ったが、真丈に聞き取れたのは最初の言葉だけだった。黙れ。確かそういう意味だ。

《……中国語で喋るのはお前らだけになってからにしろ》

警察の一人が忌々しげに言った。苛立ちのせいで声量が上がって聞きやすくなったが、すぐに冷静になってしまった。

周と警察の二人が互いに近づき、ぼそぼそ喋った。

スーツ姿の二人が、女の両脇に立って、一人が女の腕をつかんだ。

警察の二人が、警備車に戻った。女は彼らを見ていない。硬い顔で、周をにらんでいる。

先ほど外に立っていた若い男が、画面から消えた。

すぐそばで倉庫の扉が開く音がした。真丈は身を低め、壁沿いに後退して扉から遠ざかった。イヤホンを手で押さえた。警備車のエンジン音のせいで何も聞こえなかった。

携帯電話をカメラモードにして録画ボタンを押し、道路に向けた。

警備車がバックで外に出て来た。ヘッドライトに照らされないよう気をつけながら、しっかり撮影した。ナンバーはとっくに覚えていたが証拠を収集しておくべきだと考えた。

何のための証拠か、よくわからなくなっていたが、そうした。

倉庫の扉が閉まる音がした。警備車が元来た道を走り去った。

真丈は携帯電話を操作して、再び倉庫内の映像を呼び出した。

《……他死了(タースラ)。……立峰》

周が女に喋っていた。あいつは死んだ。そういう言葉が聞き取れた。人の名らしき言葉も。きっと、楊立峰氏のことを言っているのだろうと直感的に理解した。

《我不是(ウォーブ)间谍(シジエンディエ)》

女が言い返した。声音に悲痛な調子が混ざっていた。真丈は言葉の意味を思い出そうとした。膨大な単語の記憶はあるが、それだけでは言語に堪能とはならない。言葉は、様々につながるフレーズ同士の関係によって瞬時の連想を生じさせるものだ。

我不是。私はそうではない。间谍。スパイ。確かそういう意味だ。私はスパイではない。そう言っているのだ。だが前後の意味がわからない。本当のスパイのことなのか、何かの喩(たと)えなのか。フレーズのつながりがとらえられず、理解できないのがもどかしい。

そうしている間にも、話題はどんどん移り変わっているのだから、なおさらだ。

「……晏嬰(イエンイン)!」

周が鋭い語調で言った。誰かの名前？

「他在飞机上」

女が早口で返す。いる。機械。フェイ。飛ぶ。空飛ぶ機械。その中にいる。

「只有我可以和他沟通」

誰かと話す。それができる。自分だけ。飛ぶ機械の中にいる誰かのこと。

飛行機に誰かがいて、その相手と通信できるのは自分だけ——そう女は言っていた。

イエンインという名の誰かのことか？　内容が理解できず、推測も上手く働かない。

かと思うと、女がまくしたてた。女の腕をつかむスーツ姿の二人もそうした。周もそうした。イヤホンからカオスが流れ込んできた。真丈には四人が大声で喋っているということしかわからない。

いやはや、なぜ同時に喋るんだ？　頼むから順番に喋ってくれ。

ふいに静かになった。直前に、周が画面の外へ向かって顎をしゃくっていた。

そちらの方から、ゆっくりと若い男が歩み寄った。倉庫の外で見張りをしていた男だ。両手で握ったものを、女に向かって、真っ直ぐ突き出している。

ハンドガン。拡大したかったが、画面がブラックアウトしてしまうかもしれないので、ぐっと我慢した。

なんとなくベレッタというハンドガンに思えた。ベレッタ・モデル92。イタリアのベレッタ社が生みだしたオートマチック・ハンドガン。日本ではベレッタM92で知られている。全国民非武装が常態の日本でなぜ銃の名称が一般化するかといえば、米陸軍が制式採用し、M9というコードで登録したことに倣ったからだ。

もしベレッタなら信頼性の高い拳銃だった。誤作動が起こらないという意味ではない。人を吹っ飛ばす威力が信頼できるのだ。撃たれた者の行動をただちに止める力がある。米陸軍が選ぶくらいだから相当だ。ヨーロッパで一般的な、グロックという別の会社が生みだした別のハンドガンと比較しても、威力は一割増しといわれている。

素材による差もある。グロックの銃身がスチールとポリカーボネートを用いた成型であるのに対し、ベレッタはスチールの塊だ。米陸軍好みの素材。

コピー品かどうかは分解してみなければわからない。いっとき日本で大量に出回ったトカレフのほとんどが模造品だった。暴力団の愛用品であり、威嚇か、極端に接近しての暗殺が目的で、射撃の精度は二の次だったのだろう。

どんな銃であろうと、威嚇という点では、本物である限り十分に用をなす。

先ほどまで懸命に喋っていた女が、銃口を至近距離で突きつけられ、固く唇を引き結んでいた。片方の腕は、相変わらずスーツ姿の一人につかまれたままだった。

女を黙らせるという点では、周の狙い通りになったわけだ。犯罪の証拠をつかむという、真丈の狙い通りにもなってくれていた。まったく素晴らしい。人間の死体以上に、日本の警察を動かすものがあるとすれば、銃と麻薬と交通違反だろう。どれも現行犯逮捕になる。そして警察の得点になる。確実な得点。確実な有罪。検察も大歓迎だ。

真丈はイヤホンを外し、いそいそと携帯電話に巻きつけ、ポケットに入れた。画面はそのままだった。録画データはカメラ内のカードに記録されるが、携帯電話にもデータを保持しておきたかった。ダブルバックアップ。備えあれば憂いなし。

指出しグローブを手首側へ引っ張り、両手をわきわきさせた。やる気を出すための儀式だ。チョッキを点検し、フラッシュライト、警棒、仕事用の携帯電話がちゃんと固定されていることを確かめた。

そして、浮き浮きしているといっていい足取りで、倉庫前へ歩み出た。

あのハンドガンに、どんな弾丸が使用されているかはわからない。チョッキを貫通するかもしれなかった。一挺(ちょう)だけでなく、他の者も武装している可能性がある。

危険な行為。正気の沙汰ではない。

――捕まえろ。

だが好機を逃すなと死んだ楊氏が言っていた。死んだ妹もそう言っていた。情報をくれたマット・ガーランドの声がこだました。罪人(シナー)ジョーは、墓を掘る。自分以外の墓を。

急に、日本ではないどこか別の国にいるように思えた。南米。中東。アフリカ。ジャングル。砂漠。地雷原。そこら中、無銘の墓だらけ。殺された者たちが無数に眠る地。

自分は少々おかしくなっているのかもしれない。だがそれも関係なかった。

真丈は、倉庫の扉の前に立ち、思い切り左右に開け放った。鍵はかかっていない。普通は外から鍵をかけるものだからだ。

六人がぴたりと動きを止めた。ちょうど、スーツの一人が乗用車の後部座席のドアを開き、もう一人が、女を車内に押し込もうとしているところだった。

若い男は両手でハンドガンを握り、銃口を床に向けている。訓練の経験が窺える姿勢。

もう一人の若い男が腰の後ろに手を回している。タイプはわからないが、そこにも銃があるのだろう。周の指示があり次第、いつでも銃を抜けるようにしているのだ。

立ち居振る舞いからして、武装しているのは若い二人だけに思われた。本当にそうかは、全員を取り押さえて武装解除するまでわからない。

スーツ姿の男たちがたちまち驚愕の表情になった。

真丈は、両手を頭の高さに挙げながら倉庫に入った。無抵抗のポーズ。そのまま大股でゆっくりと三歩進み、いったん止まった。周が、真丈に人差し指を突き出して言った。

「そこで止まりなさい」

真丈はすでに止まっていた。そういう反応をするだろうと思ったのだ。

「話を聞きたいんだ」

言いながら、真丈は四歩目を周に向かって踏み出した。

若い二人が、やや逡巡（しゅんじゅん）しながら動いた。

腰の後ろに手を回した方が、さっと周の前に移動した。それも真丈が思った通りだった。ハンドガンを持った方が、真丈の左側に来た。まだ銃口を向けてこない。驚いてはいたが、冷静だった。仲間が大勢いるからだ。お互いにありがたいことだった。

「話？　どうやって、ここに来たのですか？」

周が怒りを込めて訊いた。日本語だ。敬語だからか詰問の感じはあまりしなかった。

「警察署に置いて行かれたからね。慌てて追いかけたんだ」

周が黙った。男たちの考えが自然と伝わってきた。一秒でも早く、扉を閉めたい。誰かに見られる前に。しかし真丈が邪魔だった。この闖入者（ちんにゅうしゃ）の意図がなんであれ、さっさとどかさねばならない。

「伙计们（ホウジメン）。抓住他并关上门（ツアーツーターピングアンシアンメン）」

周が何ごとか命じた。お前たち。あいつ。捕まえる。扉。閉める——意味はわかった。

左側にいる若い男が、ようやく武器を真丈に向けた。

真丈は両手を頭の高さに挙げたまま、そいつと向かい合った。無抵抗を全身でアピールしながら。

至近距離。目の前に銃口が来た。やはりベレッタだった。この距離で撃たれたら間違いなく死ぬことになる。額の辺りがちりちりするような感じがした。

「頼むから撃たないでくれ。話がしたいだけなんだ。絶対に抵抗しないから」

日本語で言った。若い男は無言。喋れないのだ。ハンドガンを構え、両腕を真っ直ぐ伸ばし、ぐっと顎を引き締めているせいで。発砲の衝撃に備え、やや上目遣いで真丈の顔を見つめている。機械的ですらある訓練通りの体勢。下手な威圧よりよほど迫力がある。

スーツ姿の二人と、残りの若い男が、ゆっくりと警戒しながら真丈へ近寄った。武装解除。真丈のチョッキを脱がし、警棒を奪い、所持品を調べる。ついでに殴ったり蹴ったりするかもしれないが、まずは丸腰にしてからの話だ。

「要小心（ヤオシヤオシン）」

周が言った。用心しろ。真丈が殺し屋たちをこっぴどい目に遭わせたことを知っているからだ。

言葉の意味はさておき、タイミングは最高だった。ハンドガンを構えた若い男の目線が逸れた。他ならぬ周に注意を奪われたのだ。

真丈は、膝に力をこめ、両手で真下から、ハンドガンを持つ相手の両手首をつかみ、頭上へ突き上げた。近距離で銃を向けられたときの反撃手法の一つだ。下から押し上げられた両手を、元の位置に押し戻すことはきわめて難しい。人間の体が、そんな風に力を入れるようにはできていないのだ。下から押し支える方が、はるかに強く筋力を発揮できる。

相手が反射的に引き金を引いてくれてもよかった。倉庫の天井に穴が開く。使用済みの弾丸が薬莢とともにそこらに転がる。銃が存在した証拠が増える。ついでに、外にいる誰かが銃声を聞きつけるかもしれない。

だがその若い男は引き金を引かなかった。暴発させないよう引き金から指を離した状態で、咄嗟に真丈の手を押し戻そうとした。よく訓練された人員だ。

真丈は相手の力を巧みに利用した。素早く相手の両腕を下へ引っ張ってひねり、屈み込むようにした。相手の手首が上下逆さまになり、ますます力が入りにくくなった。そうしながら、逆さまになった銃口が、残りの男たちがいる方を向くようにしてやった。

四人とも暴発を恐れてたたらを踏んだ。女は車のそばで棒立ちになっている。

真丈は、ひねった相手の両腕を、左の脇下で、しっかり固定した。

あとは簡単だった。逆さになった相手の左右の手首を握ったまま、果物を二つに割るようにして、離れさせればいい。

抵抗できずに、若い男がハンドガンを床に落とした。真丈は、ハンドガンをまたぎ、若い男の両腕を抱えたまま前へ出て、身を半回転させた。若い男の背が、倉庫の奥へ向けられた。もう一人の若い男もとっくにハンドガンを抜いている。同じベレッタだった。だが、仲間の背が真丈の盾になっているため、撃ちたくても撃てずにいた。

真丈につかまれたほうが、両手をもぎ離そうとして引っ張った。真丈はその力も利用した。ぱっと手を離しざま、肘鉄を食わせた。左肘を、相手の鼻柱に叩きつけたのだ。

若い男が、勢いよく背から倒れた。血が飛び散り、明るい照明の下で光った。

真丈は屈んでハンドガンを拾い、瞬時に安全装置をチェックして、床の上を滑らせた。

男たちが、虚を衝かれたのがわかった。

滑らせた銃は、周のすぐそばを通過し、最も奥にいる者の前で止まった。

女の足下で。

男たちが、愕然（がくぜん）となった。

女が銃を拾い、かつ真丈の味方をしてくれるかどうかは、わからない。

だがこれで、男たちは前後に注意を向けねばならなくなった。挟み撃ちと同じ状況だ。戦術的には最高の状況。相手はすべきことが倍になり、戦力が半分になる。こちらはすべきことが半分になり、戦力が倍になる。それが挟み撃ちの効果だ。

果たして、女が、屈んで銃を拾った。

「不要（ブヤオ）！」

周が叫んだ。よせ。

真丈は、この夜、初めて単独行動から解放された気分を味わいながら、もう一人の若い男へ、迅速に接近した。若い男が慌てて真丈に注意を戻し、まず右手だけでハンドガンの狙いを定めようとした。それから、左手を添える気だった。滑っていった銃を目で追い、中途半端に半身になったせいで、そういうことになったのだ。

真丈は、体を左へ倒しながら、ぱっと右手で相手の右手首をつかみ、押し上げ、ひねり、引っ張るということを一瞬でやり、相手の体勢を崩した。

右手首をつかんだまま、前のめりになる相手の背後へ迅速に回り込んだ。銃口は完全に逸れている。おかしな映画の中にでも入り込まない限り、発射された銃弾は、必ずファイア・ライン上を飛ぶ。つまり、ほぼ直線を描く。大きく弧を描いたりはしない。つまり今、この自分に銃弾が当たることはない。

背後から左手を相手の喉に回してつかみ、気道を圧迫しながら顔を上げさせ、引き寄せながら、相手の膝の裏を蹴って、ひざまずかせた。他人の体を操る上で重要なのは、いくつも同時にこなすことだ。

目的は、相手を思い切りのけぞらせることだった。そうなると、空いた左手の可動範囲が大幅に狭まり、右手に添えることも、ハンドガンを持ち替えることもできなくなる。

真丈は相手の右手首をさらにひねり、左手でそいつの顎をつかんで左へ向けさせた。人体は、頭が向く方へ体重が移動してしまう。若い男は、右手を逆方向に引っ張られながら、体の左側で横倒しにされた。左腕は体の下だ。これで、完全に左手が使えなくなった。

真丈は両膝で、相手の体と頭をそれぞれ押さえつけた。同時に、左手でハンドガンをつかみ取り、流れる動作で、相手の右手首を猛烈な力を込めて背側へ引っ張った。

ぼくん、と音がして、若い男の右肩が脱臼した。

若い男が、必死に口を閉じ、噴き出す悲鳴をとどめようとした。楊氏邸で遭遇した二人と同様だ。苦痛を呑み込む訓練をしっかりされている。だが一帯は、思ったより人の気配がなく、もし長々と絶叫したとしても、誰にも気づかれなかったかもしれない。

実際、いきなり銃声が轟(とどろ)いても、外で誰かが驚いて叫ぶこともなかった。

倉庫の中は悲惨だった。轟音がわいたせいで、みんなが衝撃で顔をしかめた。

女が、手錠をされたままの手でハンドガンを天井に向け、引き金を引いたのだ。

「動かないで」

女が、英語で言った。自分にも意味がわかるようにだろうと真丈は思ったが、すぐにそうではないことがわかった。真丈にだけ、言ったのだ。

女は、真丈にハンドガンの銃口を向けて構えていた。

周が、何かを言おうとした。

女が、周に銃口を向け、黙らせた。それからまた真丈に向け、次々に他の連中にも向けた。いつでも好きな相手を撃てるぞというジェスチャー。確かに、そうする上で最適の位置にいた。倉庫内の全員、女のハンドガンのファイア・ライン上にいるに等しかった。

「銃を私のほうへ滑らせて。さっきやったみたいに」

女が、また英語で言った。

真丈は、奪い取ったばかりのハンドガンを、同じように女の方へ滑らせた。

女が、それを足で軽く蹴った。ハンドガンが、乗用車の下へ消えた。

「一切都順着墻(イーチィエドウシュンヂウチィアン)」

女が、横へ銃を振りながら、中国語で言った。みんな。壁。真丈が言葉を分解して理解しようとする間に、男たちが行動した。女から見て左手の壁まで後ずさった。鼻を折られて血を流している若い男もそうした。腕を脱臼させられた若い男が呻きながら上体を起こそうとした。やっと女の言葉を理解した真丈が、その若い男を抱き起こし、壁へ押してやった。若い男が、ものすごい目で真丈を睨みながら、他の面々と一緒に壁に並んだ。

「車は持ってる？」

女が、英語で訊いた。ということは自分に訊いているのだと真丈は解釈し、答えた。

「この近くに停めてある」

「私と一緒にその車に乗る。私の指示通りに走らせる。叫ぶ、逃げる、抵抗する。この三つのことをしたら撃つ。わかった？」

「ああ、完璧にわかった」

「外の道路の方を向いて」

真丈は、周へ肩をすくめてみせた。こうなるとは思わなかったよ。そう伝えたつもりだった。だが周からは、お前を心から憎悪するという思念ばかり返ってきた。

真丈は回れ右し、全員に背を向けた。背後で、周の声がした。

「现 在你（シャンヅァイニ）是难民（シイーナンミン）。亡命他乡（ワンミンターシャン）」

真丈は眉をひそめた。ナンミン。難民。中国語と日本語と、同じ発音の言葉。女がそうだと言っているようだった。

女は、何も言い返さず、男たちとは反対側の壁に背をふれさせながら移動してきた。

真丈の前まで来て、後ろ向きに倉庫を出た。そのまま倉庫の扉を閉められ、鍵をかけるのかと心配になった。いや、当初の目的を考えれば、その方がいいはずだ。そうしてくれと女に頼もうかとも思った。

「こちらへ来て」

だが女が、真丈の胸に銃口を向けて言った。真丈はそうした。

「扉を閉めて」

真丈は、周たちの憎々しげな顔を、重たい鉄の扉で隠した。

「ゲートバーをかけて」

閂(かんぬき)のことだ。真丈は、中にいる者たちにもわかるように、音を立てて閂をかけてやった。さっそく携帯電話で助けを呼んでいることだろう。

「車まで案内して」

真丈は、頭上にあるもののことを考えた。カメラにつけた棒が突き出ているはずだ。それを回収したいと言ったら女はどう反応するだろう。あまり良い反応はしない気がした。カメラを壊され、携帯電話を没収されるかもしれない。

周たちはあれに気づくだろうか。わからない。確率は半々だろう。

ダブルバックアップ。携帯電話にもデータが残されているはずだ。いや、いまどきはクラウドというものがあるからトリプルバックアップといえた。

真丈は何も言わずに扉から離れ、会社の車を停めた場所まで歩いていった。

すぐ後ろで、女の足音が聞こえた。誰か通りかかって、この異常な事態に気づいてくれるだろうか。手錠をかけられた女に銃で脅されていることに。

手錠。そういえば女はそれを外していない。車に戻ると、そのことを口にした。

「その手錠の鍵を取りに戻るべきじゃないか？」

女が、きっぱりと首を横に振った。

「ノープロブレム」

真丈は肩をすくめて了解したことを示し、車のロックを解除して運転席に座った。

女が、後部座席に入り込んできた。ドアを閉め、後部座席の左側から、真丈の脇腹の辺りに銃口を向けた。適切な位置。人質作戦の訓練経験があるのかもしれない。

「東京タワーは近い？」

女が訊いた。

「東京タワー？」

思わず訊き返した。

「イエス」

「なぜ東京タワーに？」

「答えて。近い？」

「車で二十分もかからない」

「じゃあそこへ行って」

エンジンをかけた。

「……一度、見てみたかったから」

車を発進させたあとで、女がささやくように言った。

真丈は、何と返せばいいかわからなかった。次に何を訊けばいいかもわからない。これがどういう状況なのか皆目不明だった。

ひとまず、女の指示通り、東京タワーに向かって走らせた。

女が、後部座席の右側に移動した。運転席の背後で、何かごそごそやり出した。バックミラーで見ると、シャツのボタンを開いていた。それから、タンクトップをまくってブラジャーを露出させた。黒のシンプルな下着。日本のメーカーらしい品。

女が何をしているか、すぐにわかった。

ブラジャーのパッドの底縁から、薄くて細いワイヤーを引っ張り出した。欧米の製品にはワイヤーが入っていないものもあるが、日本のメーカーのものならほとんど入っている。

ワイヤーを、器用に手錠の歯に押し込んだ。鍵穴ではない。手錠の環を留めるため、環と留め具に施された、ぎざぎざした歯の間に、細いワイヤーを滑り込ませているのだ。

ワイヤーを噛まされた方の環を思い切り引っ張った。環が外れ、ワイヤーが飛んで窓に当たった。噛み合っていた金属の歯が、ワイヤーで滑って抜けたのだ。

女は落ちたワイヤーを拾い、もう一方の環も外した。それからワイヤーを元通りブラに入れようとしているようだが、着たままだと難しいとわかり、シートに放った。

手錠は環にしてポケットに入れた。記念に取っておこうというのではないだろう。武器として持つ気だ。手錠の一方の環を持ち、もう一方の環を開いて振り回せば、環を噛み合わせるための金属の歯が凶器となる。人間の皮膚などたやすく切り裂いてしまう。

ハンドガンは、ずっと太腿で挟んでいたらしい。すぐに構えられるように。それを握り直し、また後部座席の左側に来て、真丈を監視した。

「ガールスカウトで習ったのか？」

真丈はつい質問した。女は答えない。手錠の構造と原理を知っているということは、それに親しんでいるということだ。使う側か、使われる側か。もしかすると両方か。

「俺も上半身に下着をつけたくなったよ」

ミラー越しに、女の眉がぴくりと動くのがわかった。実際にそうしているところを想像して笑いかけたのかもしれない。それとも気味悪く思ったか。どちらにせよ、かすかなものではあるが、女が初めて見せた表情の変化だった。

時刻は、もうじき午後十時になろうとしている。同僚たちはさすがに真丈が戻らないことを不審に思っていることだろう。これが勤務の一環といえるのかも疑問だった。

真丈はさしあたって渋滞を避けるべきかどうか思案しながら車を走らせた。

渋滞で徐行すれば、周囲のドライバーが、女のハンドガンに気づいて、通報するかもしれない。もし通報され、警察に包囲された場合、人質にされるのは自分だ。女の目的も正体もわからず、コミュニケーションも捗（はかど）らないうちは、そんな騒ぎは避けたかった。

渋滞を避け、スムーズに車を走らせた。芝（しば）公園の周囲を、ぐるっと回り、東京タワーに近づいた。女が、銃口を真丈に向けたまま、後部座席の窓に頬を押しつける様子が、ミラー越しに見えた。

東京タワーの輝きに見入っているのだ。

まるで小さな女の子のように。

東京タワー前の交差点を右折し、駐車場に入って停車した。女は、目を大きく開いて、巨大な鉄塔を見上げ続けている。大粒の涙が溢（あふ）れ、女の頬を流れ落ちた。

「妈妈（マーマ）……」

哀切な声。日本語でも中国語でも、ついでに英語でも通じる言葉。ママ。母親を呼ぶ声。

本当に、小さな女の子になってしまったようだった。

「泣かないでくれ」

ついそう声をかけていた。だが女は、かえって大声で泣きじゃくり始めた。ハンドガンを握ったままの手で何度も頬を拭い、髪を振り乱し、体中を震わせながら泣いていた。

真丈は自分も泣きたくなった。妹がそうしているようだった。

「頼むから泣かないでくれ」

女がわめいた。

「別管我（ビエグアンウオ）！」

何度も同じ言葉を叫んだ。

「別管我（ビエグアンウオ）！　別管我（ビエグアンウオ）！　別管我（ビエグアンウオ）……」

二度目か三度目で、意味がわかった。放っておいて。私に構わないで。まるで真丈だけでなく、世界中に向かって言っているようだった。私をそっとしておいて。

真丈はそうした。悲しい気持ちを抱えたまま。女は長いこと泣き続けた。

13

今すぐ彼女からハンドガンを取り上げるべきだろうか。

真丈は、すすり泣く女をバックミラー越しに眺めながら、そう自問した。

倉庫街から東京タワーのふもとまで来る間に、一度、絶好のチャンスがあった。

女が手錠を外す際、真丈の背後に、わざわざ移動してくれたのだ。

そのとき、真丈の脳裏には、一連の動作がはっきり浮かんでいた。

急ブレーキをかける。女が、運転席のシートにぶつかる。自分が座っているシートを最も後ろの位置にまでスライドさせ、背もたれを思い切り後ろに倒す。

それで女の動きを封じる。ハンドガンを太腿に挟んでいたのであれば、背もたれをその上に置いた時点で封じることができる。

ついで、右手を回してシートベルトを外しながら、左手で女の左手を押さえる。そうしながら、仰向けの姿勢から、うつ伏せになり、後部座席へ這(は)い込み——押さえ込む。

成功する確率は高い。タイミングよく、迅速に、一つのミスもなく、一連の動作をやってのけられるなら。車両事故につながらないよう、道路状況さえ整えば。

だが、そうはしなかった。考えるのに忙しかったからだ。

彼女は何者なのか？　警察が警備車に乗せ、中国大使館勤務の外交官を自称する男とその部下たちに引き渡そうとしていた。ペルソナ・ノン・グラータ。その言葉が浮かんだ。厭わしき人物として国外退去処分とされた。国内法では裁けない相手を拘束して追い出す。非公式に。隠密に。事情はさっぱりわからないが、それが最もしっくりくる。

女が、ハンドガンを突きつけられて脅されていたという点を除けば。

自分はスパイじゃない、というようなことを、女は言った。

お前は難民だ、亡命はできない、というようなことを、周が言った。

殺された楊立峰氏について、言及されていた。

どうにもパズルがバラバラでまとまらない。

だいたい、周のほうが、よっぽどペルソナ・ノン・グラータを発動されそうな人物だ。

そんなことを考えているうちに、女は真丈の背後から移動してしまっていた。

チャンスは消えた。真丈が反撃するには、シートベルトを外さねばならなくなった。

女が、こちらの左手に注目するのがわかった。真丈は、余計な動きをして相手を刺激しないよう、努めて左手をギアか自分の腿の上に置いていた。シートベルトのラッチに手をかけようとしたら、その予備動作だけで察知されただろう。

真丈は、女が緩むのを待った。姿勢、表情、親しく会話などしないという態度——緊張の緩和を。

だが女は、しゃんと背筋を伸ばし、顎を引き、凛と表情を引き締めていた。ただ単に気を張っているだけではなく、注意力が持続するよう、ハンドガンを持ち替えたり、姿勢を適度に変えたりした。自分を疲労させず、脳を覚醒させ続ける工夫。監視する訓練を受けており、学んだ通りにしているという印象。銃器の扱いも教わっているらしい。

おかげで、揺れる車内でハンドガンを構えるうちに、うっかり引き金を引いてしまう、といったことはせずにいてくれた。その点は大変ありがたかった。

代わりに、真丈がいざハンドガンを奪いにかかったら、相応の抵抗を示したのは間違いない。女がそれ以外の武器を隠し持っていないという保証もなかった。ブラから引き抜いたワイヤーだって、使いようによっては鋭利な刃物と化す。

それが、ただちに相手を制圧しにかからなかった、もう一つの理由だった。彼女を制圧する場合、かなりの苦痛を強いることになる。そうなれば彼女も大いに憤激し、ありったけの抵抗を試みるだろう。

女が泣いている間に、シートベルトを外そうとしなかったのも、相手を激昂させるべきではないからだった。女が自棄になり、ハンドガンをめちゃくちゃに乱射したら目も当てられない。銃器が危険なのは、放たれる弾丸が例外なく高い殺傷力を有している上に、狭い空間ではコントロールが不可能といっていいからだ。

車内ではファイア・ラインもくそもない。シートやドアのボードに突き刺さって止まるか、ウィンドウを砕いて外に飛び出すか、跳弾となって車内で乱舞するかだ。

人が重傷を負うには、一発で十分だ。その一発がどうなるかまったくわからない。

結局、追い詰められて銃を握る者を、安全に投降させたいのなら、そういう市民がわんさかいるアメリカで考案された方法が一番だった。

冷静に、理性的に、親しみを込めて話しかける。共感、敬意、理解を示してやる。

そうして、自発的に武器を手放させるのだ。

時間がかかるし、効率は悪いが、死傷者を出さないという点ではベストの方法だった。

たとえ武装しているのが素人であっても、武力で鎮圧しようとすれば、鎮圧する側にも、必ずといっていいほど死傷者が出る。それが常識だ。

ドローンでミサイルでも撃ち込まない限りは。いや——その場合も、撃ち込まれた側の誰かが、後日、車爆弾か、爆薬を積んだラジオコントロールの機械を放つことになる。

そういう話はずいぶん聞かされたし、実際に見たことも経験したこともあった。

最近のアメリカではむしろドローンのほうが楽だと考える者が多いらしいが、真丈は何より女を制圧するために怪我をさせるのが嫌だった。必要ならそうしようと考えている自分も嫌になる。東京タワーを見て、母親を呼びながら泣いてしまうような女の手足の関節を外すといったことはしたくない。

そもそも、女にハンドガンを渡したのは自分なのだ。まずは穏やかに話すべきだろう。

女の泣き声を黙って聞きながら、そう決めていた。たまらなく悲しい気分にさせられたし、おかげで死んだ妹の顔を思い出すことになったが、じっと待った。

やがて女のすすり泣きが落ち着いてきたところへ、英語で声をかけた。

「おれの名はタイチ・シンジョー。アネックス綜合警備保障という会社で働くガードマンだ。君の名は？」

まずは名乗り合う。説得の第一手順。

女が目尻を拭い、ハンドガンの銃口を真丈の脇腹に向け直した。

「楊芊蔚……。中国人民解放軍、空軍……スペシャルフォース」

「スペシャルフォース？」

女が小さくうなずいた。大したことはないとでもいうように。本当なら、強引にハンドガンを奪いにかからなかったのは正解だ。素手で殺し合っていたかもしれない。

「すごいな。よっぽど優秀なんだな」

口に出して誉め称えたが、実際のところ、中国空軍に属する特殊部隊がどういうものか、よくわからなかった。あちらの軍は実際より強大にみせるためフェイクを多用する一方、日進月歩で西洋化やハイテク化が進んでおり、手強い部隊が続々と生まれているのも事実だ。こんな部隊が存在すると聞かされても、虚実どちらなのか判別が難しい。

だが少なくとも、名前と所属がわかった。軍人なら、共通の話題も多そうだ。

「おれも一時期、自衛隊の特殊部隊にいたんだ。訓練を受けるためにね。警察にもいた。あちこちの組織を渡り歩くのが仕事でね。今は事情があって、民間で働いている」

「そう」

女が淡々と返し、洟をすすった。ミラーの中で妙にその表情が幼く見えたが、打ち解けた感じはなかった。迷子になって途方に暮れている顔。行き詰まった人間は、解決策が見つからないと感じるたびに、危険な思考を働かせるようになっていく。

よくない徴候。早く説得の第二手順に入らねばならない。何でもいいから共感し合えるポイントを探すのだ。

「おれは日本人以外からは、ジョーと呼ばれることが多い。そのほうが発音しやすいらしい。君にも、そういうニックネームはあるか？」

「ニックネーム？」

「そう」

「あなたに教える理由はない」

「理由はあるさ。君が何者か知りたい。どういう人間で、何に困っていて、どうしたら君を助けられるか一緒に考えたい」

「……私が誰かわからないの？」

真丈は眉をひそめた。説得すべき相手に、あまり見せないほうがいい表情だが、知っていて隠していると思われては相手の猜疑心に火をつけることになる。

「世間に疎くてね。実は有名人なのか？　サインをもらっておいたほうがいいかな」

笑顔で持ち上げる。だが女はますます不審な顔つきになっている。

「ニュースになっていないの？　日本なのに」

中国の情報統制の厳しさを物語る言い方。日本だからといって何でも公開されるわけではないが、そんな小さなところで反論すべきではなかった。

「ニュースを見ている暇がなかったんだ」

そう言いながら、もしかすると女の国外退去が大々的に報道されているのだろうかと思った。だがそうなら、倉庫の周囲はマスコミだらけになっていたはずだ。そもそも送還の手順が乱暴すぎる。あれでは、女が死んでも誰も知らないままだ。楊氏のように。

「本当に、私を知らないのね」

「とても知りたいと思っている」

「私を助けられるという根拠は？」

「警察、自衛隊、米軍、それと日本政府の関係者にも何人か知り合いがいる。君が何に困っているかわからないが、彼らに協力してもらって、助けられるかもしれない」

女が嘆息した。無駄なことをしていると急に悟ったような調子。だがほかに解決策がないので、試しに目の前の男の口車に乗ってみようというような雰囲気も感じられた。

よい徴候。果たして女が言った。先ほどの質問への答えを。

「センとチヒロ」

だが真丈のほうが、ついていけなかった。

「なんだって?」

「日本人向けの、私のニックネーム。芊蔚に、千という字が入っているから。中日人材交流で中国に来た、日本人留学生の友人につけてもらったの」

発音だけでは名前の漢字が連想できなかったし、そもそも何のことかわからなかった。

「センか」

「そう」

「チヒロは、君の名前を日本語読みにすると、そうなるのか?」

今度は女のほうが眉をひそめた。

「日本語読みにするならセンイ。だから、センとチヒロ」

「どういうことだ?」

「まさか、知らないの?」

「ああ、そうか。何か元になったものがあるんだな? 有名人の名前か?」

女は、それこそ真丈が知っていてわざとはぐらかしているのではないかというような目つきになった。だがすぐに、呆(あき)れて物も言えないという感じでかぶりを振った。

「日本人なのに知らないなんて」

まるで、ガンジーを知らないインド人か、キング牧師を知らないアフリカン・アメリカンを見たというような扱いだった。

「すまない。ミスター・グーグルにあとで教えてもらうよ」

「そうしたほうがいい」

女が真顔で言った。よい徴候。共感を抱き合うことには失敗したが、少なくとも会話を継続させてもいいという気になってくれている。

「オーケイ、セン。君は何に困ってるんだ？」

「それを話す前に、あなたのことを教えて。なぜ、あなたはあの場所に来たの？」

「その前に、シートベルトを外していいか？」

「ノー」

きっぱりとした返答。真丈は肩をすくめた。突っぱねられることはわかっていた。同じことを訊き続け、どこかの段階でイエスの返答が出たら、信頼構築のエビデンスになる。

「仕事でね。楊立峰氏から呼び出しを受けて、彼の自宅に向かったんだ」

「元リージン・テクノロジー代表の楊立峰ね？」

「ああ。会社のファイルにはそう書かれていた」

「続けて」

「楊立峰氏は、二人の男達に殺されそうになっていた。おれが二人とも大人しくさせたが、楊立峰氏は、負傷がもとで亡くなってしまった。おれの上司が警察へ通報した。すると警察と一緒に周凱俊という男が現れた」

周の名を出した途端、女の顔が険しくなった。

「それで？」

「周という男は、楊氏も、二人の男達も、あと一人、楊氏に反撃されて死んでいたんだが、みんな外交官だとぬかした。おれは警察に同行して事情を説明しようとしたが、楊氏は生きているので事件にはならないと言われたんだ」

「日本なのに」

女が小さく呟いた。ここも自分がいた国と変わらないじゃないか。そう言いたげだ。

「日本じゃ珍しいことだ。普通はありえない」

すぐに言い返した。女が諦念を抱くことは、きわめて悪い状況を招く。

「でも処理されてしまったんでしょう？」

「楊氏が本当に死んでいる証拠をつかめば、捜査される。まあ、そのハンドガンを所持していた時点で犯罪なんだがね」

「周が持っていたわけではないわ」

「部下が持つことを黙認していた。銃器所持は、日本じゃ確実に有罪になる」

「あなたは、周を逮捕したいの？」

「そうすべき相手は全員ね」

「なぜ？」

「楊氏から言われたんだ。捕まえろと」

女が宙を見つめて顎を上下させた。納得してくれたのだろうか。それとも、事情がわかったがどうでもいいと思っているのかもしれない。どうも後者のようだった。

「そろそろシートベルトを外していいか？」

「ノー」

真丈はまた肩をすくめた。芯の強い人物。容易に頼らない。強情さとは違う何かを感じた。女はきわめて冷静で、理性的だった。なのに、次の行動に移ろうとはしていなかった。この東京タワーが彼女にとっての終着点だというように。

「一つ訊きたいんだが、楊氏は君の親族か？」

「なぜ？　姓が同じだからそう思うの？」

女がじろりとした目つきになった。日本人とは違うのだと言いたげ。

「ただの当てずっぽうだ」

「確かに、父方の親戚よ。でも、私は会ったことがない」

「だが君が今こうしていることに、関係があるんじゃないか？」

「あるわ。その男のせいで……」

女の顔が歪(ゆが)み、うつむいた。また大声で泣き始めるのだと思い、真丈は身構えた。ナイフを持った男達に襲いかかられたときより、よほど緊張させられた。

だが女は一瞬で激情を呑み込んだ。先ほど大いに吐き出した分、これくらいはたやすく心に秘めておけるというようだった。強靱(きょうじん)な精神の持ち主に特徴的な態度。

「その男は中国国内の資産家の財産を外国へ移す手伝いをしていた。中国にいた頃はアメリカのスパイとして働いたこともあるって聞いた。父も、その男の口車に乗って外国に住もうとしたのよ。でも捕まって……何の関係もない母が巻き添えになった。母を収容所に入れられたくなければ協力しろと言われたのが……私よ」

　いきなり吐き出し始めた。真丈は一つずつ因果関係を頭の中で確認した。ここで混乱する様子を見せれば不理解を示すことになってしまう。相手はすぐに話す気を失うだろう。

「なるほど。だが疑問がある。君の母上が関係ないというのは変じゃないか？　君の父上が外国に移住するということは、母上も君も、そうするということだろう？」

「父は、愛人とそうするつもりだったの。私たちのことなんて何も考えてないわ」

　淡々と女が言った。何の感情もなく。自分の父親を完全に他人だと思っている口調。

　だがその分、彼女の心が、残された母親に傾けられていることもわかった。

「私は指示通りにするしかなかった。教えられた通りに。誰が何を私にさせようとしているのかもわからずに。でも途中で……わかったの。本当に言う通りにしていたら、確実に起爆していた。そして多くの人を巻き添えに……」

　また女がうつむいた。そうそう呑み込めなさそうな激情を、それでもしっかり心に押し込めようとしていた。まるでこれまでの人生を通して、ずっとそうしてきたというように。

「起爆（デトネート）……そう言ったな？」

　静かに訊き返したとたん、みしりと軋（きし）むような音がし、彼女が驚きで目を丸くした。

　真丈は、ハンドルを握りしめていた両手から力を抜いた。女を安心させるために、両手を彼女から見える位置に置いていただけなのだが、つい力を込めてしまった。

　お前には他人に真似できないものが二つばかりあるらしい。そう言ったのは自衛隊で訓練を担当してくれた教官だった。アネックス綜合警備保障で受付をする香住綾子の親族――伯父だ。

記憶力。握力。自分の二つの武器のうち、一つをうっかり見せてしまった。素手であるからといって安心できないと女に思われては困るので、話を続けさせた。

「父親の不始末に巻き込まれた母親を助ける代わりに、破壊工作(サボタージュ)を命じられた？」

女がかぶりを振った。

「命じられたのは、亡命しろということだけ。この国のアメリカ軍基地に逃げ込めと言われたわ。でもすぐには基地には入らせてもらえないから、まず民間の施設を目指せって」

よくわからない。それどころか、妄想を語られている気分。中国の誰かが——かなりの資力と権限を持つ存在が——在日米軍を攻撃させるために、彼女を放った？

どこの誰が、そんな馬鹿げたことを考える？　西太平洋を戦地にしたいのか？

「目的は何なんだ？」

また女がかぶりを振った。今にも泣き出しそうだった。

「何もわからない。でも一緒にいた晏嬰は違った。彼が私に言ったの。実行しますかって。それも最初は何のことかわからなかった。いったんは彼を止められたけど……止めたつもりだけど、命令はまだ生きている」

ハンドガンの銃口が真丈から離れた。それを握る女の手が、膝の上に置かれた。

「シートベルトを外していいかな？」

「ノー」

女が細い声で言った。そのくせ銃口を向けてこない。お前は人質なのだと脅してこない。

まずい徴候。武装した人間が人質に興味を失ったとき、手にした武器を何に使うかは過去の統計が雄弁に物語っている。無差別に使用した後、自分自身に対して使うのだ。

「私に出来たのは晏嬰を止めることだけ。私がいなければ晏嬰は命令を実行しない。代わりに私がアメリカ兵を殺せば……母は救われるかもしれない」

女が目を窓の外に向けた。左手はドアのハンドルにかかっていた。

真丈は右手をシートの脇に滑り込ませながら言った。

「どこかの在日米軍基地に押し入って銃撃戦でもやるつもりか？　予備の弾もない、そのハンドガン一挺で？　ゲート前で拘束されるか、射殺されるだけだ」

女は答えない。

「どこに行けばいいかわかっているのか？」

女が言った。真丈は車のナビ画面を見た。画面の隅にそれがあった。小さく。そうとわかっていなければ認識できないだろう。

「赤坂プレス・センター」

女は東京の地理を理解している。主要な施設の位置を知っている。誰かが彼女にそれを教えたのだ。テロリストの手口。ろくに事情を理解していない人間が、爆弾や武器を持たせられ、ここへ行けと命じられる——何も考えるな、ただ行動しろ。

その瞬間、真丈の体が勝手に動いていた。一連の動作。一つもミスを犯さずに。

「動かないで——」

女が察知したときには運転席の背もたれを真後ろに目一杯倒していた。

真丈がさっと左手を伸ばし、女が銃を向けようとする右手首をつかんで、車の天井に叩きつけるようにして押し上げた。倉庫で最初に銃を封じたのと同じ要領だ。下から押される力に対し、人間の体は押し返せるようには出来ていない。

女が左手にハンドガンを持ち替えようとする間に、真丈は背もたれを倒すレバーから右手を離し、素早くシートベルトのラッチを解除した。

足をハンドルの下から引っこ抜くように勢いよく両脚をたたみ、胸へ膝を押しつける。体を横へ転がし、ギアレバーを越え、女の右手を引っ張りながら、助手席に転がり込む。

真丈の体重を引っ張り返す力は、女にはない。ハンドガンを持ち替える余裕もなく、女が前部座席側へ倒れ込み、助手席の背もたれの裏側に左肩をぶつけた。

真丈は身をひねり、右手で助手席の背もたれを倒すレバーを探り当て、引いた。

たたんでいた両脚を思いきり伸ばしてダッシュボードを蹴り、倒した背もたれを女に押しつけた。背もたれが固定され、女の左肩と胸から下の動きが完全に封じられた。

「別管我（ビエグアンウオ）！」

女が叫んだ。泣いていたときに繰り返し口にした言葉。放っておいて。叫びながらハンドガンを離すまいとしたが無駄だった。真丈は左手で握ったままの女の右手首を、反時計回りにねじった。人間の手は、そうされると、握力を維持出来なくなる。

「放了（ファンレ）你（ニー）！　別管我（ビエグアンウオ）！」

あなたを解放する。だから放っておいて。真丈はそうしなかった。そうするつもりなどなかった。ハンドガンが、運転席の座面に落ちる前に、真丈がそれを右手で取った。

「手荒なことをして、すまない」

真丈は女の右手首を離し、左手で背もたれのレバーを操作して女が動けるようにした。

女が後部座席の上で丸くなった。額を座面に押しつけ、震えながら泣いた。

「私を撃って（シュート・ミー）」

女が、すすり泣きながら言った。

「プリーズ」

真丈は自分の顔が歪むのを覚えた。なんでそんなことを言うんだ。そう訊きたかった。

つい今しがた、彼女はその理由を告げた。マーマ。彼女の叫びが全てを説明していた。

何一つとしてまともな理屈とは思えなかった。だが今、それが女を支配しているのも確かだった。

そうする以外にないと信じ込まされていた。

「真奈美（まなみ）が死んだときみたいだな」

思わず日本語で呟いていた。その怒気のこもった声音に、女がはっと顔を上げた。

真丈はハンドガンから弾倉を抜き、銃身を外してドアのポケットに入れた。

「君は、誰かを撃つことも、誰かに撃たれることもない。どこかの誰かに命じられた破壊工作を実行することもない。君が難民になることも、母親が投獄されることもない。そうした目に遭わずに済むよう、最大限、努力する。だから、もう泣かないでくれ」

女が目に涙を溜めたまま、怪訝そうに訊き返した。

「あなたは警備会社のガードマンなんでしょう？」

言いたいことはよくわかった。自分を大人しくさせたいだけで、何一つとして実現させる気などないのではないか。真丈は、女の顔を真っ直ぐ見つめた。

「今はね。休暇みたいなものだ」

しっかりと自信を込めて言ってやった。女の信頼を勝ち得ることができるように。

女が眉をひそめて真丈を見つめ返した。かえって疑念のほうが強まっているらしい。

「休暇？　なら本当は何者だっていうの？」

真丈は言った。

「アクティベイター」

14

出戻り。空港警察署へ。多数の人員を近隣に放った上で。なりふり構わずに。

運転する吉崎に、飛ばすなと二度も言わねばならなかった。大急ぎで移動すれば解決するような事態ではない。重要なのは考えることだ。

後部座席にいる香住と鳩守は、無言で携帯電話を操作している。自分たちが属する組織の誰かとメッセージをやり取りしているのだ。前代未聞の失態に、どう対応すべきか確認を取っているのだろう。自分たちの身に火の粉がかからないように。現時点での火元は、鶴来と吉崎だと彼らの目が言っており、かんに障ること甚だしかった。

鶴来も、携帯電話で、署の本部に矢継ぎ早に指示を出していた。仮設本部であったそこを、捜査拠点として確立し直す必要があった。サイバー攻撃を受けたばかりの施設をフル稼働させるべきかという議論に意味はない。他の施設を使用したとしても攻撃を受ける可能性が低くなるわけではないのだ。本丸というべき空港警察署にいきなり侵入し、フェイク通信を仕掛けた敵の手段を解明しない限り、あらゆるものが信用出来なくなる。

ここまで見事なサイバー攻撃をやってのけられるとは誰の想像をも超えているだろう。そうではない人間がいたとしたら、そいつが攻撃手か、攻撃を補佐した工作者だ。

そいつらが警察署内にいないことを願いたかったが、現実的に考えればありえない。内部に工作者はいる。そいつを特定し、誰の命令か吐かせる。上位の誰かもいるはずだ。

亡命希望者を失踪させろという命令を、国内のどんな人間が下したか想像もつかない。過去でいえば、日本国首相がそうしたことすらある。オルタ・ファイブがそうだった場合、事態解明は困難をきわめるし、大勢が大量の火の粉を浴びることになる。その上、本物の炎にも襲われるかもしれなかった。大勢が。途方もない数の国民が。

空港警察署には、パイパーの車両が続々と戻ってきているところだった。吉崎が窓を開け、職員に場所を空けるよう指示し、署の玄関に近い位置に車を停めた。

指導の成果。鶴来は小さな満足を覚えながら、携帯電話を耳に当てたまま車を出た。

「到着した。会議室の用意はできているな？　よし。関係者を集合させてくれ」

きびきびと返ってくる了解の声。フェイク通信も似たような調子だったのだろうか。

大股で署に入った。怯えても焦ってもおらず、解決と解明の意志をみなぎらせているのだと態度で示しながら、階段をのぼり、用意させた会議室に入った。

仮設本部だった部屋の隣だ。壇の前に並べられた長机。壇の脇にキャスター付きの台に載せられた大型モニター。長机の一角に、ノートＰＣを開いて控えているオペレーター。

亀戸副署長と、署の課長たちが前列に並んで座っている。入管庁の人間はいない。鵜沼審判課長はこちらに来なかった。火元にされるのを避けるため、受け入れ態勢の維持に努めると言い張り、自分の縄張りに引っ込んでしまっている。

逆に、外務省から来た辰見は堂々と会議に列席していた。鶴来が火だるまになるさまをとっくり眺めた上で、自分が現場指揮権を握る最善のタイミングをはかっているのだ。

その近くに、初めて見る男がいた。スーツ姿だが、いわゆる背広ではない。ずっとカジュアルな感じだ。ネクタイもしていない。そのせいで一人だけ浮いて見える。

鶴来は、その男へ歩み寄った。

「失礼ですが、あなたは？」

すると、鳩守が早足で近づいてきて言った。

「私が呼んだ応援で、経産省に出向して頂いている馬庭(ばば)さんです」

男が立ち上がって微笑んだ。

「光橋(みつばし)重工より経産省へ出向しております馬庭利通(としみち)です。兵器流通・開発の担当です」

「ほう。開発さんか？」

香住もそばに来て訊いた。

「はい。エンジニア出身です。機体に関してアドバイスするようにと言われています」

「頼もしいな。何しろ機体についちゃ、ただ放置してるだけだからな」

香住が笑みを浮かべた。やっとまともな人間が会議に参加したというようだった。

「よろしくお願いします。ご着席下さい」

鶴来が言って、男を座らせた。

鳩守がその男の隣に座った。香住が少し離れたところに着席した。

鶴来は、吉崎が突っ立っているひな壇のほうへ行き、みなを振り返った。

「みな、事態は理解されていると思う」

鶴来が一方的に言い、耳目を集めてから、オペレーターにうなずきかけた。

「君、議事録を取り始めてくれ」

「はい」

オペレーターが指示通り、音声を文章にするアプリケーションを起動し、リアルタイムで修正していく用意を調えた。火元を押しつける上でも、重要な書類の用意。

「現在、諸君には複数の案件の対処に努めてもらっている。一つ、楊芊蔚の捜索。一つ、我々に対するサイバー犯罪の捜査。一つ、機体の調査。また組織の内部調査も行うと通達しておく。特に、移送作業に携わった全職員の聴取が行われるだろう。進捗（しんちょく）はいかがか？」

職員の聴取という言葉に、たちまち亀戸副署長が険しい顔になって言った。

「一同、捜索および捜査に全力を尽くしている。調査は必要ないでしょう」

鶴来は、わかっている、というように力強くうなずき返した。内心では、さっそく火元の押しつけ先の最有力候補となってくれたことに感謝した。調査を不要と断言してくれるのであれば、必要である根拠を示すだけでいい。内部調査チームを作らせ、調査する側とされる側の頭上に火の粉がばらまかれるようにしてやるのだ。

「移送には全力を尽くしていなかったと？」

あえて揚げ足を取ってやった。亀戸副署長が目を剝いて反論した。

「想定外の事態が生じた。原因はただちに解明する」

「期待しております」

鶴来があしらうように言った。亀戸副署長が黙った。本心では、お前の失態だと鶴来に食ってかかりたいところだろう。だが、鶴来が火元を誰かに押しつける気でいることは明らかなので、下手な議論を避けたのだ。これはこれで有効に活用すべき状況だった。

「エックスの捜索範囲はすでに指示した通りだ。警察庁へも動員を要請した。最優先でエックスを捜索する。質問は？」

鶴来が訊いた。何も訊くなと言外に告げながら。

「質問ではありませんが、一つよろしいですかな？」

辰見が、遠慮がちな態度を装って訊いた。

鶴来はうなずいて発言を促した。

「現在、危機管理室の設置が検討されております。空港滑走路上に置かれたままになっている機体の安全確保と、その処置についての、指導的対応が主眼となるでしょう」

あんな外交上問題になる機体は、さっさと中国に返せと言いたげ。

鶴来はまたうなずいた。今度は黙らせるためだった。

今ここで最高上位組織について言及されるのはとてつもなく面倒だった。理由は、東日本大震災における自衛隊の大動員を連想させるからだ。自衛隊の参加を排除するのも鶴来の役目だった。そんなことになれば責任問題がでたらめに拡大する。

辰見もそれ以上は何も言わなかった。釘を刺しつつ、徐々に自分の主張を押し込んでいく気だろう。外務省が求める〝友好〟は、しばしば亡命希望者にとっては本国送還という死刑宣告を意味する。女が無事に発見されたときに、その点で紛糾しかねなかった。

「機体の安全確保という点について、一つ確認したい」

香住がだしぬけに発言した。そのあとで、喋っていいか？　というように鶴来に目を向けた。この会議でただ一人、自衛隊の制服を着た香住に、全員が注目していた。

「機体は厳重な監視下にあります。何か問題が？」

相手の発言を封じるために訊き返したが、香住が予想外に食い下がって言った。

「わからんが、もしかすると大問題かもしれんことが一つある。あの機体からパイロットが降りてきたのを見たときからずっと思ってたんだが、なぜか誰も言い出さん」

「何をですか？」

鶴来は思わず訊き返した。厭な予感がした。エックスが〝アロー〟について口にしたときのように。

香住が、馬庭を振り返った。

「開発の馬庭さんに訊きたいんだが、あれは最低何人で飛ばせると思う？」

短い沈黙があった。ぞっとする静けさ。鶴来は意志の力で口をつぐんだ。技術的な確認を怠ったことを認めるべきではなかった。幸い、吉崎も息を呑んで凍りついていてくれた。

馬庭が肩をすくめて言った。

「私が見た限り、通常であれば三人ですね。操縦に二名と、荷重計算や搭載物管理をするロードマスター一名。もしあれが想定以上の最新鋭機で、ロードマスターが不要なほどの高度なコンピュータ制御を実現している場合でも、二人です」

淡々とした技術的な指摘。それがこの場でどういう意味を持つかはわかるが、それを気にしていたら自分の仕事が出来なくなるという態度だ。

香住が、鶴来に目を戻した。

「そういうことだ。あの機体の中にはまだ最低でも一人いる。機体の外から、そいつの存在を確認しなきゃならん。赤外線、X線、音響探査装置、何でも使ってな。もしいないなら、そいつはこっそり機体から出て、機動隊員の壁をすり抜けて、逃げたことになる」

鶴来はすぐさま、亀戸副署長のほうを向いた。

「亀戸副署長。香住さんと馬庭さんの助言に従い、ただちにそのようにして下さい」

亀戸副署長が、啞然としたまま鶴来を見返した。いきなり火の粉の一部を浴びせられて仰天しているのだ。その顔からすぐに目を離し、間髪容れず言った。

「以上だ。持ち場に戻れ。吉崎、オペレーションの監督を頼む。私は上に報告する」

「あ……、はい」

慌てて吉崎が応じたときには、もう鶴来はきびすを返している。

視界の隅で、香住が〝悪気はないんだぞ〟という笑みを浮かべていた。自衛隊の誰かをスケープゴートにさせないよう、適度に火の粉をこちらにかぶせる気らしい。悪意からではない。お前なら火を消せるはずだという、ある種の信頼を込めて。

冗談じゃない。鶴来は足早に刑事部屋に行き、誰もドアを開けないようにと職員に言い置いて、取調室に入った。オルタ・ファイブに報告すべきことが増えた。女パイロットの他にいるはずの、もう一人ないし二人の存在。そのことを考えながら携帯電話を取り出して起動すると、画面に、メッセージ通知のバナーが表示された。

義兄からだった。また自分の勤勉さをアピールしてきたのだろうと思い、後回しにしようとしたが、バナーに表示されたメッセージの冒頭部分に意識をもぎ取られた。

『ヨッシー殿。スノーデン。ＷＭ６』

警備員の仕事とはかけ離れたメッセージ。

スノーデン――元アメリカ国家安全保障局のエドワード・スノーデンのことだ。

アメリカによる世界規模での通信傍受を暴露し、当局から追われて逃げた人物。つまり、〝重要な情報を持つ人物がそばにいるが、扱いには慎重を要する〟という意味だった。

さらに不穏な言葉。

ＷＭ６――〝六時方向を見ていてくれ〟の頭文字。

意味は、〝おれの背後を頼む〟――死角をカバーしてくれ。今すぐ協力してくれ。

メッセージを開いて続きを見た。

『詳しいことはまた連絡する。忙しいところ悪いが調べてほしいものがある。添付参照』

添付データ――画像が三つ、テキストデータが一つ。全てダウンロードした。

最初の画像に、目が釘付けになった。女がいた。消えた女。失踪した亡命希望者が。

今まさに多数の人員が血眼で捜しているはずの人物が、手錠をかけられた姿で、誰だかわからない男たちに囲まれ、銃を突きつけられていた。

15

鶴来は、衝撃のあまり落としかけた携帯電話を慌てて両手で握ると、深々と息をついて気を静めた。義兄の真丈太一は、しばしばこういう真似をする。まったく意図せぬタイミングで、こちらが到底考えもつかないような不合理なことを、平然としでかすのだ。

まさか空港警察署内の状況が義兄に伝わっているのか？　それで義兄が率先してエックスの行方を追った？　馬鹿な。そんなことは考えられない。だが考えられないことをしてのけるという点で義兄の右に出る者は、鶴来が知る限り、この世に存在しない。

整理しろ。そう自分に言い聞かせた。だが、数時間前に警備会社で勤務中だと報告をしてきた義兄と、爆撃機に乗って羽田に現れたエックスとを、どうつなげろというのか。

何を整理すべきか見当もつかぬまま、二つ目の画像を見た。一つ目と同じく、動画からキャプチャーしたと思われる画質の粗さだが、何が写っているかは十分わかる。

警備車両を後方から撮った画像だ。

エックスを移送した警備車両か？　背景は人気（ひとけ）のない夜の街だった。ナンバープレートが写っているから、車両の担当者に移動経路を確認するだけで場所はわかる。

三つ目の画像を見た。

警察の制服を着た二人の男が、エックスを連行していた。画像の端の方に警備車両の一部が見える。さっそく担当者の面が割れた。なぜ義兄が、という疑問がまたしても頭のあちこちからわいてきたが、混乱するだけなので、頭の隅へ押しやった。

内部の犯行。やはり協力者がいた。ならば命令した人間も存在する。こちらの指揮系統を無視し、サイバー犯罪の片棒を担ぎ、エックスを勝手に運べと命じた誰かが。

その人物がどこの誰かはわからない。予断を持たないよう注意しながら、テキストデータを目にした。断片的なメモの羅列に、思考が停止しそうになった。

『楊立峰　元リージン・テクノロジー代表　投資家　到着時負傷　のち死亡を確認』

『J20。H20。三日月計画に介入』

『周凱俊。中国大使館』

二つの車両ナンバー。四つの電話番号。五人の身分票の発行情報——全て中国人名。

楊立峰。鳩守が告げた話に出た人物であると思い出すのに時間がかかった。耳で聞いた名とその字面が結びつき、やっとテキストの意味するものごとが頭に入ってきた。

三日月計画。資産家連中の脱出プラン。中心人物が死亡したらしいという情報の裏づけ。あまりに突拍子のない関連。アネックス綜合警備保障を通して義兄が接触するなどとは夢にも思わなかった。いや、警察と縁の深い警備会社が、富裕層の在留外国人を大勢顧客にしているという点で、最初から必然性はあったわけだ。経産省が関わる日米合同の秘密作戦の関係者であれば、自衛のために、そうした警備会社を利用してもおかしくない。

鶴来は、携帯電話の通話履歴から義兄のナンバーをコールした。出なかった。しばらくして留守番電話の応答メッセージが流れ出した。いったん切って、かけ直した。出るまで何度でもかけ直す気だった。無意識に、空いた方の手で握り拳を作っていた。

「もしもし、ヨッシー」

「太一さん、いったい――」

何をしているのか、と訊こうとして遮られた。

「運転中なんだ。後でかけるよ」

切られた。鶴来は、携帯電話を床に叩きつけたいという衝動と戦った。

感情を乱されるのは嫌いだった。この世で最も嫌いなことだ。いついかなるときも冷徹な判断を下せる自分でありたいという願いが鶴来の人格的な原理（ドグマ）だ。これまでの人生はおおむね願い通りでいられたし、今後も同様でいられる自信はある。

たとえ、今の案件が最悪の結果に終わったとしても――何が最悪なのかも正直まだ想定しきれていないが、想像と推測の範囲内では――自分は自分でいられるだろう。

なのに、義兄が関わるや否や、たちまち混乱させられる。そんな相手はこの世で義兄だけだ。もう一人、その妹にして自分の妻であった人物も負けず劣らず自分を混乱させたものだが、それはそれで良い経験だった。昔も今もそう断言できる。

問題は義兄だ。鶴来は、電話をかけ直すのではなく、別の方向から攻めることにした。心を落ち着けながら手早くメッセージを打った。

『真丈殿。一つ答えられたし。画像の女性と同行中か』

これが今、最も知りたいことだ。すぐに返信が来た。

『神隠し』

まったく意味がわからない。どこまで人を馬鹿にすれば気が済むのか？　またしても込み上げてくる激情を、理性でねじ伏せた。一緒にいないなら、いないと一言返すはずだ。神隠し。義兄が彼女を保護下に置いた上で失踪させるというニュアンス。義兄が誰かをそうしようとすれば、発見は困難をきわめる。義兄本人がそうなのだ。

なぜそんな真似をするのか。考えるだけ無駄だ。本人に訊くしかない。ただ一つ、確かなことは、エックスが義兄といるということだ。

不覚にも、途方もない安心を抱いた。エックスに危害を加えようとする者がいれば、義兄が盾となる。そういう性分の男だ。そして義兄に危害を加えられる者など、鶴来が知る限り、二十人規模の機動隊員の隊列くらいしか思いつかない。いや、それでも足らないだろう。自分が有利な場所に相手を引きずり込み、一人ずつ始末する。義兄が最も得意とすることだ。そういう作戦に従事する義兄を想像すると、少なからず背筋が寒くなる。

エックスがずっと隠されたままであるとも思えない。それも義兄の性分だ。義兄が隠れるのは、決して逃げるためではない。スナイパーのように姿を消し、相手の行動と弱点を調べ、突如として致命的な一撃を叩き込む。もしかすると義兄は、すでにどこかの誰かに、そのような一撃を食わせてやろうと決めているのかもしれない。

どうあれ、鶴来にとっては最大の懸念が、いきなり消えたに等しかった。エックスの身柄の確保という困難から早くも解放された気分。いや、本当にそうだろうか。

安心感に惑わされてはならない。義兄が次に何かしでかす前に、背景を洗っておかねばならないだろう。この非常事態下で、この上さらに混乱させられるのはごめんだった。

鶴来は改めて携帯電話を取り、警察官二名の画像データだけ選んで、部下の吉崎の携帯電話に送った。

それから、出動前にかけたばかりの相手に、コールした。

「こちらオルタ・ファイブ」

滑らかな英語発音。前回話したのと同じ相手だ。

「こちらクレーン。引き続き、デリゲートからの命令を実行中。状況を報告します」

「失態については聞いている」

淡々とした調子。鶴来は唐突に、相手が何かを隠していることを直感した。エックスの失踪は、予期されたことだと言われたような感じがしたのだ。

早まるな。そう自分に言い聞かせた。こうした状況で予断は命取りになる。

「経産省から、新たに空港警察署に人員が派遣されました」

「知っている。共同して事態を解決したまえ」

「その人員が主張するには、爆撃機は最低でも二名から三名のパイロットがいなければ飛ばすことは出来ないとのこと。すなわち今なお機内に、最低一名が潜んでいることになり、遠隔からその存在を確認する必要があります」

沈黙。アローについて告げたときと同様の衝撃を受けたのだろう。いや、アローをいつでも起爆させられる誰かがいるというのだから、倍する衝撃であったかもしれない。

「もし誰も機内に存在しなかった場合、警備の隙を衝いて逃げた可能性があります」

「わかった」

もう黙ってくれと言わんばかりの語調。だが鶴来は黙らなかった。

「また、警備車両を扱う者が何者かの密命によりエックスを失踪させたと考えられます」

「証拠はあるのかね？」

「ありません」

鶴来は滑らかに嘘をついた。

「証拠を見つけ次第、一切秘匿の上、オルタに提出します」

「そうしたまえ。派遣された人員と共同し、一刻も早くエックスを確保しろ」

「承知しました」

会話を打ち切ろうとしたが、相手がさらに続けた。

「決して今以上の本部設置が現実的に検討され、首相や閣僚の方々に迷惑をかけないようにしたまえ。それと、君の使命は、指揮系統を確立した上で難事を排し、しかるべき担当者に権限を委ねることだ」

緊急事態大臣会合を開かねばならないような状態にするな。そして余計な真似はするな。鶴来がこの件を解決する過程で、解明する気にならないよう釘を刺しているのだ。

「承知しております。必ずやご期待に応えてご覧に入れます」

「これ以上のアクシデントの報告は無用だ。解決に注力したまえ」

「友好と利益のために、誠意を尽くします」

最初に相手に言われたとおりの言葉を返すと、かすかな笑いをふくんだ吐息が聞こえた。

「通信アウト」

相手が言った。

「通信アウト」

鶴来が言うと、通話が切れた。そろそろ充電する頃合いだ。鶴来は携帯電話のバッテリー残量を確認しながら、それを上着のポケットにしまった。

整理しろ。再び自分に命じた。今回はすんなりそれができた。

電話の相手は、外務省の北米局参事官だろう。五人のオルタの一人。

通称、アメリカ・スクール出身者。アメリカの大学で研修を受け、在米日本大使館での勤務経験がある者を、外務省ではそう呼ぶ。当然、日米関係を最重要課題とする人々だ。

外務省においては北米局長だけでなく、総合外交政策局長も次官も、全てアメリカ・スクールで占められねばならないという暗黙の掟(おきて)がある。もちろん彼らこそが外務省の花形であり、それ以外の国の外交官はただの情報収集役とみなされがちだ。

日本は事実上、世界のどの国とも独立した外交を行ってはいない。全てアメリカを通さねばならないのだ。たとえ首相やその側近であったとしても。

三日月計画は、アメリカ側の主導で行われ、外務省を通して、経産省の人員がパイプとなり、中国国内の富裕層の国外移住を推進してきた。

これが大まかな構図だろう。イレギュラーは何か？　ステルス戦闘機の奪取計画が、中国側に露見したことだ。政治的理由で立場が危うくなった金持ちを移動させるだけでなく、軍事機密にまで手を出した理由が何かはさておき、それが計画頓挫の原因だ。

問題は、エックスの正体だった。中国の女性軍人。鳩守が知らないとぬかした人物。

おそらくエックスは、中国側が主導する何らかの計略に従っている。

アメリカ側はどう判断するか。エックスを始末して闇に葬りたいのではないか。その場合、鶴来の役目は、適当なところで捜索の幕引きをすることになる。

となると外務省の辰見の役割は、鶴来が捜索を強行したとき、止めることだ。

辰見のキャリアを調べておくべきだった。それで役割を推測できるし、警察から外務省に出向する人員が通るべきルートは限られているものだ。

領事あたりを目指してキャリアを積んでいるのかもしれない。日本で、ようやく国際犯罪を対象とした国際捜査課が創設された際、初代の捜査課長に就任したのは、刑事と公安をともに経験したノンキャリアの人材だった。この人材はのちにノンキャリアでは通常不可能とされる警視正になり、さらに外務省に出向してハワイのホノルル領事となった。警視庁のスーパースターだ。

現在、その国際捜査課は組織犯罪対策部に再編され、担当する案件の大半は、中国系マフィアに関するものとなっている。中国政府は、自国のマフィアが他国で何をしようとも放置する傾向があり、中国側の協力を求めるには外務省との協働が必要となる。

辰見が、外務省のどの管轄の息がかかった人物か知るのが重要だ。北米と中国では、行動原理となるキャリアの積み方がずいぶん変わってしまう。

ふいに、ノックの音で思案を中断させられた。

鶴来はドアを開けた。吉崎が申し訳なさそうに立っていた。その手に携帯電話がある。先ほど鶴来が送ったデータについて訊きたいのだろう。

自分が戻るまで待てなかっただけなら減点だ。そう考えながら無言で吉崎を見つめた。

「画像の二人を特定しました」

吉崎が言った。鶴来は微笑んだ。順調に良い方向で能力を発揮してくれているらしい。

「ここの署員か？」

「蒲田署から応援で来た人員です。詳細をオペレーターに用意させていますので間もなくそちらの電話に転送されます」

「この件を知っている者は？」

「私とそのオペレーターのみです」

「オペレーターの情報も同様に送れ」

「はい」

大いに従順な態度。今や鶴来を心から頼りにしているのだ。護送対象が失踪するという大失態の直後とあって不安で仕方ないに違いない。そういう不安と恐怖が、忠誠心を育ててくれるのだ。独裁者が恐怖をばらまきたがるのも同じ理屈だった。

「聴取しますか？」

吉崎が訊いた。当然ながらエックスの失踪に関係があると察しているのだ。

「その段取りに取りかかれ。十分に注意してな。二人だけでなく、護送に関係した人員を片っ端から聴取したがっているという風に見せろ」

「了解」

吉崎が果敢に応じた。だが、きびすは返さない。

「他にも何かあるのか？」

「新たに会議に加わった人員の経歴を送るよう指示してあります。外務省の辰見さんと、経産省の鳩守さんのものも。こちらのデータも間もなく届くでしょう」

「ありがたい」

さらに得点だ。そう思いながら微笑んだものの、鶴来はだんだんとこの部下の使い勝手の良さに、別の不安を抱くようになっていた。もともと意欲的で、能力に自信があり、この事態に責任を感じ、挽回しようと躍起になってくれる人物。

スケープゴートにうってつけ。吉崎がオルタから注目されないようにする必要があった。部下が責任を押しつけられれば、上司にも及ぶ。足下に火をつけられるのと同じだ。

「データが揃ったところで、少し休め。私が呼ぶまで休息していろ。先は長い」

「はい。ありがとうございます」

ねぎらわれたのが嬉しいらしく、吉崎が明るい表情で戻って行った。休ませるのは、大人しくさせるためだとは思っていないだろう。

鶴来もようやく取調室から出て、ゆっくりと階段を上った。

目的の階に着くまでに、必要なデータが揃った。二人の警察官。辰見。馬庭。廊下に立ったまま、それぞれの経歴にざっと目を通した。

辰見の経歴は予想どおりという印象だった。元警視庁、組織犯罪対策部、部長。

幕引き係として外務省から派遣された、警察出身者。人物像としては、闘争心の塊だろう。そうでなくては国際マフィアを相手にする組織犯罪対策の仕事は務まらない。

鶴来はオペレーション用のインカムを取りだして装着すると、携帯電話を手にしたまま会議室に入り、後ろ手にドアを閉めた。

予想した通り、そこには二人しかいなかった。

鳩守が、モニターに映し出された近辺の地図をぼんやり眺めている。

辰見が、立って窓の外に目を向けている。

二人が、同じタイミングで鶴来を振り返った。どちらも黙って鶴来を待っていたらしい。

インカム越しに聞こえるやり取りで、他の面々がどこにいるかはわかっていた。香住は馬庭と一緒に、爆撃機内部にいるはずのもう一人を調べている最中だ。記録係や亀戸副署長らは、それぞれ自分の役目だと信じることに注力していた。

鶴来は記録係がいた席に歩み寄り、だらんと垂れたライトニングケーブルを取って、携帯電話につなげた。ついでに時刻を見た。午後十時半になろうとしていた。

携帯電話を机に置いて、二人を振り返った。

「エックスを確保したあとの手続き上、必要な情報の共有をしておきたい」

「同感ですね」

鳩守がしれっと返した。自分はすでにそうし終えたという態度だが、鶴来はこの男が全ての情報を開示したとはまったく思っていなかった。

「楊芊蔚についての情報は、残念ながら、あまり手持ちがない状況です」

辰見が言った。

「手ぶらで来たわけですか？」

鶴来が挑発したが、辰見は乗ってこなかった。

「私は外務省の意向をお伝えし、ここで起こっていることを上に伝えるのが役目でね」

「本来であれば、捜索自体を終わらせるよう、命じられて来たのでは？」

「ほう」

辰見が興味深そうな様子を見せた。鳩守も眉を上げている。微表情を悟られないため、わざと顔の筋肉を大きく動かしているのだ。

「こちらは三段態勢でエックスを護送した。そう簡単に姿を消すことはできない。警察内部に協力者がいるはずだ」

そちらの協力者が、というニュアンスを込めて語気を強めてやった。

「サイバー攻撃時、私もここにいてその様子を見ていた。明らかに外部からの攻撃だ」

辰見が断言した。

鶴来は、記録係が座っていた椅子を、猛然と蹴り飛ばした。

椅子が窓下の壁にぶつかって跳ね返り、長机に激突する盛大な音が響いた。

文脈作り。わざと荒っぽいところを見せ、辰見を威嚇するのではなく、共感を抱かせるのが狙いだ。果たして鳩守が目をまん丸にするのをよそに、辰見が面白そうに笑って腕を組んだ。刺激されて、つい真っ向から受けて立とうとする自分を抑えているのだ。

「企画課の人間は、もっとインテリジェントだと思ってたな」

辰見が鷹揚な調子になって言った。

「組織犯罪対策部に比べて、ということか？」

「私の経歴に興味が？」

「そちらが動かせる人員には大いに興味がある。この署内にもいるのか？」

「まさか。今はこの通り、外務省の人間なんでね」

「二人、特定した」

辰見が口を閉じた。顔は笑ったままだが目はどぎつい光を放っている。

鳩守が首をすくめ、話がさっぱりつかめない、という顔でいる。

鶴来は充電中の携帯電話を操作し、データを開いてわざとらしく読み上げた。

「蒲田署の職員二名。勝俣仁志（かつまたひとし）巡査部長および横原正（よこはらただし）巡査長。両名を、収集された証拠に基づき緊急逮捕する。言っておくが私は本気で起訴に持っていかせるつもりだ」

辰見が組んだ腕に力を込めるのがわかった。驚きが怒りに、そしてすぐさま闘争心に変わるタイプ。予期した通りの人格が顔を現し、鶴来を睨みつけて言った。

「青二才がぬかすんじゃない。何の容疑でパクるつもりだっていうんだ」

鶴来は言った。

「外患誘致罪だ」

辰見と鳩守が、目を剝いた。

鶴来は、はったりの度が過ぎないよう注意しつつ、辰見と鳩守を均等に眺めやった。

今しがた自分が口にしたことについて決して疑問に思っておらず、むしろそれ以外の選択肢などないのだと一方的に決めつける態度だ。

「外患誘致罪だと？」

辰見が訊き返した。大きく口を開けて。小学生に言葉を教えるように。

良い傾向。話術で相手を誘導したいときの重要なポイントの一つは、こちらが口にしたことを相手に繰り返させることだ。こちらのペースで踊ってもらうための基本ステップ。

鶴来は傲然とした調子になるように意識して言った。

「刑法第二編、第三章。外患に関する罪。刑法第八十一条にある外患誘致罪にあたる可能性がある」

辰見が掠れた笑い声をこぼし、鳩守がかぶりを振った。馬鹿馬鹿しすぎて白けたのだろう。だが鶴来は構わず続けた。

「外患罪とはすなわち、国家への反逆かつ戦争犯罪を意味する犯罪であり、当然、刑罰体系において最大級に厳格な刑が科される。この国の法が定めるところにおいて、最も重罪であるといっていい。つまり、これを適用すれば、科されるのは死刑しかない」

それがきわめて妥当だ、と心の底で信じている人格をしっかり演じて言った。

鳩守が注意深くこちらを観察しているのがわかった。ある種の危険人物かもしれないと考え始めてくれたらしい。辰見のほうは、まだそこまでではない。鶴来が知ったかぶったことを口にし、単にはったりを通そうとしているとみているのだ。

「これは未遂であろうと、また準備であろうと、陰謀の存在が示されることによって処罰されうるものだ。国家の対外的存立において、国家存立を脅かすこと、ないし国民としての忠実義務違反を罰するものである。違うか？」

鶴来が敢然と言い放った。辰見のプロフィールからは、組織内の順位争いが日常であり、全ての人間関係や社会活動にそれを反映していることが窺える。競争の基準は、いかに忠実であるかだ。組織原理に、社会的道徳に、国家の要請に、はたまた目の前の上官に、どれほど忠実であるかを競う。多くの国の、おびただしい組織が、何百年か何千年か知らないが長く採用し続ける、順位づけの観念。そして辰見は誘導にしっかり乗ってくれた。

「違わんよ。しかし、どんな教科書で勉強したんだ？　国民としての忠実義務違反？　おたくは特高警察か？」

苦笑し、茶化しながら、特高警察という言葉を用いることで、過剰な取締りのイメージを想起させにかかっていた。やり過ぎだと言いたいのだ。その目的は、鶴来が口にした二名の警察官の身に、何も起こらないよう予防線を張ることにある。

鶴来は堂々とその予防線を踏みつけてやった。

「特別高等警察の何が問題だというのだ？　本来我が国が誇るべき優秀な組織だ」

辰見がようやく、まじまじと鶴来を見つめた。

戦前から戦中にかけて、反政府的とみなされたあらゆる人々に苛烈な取締りを行ったのが特高警察で、それを擁護する発言は、警察内でいわゆる炎上をもたらすものの一つだ。下手をすると外交上のトラブルにもなりかねない。辰見が本当は特高警察のことをどう思っているかはさておき、外務省出向の身としては、きわめて非日常的な発言だろう。

鶴来は押しどきとみて、早口で言った。

「国家の秩序に貢献した優れた組織として、その思想と活動は現代に至るまで公安のような組織に受け継がれている。ＧＨＱが治安維持法とともに廃止してのちも、国内に存続したのだ。そもそも、特別高等警察の活動そのものが不適切だった根拠など何もない」

鶴来自身、自分が口にしていることに根拠などなかった。本心では大いに違う意見を持っているし、拷問ありきの捜査など、原始時代の猿がすることとしか思えない。

わざと早口にしたのは、そうした内心がこぼれ出ないようにするためと、〝日頃から強くそう思っている〟印象を作るためだ。人間は自分が常識だと思っていることについては、相手の反論を許す気がないため、早口になる傾向がある。

目的は、自分こそこの場で最も忠実な職務者であると示すことだ。いささか常軌を逸しているくらいがちょうどいい。権力に仕える忠犬が進化すると、しばしば狂犬化するのだ。辰見のような人間は、むしろ痛快な気分になるはずだった。

果たして辰見が小さく笑い、手近な長机に腰を下ろして腕を組んだ。

典型的な、〝お前に一目置く〟ポーズだ。猿の群でも同じものが見られる。お前に同調したわけではないが、言い争う気もないと告げていた。争えばお互い痛い目を見ると判断してくれたらしい。速やかにその認識に至ってくれて、ありがたい限りだった。

「おれが今いる部署で、そんな発言をしようものなら次の日には席がなくなってる」

辰見がにやっとして言った。

「嘆かわしいことだ」

鶴来はあくまで演技を継続した。お前の本心はどうなんだと言外に問う態度。

辰見が苦笑して肩をすくめた。そして、鶴来の狙いどおり喋り出した。

16

「移動し続けるのは良いことだ」

真丈は、車を走らせながら英語で言った。

芝公園から北東へ向かい、隅田川に沿って移動していた。

目的は、東京スカイツリーだ。後部座席にいる女が――センというニックネームでひとまず落ち着いた中国の不遇な工作員が――見てみたい、と言ったからだった。

横浜の大観覧車や、富士急ハイランドのジェットコースターも見たいと言われるかもしれないが、それも悪くなかった。センといつまでも一緒にいたいという意味ではない。

「追跡される可能性があるのね？」

センが淡々と訊いた。

「今まさに追ってきてるだろう。君がいた倉庫の窓にカメラを仕掛けていたんだ。携帯電話と同期したやつを」

センが溜息をついた。そんな初歩的なミスをする男を頼るのは疑問だ、というように。

「私なら、倉庫の扉を開く前にカメラを回収してる」

「周の自白映像が撮れると期待していたんだ。どうにかして、楊立峰氏は死んだとあの男に言わせたかった。少なくとも部下がハンドガンをおれに向けようとしたところは撮れた」

「自分の格闘術を過信する人の発想ね」

「五対一にしては悪くなかったろう？」

センが鼻を鳴らした。感銘を受けた様子はまったくない。

「きっと、この車も追跡されているわ。簡単だもの」

「だろうね」

周とその仲間が――彼らの正体も目的も正確にはわかっていないが――真丈が倉庫に置いてきたものを発見した場合、どうするか。

まず、現場を撮影されたという事実に憤激するだろう。

次に、録画データが真丈の携帯電話に転送されたという事実に危機感を抱くに違いない。

そして、カメラの同期設定から携帯電話の情報を割り出し、携帯電話の位置情報から真丈の現在位置を特定し、追ってくることになる。

全力で。可能な限りの人数を動員して。この車も、追跡の対象にされるはずだ。昨今の車載のGPSは、携帯電話に勝るとも劣らず狭い範囲に位置を絞り込める。

真丈がアネックス綜合警備保障の社員であることは向こうも知っているので、社用車を特定することは容易だ。

周か、その部下のうち誰か一人が、サイバーテクノロジーの使い手であれば。

現実には、一人どころか一部隊がいると考えるべきだろう。外交官の身分票を即席で用意できる男が、現代社会で有用な人材に不足するとは思えない。

サイバーテクノロジーの利点は、使い手が現場にいる必要がないということに尽きる。中国にいる人員に連絡し、日本の携帯電話会社のサーバーに侵入させればいい。

日本におけるセキュリティは、諸外国のサイバー部隊にとって脅威ではない。下手をすればアクセスパスそのものが流出している。センが簡単と言ったのは、そういう事情を知っているからだろう。

幸か不幸か、日本国内のサーバーや端末群そのものが攻撃対象になることは、あまりない。攻撃を行う際の〝飛び石〟にされるのだ。追跡を困難にするために。そういう侵入は、年に数億回は行われているという。大半はＡＩによる自動的な侵入であり、この国では、それが合法か非合法かの線引きも曖昧だ。

国家規模で劣勢なのだから、真丈個人で太刀打ちするなど無理な話だった。

「それで、どうするの？」

「考えはあるよ」

真丈は自信を込めて請け合ったが、対抗策は二つしかなかった。

太刀打ちできる勢力の助けを借りるか、追跡を逆手に取るかだ。

マット・ガーランドと連絡を取りたかったが、マーキュリー・チームにも弱点があった。夜十時には全員が就寝してしまうのだ。起床は六時。彼らの生活は秒単位で正確だ。マットが何より愛する秩序を乱すわけにはいかない。

シフト人員は存在するが、マットのように真丈に協力してはくれない。アバクロンビーも許可しないだろう。そんなわけで、真丈は自分ができることを正直に告げた。

「追跡を逆手に取る。携帯電話と車を捨てるのはなしだ。こちらが手を打てなくなる」

「追ってくる人間を逆に捕まえるのが、あなたのプランなのね」

センが不満そうに言った。騒ぎが大きくなれば、センが望んでいる母親の解放からはほど遠くなると思っているのだ。

「君を日本に来させた人間とその目的がわかれば、手土産になる」

「結局、私を引き渡すことになるんでしょう？」

どこの誰に、とは言わなかった。日本がこういう状況で外国人をどうするかよく知っているというように。本国に追い返すか、アメリカに渡すかだ。正しい推測だった。

「いいや、君を隠す」

だが真丈は言った。センが目を真丈の横顔に戻した。

「君は切り札だ。おれと君が真実を知れば知るほど、誰も君の存在を無視できなくなる」

「危険な存在だと思われることが安全につながるというのは、マフィアの考え方よ」

「俺が考えているのは、それとは少し違うが、効果的ならそうしよう」

ミラーの向こうでセンが眉をひそめた。冗談ではないというようだ。根はきわめて真面目らしい。特殊部隊員にしては融通が利かないほうなのかもしれない。

「その前に、簡単に整理させてくれ。君は、爆撃機に乗って日本の領空に向かい、亡命の意思を告げ、希望する民間空港に着陸した。そのあと免責手続きをし、アメリカに亡命したのち、中国側に情報を流す二重スパイになる。そういう風に言われたのか？」

「ええ。おおむね、そんなところ」

「君に命令を強いた人々のうち、姓名がわかる者は、周凱俊だけか？」

「そう。周とは会ったことがある。私の父やその一族の管轄だった軍需工場や基地を、周の一族がのっとったのよ。それで私も戦闘機パイロット育成コースから外されて、大型輸送機の訓練に回された。そこへ彼が来て、爆撃機の操縦訓練を受けるよう私に命じた」

「君はよっぽど優秀なんだな。周は君にどんなスキルを要求した？」

「具体的には何も。ただコンピュータ・テクノロジーの成績が良い者を選んでた」

「周はいつ日本に来たんだ？」

「わからない。訓練期間中には会わなかった」

「周は、君を使った作戦の全貌を知っていると思うか？」

「でしょうね。着陸後、私を自爆犯に仕立てる気だったと思う。誰かの命令で」

「周は、日本国内の協力者について何か言ってたか？」

「何も言わなかったわ」

「彼は出発するとき、パスポートを取り上げなかったんだな？」

「ええ。でも空港のオフィサーに渡したまま。どうせ国には戻れないけど」

「まだビザも発行されていないし、日本での免責手続きも受けられなかった。質問を変えよう。君が着陸前に話した、戦闘機のパイロットの名はわかるか？」

「シマヅ。亡命の意思を理解してもらうために少し話したの」

「ファーストコンタクトで拒絶された場合、自衛隊対策はどう考えていたんだ？」

「対策？　別に何も。米軍のことしか考えてない」

「自衛隊は戦力外か」

つい皮肉な気分で訊いていた。

「軍隊ではないから」

真顔で断言された。香住綾子の伯父が——空幕の防衛部長でもあった男が聞いたら、きっと苦々しい笑みを浮かべたことだろう。

「法律上の定義はともかく、一応、立派な兵器を持っているがね」

「攻撃を受けると判断されたら、居住区の上空に移動する。日本は一発も撃てなくなる。迎撃ミサイルは撃てない」

「なぜそう思う?」

「日本に配備されたPAC3ミサイルは、発射の瞬間、周囲一・五キロ圏内に衝撃と振動が生じて、近くの住宅の窓や壁が破壊される。それと発射時には有害物質が発生するから、住民の退避が必要になる。撃ちたいときにすぐに撃てないミサイルは怖くない」

「よく知ってるな」

「自衛隊がほとんど実弾を持っていないことも知ってる。ミサイルや爆弾も二会戦分くらいしか常備してないでしょ。武器弾薬を保管する一部の基地は無防備で、武器も燃料もいっぺんに破壊できる。アメリカから武器をもらわない限り、自衛隊は戦えない」

返す言葉もなかった。センが続けた。

「自衛隊の基地は弱い。背の高い木の枝を切る、柄の長いはさみを使えば通信を奪える」

高枝切りばさみのことらしい。基地の外で電線を切る。それで通信麻痺（まひ）に陥るというわけだ。どうやら自衛隊基地の弱点をひととおり知っているらしい。

「そういうことも、周から教えられたのか?」

「知らない人がいるの？」

センが訊き返した。心から不思議に思っている顔だ。

「ただ、表の基地は脆弱(ぜいじゃく)だけど、裏の基地は手強いだろうとは聞いてるわ」

真丈も聞いたことはあった。日本には、国民も知らない完全武装の自衛隊基地があるはずだという憶測。残念ながら、都市伝説である可能性の方が高い。

「とにかく君にとっては、アメリカの反応だけが、選択の基準だったんだな？」

「そうよ」

「君と一緒に爆撃機を操縦していた誰かも、そうだったのか？」

センが表情を曇らせた。

「ノーコメント」

「その誰かは一人で、今も機内にいるのか？」

「いるわ。無理に外に出そうとすれば、機体を自爆させるはず。かなりの被害が出るわ」

「その人物については何も話したくない？」

「ええ。今はまだ」

センにとって、あらゆる交渉の切り札になるのだから当然だ。

「わかった。まずは、周の上にいる人間から、話を聞けるようにしないといけないな」

「どうするの？」

「順繰(ワン・バイ・ワン)りにだ。まず君の外見を変えよう」

「相貌認証システムには通用しない。整形しても無駄よ」

「そんな高度なシステムが街中にあるわけじゃない。少なくとも駅には存在しないよ」

「駅にないの？　東京なのに」

センが、それこそ想定外だったというように言った。真丈は曖昧にうなずき返してやりながら車を浅草へ向かわせた。ナビでドン・キホーテの位置を調べてその近くに車を停めて外に出た。ハンドガンはドアポケットに入れっぱなしだ。この国では重罪にあたる行為だが、大事な証拠品を捨てるわけにもいかない。

店に入り、先に真丈が薄手のコートを買った。こうした二十四時間営業の店の良いところは、警備会社の制服を着た人間があれこれ買い込んでも、何も言わないことだ。こちらの顔すら見ない店員が大半だった。

センは、服や帽子や化粧品、諸々の小道具、大きな肩掛けバッグ、そして飲食物を籠に入れていた。自由行動。レジ前で落ち合うと約束して。ちょっとしたパートナーシップの確認だ。ここでセンが不安に駆られ、逃げ出してしまうかどうか試さねばならなかった。

商品棚の間から覗き込んでセンの様子を確かめたが、彼女はきびきびと商品を選び終えると、すぐレジへ向かった。真丈もそうした。

店に入って十分も経たずに会計を済ませ、車に戻った。

センが、買い物袋を二つ膝に載せ、それを両腕で抱え込むようにした。大きな人形を抱きしめる女の子のように。真丈は振り返って何をしているのかと目で問うた。

「一度、ああいうお店で買い物をしてみたかったの。日本の量販店で」

センが取り繕うように言って、買い物袋を両方とも脇に置いた。

「いつかお母さんと一緒に買い物するといい」

真丈は、相手が希望を抱けるよう誘導してやりながら車を出した。

センは何も言わず、買い物袋の一つからバッグを取りだし、買った品々を全てその中に入れると、ミネラルウォーターとカロリーメイトをさっそく開封し、口に入れ始めた。

目的地に向かう間、とるべき行動を話した。敵の追跡と襲来を前提とした行動を。

「あなたはとにかく格闘術と賭けが好きなのね」

センが言った。不満そうではなかった。覚悟を決めているといってよかった。

スカイツリーが近づくと、センが窓に顔を寄せ、それを見上げた。

近くの駐車場に車を入れた。真丈は車外に出て、買ったばかりのコートを防刃チョッキの上から羽織り、ハンドガンのパーツと弾倉を別々のポケットに入れた。センは荷物を詰めたバッグを肩にかけて真丈が用意を調えるのを待った。

それから二人でスカイツリーに向かって歩いた。さも観光で来たというような、間延びした歩調で。タワーの営業時間は終わっていたが、ライトアップは深夜まで続く。真丈は自分が周囲を警戒するから、好きに眺めるよう言った。センは敷地をゆっくり移動しながら、心ゆくまでぴかぴか光る塔を見上げていた。

やがて押上(おしあげ)駅の入り口に近づくと、周囲を見渡せる位置で立ち止まった。道路、バス停、駅の入り口。脅威がどこにあるか見当がついた。

センが、ペットボトルを一方の手でもてあそびながら、真丈に寄り添うようにした。実に自然な動作。尾行訓練の経験もあるらしい。

「ずっと地面を見ている男がいる」

真丈は大いに感心した。観光を楽しみながら、しっかりレーダーを張り巡らせている。

「おれも気づいてたよ。黒いキャップ帽。ダークブラウンのジャケット。すぐそばに巨大な光るものがあるのにちっとも目を向けない。教科書通りでわかりやすい。たいてい、尾行するときは目を下に向けろと教わるものだ」

「車のほうは？」

「フォードアの白い乗用車。同じナンバーの車を三回見た。ぐるぐる回ってるんだろう」

センがうなずいた。それなりに出来る男だと思ってくれたらしかった。

「では行動開始ね？」

「ああ」

二人とも、あくまでゆっくりと足を運んだ。光る塔との別れを惜しむように。駅の階段を降り、切符売り場の多機能券売機で、二人分のＩＣカードを購入した。センが動けなくならないよう、現金もいくらか渡した。

二人で改札を通過した。追跡する側が嫌がる行為だ。目的地不明の、移動手段の変更。そしてさらに面倒きわまりない行為に出た。二手に分かれる。

「念入りにな。おれにもわからないくらいに」

センがちらりと笑みを浮かべた。まあ見ていろというようだ。そして向きを変え、女子トイレに入っていった。

真丈は手近な壁に背を預け、腕組みして待った。何人もの女性が次々に入り、そして出て行った。

センだろうかと思った女性が二人もいた。大したものだ。おそらくあれがセンだと目星をつけた女性がいたが、確証はなかった。

　真丈は、じっとその場に立ち続けた。

　追跡者が二人、こちらを監視していた。目線を落とした男たち。

　真丈はおもむろに壁から身を離した。そして、待ち人などいなかったというように、その場を立ち去り、半蔵門（はんぞうもん）線のホームへ降りていった。

　追跡者たちの意表を衝かれた様子が、第六感のように感じ取れた。

　センは消えた。慌てて仲間を女子トイレに向かわせても、後の祭りだ。

　真丈は、やや混み合った列車に乗り、反対側のドア脇に立って窓を見た。窓の外ではなく、窓に映る人間を眺めた。背後で何人も乗り込み、車内のあちこちへ移動した。

　若い軽装の男が、真丈とは逆側のドア脇に立った。

　出発のアナウンスが流れ、背後でドアが閉じた。

　列車が動き出した。真丈は窓に映るものを眺め続けながら、アバクロンビーのことを考えた。真丈が復帰を告げたとしても、敵に追われて逃げ込んできた場合、アバクロンビーはぴしゃりとこう言うだろう。お前みたいな男とは会ったこともない。

　弱肉強食を絵に描いたような方針。だが逆に条件さえ揃えば、大いに歓迎される。

　やがて、ドア脇に立った男が、こちらに視線を向けてきた。はっきりと。お前も、おれが追跡者であることに気づいているんだろう、という無言のメッセージ。

　素晴らしく良い徴候。尾行するのをやめたのは、センを完全に見失った証拠だ。

真丈は、両手の指をゆっくりほぐしながら、体ごと向きを変えて、その男を見た。

窓越しに見たとき以上に若い印象だった。頬と口の周りを濃い髭が覆っているが、本物の髭かどうかはわからない。襟付きのシャツ。カーキ色のスラックス。スニーカー。観光客のようにリュックを背負っている。中身は衣服や別のバッグだろう。尾行の道具だ。

「やあ」

髭面の男が人なつっこい笑みを浮かべて呼びかけてきた。いかにも力がみなぎっているというような若々しさ。現役の特殊部隊員は二十代半ばが多い。エースを送り込んできたのなら、こちらの体力が充実しているときにそうしてくれたことに感謝すべきだ。

「ミスター周の知り合いかい?」

真丈は英語で訊いたが、返ってきたのは日本語だった。

「英語でもいいけど、日本語も得意なんだ。どっちがいい?」

「日本語が上手だな。頭が下がるよ。中国語は苦手なんだ」

「あんたたち日本人は、もう少し言語に達者になった方がいいな」

真丈は素直にうなずいてみせた。

「それで、何か用かな?」

「ツリーから離れて道路に近づくのを待っていたんだ」

男が言った。そうしていたらセンと真丈はあっという間に彼らの車に押し込められ、連れ去られていただろう。

「そうする気だと思ったんだ。ツリーで手を出さなかったのは、おれ以外にも誰か現れるかもしれなかったからだ。今ここで誰か現れるかもしれないぞ」

真丈の言葉を男が一笑に付し、リュックを背から外して網棚の上に置いた。

「女はどこか喋りなよ。体を少しずつ失うよりいい」

「それより、おれも訊きたいことがあるんだ」

「じゃあ一緒に降りないか？」

「ここで話そう。おれは構わない」

真丈が言うと、男がにっこりした。その顔のまま人間を生きた状態で解体しそうだった。

「こっちも構わないよ」

男が、じりっと、真丈に向かって半歩踏み出した。

17

真丈は、素早く左右に目を走らせた。相手はこの男だけではない。仲間がいるはずだった。彼らの目的は何か？　自分を拉致することだ。センの行方を喋らせるために。荒っぽい手段で吐かせるにしても、まずどこかに閉じ込める必要がある。

その手段は？　地下鉄の列車内で、堂々と接触したあとどうする気か？

彼らにとって、列車内という場所の利点は、一つしかない。

閉鎖されていて逃げ場がないことだ。

逆に、難点は多い。人目がありすぎる。無関係の者が多すぎる。列車内で喧嘩沙汰を起こせば通報されるだろうし、車掌に報せに行く者もいるだろう。

通報される確率は、路上で騒ぎを起こしたときよりもずっと高くなる。大勢が列車内という空間を共有しているからだ。乗客のうち多くの者が危機感を抱き、安全を確保するため、自分たちにできることをする。喧嘩の仲裁を試みる者も出るだろう。

最近の携帯電話は撮影機器と同義だ。暴れる真丈と男の様子を、誰かが撮影して、YouTubeに投稿するかもしれない。

それに、真丈が慌てふためき、列車を非常停止させた場合のことも考える必要がある。

正当な理由なく乗客の判断で勝手に列車を停めれば、処罰の対象になる。その場合、鉄道会社が真丈を拘束しにかかるだろう。

何より非常停止後は、真丈も彼らも動けなくなる。乗客は原則として、列車から勝手に降りることが許されない。手動でドアが開けられるようになっているが、線路上に降りれば、前後の駅から駆けつける駅員に捕まり、数々のトラブルを背負い込むことになる。

この国の鉄道に関する法律では、鉄道会社の指示がない限り、乗客は何もしてはいけないのだ。列車内に斧(おの)がないのも理由は同じだった。新幹線のような分厚く頑丈な窓ガラスが設置されている列車には、斧を常備しておくことを、基本的なルールとする国もある。列車内で火災が発生した際など、乗客が窓を破って逃げられるようにするためだ。

日本では、乗客にそうした自由はない。新幹線に非常用のドアコックはあるが、走行中は開かない仕様となっており、事故で変形して開かなくなるといったことは想定されていなかった。たとえ列車が燃えても、勝手に逃げ出せない。

つまるところ、真丈も彼らも、列車内で騒ぎを起こせば、どこにも逃げることができず、鉄道会社の職員か、警察が飛んでくるのを待つだけ、ということになる。

ということは、それが、彼らの次のステップなのだ。

「どうしたら日本の警察とそんなに仲良くなれるんだ？」

真丈が訊いた。

「警察がどうしたって？」

「電車の中で騒ぎを起こして、一緒に警察に捕まるのが狙いだろう。おれは拘束される。そしてたぶん、警察の誰かが、おれをあんたらの仲間に引き渡す。あんたらはとっくに自由の身になっていて、改めておれを問い詰めることができる」

「想像が逞(たくま)しいんだな、あんた」

男が言った。無言で襲いかかってこない。話に付き合っている。情報がほしい者同士の傾向だ。男はセンの居場所を、真丈は彼らの正体と指揮系統の全貌を明らかにしたい。またお互い、相手が自分についてどれほど知っているか探る必要もあった。

「ごまかすなよ。それ以外にないだろう。周凱俊の指示か？」

「というより尻ぬぐいかな」

「フリーで雇われたのか？」

「共産主義国家の公務員てとこだよ。そっちは？」

「警備会社の人間だよ」

「本当は？」

「想像を逞しくしてみな」

「必要ないだろ。あんたが話せばいいんだから」

男が微笑んだ。人好きのする顔が急に邪悪さをあらわにした感じだった。

列車が駅を出てから一分以上経っている。挨拶と探り合いの時間は終わりらしい。

男が、軽く身をひねった。凝った体をほぐそうというような自然な動作だ。刹那、両方の肩甲骨から肘がしなるように動き、男の右拳がハンマーと化して振るわれた。

一瞬前に脇をしめ、胴体をガードした真丈の左腕に、重々しい衝撃が叩き込まれた。

真丈の体が持ち上がり、背後のスタンションポールに激しくぶつかった。片方の肺から空気が押し出され、息が詰まりそうになった。

典型的な、合理的な打撃（ラシヨナル・ストライク）。

人間の身体構造から合理的に導き出される、動作術の一つだ。最も迅速かつ強力な打撃を与えるための、洗練された動き。空手、中国拳法、システマ、等々。なぜか世界中の至るところにいる拳（げん）骨（こつ）好きの人々が、古代から現代まで、そしておそらく遠い未来まで、延々と研究を繰り返し続けている分野だ。

真丈がポールにぶつかったことで、横長の座席の端に座っていたカジュアルな服装の若い女が、ぎょっとなって立ち上がった。その隣にいた、友人らしい女もそれにつられて立ち上がり、二人とも慌てて通路を後ずさり、真丈と男から離れようとした。

「ぶち殺すぞ、こらあ！」

男が、理性的（ラシヨナル）とはほど遠そうな、獣じみた雄叫びを上げた。

それで、他の乗客たちが一斉にこちらに注目し、腰を浮かした。危険と思われる音や声を耳にしたとき、人間が反射的に取る姿勢だ。前屈みになり、両膝で体重を支え、前後左右へ動けるようにする。純然たる肉体的反応。再び座るべきか、今すぐ逃げ出すべきか、短時間で決めるよう、体が脳にプレッシャーをかける。

予想通りの展開。男はもちろん理性的だった。わざと騒ぎを起こす。注目を浴びる。一般市民に通報させ、列車が到着したとき、出入り口に駅員が待機している状態を作る。それが男の役目だ。そのためにあえて自分自身を昂揚させてもいる。

もちろん、車内にいるうちに可能な限り真丈の肉体に打撃を与えようとも考えているはずだ。捻挫でも骨折でも脱臼でもいい。失明でも失聴でもいいだろう。とにかく行動を困難にし、このあとの拘束と尋問を容易にする。仲間とともに。

現時点では誰が男の仲間か不明だ。今襲ってきているような若い男とは限らない。女や老人の可能性もある。子どもかもしれない。

女を真丈のそばに立たせ、痴漢だと叫ばせても、彼らの目的に適っただろう。ただちに仲間が真丈を取り押さえる。駅員に引き渡し、警察の手に渡される。その間に、真丈を叩きのめすこともできる。実のところドア脇に立ったのは、痴漢扱いされないためでもある。女を撃退するのは気が引けるからだ。できれば今のように若い男に来てほしかった。

そのせいで、もう一つ重大な問題を自分から抱え込んでいた。ドアとポールに動きを封じられているのだ。あらかじめコーナーに追い込まれた状態といえた。

男もわかっていて、自分が追い込まれないよう前へ出たのだ。最初の打撃も、急所を狙ったものではない。真丈が獲物の特等席たるコーナーから出ないよう、押し込むためだ。

この問題は、真っ先に解決しなければならない。視野も狭く、男の仲間が動いたとき察知できないのは困る。真丈が通路へ逃げる素振りを見せると、左の肩口にまた重たい一撃が来た。二発、三発と素早く打たれ、右半身がドアやポールに何度も叩きつけられた。

合理的な打撃。合理的な順序。真丈をコーナーに押し込むと同時に、ガードする力を奪うため、腕の付け根に打撃を集中させているのだ。真丈がコートの下に防刃チョッキを着ていることも想定済みだろう。みぞおち、脇腹、腎臓、肝臓、脾臓（ひぞう）を、男は狙っていない。顔面、喉、頸（くび）といった急所を狙う気だ。痛みで真丈の左腕が上がらなくなってから。

男の左手は、真丈が左右のガードを解除したときに備えている。真丈が腕を伸ばして男を押しやるか、組み付こうとすれば、顔面を狙って打ってくるはずだ。そうして真丈をコーナーに押しつけて完全に身動きを封じるか、床に倒して仲間と一緒に押さえつける。

打撃は、前哨戦だ。格闘術を一つのメロディーとするなら、最初の数小節に過ぎない。距離感をつかみ、相手のリズムを崩し、体の動きを鈍らせる。相手を制圧する下準備。

とはいえ、このまま打たれ続ければ、左腕が使えなくなり、前哨戦でことが終わってしまう。男の仲間が連携して通路に立ち、こちらの逃走を封じることを期待したのだが、巧妙に乗客に紛れたままだ。男を止めようとする者もいない。みな遠ざかって行く。

たやすい獲物と思われただろうか。もしそうなら困る。大がかりに自分を追ってほしいのに格闘術のエース一人に任せれば片がつくと思われては、今後のプランに差し障る。

さっさと片付けよう。

真丈は、頭上を見て息をつきながら、だらっと両腕のガードを下げた。すっかり諦めた者の動作。男にとって、予想外に早い降参だったろう。がら空きになった顔面と上半身。狙うべき急所を選ぶための一瞬の間が空いた。それから、拳を真丈の頸へ繰り出した。

合理的な打撃。容易に予想できる選択。

喉を打てば殺しかねない。頭骨は拳を痛める。胸は防刃チョッキで覆われている。鼻っ柱は上を向いていて打ち下ろす動作が必要だ。腹部や股間を狙って膝蹴りを放つのは、揺れる車内ではリスキーだ。片方の足だけで立ったところを相手に抱きつかれれば、いともたやすく体勢が崩れる。コーナーに押し込めるつもりだから、逆側から打つこともない。

がら空きの、顎から頸の左側。合理的に判断するなら、そこを打つしかない。

相手がそこへ拳を繰り出す寸前、真丈は両脚を投げ出し、下半身を完全に脱力させ、すとんとその場で尻餅をついた。屈んだのでも倒れたのでもない。真下に体を落下させたのだ。床に尻を打ちつけるのではなく、腿と尻と両手で、落下の衝撃を緩和させている。

上を向いたままの真丈からは、男の拳が空を切るだけでなく、ドア枠を打つのが見えた。

がつんという音。男の呻き声。意表を衝かれて強ばる体。

男には、真丈が消えたように思えただろう。真丈が上を向いたため、男の意識もそちらへ引っ張られたのだ。男の意識と目が上へ向くとともに、真丈の体が真下へ落ちたのだから、真丈の姿が男の視界から消える速度は倍加する。

打撃を受け続けて平衡感覚と意識の両方を失えば、人間は、真正面か真下か真後ろに崩れ落ちる。だが少しでも意識があれば、人間は頭部が急激に落下することに抵抗する。肘や膝をつこうとしたり、体をひねって衝撃に備えようとしたりする。

すとんと落ちるのは、意外に難しいのだ。上手くやるには練習する必要がある。そして真丈は、大いに上手くやってのけたことに満足した。

尻が床に接した直後に、顔をのけぞらせたまま左へ全身を倒した。真丈が消えたのは、視界の下方へ去ったからだと男が理解してのち、まず最初にすることは、右膝を繰り出すことだ。膝蹴りを、顔か胸元に打ち込み、なおも真丈の体をコーナーに押し込め続ける。

予想どおりの打撃。合理的な行為。

楽々と男の膝をかわし、上半身を床に倒しながら、その動きに下半身を追随させ、右膝を狭い空間から引き抜く。相手が片方の足を上げてくれたおかげで、抜け出すスペースが確保できていた。

左肩の後ろと背で体を滑らせ、尻を真上に突き出し、宙で下半身を四分の一回転させ、びっくり箱から飛び出すバネ仕掛けの人形のようにコーナーから逃れた。

カポエラという格闘術か、ブレイクダンスの動きに近いが、やはりこれがどういう体系に基づいた体術か説明することは苦手だった。要は、柔軟性と敏捷(びんしょう)さと筋力の応用だ。

男は、なぜ真丈が完全に消えたか、すぐには理解できなかったらしい。

その間に、真丈は床の上で体を滑らせ、下半身と上半身を回転させた勢いでぱっと立ち上がっている。コートを着ていたのが幸いして滑りやすかった。防刃チョッキが剝き出しだともう少し苦労しただろう。

コートの前をさっと両手ではだけ、腰ホルスターの左右のストラップを同時に外し、右手で警棒を、左手で催涙スプレーを抜いた。右手を一振りして警棒を伸ばし、手近なポールを、がんがん叩いた。

乗客が驚き、一斉に遠ざかった。逆の動きをする者が左右に一人ずつ。それでやっと男の仲間が判明し、思わず顔をしかめた。左からサラリーマンに扮したスーツ姿の男が近づいてきたが、右はスニーカーにパンツルックの観光客に扮した女だったからだ。

真丈は、三人の中で最も近づいた、スーツ姿の男へ催涙スプレーを突き出した。

男が横へ動いた。真丈から見て左へ。催涙スプレーを避けるのではなく、自分に引きつけるためだ。その隙に、残る二人が真丈を襲う。人手があると、そういうことができる。

真丈は顔をスーツ姿の男に向けたまま、催涙スプレーを右へ向け、見当をつけて噴射した。狭い車内だから進行方向は決まっている。位置予測はたやすかった。

ぎゃっという女の悲鳴が聞こえた後も、噴射し続けた。

催涙スプレーを右から左へ振り回し、催涙剤をばらまいた。

最初の若い男がタックルしようと試みており、スーツ姿の男が同様に跳びかかろうとしたが、どちらも散布された催涙剤を避けるため後ずさらねばならなかった。

真丈は、顔を両手で覆ってうずくまる女の横へ身を投げ出し、床を一回転してその場を離れた。わざわざ転がったのは、空中を漂う催涙剤で自分がやられないためだ。

すぐに立ち上がり、走った。真丈が来るのを見て、乗客たちが隣の車両へ逃げてゆく。真丈は警棒でそこらのポールを叩いて彼らを追い出し、車両のドアを閉めた。

振り返り、ずいぶん広くなった第二のリングに立った。相手は一直線に進んで来ることになる。迎え撃つには最適の位置。背後のドアが開く音がしない限り、前後からの挟み撃ちに応じる必要はない。狭い場所に押し込まれるという、当初の問題は解決できた。

真丈は警棒を担ぐようにし、柄頭を前方に向けた。楊氏の家で、暗殺者を迎え撃ったのと同じ構えだ。催涙スプレーはホルスターに戻し、きちんとストラップを留めた。催涙剤の内容量はそれほど多くはない。もう大して残っていないだろう。相手もおそらくわかっているはずだから、空に近いスプレー缶を構えたところで牽制にはならない。

二人の男が、唾を吐いたり顔の前の宙を払ったりしながら走ってきていたが、真丈の姿勢を見て、一メートルほどの距離で立ち止まった。

こういうとき、二人同時で攻めるか、順番にやるか、決めていなかったらしい。

「让我去（ラアンウオチユィー）」

スーツ姿の男が言った。意味はわかった。真っ直ぐ向かってきたからだ。

どう来るかもわかっていた。一人が、打撃を受けることを覚悟して、こちらの動きを止める。残る仲間が有利になるよう、身を挺（てい）するのだ。じきに列車が次の駅に到着する。その前に、最も早く片がつくと思われる方法をとったのだろう。

頭を低くしてタックルする男へ、真丈は腰を落とし、同様に頭を低めて迎え撃った。

相手は警棒で叩かれる覚悟でいたはずだ。警棒は棍棒ではない。手首や急所を打つのには適しているが、捨て身で突っ込んでくる人間を打ち返すのは簡単なことではなかった。

真丈は代わりに、相手の軌道を見計らって右へ僅かに動き、左手を引っ込めながら、先ほど打たれ続けた左肩を突き出し、思い切り両脚を伸ばした。

スーツ姿の男の顔面に、真丈の左肩が命中した。

直線での衝突。つかみかかる者と、跳ね飛ばそうと足を踏ん張る者。両者の対決は、必ず後者が勝つ。きわめて合理的な打撃だからだ。つかみかかる者は、自分の体重、相手の体重、そして何より床や地面という強固な存在によって、弾き返される。

スーツ姿の男が、両手足を広げながら、後方へすっ飛んだ。

タイミングも素晴らしかった。ちょうど、列車が駅に接近し、ブレーキがかけられて速度を落としたからだ。慣性の法則は、進行方向に背を向ける真丈に、全面的に味方した。

若い男は、仲間をよける、慣性に逆らって前進する、という二つの厄介ごとを抱えることになった。

スーツ姿の男は、車にでも撥（は）ねられたかのように、もんどり打って通路に転がり倒れた。

男が前進した。タックルすれば跳ね飛ばされる可能性が非常に高いため、その選択肢は捨てている。むろん前へ出ないわけにはいかない。ばたつく仲間の脚をよけ、巧みにバランスを保ちながら両腕でガードし、打撃戦を再開する気でいるのがわかった。

真丈も、背を押してくれる慣性に身を委ね、左手を前で構えつつ男へ迫った。右手の警棒を頭上に掲げ、思い切り振り下ろそうという姿勢だ。

上に位置する武器に、人間は目を引かれる。明らかな脅威。男の両腕も、頭部や顔面への攻撃に備えて構えられている。先ほどと同じパターン。真丈は身を投げ出し、前進の力を、前転の力に変えた。

一瞬、またしても男の視界から、真丈が消えた。下方だ。今度はすぐにそう悟ったのだろう。男は素早く反応した。だがその仕方も、同じ方法をとることになった。

両腕を上げた状態で接近しているのだから、膝を使うことになる。右膝が、真丈がいる辺りへ、鋭く突き出された。

それよりも早く、遠くから、一回転した真丈が、警棒を真っ直ぐ突き出した。

折りたたみ式の警棒は、二つに大別される。あまり激しく突くと棒身が引っ込んでしまうものと、固定ボタンが付いていて突いても引っ込まないものだ。

真丈に支給された警棒は後者だった。そしてその尖端が、見事に男の腹部に突き刺さった。へその上。みぞおちに。古来、当て身の急所として全世界で知られる場所だ。いかに筋肉を鍛えようとも無意味だった。クリーンヒットすれば一撃で効果をもたらす。

もちろん刃物ではないので文字通り刺さったわけではない。だが衝撃は体内に侵入し、荒れ狂ったはずだ。男が上げていた足を床に下ろし、なんとか倒れず後方へよろめいた。打撃を受けた箇所を両手で押さえ、いかにも苦しそうに目を剝き、ぱくぱくさせる口から涎が糸を引いて垂れた。衝撃で、横隔膜が動かず、呼吸困難に陥っているのだ。

みぞおちから下腹部にかけては、太陽神経叢と呼ばれる神経の束があり、衝撃を受けると激痛に襲われる。この世で人間が受けうる苦痛のトップスリーに入る痛みだ。

若い男が、ぐにゃりとなって座席のシートにうつ伏せに倒れた。みっともなく尻をこちらに突き出した姿だが、真丈に嘲る気持ちはなかった。とんでもない痛みに襲われた上に、さらに打撃を受けることへの憐れみの念があった。

若い男の、スニーカーを履いた左足首の後ろに警棒を押しつけて固定した。そして足の甲を左手でつかみ上げ、適当な方向にひねった。どの方向だろうと大差ない。人間の足の関節に、大いに逆らう動きだからだ。

若い男が、シートに顔を押しつけて悲鳴をこらえた。耳まで真っ赤になっている。シートは涙と汗と涎と洟水でべとべとになっているだろう。反吐も混じっているかもしれない。可哀想だが、これで若い男は戦力外となった。

女を見ると、催涙スプレーをまともに浴びた顔を真っ赤に腫れ上がらせ、目を開くこともできず、うずくまってポールにしがみついていた。

スーツ姿の男は、血まみれの顔を仰向けにして倒れたまま、衝撃で朦朧としたままだ。

真丈は警棒をたたんでホルスターに戻し、コートを脱いで腕に抱え、ドアの前に立った。

列車が駅に入り、停車した。ドアが開くと、駅員が四人も並んでいた。鉄道警察隊員はその倍もいる。通報を受け、該当車両に集中的に人員を配置したのだ。迅速に。的確に。

日本の鉄道は、世界でもトップレベルの混雑にまみれながら、きわめて良好な治安が維持されている場所だ。その事実を、雄弁に物語る光景だった。武装した国民がほとんどいないということを差し引いても、見事な対応といえるだろう。

ドアが開くと同時に、真丈は、彼らに向かって見事な敬礼を披露してみせた。

「ご苦労様です！　一私人として、車内における乱闘に対処いたしました！」

みな面食らいながらも、真丈が着ている警備会社のロゴ入り制服を見て、なんとなく納得させられた様子だった。制服の効果というのは馬鹿にならない。身元を保証するからだ。

駅員と隊員がわらわらと車内に入り、倒れた三人を確保しにかかった。

真丈は当然のような顔で車外に出た。

「お一人で対処されたのですか？」

隊員の一人が足止めしようとして話しかけた。事情聴取する必要があるからだ。

「出勤中、たまたま遭遇しまして」

真丈も当然、相手に付き合うつもりだという態度で、ホームの中ほどで立ち止まり、今しがた降りた列車に顔を向けた。

「男二人が、一人の女を巡って争いを始めましたので、乗客の安全のため、強引ではありますが制止しました」

相手の興味を惹きそうな話をでっち上げると、ありがたいことに、隊員も目を丸くして車両のほうを見てくれた。

「痴話喧嘩ですか」

「そのようです」

真丈はそう返すと、後ろ向きにするすると歩き、回れ右をした。

ホームの反対側に到着した列車が、ドアを開けたところだった。

真丈はコートを羽織りながら列車に乗り、手近な席に座って頭を垂れた。隊員は慌てて真丈を捜したろうが、もう遅かった。警備員の制服を着た男は消えていた。

列車のドアが閉まり、真丈の背後で、駅が遠ざかって行った。

18

「おたくが口にした二人については、逮捕勾留したところで何も出てこないと断言する。おたくがどんな根拠で彼らの名を出したか、正直わからんが、問い質すべき相手はその二人ではなく、おれだと思ってくれ」

辰見がそう告げると、鶴来は、すぐさまうなずき、譲歩を示してやった。

「では、エックスを送り返せと指示したのは誰だ?」

「おおもとはスターだろう。おたくも予想していたと思うが」

「そうだ」

鶴来はまたうなずいた。ダンスのさらなるステップ。うなずき、相づちを打ち、告白に耳を傾けることで、相手はそうするのが当然だという気分になる。

「おれたちは、何らかの計画のしくじりを尻ぬぐいし、外交的な原状回復をはかるよう指示されているんだ」

「三日月計画というやつか」

鶴来は鋭く鳩守を一瞥(いちべつ)した。まるで辰見と一緒に糾弾する用意があるというように。

鳩守が呆れ顔になった。辰見が鶴来に同調したことに困惑しているのだ。

「言っておくが、命令系統を話すわけにはいかん。それはおたくもわかるだろう。まあ、開示できる情報は、なくもない」

辰見が言った。鶴来に一目置くふりをしつつ、思想的過激さという弱点がある男だと見下しているのだ。いつでも潰せる男。その安心感も、辰見に抱いてほしい感情だった。

「その計画が中国当局に露見したのは、ごく最近だが、それ以前から似たような動きは米中双方にあった。まさに冷戦時代の再来でな。過去と異なるのは、米中貿易が、米ソ時代とは比較にならんほど大きな影響を世界に与えるということだ。そして共通するのは、テクノロジー面でどちらが優位に立つか競っているということにつきる」

「米中の覇権争い」

鶴来は、相手を促すため、言わずもがなのことを口にしてやった。

辰見が大きくうなずいた。そんな厄介ごとに関わる日が来るとは、思ってもいなかったという様子だ。それはお前が国内のガラパゴス組織にいて、国内に入り込んだマフィアの下っ端ばかり相手にしていたからだと鶴来は内心で毒づいた。

「それで、何とか計画に、別の計画が付け加えられたらしい。おたくも、こちらの鳩守さんから聞いたかもしれんが、ステルス戦闘機をこっちへ持ってこさせるというものだ」

「過去のベレンコ中尉亡命に倣ってのことか」

「そうらしい。過去の亡命事件による影響に着目したんだ。一つは、最新鋭の戦闘機と目されていたものが、大した品ではなかったと判明した。当時のソ連全体の技術力がどうだったかはともかく、その成長を過剰に恐れていた人々の多くが、ひどく安心させられた。希望を抱いたってわけだ。恐怖で自滅したり諦めたりすることはないのだとな」

「米中に置き換えて、同じ気分を味わいたかった？」

「そもそもスター自身が、レッドに技術を供出したようなものだ。赤い星なんてのは悪い冗談としか思えん。とはいえ今もレッドの技術は、過去にイスラエルとソ連から盗んだものの組み合わせに過ぎんし、その事実を世界に知らしめたかったわけだ」

「わざわざ機体を丸ごと持ち出す必要があるとは思えないが」

「もう一つ。相手国内に関することだ。ベレンコ中尉亡命後、ソ連軍の内部はしばらくごたごたが続き、それから改革が進んだ。軍人の給与を上げたりしてな。観念的な忠誠心の向上だけでは軍は機能しないと悟ったんだろう」

「それも米中に置き換えると？　中国の軍改革を進めてどうする？」

「あちらの軍内部の、特定の分野で責任問題が生じる。その結果、改革が進むかどうかはさておき、責任者が更迭されることになる」

「スターが照準を定めた人物がいる？」

「そう。何とか将軍だ」

辰見が、自分は興味がないというふりをしてぼかした。その人物についての情報開示は許可されていないらしい。本当に将軍かどうかも怪しいだろう。

「亡命事件くらいで失脚するものなのか？」

「ドミノ理論というやつだ。日本国内の協力者だった楊立峰氏の親族に、楊志康（ジーカン）という男がいる。テクノロジー開発企業を経営し、軍にも相当なコネを有する人物だ」

辰見がそう言うと、鳩守が眉をひそめて吐息した。鳩守のほうはそこまで喋るべきだと思っていないらしい。同調効果が大いに発揮されたからこその情報開示。鶴来に対して何もかも黙っていることを、無意識に、申し訳ないと思うようになってくれているのだ。

「その人物を単に移住させるのではなく、ステルス戦闘機ごと亡命させることにした。衝撃的な事件を演出したくて。暗殺されないため楊志康氏自身が希望したとも聞いている」

急に伝聞になった。鶴来はうなずきながら思案した。いまいち辻褄が合っていない。どの省庁の誰がスターのプランを請け負ったか、はっきりしないのだ。

「楊志康氏という人物が亡命すれば、中国軍内部の某将軍が失脚すると？」

「中国には、先進国のテクノロジーを奪取することを専門とする部隊があるらしい。最優先課題は、戦略人工衛星の技術確保だと聞いた。宇宙戦略構想は、もはや国境を守ることと同じくらい重要なものになりつつあるそうだ」

鶴来は丁寧に繰り返しうなずいたが、内心では当たり前だと言い返していた。

人工衛星こそ現代の生活基盤といっていい。全ての通信テクノロジーが関わっているのだから当然だ。他国の人工衛星の機能を停止できる手段を手にすれば、戦略的優位に立てるのは自明だった。人工衛星の打ち上げや運用の技術を独占すれば、他国の人工衛星を間接的に支配することもできる。ただし人工衛星の撃墜というのは論外だ。スペースデブリがばらまかれて自国の人工衛星まで破壊させる恐れがある。

なんであれ人工衛星戦は、かつて潜水艦が猛威を振るった第二次大戦下で、海上輸送を封じて相手国の経済力を著しく低下させた以上の、甚大で破滅的な影響を及ぼす。あらゆる国にとって無視できない、新次元の戦争だ。

「つまり、そのテクノロジー奪取部隊に、楊志康氏がかなりの程度、関わっていた。そして、彼が持つ情報がアメリカに渡った場合、中国側は隠蔽(いんぺい)のため部隊を解散させるか再編するかしなければならなくなる。そのトップにいる某将軍も責任を問われる」

「そういうわけだ」

「しかし代わりに楊芊蔚氏が亡命者(エックス)として現れた。これはなぜだ？」

「一つわかっていることがある。女パイロットの楊芊蔚は、楊志康氏の娘だ」

父親の代わりに娘が来た。変貌した計画に従って。いや、強制された可能性のほうが高い。スター、レッド、両大国の思惑の狭間で。それなりに理屈は通るが、問題は、裏づけが困難どころか不可能に近いという点だ。本当にそうか疑いつつ信じるしかない情報。

辰見が言った。

「現在、楊志康氏は拘束され、人質になっていると思われる。父親の意志を委ねられた娘が、亡命しに来たわけではない。レッドにコントロールされた工作員との見方が強い」

鶴来はうなずきながら、この男の言うことは何から何まで信用できないという気分が強まるのを覚えた。辰見が隠し続けているのは指揮系統だ。事件のきっかけなどどうでもいい。指示を下したのはどこの誰だ？　どうすればそれを判明させられる？

「楊志康氏を亡命させられなかったのは残念だが、今回の件で、某将軍の行動は中国国内で問題視されるだろう。ちなみにこの某将軍は、苛烈な反日主義者でもある。曾祖父だか親族の誰だかが、当時の日本の特高警察に拘束され、獄中で病死したらしい」

辰見が、揶揄（やゆ）するように告げた。鶴来は、いささかも表情を変えず質問を口にした。

「某将軍も、楊氏も、レッドの手中というわけか。なぜ、軍機を用いての亡命というスターの目的を果たすことに荷担する？」

問いながら、ぴんときた。辰見以外に話を聞くべき相手に、思い当たったのだ。

「それを判明させるため、エックスを適切な部隊に引き渡すことで話がついたんだろう」

辰見が関心なさそうに言った。むしろ関心を持つべきではないと言いたいのだ。

そんなわけがあるか。鶴来は演技抜きでそこらの椅子を蹴り飛ばしたくなった。

「米軍に拷問させて自白させると？」

「詳しいことは聞いておらん。聞く日が来るとも思えん」

「なるほど。情報の開示に感謝する。それで、今後この空港警察署で何をする気だ？」

「捜査の監督と言えば、おたくの機嫌を損ねるのはわかっている。ただ、おたくもここの指揮系統を確立し、それを上に渡すのが仕事のはずだ。楽にできるよう協力する」

辰見が言った。本能的なやり返し。順位争いで負ける気はないと言っていた。

鶴来は充電中の携帯電話を取り、吉崎にかけた。すぐに出た。

「はい。吉崎です」

いつでも鶴来からの連絡に備えている証拠。よしよし良い子だ。順調に仕上がってきている部下に向かって、鶴来は淡々と告げた。

「私だ。先ほど話した警察官二名の身柄をただちに拘束し、本署で勾留」

辰見が目を見開いて立ち上がった。鳩守はあまりのことに凍りついている。

「また、護送に加わった全人員を本署に集め、聴取する。一人残らずだ。リストを作成し、オペレーターと共有しろ。亀戸副署長には私から話す。それと、香住さんを呼んでくれ」

電話を切った。二人とも、茫然自失の様子だ。間もなく怒りを爆発させることだろう。

その前に鶴来は言った。

「これが私の答えだ。国家に危機をもたらした可能性のある人物は、たとえ結果がどうであれ、自覚の有無を問わず、断固として追及し、裁きが下るよう尽力する」

「辰見さんが言ったことを聞いていたんですか？」

「考慮してのことだ。各方面に応援を要請する。何なら全都道府県の協力を仰ぐ」

「どうかしてる……」

鳩守が呟き、言葉を失った。

「後悔するぞ」

辰見が言った。憤怒の形相になっていた。

「そうは思えない。ここは間もなく大火事のような騒ぎになる。火に巻かれたくなければ、改めて上に判断を仰ぎ、より高度で有用性のある情報を私に開示する許可をもらって来い」

辰見が両拳を握りしめて何か言いかけたが、余計なことを喋らないよう、しっかり口を閉じ、大股で出口へ向かった。鳩守が、鶴来に蔑むような、組織の一員としていかに不適切な人物かわかったと言いたげな眼差しを向け、辰見のあとを追った。

鶴来はせいせいした気分で彼らを見送った。指揮権を譲るよう迫れば、それに油をかけた上で火を放つのが鶴来という人間だと、二人に印象づけられたに違いない。

ほどなくして、香住が来た。床に倒れた椅子を見て、面白そうに笑みを浮かべた。

「やり合ったのかい？　辰見さんと鳩守さん、二人ともすごい顔で出てくのを見たぞ」

「大した話はしていません。下手な言い訳ばかり口にするので追い返しました」

「しょうがないだろう。それが仕事なんだから。で？　おれも追い出したいのか？」

「まさか。今事件の解明のため、ある人物の証言が必要と考えています」

香住の笑みに、ありありと警戒の色が浮かんだ。

「こっちの身内か。何をしようってんだい？」

「話を聞くだけです」

「だといいがね。で……誰の話を聞くんだ？」

鶴来は、人好きのする微笑みを保ったまま言った。

「エックスと接触した人物。スクランブル出動に従った空自のパイロットです」

19

押上駅に戻る。スカイツリー前。振り出しに。

真丈は電車を降り、改札階に上がったが、待ち構えている者はいなかった。

もうひと仕事あることを期待していたので、肩すかしを食わされた気分。

今のところ、この駅はノーマークなのだろう。出発地点だからという理由で。

真丈がホームの反対側の列車に乗ったことに、鉄道警察はすぐに気づくはずだ。それ以外に真丈が消えるすべがない。交通系カードで支払いをし、改札を出ても誰も止めなかった。警備会社の制服を着た人間がいたら引き止めろという指示が各駅に通達されていたとしても、コートがすっぽり制服を覆い隠しているのでわかりにくかったはずだ。

地上には出ず、構内を移動した。浅草線の改札に入り、羽田行きの急行に乗った。

ふと、このまま義弟がいるはずの羽田空港にまで行こうかという考えがよぎった。

義弟はさぞ仰天するだろう。だがそれ以外に意味はないのでやめた。現地で可能な情報収集はすでに義弟がやってくれているはずだった。真丈よりも効率よく、人手を使って。

人形町駅で降り、階段を上がって乗換用の改札を抜け、日比谷線のホームに出た。

壁に背をもたせかけ、近づく者がいないことを確認しつつ、頭の中で路線図を眺めた。都内の路線図はほとんど記憶していた。重要なのは逃げ道を失わないことだ。そして相手は、それを真丈から奪いたいと心から思っていることだろう。となると、純粋に数の問題になる。列車内に入ってきた三人以外に、相手はどれくらい動員できるだろうか？

脳裏で、押上駅に乗り入れている路線を確かめた。駅の数。その出入り口の数。

最初に乗った東京メトロ半蔵門線以外にも、都営地下鉄浅草線、東武伊勢崎線、京成押上線を使用できる。これらの路線が擁する全ての駅に一人ずつ配置したとしたら、何人になるか？　伊勢崎線だけで五十五駅。ターミナル駅にまで配置すれば群馬県にまで派遣することになる。距離はともかく、大人数だ。改札口の監視だけで何十人もいる。

半蔵門線は十四駅。浅草線は二十駅。押上線と、それにつながる京成本線などはやや複雑で、六駅以上は確認するのをやめた。要は、百駅近くある。全ての改札に人を配するには数百人規模の動員になる。駅の出入り口となるとその数倍。途中乗り換えが可能な路線全てとなれば倍々に増える。千人規模でなければ包囲は不可能だ。

人海戦術は単純で効果的だ。大変だからといって、そうしないとは限らない。もしそれだけの人数を動員できるなら、相手は大組織に号令を下せる誰かで、そんな相手は限られる。動く組織が大きければ大きいほど、背後にいる人物の正体はつかみやすくなるのだ。

もちろん、本来無関係な他の組織に協力を請うこともありうるが、それもまた相手の中枢に辿り着く筋道を与えてくれる。協力するのが、日本の警察ならなおさらだ。

腕力派の強引なやり口だとセンに言われそうだが、これも単純で効果的だ。

では、相手がもっと少人数である場合は？　ＩＴを駆使する。とにかく急ぐ。真丈が半蔵門線の列車に乗ったことは確かなので、ただちに路線全駅の改札口に人を配置する。

駅の監視カメラのデータにアクセスするはずだ。ハッカーにやらせるか、日本の警察に頼むかはわからないが、それが合理的な追跡手段となる。データを片っ端から高度な認証ＡＩに解析させれば、何万人も行き交う人々の中から一人を発見することもたやすい。中国当局にとってはすでに当たり前の追跡手段となっている。真丈が浅草線に乗ったこと、人形町駅で降りたこともすぐに察知するだろう。

人海戦術と、合理的な追跡。どちらであるか確かめるため、ホームの端まで移動し、一直線に見通せる場所に立った。ホームの反対側は階段になっている。

追っ手が来たとき、何をするかで、どちらか判明する。

人海戦術なら、仲間を呼ぶ。人員配置を最適化するには、ミツバチのように人を広範囲に散らすことになる。誰かが真丈を発見したら、まず近くにいる仲間に呼びかける。仲間が集合するまで真丈を足止めするのが発見者の役目になる。

合理的な追跡なら、あらかじめ部隊がフォーメーションを組んで追ってくる。三人では撃退されることがわかっているので、その倍か三倍は人員を繰り出してくるだろう。

もちろん例外は何パターンも考えられる。凄腕の追跡手が単独で追ってくるかもしれない。真丈は囮に過ぎないと判断し、センが消えた女子トイレ周辺の監視カメラのデータを入手し、センを追跡するかもしれない。あるいは、相手が途方もない規模の組織であれば、真丈とセンを同時に人海戦術で追うことも考えられる。

だが彼らはまず真丈を追った。それが彼らの選択だ。集団で動くとき、いったん選択された行動を覆すのは難しい。末端の人員は最初の命令に従う。異なる命令が重なると、あっという間に現場は混乱する。それに、センが消えてから経った時間を考えれば、真丈を追うほうがまだしも容易だと判断してくれるはずだ。正確にいつ消えたか不明の人物と、ほんの少し前までいた場所がわかる人物とでは、かけねばならない労力が違いすぎる。

また、センには行き場がなかった。住居も身分証も金も携帯電話もないのだ。それらを得るには真丈を頼るしかなく、この点を考えても、真丈を押さえるのが合理的だ。

何より、彼らは真丈を放置できない。目撃者だから。楊立峰氏の家でも、倉庫でも。

そんなわけでホームの端に立って、電話をかけた。マット・ガーランドから情報を送ってもらったほうの携帯電話だ。バッテリーはまだたっぷりもつ。

「はい。赤坂プレス・センター」

前回と同じ女性の声がした。真丈は英語で言った。

「夜分に失礼します。先ほどお電話したタイチ・シンジョー・ザ・オクトパスです。J2所属のデイヴィス・アバクロンビー情報将校につないで下さい」

「ミスター・アバクロンビー」

またその名を繰り返された。本当に用事があるのかと言われているようだ。

「イエス。ジョギングが大好きなミスター・アバクロンビー」

相手の戸惑いが伝わってきた。将校のジョギング仲間だと思われたのかもしれない。

「少々お待ち下さい」

音楽が流れ出した。真丈はホームを見た。まばらに立つ人々に動きはない。

すぐに音楽がやんだ。いきなり不機嫌そうな唸り声がした。

「テールランプがつきっぱなしだ。故障したのか」

盗聴防止センサーに引っかかっているぞ、という意味だ。真丈の携帯電話を追跡しているどこかの盗聴装置をキャッチしたという、素晴らしい情報だった。

「故障していることはわかっていましたが、緊急の用件がありまして」

「馬鹿者が。直せ」

「修理を手伝って下さい」

雷鳴のような唸り声がした。歯痛と腹痛のどちらを訴えるべきか迷っているような声だ。

「電話を切れ」

真丈はそうした。

しばらくしてメールが送られてきた。何かのファイルが添付されている。真丈はそれを開いた。たちまちプログラムが起動し、携帯電話の中身を書き換えていった。

自動防諜（ぼうちょう）アプリだ。携帯電話の中身が全て暗号化され、アバクロンビー率いるマーキュリー・チームの監視下に置かれる。これでもうこの携帯電話を第三者が追跡することは不可能に等しくなった。加えて、携帯電話のデータをコピーしようとしたり、別の撮影機器で画面を撮ろうとすれば、インカメラが察知して自動的に電源が切れるよう設定される。

芸術的でさえあるプログラム。何よりこれで、真丈が撮影した倉庫の光景や、入力した情報も、全てアバクロンビーの手に渡ったことになる。

携帯電話の電源が自動的に切れ、再起動した。ホーム画面に戻すと、すぐに電話が来た。

「シンジョーです」

「ガッデム」

おそらく世界で最も有名なフレーズの一つが雷鳴のように轟いた。

「なんだこの動画は。なぜこの女が映っている」

「彼女をご存じでしたか」

「馬鹿者。今この国で最も報道されている女だぞ」

「ニックネームはセンです。そちらは何て呼んでるんです？」

「マーキュリー・チームは仮にスワロウと名付けたが、正式には決定しておらん。センだと？　どこかの殺人事件を追いかけているのではなかったのか？」

「捜査中に、遭遇したんです。ハンドガンで武装してそちらへ行こうとしていたところを重要参考人として保護しました」

「わけがわからん。今どこにいる？」

「彼女を追跡する者がいるので、二手に分かれました。現在位置は自分も知りませんが、合流地点は決めてあります」

「護送中に失踪した人物だぞ。合流する気があるのか？」

「動画をもう一度見て下さい。自分の意志で失踪したように見えますか？」

みたび唸り声。ただ今回は比較的穏やかだ。歯痛も腹痛も治まってきたらしい。

「たまたま現場に出くわしたのだな？　どこからも命令を受けずに」

「ええ。ちなみに現場に行く前、自分が最後に会った人物は貴方(あなた)です」

「ふざけるなよ、ジョー。私は断じて、貴様に何も命じておらんぞ」

「そのように貴方からオルタへ伝えて頂けますか？」

「貴様は何が望みだ？」

「復帰を認めて下さい」

「何のために？」

「アクティベイターの目的は一つしかないでしょう」

「馬鹿ぬかしとらんで答えろ」

「楊立峰氏を殺害した犯人と、殺害を命令した人物の逮捕。そしてセンにかけられるであろう全ての容疑を晴らし、彼女とその家族の安全と自由の保障を得ることです」

「望みすぎだ、馬鹿者。それで、何の利益になる？」

「日米両国のですか？」

「我々のだ」

「曖昧ですね。どっちとも取れる」

「日本人が好きな返答だろうが。それで？」

「センは日本国内での破壊活動を強要されました。その背景と命令系統を解明し、日本国内の協力者を特定して、関係者全員をそちらに差し出します」

「リストメーカーになるというのか？」

「ええ。かつてラベンダーがそうしたようにね。ただし彼女のようにはなりません」

アバクロンビーが黙った。唸り方を忘れたので思い出す時間がほしいという感じだ。

「彼女は有能なインテリジェント・アクティベイターだった」

「はい」

「貴様の妹だ」

「はい」

真丈の淡々とした返答に、アバクロンビーのほうが溜息をついた。

「貴様は、もうしばらく休暇を取るべきだったな」

「復帰を認めて下さると？」

「オルタ次第だ。自分でテールランプを故障させたのだな？　敵をおびき出すために」

「ええ。そちらも敵と認識しているのですか？」

「言葉のあやだ。在日米軍は何一つ関わっていない。関わることもない。いいな？」

「関係者のリストのうち、どの名前を黒く塗りつぶすか、そちらで選んで下さい」

「貴様は頭のネジが外れている。セラピーを受けろ」

「貴方でも人を誉めることがあるんですね」

「そう聞こえたか？　もう切るぞ」

「復帰を認めて頂けるかどうか直接訊きに行きます。一時間以内に」

「何を言っとる。戻ってシャワーを浴びたばかりだ」

「みんな、走り足らなかったんだと思って貴方のタフネスに感心しますよ」

否定とも肯定ともつかぬ唸り声のあと、乱暴に電話を切られた。照れたのだろう。

電車が到着し、また発車した。ホームを見続けていたが、これといった動きはなかった。信号を発したにしては、反応が遅い。もう少し様子を見るため、さらに電話をかけた。

ワンコールで相手が出た。

「太一さんですか」

律儀にして有能なる義弟の声だ。

「やあ、ヨッシー。よくわかったな」

素直に感心した。マーキュリー・チームが施してくれたプログラムのおかげで、発信者情報は偽装されているはずなのだ。

「こんなおかしな番号でかけてくる人がほかにいますか。なんですこれ？」

「テールランプ。マーキュリー・チーム」

「事情を説明してくれますか？」

「二分で。録音できるか？」

僅かに間があった。

「どうぞ」

真丈は話した。楊立峰氏の殺傷現場に出くわしてから起こったことと自分の行動を全て口にした。二分もかからなかった。義弟のことだから録音データの保管も万全だろう。なんでも記録をつけることが正義だと信じているのだから。

「こっちの状況を説明します。録音しますか？」

「いや、必要ない。そっちでやってくれ」

鶴来が話した。こちらも二分とかからなかった。

「センを運んだそいつらと外務省の辰見という男、同じ組織にいたことがあるはずだ。大学、警察内、政治研究会、ボランティア、宗教団体。どこかに接点がある」

「同感です。指揮系統がなんであれ、トップは国内にいるでしょう。二人の警官を尋問して糸を引く人物を吐かせます」

「糸を引くって古風な言い方だな」

「何か問題が？」

「そのままのお前でいてくれ」

「はあ」

「パイロットと話をするのは良い考えだ。それと何か伏せてることがあるんじゃないか？」

かすかに息を呑む気配。なんでわかるんだと言いたげな吐息。合理的に内心を隠すテクニックを身につけている分、かえって読みやすいんだとは言わないでやった。

「まだ未確認で、オルタにしか報告してません。ただエックスから聞いただけです」

「センはなんて？」

「アロー」

今度は思わず真丈のほうが目をみはった。その隠語が何を意味するかを考えれば、跳び上がって驚かなかった分、自分は大胆不敵な肝っ玉の持ち主だと思えた。

「あとでセンに訊いてみる。分担しよう。相手がどの程度の組織か、おれが現場で確かめる。お前はその情報から全体像と指揮系統をつかむ」

「いいでしょう。ただしエックスは私が保護します。太一さんだけでは負担が大きすぎる」

「相変わらず優しいふりが上手いな。センを尋問する気か？」

相手の苛立ちが波紋のように伝わってきた。本気で腹を立てたのかもしれない。

「妻の兄を心配するのがおかしいんですか？」

「ありがたいと思っているよ」

「なぜ相手が嘘をついてないとわかるんです。会ったばかりでしょう」

「センは良い子だ。真奈美がそう言ってる」

波紋が熱波に変わるのを感じ、携帯電話を耳から遠ざけた。直後に怒鳴り声がきた。

「そんな風に真奈美を使うんですか！」

また携帯電話を耳に当てて言った。

「怒られると思ったよ。でも本当なんだ」

冷静さを取り戻した声が返ってきた。

「妄想的な強迫観念の持ち主だと診断されますよ」

「お前がわかってくれればいい」

深い溜息。仕方ないという返事代わり。真丈は心から感謝しながら言った。

「エックスを守り切れないと判断したときの手は考えているんでしょうね」

「ああ。もちろん、お前を頼る」

階段を人の壁が降りてくるのが見えた。六人の男女。一列横隊。そこにいるはずの獲物の退路を塞ぐために。改札側からも同様だった。六人ひと組。二ヶ所同時。十二人の投入。

「この件に関わる人間をリスト化するタイムリミットを十二時間とします」

電車が来た。見たところ席は空いていた。

「それ以上かかるようなら、おれたち二人の手にも負えない相手ってことになりそうだ」

鶴来がふっと笑うのが聞こえた。義弟の負けず嫌いは本人が認めるかどうかはさておき、それこそ妄執の域に達している。

「次の連絡はいつです？」

「一時間後」

真丈は通話を切って携帯電話をポケットにしまった。

電車が停まり、ドアが開いた。電車に乗って、座席の真ん中に横たわった。向かいの席にいた年配のサラリーマンが顔をしかめ、目を逸らした。酔っ払いだと思ったのだろう。

コートのフードで顔を覆い、だらしない格好で狸寝入り（たぬきねいり）を決め込んだ。

相手の追跡手段は、人海戦術ではない。追跡するチームがいる。彼らはホームと列車内の二手に分かれて、素早く移動しながらターゲットを探すはずだ。

案の定、足音が迫った。真丈はだらんと寝転がったままでいる。追う側は、つい対象のイメージを固定してしまう。群衆と区別して見つけ出すためだ。ウォーリーを探すなら、眼鏡をかけた縞模（しま）様のシャツの男を探す。彼らが今探しているのは、三人の仲間を撃退した手強い獲物だ。それが、酔っ払いのように寝ている可能性については考慮しない。

選択的注意(セレクティブ・アテンション)の問題。特定のものごとに注意を向けると、人間はそれ以外のものに気づかなくなる。脳が驚くほどたやすく錯覚を起こすのだ。目にしているのに、目にしていないと判断してしまう。捜索訓練を施された人間であっても、それは起こる。

追っ手に発見される確率は、それでも半々だった。だが誰も足を止めなかった。そのまま通り過ぎ、電車から出ていった。

ドアが閉まり、発車した。彼らはまたもや真丈を見失った。

20

二人が連れてこられたのは、数多(あまた)ある銀座(ぎんざ)のクラブの一つだった。

銀座は東京で資本主義が波濤(はとう)をしぶかせるたび、その飛沫(しぶき)を最も多く浴びてきた街だ。銀行による大規模な不動産の取得、各種メディアの樹立、流行を司る物品の集積、様々な金融商品の発明、封建主義的ですらある身分ごとの繁華街の形成。

そこでは都心のどの地域よりも、どんな人間がどこに足を踏み入れるべきかが暗黙のうちに規定されている。大衆的である場所と、それ以外の場所との間には、厳密な違いがある。大衆的でない場所では多くの空間が密閉され、窓のないドアが開くかどうかは、コネクションの有無によっている。

共通するのはおのおのが選ばれた人間だという実感だ。たとえ時代遅れの毛羽(けば)だったソファであっても、そこに座るということには何らかの選択がある。ただ座るのではなく、座らされているのだとしても。

蒲田署に属する勝俣仁志巡査部長と横原正巡査長は、署に戻ると、私服に着替えるよう指示を受けた。それで、勤務時間中に署を出た。彼らの教導者であり、今は外務省に出向している辰見喜一から、そうするよう連絡を受けたのだ。

路上に立つ彼らを、一台の車が迎えに来て、今いる場所まで運んだ。二人とも不安はなかった。なんとなれば忠実に指示に従い、咎められることは何もしていないのだ。

運転する男は、二人が見知った白い丸形のバッジをスーツの胸元につけていた。白地にうっすらと「二」の字が刻印されたバッジ。部外者には何を意味しているかわからない品。

この男も、自分たちと同じように、辰見から入会を勧められたのだろう。二人はそう思ったが黙っていた。余計な口を利かないことが何より尊ばれるからだ。

「よくやったな」

途上、男は二人にそう言った。その後は無言だった。それで二人はますます安心した。どこに何をしに行くのかわからない分、かえって期待を膨らませてもいた。自分たちには何らかの恩賞が下されるのだと。

二人は銀座の一角で車を降りた。運転する男から教えられた通り、看板が一つもないビルに入り、店名のないドアの前に立つと、インターフォンを押した。

ドアが開き、タキシードを着た六十がらみの男が現れ、二人を手招いた。

タキシードの襟元に、「二」の刻印のバッジがあった。

中はいかにもクラブ然とした瀟洒（しょうしゃ）な空間だったが、席には誰もいなかった。

奥の部屋に入ると、今度は八十代らしい着物姿の男が中央の席に座っていた。その着物の胸元にも、「一」の刻印のバッジがあった。

そばには、スーツ姿の男が三名。周凱俊と二人の部下がいた。

そしてまた、上下のスエットスーツという、この場に不似合いな三人の白人男性がいた。金髪を短く刈り込んだ馬鹿でかい男たち。その一人の顔の右側に、ぞっとするような傷跡があった。顔のそばで爆弾でも炸裂したのだろう。大きな傷口が星形にばっくり開いたまま癒合している。その男が、にやっと笑いかけたが、勝俣と横原は無表情を保った。

タキシードの男が、手振りで勝俣と横原にソファに座るよう促した。なぜ同席させられるか説明はなかった。スエットスーツの男たちが何者かも。なぜ辰見がいないのかも。

そもそもバッジをつけた着物姿の男が誰か、彼らにはわからなかった。見るからに重鎮という感じで、中堅幹部以上の立場の人物だろう。

「三日月計画を手じまいにしてまでやったことだ。上手く行かなかったじゃ済まされん」

着物姿の男が、宙に向かって呟いた。

誰も応じない。かと思うとタキシードの男が、勝俣と横原の前にあるテーブルに何かを置いた。量販店で売っている遠隔操作が可能なカメラだった。

「こちらの周さんが持って来てくれたものだ」

着物姿の男が、勝俣と横原を見もせず、ぞんざいに言った。

勝俣と横原が、その品をまじまじと見た。

着物姿の男が、リモコンで壁に設置されたモニターをオンにした。真丈が倉庫で撮影した動画の一コマが映し出された。二人が、手錠をかけた女の両脇に立っていた。

勝俣と横原の顔が青ざめた。

「お前たちが映っている」

着物姿の男が言って、リモコンを置いた。

タキシードの男が、テーブルにまた何かをおいた。ぱんぱんに膨らんだ封筒が二つ。中身が何か、形状から容易に推し量れた。札束だ。かなりの額の。

「それを受け取って、しばらく身を隠していろ」

着物姿の男が言った。勝俣と横原が、顔を上げた。

「どこへ……」

横原が口を開きかけ、勝俣がその膝をつかんで黙らせた。

タキシードの男が、三人の白人に目を向け、着物姿の男に代わって言った。

「そちらの方々に送らせる。周さんもどうぞ」

三人の白人が立った。周と二人の部下もそうした。勝俣と横原が急いで立ち、封筒をそれぞれ手に取ると、着物姿の男に自然と頭を下げていた。場の雰囲気がそうさせたのだ。

三人の白人が伸びをしながら出口へ向かった。さもこれからひと仕事するという感じだ。周たち、勝俣、横原が後に続いた。

部屋を出ると、タキシードの男が無言でドアを閉め、施錠する音が響いた。

八人の男が二度に分かれてエレベーターに乗り、ビルを出て路地を進んだ。繁華街の裏側にある薄暗い路地だった。そこに旅行会社のロゴを施された大型バスが置かれていた。

星形の傷の持ち主が、バスのドアを開けて中に入った。運転席でキーを差し込み、エンジンを始動させ、車内灯を点(つ)けた。それから、陽気に面々を手招いた。

「オトリーチノ・ダヴァイ、オトリーチノ・ダヴァイ」

誰も返事をしなかったが意味は伝わっていた。さあ、来るんだ。みなそうした。

「あなた、そこ」

星形の傷の男が日本語で言いながら、勝俣の肩を叩き、中ほどの席を指さした。

勝俣は言われた場所に座った。

「あなた、そこ」

横原が、勝俣と反対側の席に座った。

二人の白人が、それぞれ、横原と勝俣の背後に座った。

「あなたがた、そこ」

周と二人の部下が、前のほうの席に座った。

「おれは、モルスカヤ・ズィズダ。マリーン・スターね。海の星。モルさんでいいよ」

男が言って、何度も己の傷の形を指でなぞるようにした。マリーン(モルスカヤ)・スター(ズィズダ)。海星(ひとで)のことだ。傷の形のことであり、そしてまたそれが自分の名前だと言っているらしかった。

「おれたちは、ビジネスマンだからね。頼まれた通りにする」

星形の傷の男が、日本語で全員に告げた。誰も何も言わなかったが、男は全員から歓迎の挨拶を受けたかのような満面の笑みで、バスのドアを閉めた。

運転席に手を伸ばし、車内灯を消した。

勝俣と横原の視界が、暗闇に包まれた。ついで背後から首に何かが回された。ワイヤーだった。それが喉に食い込んで呼吸を奪い、頸動脈を圧迫して脳への血流を妨げた。それどころか皮膚と筋肉を切り裂いた。血の滴がどっと溢れ、噴出した。

勝俣も横原も必死にもがいた。ワイヤーを引っ張り返そうとしたが、指に切り傷を作るだけだった。骨まで切り込まれるほどの傷を。

暗がりで、星形の傷の男が、陽気に口笛を吹いていた。

周たちは身じろぎもしなかった。背後で何が行われているか察してはいたが、無言だった。ただ目の前の暗闇に目を向けていた。

椅子を蹴り、もがき暴れる音が、唐突にやんだ。

星形の傷の男が、口笛を吹くのをやめた。車内灯を再びつけた。

周たちがまばゆい灯りに顔をしかめた。その後方で、がさがさと音がした。宙を何かが飛び、星形の傷の男がそれらを受け止めた。分厚い封筒が二つ。それらをスエットスーツのポケットの左右に突っ込み、周たちに向かってウィンクした。

周たちは何も言わなかった。星形の傷の男が運転席に座り、バスを走らせた。ひっきりなしに口笛を吹きながら体を左右に揺らしていたが、運転は確実で安全だった。

芝方面へ向かい、東京タワーのふもとでバスが停まり、ドアが開かれた。

周たちが立った。星形の傷の男が、英語で言った。

「おれたちのビジネスが必要になりそうなときは、いつでも呼んでくれよ」

誰もそうするとは言わなかった。周も二人の部下も振り返らずにバスを降り、駐車場に停められた彼らの車に乗って、早々にその場を去った。

21

鶴来は、会議室のホワイトボードと向き合い、主要な情報をそこに投影していった。頭の中でだけ。実際に書き出して整理するのではない。空港警察署のど真ん中ですべきことではなかった。どんな火種になるか知れたものではないからだ。

重要なのは人物だった。事件を起こすのは人間だ。解明の焦点は常に変わらず、事件との関連レベルの高い人物たちにほかならない。

楊芊蔚――渦中の人物。失踪した経緯はともかく――適切かどうかも脇に置いて――義兄の保護下にある。とんでもなく幸いなことに、そのことを知るのは自分だけだ。

楊立峰――渦中だったはずの人物。殺害されたらしい。三日月計画のキーパーソンだったらしい。身の危険を感じていたらしい。今のところ何も裏は取れていない。あるのはどの組織にも保護されなかったという事実だけ。見捨てられ、捨て駒にされた人物。

周凱俊――中国大使館が発給する身分証明票を持ち、外交特権を主張する人物。楊芊蔚失踪、楊立峰殺害、両方に関与している。動き方からして、ハンドラーだろう。人に首輪をつけて言う通りにさせることを仕事とする人間だ。何かを強要された人間が、きちんとことをなすよう脅し、見張る。義兄が制圧した殺し屋たちや、エックスに、言うことを聞かせることが務めで、黒幕ではないはずだ。

辰見喜一――外務省。三日月計画のトラブルシュート係。中国側の周凱俊に利するかたちで行動しているかどうかは、二人の警察官の聴取でわかる。

鳩守淳――経産省の産業調査員。れっきとした官僚だが、実質的にはブローカーだろう。許認可と行政指導を手札として駆使するたぐいの。親玉ははるか上にいるはずだ。

勝俣仁志巡査部長と横原正巡査長――楊芊蔚の失踪を担った者たち。三日月計画の存在を知っているかどうかは疑わしいが、すでにこちらの手札に入っている。

島津光雄一尉――航空自衛隊パイロット。楊芊蔚と接触し、羽田空港へのエスコートを担った人物。本人が自覚せぬ重要な情報を持っている可能性が高い。

これらのリストは手がかりに過ぎない。まず辰見と警官二人をつなぐ線を証明する。さらにそこから指揮系統、トップ、その動機を特定する。日本および米国の工作責任者につながる。そして、羽田空港へ爆撃機を着陸させた人物が、わかるはずだ。

空港警察署には今、続々と警察庁からの応援が駆けつけている。楊芊蔚の捜索と、その失踪に関与した警視庁人員を特定するという名目で。むろん目的は別のところにある。ここを騒ぎの中心にし、そこかしこに火を放って他省庁の干渉を防ぐのだ。

他省庁からすれば、今の鶴来は火だるまになって働く哀れな人員だった。どこも、火消しが済むまでは新たな要員を送り込むのを躊躇するだろう。

鳩守と辰見には、尾行や盗聴と録画を伴う監視をつけたいが、命令された内容から逸脱するのでできなかった。義兄のように、やりたい放題やるわけにはいかない。普通は。

周凱俊と部下たちがいたという倉庫を独断で封鎖したかったが、同様に無理だ。

義兄は、ある程度はコントロール出来る。最重要カード。亡命者（エックス）の身柄。これが強みだ。

はっきりとした不備は見られない。今のところは。成果自体が少ないことを除けば。

香住が戻ってきて、面白がるような顔でホワイトボードへ顎をしゃくった。

「そいつを印刷しておれにもくれ」

「いまどきペーパーですか？」

「そろそろ老眼でな。携帯電話の画面で読むのは億劫（おっくう）なんだよ」

「電子画面のほうが拡大して読めますよ。会えそうですか？」

「百里から車で二時間てところだ。お前の仕事が増えるが、そこは目をつむってくれ」

「私が頼む前に呼んでいたんですね」

鶴来は断言した。香住も香住で、この事態を引き起こした人間を特定しようとしているのだ。今呼んでいる島津氏も、香住が自ら話を聞く気だったに違いない。

香住は否定も肯定もせず、にやっとして自分の胸を分厚い手の平で叩いた。

「スケープゴートがほしいんなら、ほら、食いごたえのあるやつがここにいるぞ」

「煮ても焼いても食えないでしょう。あくまで聴取が目的です」

「拘束なしだ」

「ええ。何が心配なんです？」

「何もかもだよ」

そう言って香住が窓へ近寄り、野ざらしの爆撃機を眺めた。

「監視班と馬庭さんが、あの手この手で機体の中にいる誰かを捕捉しようとしているが、成果なしだ。機内を動き回る音もキャッチできず、通信している様子もない。誰にも気づかれないうちに機外へ逃げた可能性も低い。会話がまったくないってことは一人なんだろう。で、そいつは爆弾倉内でじっとうずくまってることになる」

ぞっとさせられる想像。爆弾倉で膝を抱える誰か。ただ黙って目の前にあるものを見つめている。アローを。

「馬庭さんだが、彼、機体に詳しい上に勉強家だ。できれば自分も中に入りたいと言いながら、機体のスケッチをしていたよ。一晩中見ていても飽きはせんとさ」

「逸材ですね。大助かりだ」

鳩守が呼んだ人物であるということを除けば。鳩守が出て行ったあとも残っているのは、技術指導というゆいいつの安全地帯にいるからだろう。

馬庭は決して誰かに命令をする立場にはないが、技術的観点からあれこれ述べることで、事実上は命令に等しい影響をこの場に与えることができる。もちろん現場の状況を鳩守に伝えることも可能だ。鳩守が抵抗せず去った理由は、馬庭が残留してくれているからだ。食わせものぞろいの産調ども。経済人や現場の技術者を使って築かれる情報ネットワークは、政府の中でも特に広汎(こうはん)にわたる。

米中間で亡命斡旋まがいのことをしていたのは、もちろん多額の費用のおこぼれに与(あずか)るためで、法外な経費の受け渡しが行われたはずだ。金の出所は当然、税金だ。

なんであれ重要なのはテクノロジーだ。そして日本のそれは、もはや世界に通用するレベルではなくなっている。いまどき日本のテクノロジーに期待する海外企業は少数派だ。頼まれた部品を懇切丁寧に製造して売るのが今の日本の主な産業であり、それも費用がかかりすぎるといって敬遠されるようになっている。ましてや革新的なシステム開発を成し遂げられるはずもなく、シェア獲得が見込める分野は狭まる一方だった。

技術移転。かつて中国がしていたように、下請けの立場に甘んじながら、虎視眈々と他国の技術流入を狙う。産調やその周辺人員ならそういう思考をするだろう。

「亡命機が戦闘機から爆撃機に変じた理由は、技術にかかわるものだと思いますか?」

鶴来が口に出して問うた。この分野については、想像したところで無駄だ。日夜、世界中の論文に目を通すような技術職の人間でない限り、正確に判断することはできない。

「逆にそれ以外の理由があれば教えてほしいね」

「何の技術でしょう?」

「わからんよ。あれを、スターが本当にほしがっているかどうかもな」

「外務省の辰見さんですが、スターはレッドの技術が実際以上のものではないことを暴露するため、軍用機による亡命を企てたと言っていました」

「旧ソ連のミグが、実際は大した機体じゃなかったってな風に?」

「そうです。レッドへの過度な脅威論を鎮静するプロパガンダ効果が期待できると」

「ステルス爆撃機が実用化されている時点で、そりゃ絵空事だ。馬庭さんいわく、エンジンもどうやら間に合わせだし、見た目から推測されるほどの機能は発揮できんだろうとのことだがな。それでも、この羽田に無傷で来ることができた。スクランブル発進でも相手はわざと見つかった。実戦だったらえらいことになってる」

「日本はそうでしょうが、スターもそうだと思いますか？」

香住が窓の向こうにあるものを指さした。

「大したことないじゃないか。安心、安心、てな風に見えるところがあれば教えてくれ」

鶴来は何も言わなかった。香住が、そらみろという顔で手を下ろした。

「そもそも何を脅威とするかによる。今じゃ大陸のあっちにもこっちにも核兵器がある。朝鮮半島の核兵器ときたら、とうとう完成しちまったしな」

アローが。鶴来は反射的にそう呟こうとする心を抑え込んだ。

「だいたいスターが本当に恐れているのは、レッドの兵器なんかじゃない。人口だよ。レッドが朝鮮半島で人海戦術をやらかした半世紀以上前のことをまだ覚えてるんだ。人間の壁でスターを追い返しちまったんだぞ。一人っ子政策をしばらく続けても、その頃より倍ほども増えた。それだけ分母が増えりゃ、優秀な人間の分子も増える。日本の一億人の中の逸材と、向こうの十四億人の中の逸材とじゃ、はっきり言って勝負にならん」

「スターの三億三千万人の中の逸材も？」

「あちらさんは移民政策でのし上がった国だ。世界七十七億人の中の逸材を世界から集めりゃ、逸材中の逸材が揃う」

「移民を拒む保護主義は下策だと？」

鶴来はあえて脱線した。このあと島津氏を聴取する上で、香住の協力は欠かせない。今のうちに連帯感を築いておくべきだった。

「上も下もない。あの国の本質は変わらんよ。あの国の怖さは、巨大な愛国心製造装置だってことだ。言語も文化も違う人間を、あっという間にアメリカ教で染めちまう。軍事的な観点からすれば、単純兵数の確保というだけでも恐ろしい限りさ」

「では、辰見さんがでっち上げたにせよ、他の誰かが彼に吹き込んだにせよ、〝脅威低下論〟はどうやら忘れるべきですね」

「政府と国民にとっては耳に心地好いかもしれんが、おれには眉唾だ」

香住がそう言って出口へ向かった。

「じゃ、島津一尉が到着するまで、おれは機体を拝んでるよ」

機体を監視する馬庭を、横から監視するのだろう。香住も、誰が馬庭を連れてきたかについて失念してはいないようだった。

だがそこで、飛び込んできた吉崎と出くわし、香住が一歩脇へどいた。

「すいません、鶴来警視正――」

「なんだその顔は。落ち着け。ドアを閉めろ」

鶴来が一喝した。何があったにせよ香住が見逃すはずがない。その証拠に、出て行こうとしかけた香住がくるりと回れ右して長テーブルに腰を据えてしまった。

まだまだ教育不足だ――半ば徒労感を覚えながら、落ち着かせるために淡々と訊いた。

「何か不測の事態が起こったか?」

吉崎がちらりと香住を見た。自分のミスを悟っているのだ。

「拘束するはずだった二人が消えました」

一拍の間が生じた。

ありえない。鶴来は、かろうじてその言葉を呑み込んだ。

「二人とは、勝俣仁志巡査部長と横原正巡査長か」

香住がすぐそばで全身を耳にしているのが感じられた。鶴来にとってのアドバンテージ。今後の捜査の主軸とみなしていたのだ。それが失われ、かつ自分たち以外の人間に伝わるという二重の痛恨の念を抑え込まねばならなかった。

「二人とも拘束が命じられる前に職場を離れたとのことで、どちらも署内で私服に着替えていたそうです。二人が署外で誰かが運転する車に乗るのを、別の署員が見ていたと」

「以後の行方は？」

「携帯電話のＧＰＳデータなどで追跡を試みていますが、銀座方面に向かったこと以外、現時点ではわかりません」

「二人を乗せた車の情報は？」

「今のところありません」

二人同時。ありえない。あらかじめ姿をくらます予定だった？　馬鹿な。エックスを連れ去った直後に消えれば、自分たちが怪しいと告げているに等しい。彼らがすべきは、鶴来が命じた全人員対象の聴取に粛々と応じ、疑いを抱かれないようにすることだ。

タイミング上、きわめておかしい。辰見に話したときにはすでに拘束の準備が行われていた。必要な手続きは吉崎が終えていたのだ。辰見が何をしても時すでに遅しだったからこそ、二人のことを話したというのに。

そもそも義兄が二人の警官を撮影することができたのは、まったくの偶然だった。その情報は自分一人が握っており、一部を吉崎に伝えたに過ぎない。二人の警官に警鐘を鳴らした人物がいるとすれば、その人物は義兄の存在も知っていることになる。

ちかっと頭の中で何かが光った。名だった。周凱俊。義兄は、撮影機材をくだんの倉庫に置いてこざるを得なかった。それを周たちが見つけた。いきなり倉庫まで追跡されたのだから、その手の電子機器が仕掛けられていないか調べるのが普通だ。

その撮影機材の中身を知り、辰見か、彼が属する組織に教えた。二人に署を出るよう告げたのは辰見か？　そのあとで鶴来の話を聞いて怒りをあらわにしたというのか？

辰見は鶴来から指揮権を奪いたかった。全人員対象の聴取をさせないために。二人の警官たちを守るために。だができなかった。だから怒った。二人を守れなくて。

合点した途端、ぞくっとなった。

辰見が属すると仮定された組織は、そうしたとき、二人をどう扱うのか？

逃走資金を持たせて逃がす。これはたやすいように見えて、きわめて難しい。警察官であれば係累の情報はすでに押さえられている。郷里の人間関係もふくめて。罪を犯した警官が逃げるすべは、普通の犯罪者以上にない。

ならばどうする。完全な失踪。遺体も発見されない。そこまでやる組織か？　余計に大ごとになるのに？　あるいは組織としてはまともでも、トップが箍（たが）の外れた人物かもしれない。ステルス爆撃機を羽田空港に着陸させた時点で、常軌を逸しているのだ。

これは自分の失態だ。周と辰見のライン、辰見とその組織を、読み誤った。どう判断しようともタイミング上、二人はどのみち消えていたという事実は言い訳にもならない。

問題は、二人を確保できるという確信に基づいて全体の捜査プランを設計してしまったことだ。今すぐそれを更新せねばならない。危険度は格段に高まったと認めた上で。

羽田に爆撃機が現れたことで、全て終わっており、後片付けに必死になっているなら、二人の警官が捕まろうが問題ではない。むしろ二人とも貴重なスケープゴートになると考えてもいいくらいだ。なのに相手は、手段を選ばず隠蔽した。義兄の言葉ではないが、二人もの警官を神隠しに遭わせたのだ。

それはつまり、誰かが、何か他の計画を、今も進行させていることを意味する。

しかも計画推進者は、強硬手段が問題化するより前に、目的達成に至ると考えている。二人の警官の失踪が騒ぎになっても、計画の妨げにはならないと確信している。まずい。この相手は、あらゆる点で、当初の想定を上回っている。

「説明してくれんか、鶴来？」

やんわりと香住が尋ねた。

「説明はあとでします。至急、お願いしたいことが」

「なんだ？」

「島津光雄一尉の移動経路と私たちとの合流地点を今すぐ変更して下さい。一分でも早く合流できるように。私もここから移動します」

香住の顔つきがにわかに厳しくなった。

「相手が消えるかもしれんからか」

鶴来は何も言わなかった。無言でいたほうが説得力が増す場合もある。

「わかった」

香住が驚くほど機敏に腰を上げ、部屋を出て行った。

「こんなことって……。どうすればよろしいですか……」

吉崎が訊いた。エックスをふくめ、立て続けに三人も消えてショックを受けているのだ。

「どうするだと？」

鶴来は、活を入れてやるためにとびきり鋭い口調で言ってやった。

「全てを命じた人間を突き止める。逮捕する。有罪にする。それだけだ。消えた二人の足取りをうちの人員に追わせせろ。命じた調査は徹底的にやれ。特に辰見喜一の調査は入念に行え。私は香住さんと一時ここを離れる。その間、ここの指揮権を維持しろ。いいな！」

「はい！」

吉崎が声を張り上げ、回れ右をして退室した。いったいあと何度、はっぱをかけねばならなくなるやら知れたものではない。そう思うとまた徒労感に襲われそうになった。

その思いをどこかへ放り捨て、鶴来は改めてホワイトボードを振り返った。

脳裏のリストから、警官二人を消した。それから辰見喜一の名を二重丸で囲み、

『要逮捕』

と付記した。

22

日比谷線の茅場町（かやばちょう）で、向かいの席のサラリーマンが立ち上がって電車を降りた。

真丈はむっくり起き上がり、車内を見渡した。誰もいない。隣の車両にはちらほらと人が見えた。誰もこちらに注目していない。

コートのポケットからあらかじめ買い込んでおいたものを出した。痛み止めと冷却シートだ。防刃チョッキを緩め、シャツのボタンを開けて右手を滑り込ませ、左肩に冷却シートを貼った。打撃を受けたせいで熱を帯びていた。痛んで動かなくなるほどではないが、そうなる前に処置を済ませておくほうがいいに決まっている。

痛み止めを二錠飲み、薬とシートをポケットに戻した。あらかじめペインキラーを施しておけば、打撃を受けた際、ある程度は痛みが軽減される。ドーピングというやつだ。備えあれば憂いなし。だがあまり多量に摂取すると今度は胃腸への負荷が問題になる。痛み止めを飲み過ぎたせいで腹を痛めて動きが鈍くなっては本末転倒も甚だしい。

防刃チョッキをしっかりコートで隠し終えたとき、ふと視線を感じた。

真丈は、さっと振り返るといったことはせず、シートに背を預けてのんびり寛（くつろ）ぐふりをしながら、窓の一つをぼんやり眺めた。

窓の反射を利用して見た。隣の車両。そこにいる人々。

頭の中で、二つの光景を重ね合わせた。先ほど見た光景と、今の窓に映った光景と。

正確な記憶。意識しなかったものですら記憶の中で再点検できる。特技の一つだ。

二つの光景の間に違いが生じていた。乗客が一人多かった。車両の連結部に最も近い場所に、若い男らしい人物が座っていた。髪が短いのと、ジャケットの襟元が男物っぽいのでそう感じたが、面立ちは中性的だ。もしかすると、若い女かもしれない。

なんであれ、先ほど駅を出たときにはいなかったと断言できる。列車が出発してから席を移動したのだ。他の車両から移り、最後尾であるこの車両の一つ前で腰を下ろした。

そして、車両の壁に設けられたはめ殺しのガラス窓越しに、真丈を見た。防刃チョッキを着込む真丈を。妙なやつがいると思って、この車両には来なかったのかもしれない。あるいは単に、後列二両目から降りると良いことがあるのかもしれない。階段が目の前にあるとかいった理由で。最近の交通案内アプリは、そういう細かいことも教えてくれる。

さもなくば、真丈を捜して回る、プロフェッショナルの追跡手（チェイサー）かもしれない。

敵の追跡チームを前の駅でやり過ごしたばかりだというのに、その次の駅で、そんな人物が乗り込んでくるなどということは、ありうるだろうか？

ある。この世には、まれにだが、追跡の天才がいる。

クラッキングによってＧＰＳ情報を得るといったことをせず、おそろしく正確に人を追いかけるのだ。まるで高度な自動追尾装置でも搭載しているかのように。

電子機器がやたらと発達する前は、探偵、警官、諜報員、特殊部隊員などに、そういう才能の持ち主たちが、わんさといた。保険の調査員や、家出捜索人などにも。追跡能力は、かつて職業適性の一つだったのだ。

そうした人々は、ただちに相手を追いかけたりはしない。まず座って分析する。追うべき人物の目的、性格、行動パターンを事細かにイメージする。金持ちか貧乏人か。喧嘩っ早いか穏和な性格か。あらゆる情報を総合して、移動手段やルートを推理する。

さらには、統計的にどうであるかということも考慮する。

たとえば、後ろめたいことから逃げようとする人間は、たいてい一つの傾向を示す。行き止まりに向かうのだ。交通網が少なくなる方向へ。海や山など、それ以上進めない場所へ。あるいは漫画喫茶やカラオケボックスなど、入るのはたやすいが、出る際に手続きが必要となる上、押し入られたら逃げ場がない場所へ。

立ち止まれないことが辛いせいだ。それで、かえって物理的にそれ以上進めない場所に向かってしまう。もう逃げなくていい、と誰にも言ってもらえない代わり、逃げられないという諦めを与えてくれる場所を求めるのだ。人間が社会的動物であることのあらわれ。

そういった統計に加えて、特異な推論を展開するのが、真のチェイサーの特徴だ。

相手の性格分析や、人間全般の統計だけでなく、チェイサーにしかわからない理屈で、対象エリアにあるものを消していく。つまり、消去法で経路を特定しにかかる。

交通機関や飲食店や宿泊施設のうち、相手はこれらを絶対に使わないと断定してしまう。この相手なら、この道は通らない。この場所には行かない。こうした行動は取らない。

そうやって相手の行動範囲を絞り込める人間が、天才型のチェイサーだ。ただの勘ではない。脳裏で、絶対に成り立たないものごとを抽出する膨大な計算をやってのけるのだ。

真丈は、実際にその技術を見たことがあった。追跡にも同行した。だが、どうして獲物がそこにいると断定できるのか、最後までわからずじまいだった。

わかるのは、その天才が進む先には必ず獲物がいるということだ。しかも、獲物が怪我をしたり、病気にかかった場合、天才は必ずそのことを察知した。どの程度の怪我や病気かまで。目の前でその相手を診察する医師のように。

隣の車両にいるあの若者は、果たしてそんな希有(けう)な人材だろうか？

単に、真丈が疑っているだけかもしれない。敵をなるべく引き寄せようとしているせいで、無関係の通りすがりの相手すら敵視してしまっていることも考えられる。

だがもし周が優れたチェイサーを知っていたら？　センが消え、真丈が逃げ回っているこの状況で、周がその人物を派遣しないなんてことがあるだろうか？

八丁堀(はっちょうぼり)に着いた。若者は降りなかった。真丈も動かなかった。築地、東銀座、銀座、日比谷と進むうちに乗客が増えた。若者の姿を確認しづらくなったが、席を移動しようとは思わなかった。こちらが気づいていることに、相手が気づいていない場合、こちらにとって大きなアドバンテージになるからだ。

霞ケ関(かすみがせき)に着いた。若者も真丈も動かない。

電車が駅を離れた。神谷町(かみやちょう)に到着する前に、真丈は立ち上がり、ドアのそばに立った。

次の駅で降りるぞ、というサイン。だが本当は、さらにその次の駅で降りる気だった。

窓の反射を利用して若者の様子を確認したが、反応はなかった。うつむいたまま、こちらを見もしない。両肩が狭まった、携帯電話を操作しているという姿勢。

神谷町についた。真丈は降りなかった。若者は顔を上げもしなかった。

電車が駅を離れた。これは五分五分だ。若者が、無関係の人間である可能性が五分。逆に、とんでもない天才のチェイサーである可能性が五分。

先ほどまで八割がたチェイサーではないかと疑っていた。確信はないが疑ってかかったほうがいい。新しく乗り込んできた乗客の中にもチェイサーがいるという前提で、観察してみた。そういう感じはしなかった。何より、若者の気配があまりに希薄なせいで意識を集中させることが億劫になってくる。もしそれが技術的なものだとしたら大したものだ。

六本木についた。真丈は他の客たちが降りるのを待ち、彼らの後ろから列車を降りた。

ホームに出ると、左手に階段とエスカレーターがあるが、そちらへは行かなかった。

右手へ――中目黒(なかめぐろ)方面に向かって歩いた。早すぎも遅すぎもしない歩調で。若者が乗っているはずの車両の前を通った。

若者を一瞥した。座席の隅に座り、携帯電話を操作していた。

真丈は歩調を乱さず歩き続けた。左手にあるトイレを通り過ぎ、ホーム中央辺りにある階段とエスカレーターの付近に来た。

ほどなくして列車のドアが閉まった。列車が進み始めた。真丈は左へ折れ、階段の手前の壁に背を預け、走り去る列車を眺めた。

目の前を、若者がいたはずの車両が一瞬で通り過ぎていった。

若者はいなかった。座席の隅には、他の乗客が座っていた。見間違いではない。すぐに記憶を照合した。若者の前に立っていた乗客が、若者がいた席に座っていた。

真丈は壁から背を離し、自分が歩いてきたホームを見た。どこにも若者はいなかった。

向こうにある階段かエスカレーターを使って上階に向かった。そうとしか考えられない。念のためトイレへ行って覗いたが、若者の姿は見られなかった。完全に消えていた。

真丈は、階段へ戻った。のぼると右へ通路が続いている。反対側ホームへ向かう通路を進み、左へ折れた。そしてまた曲がり角で左へ折れると、エレベーターが見えた。反対側ホームのエレベーター。その前に立ち、五秒数えた。

さっときびすを返し、元来た通路を覗いた。

誰もいなかった。空振り。杞憂。疑心暗鬼。考えすぎ。そんな言葉が思い浮かんだ。普通の人間ならどれかに飛びつき、やれやれとかぶりを振るところだ。

真丈は、どれ一つとして飛びつく気になれなかった。

ごくごく希にいる——それこそ真丈も話でしか聞いたことがないほど数少ない——チェイサーの特徴そのものだったからだ。幽霊のような存在。本当に天才的なチェイサーは、どこにでも現れる。そして、獲物が待ち伏せして迎撃しようとするや、忽然と姿を消す。

もしそうなら、この相手は、どこまでも追ってくる。

「いるんだろう?」

誰もいない通路に向かって声をかけた。返事はない。

「どうせ捕まりやしないと思ってるんだろう?　だったら顔を見せてくれよ。さっきもう見たんだから、いいだろ」

チェイサー自身が戦うという話はあまり聞いたことがない。多くは呼び子の役割を果たす。もしここで相手が姿を現すなら、それはチーム全体が、包囲の用意を整えたことを意味する。真丈になるべく長くとどまってほしいからだ。

「中国人か日本人かだけ確認させてくれ。これからアメリカ人と話すときどっちかわからないと困るんだ」

ふいに反応があった。通路の曲がり角に、足先が現れた。何の意味があるのかはわからない。つま先に鏡でもついていて、こちらが銃を構えていないか確認したのかもしれない。

かと思うと、いつの間にか、という感じで、先ほどの若者がそこに佇んでいた。おそろしく気配のない様子で。まるで本当に幽霊が一瞬で出現したようだった。

「おれはどっちでもないよ」

若者が、英語で言った。男の声だった。その声を聞かなかったら、ショートヘアの女かもしれないと思ってしまったところだ。小柄でも大柄でもなく、細身だがバランスの取れた体つき。色白で、首の付け根から下は青白いほどだ。甘い顔立ちといってよく、笑顔を振りまけば目立って仕方がないだろうに、よくそこまで気配が消せるものだと感心した。

いや、戦慄(せんりつ)ものだった。

「どっちとも違うってどういう意味だい――」

真丈は、英語に切り替えて言いかけ、

「ああ、なるほど。失礼。半島のほうだとは思わなかった」

そう言い直した。若者は小さくうなずいただけだ。わかってくれて嬉しいという態度ではない。失礼な相手を許してやるという感じだった。

「北朝鮮？　韓国？」

「北がこんなところで何するんだ？」

また怒ったように返された。

「失礼。君は何をしてるんだ？」

若者は答えない。代わりに顔に書いてある気がした。包囲完了間近だと。

「大した追跡術だ。元特殊部隊員か？」

若者は答えない。

「シールズだな」

決めつけた。アメリカが創設に関わった、韓国の海軍特殊戦旅団のことだ。当然ながらアメリカのネイヴィー・シールズに相当する。

若者の表情にほとんど変化はなかったが、それでも、かちんときたらしいことが伝わってきた。気配は完璧に消せるのにプライドは消せないらしい。変な若者だ。

「七〇七」

若者がぼそっと言った。真丈は感嘆を込めて口笛を吹いた。

「元だよ」

若者が付け加えた。

「すごいな」

第七〇七特殊任務大隊。アメリカ陸軍デルタフォースに相当する部隊だ。徴兵制が当たり前の韓国で、七〇七はほぼ志願者のみで構成される。多数の志願者の九割を脱落させた上でだ。主任務は要人警護や対テロ作戦で、女性隊員も多いらしい。

「強いんだな」

真丈が言った。七〇七の隊員は全員が格闘術の黒帯クラスだ。

若者は当然だというように鼻を鳴らした。訓練で鼻骨を折られたこともなさそうな鼻だ。

「その割に綺麗な顔じゃないか。Ｋポップでも唄いそうだ」

「誰だって全曲全ジャンル唄えるよ。おれの歳なら」

「そうなのか？」

「そんなわけないだろ」

真丈は口をへの字にしてみせた。

「よく知らずに流行について話すとこれだ。かえって歳を食わされた気分にさせられる」

そう言いながら、一歩前へ出た。

若者に動きはない。気配を見事に消している。体が透けて向こう側の壁が見えそうだ。

「人手不足の周凱俊から、協力を頼まれたのか？」

また一歩前へ出た。若者は答えない。体のどこにも反応が見られない。完璧な弛緩(しかん)状態。一瞬後には全身のバネを駆使して姿を消せるように。包囲の仕上げを見届けずに。

「名前は？」

そう訊いたとき、背後から複数の足音が迫った。

若者が口を開いた。

「影法師(クリムジャ)」

笑みを浮かべたと思ったときには、姿が消えていた。通路の奥に退いたのだと知れたが、とんでもない俊敏さだ。投影された電子映像がふっとオフになった錯覚すら覚えた。

本物のチェイサー。初めて見るたぐいの。

感心しながら真丈も劣らず機敏に振り返り、腰のベルトから警棒を抜き放っている。

もとから、包囲されるならこの駅がいいと見当をつけていたのだ。

果たして、通路の改札側から男女が駆け込んできた。横一列になって。どいつも見覚えのある顔だった。人形町で階段を降りてきた一団だ。

真丈の姿をみとめるや、二人が無言で前へ出た。狭い場所で、誰が先に手を出すか、あらかじめ決めていたのだろう。最初に襲ってきた三人とは違うらしい。

真丈はすっすっと後ろへ下がった。彼らを狭い通路へ引き込むために。幽霊青年が後ろから襲いかかってきた場合に備えながらだが、その必要はないだろうと踏んでいた。

あの若者の役目は、やはり呼び子だ。真丈の拘束ではない。その義理もないのだろう。

対処すべき相手は、目の前にいた。包囲されたなら、やるべきことは一つだ。速やかに、可能な限り迅速に、包囲の一点に力を集中し、突破するだけだった。

23

真丈は、ゆったりと息を整えながら、退くと見せて、いきなり目の前の二人へ突進した。

二人が足を止めた。その後ろの四人も止まった。その一瞬で、多くのことがわかった。

反射的に、六人が武器を構えていた。訓練してきた通りに。みな格闘技をたしなんでいる。もう少し余裕のある状況なら、武術クラブの勧誘かとでも尋ねているところだ。

彼らの構えはさまになっていたが、それ自体は脅威でも何でもなかった。彼らが取り出した武器も。前方の二人がトンファーを持ち、次の二人がブラックジャック、後方の二人が電動ひげ剃りに似た形のスタンガンを持っていた。

拳銃はなし。刃物もなし。同じ武器を持つ者同士が律儀に二人ずつ並ぶ理由は不明だ。見た目に統一感があるからとしか思えない。集合写真を撮るときの決まりなのだろう。

真丈にとって重要なことは、彼らが構えてしまったという事実だ。

電車内で襲ってきた三人を、真丈が派手に撃退してやった効果があらわれているともいえた。三人とも、一目置かれるファイターだったのかもしれない。なんであれ彼らは、最も効果的な攻撃法を選択しなかった。彼らがすべきだったのは、突っ込んでくる獲物を待ち構えたりせず、全員で真丈を押し倒し、覆い被(かぶ)さることだ。六人分の体重を押しのける腕力は、さすがに真丈にもない。そんな腕力の持ち主など滅多にいないだろう。

六人分の体重でもって床に押しつけられれば、その衝撃で骨折するか、肺を膨らませられなくなって窒息する可能性もある。

これを、群蜂(ぐんぽう)戦術という。ミツバチが、スズメバチなどの外敵に襲われた際にとる戦術だ。群をなしてしがみつき、自分たちの重量で動きを封じ、さらには相手を窒息させるか、体温を上昇させることで息の根を止める。一緒に窒息したり高体温症で死んでしまう個体もいるが、体格で劣るミツバチにとっては、ゆいいつ確実に対抗できる手段だ。

人間同士の戦闘においても、群の力の活用は、集団戦闘の基本といっていい。

単に抱きつくだけでなく、取り囲んで道具を駆使したり、敵を断崖絶壁や罠のある場所へ追い込むといった多彩なバリエーションが生じるが、基本は同じだ。マンモス狩りも、古代ローマの戦法も、ナポレオンの戦略も、ギャング同士の抗争ですら、目的や道具は違えども、やっていることはまったく同じだった。

集団による肉弾戦。脇目も振らず、怪我をすることを厭わず、全員が無我夢中で突進する。真丈にとっては、電車内で痴漢扱いされることに次いで避けたかった事態だ。

自分から突進したのは、そうさせないための牽制だ。そしてそれが大変効果的だったことに満足しながら、真丈は脚の力を抜き、床に両膝をついて滑った。

両膝を自分で痛めてしまわないよう、硬い床と接触した瞬間、衝撃を脚全体で巧みに受け流している。そうして勢いを殺さず膝で滑り、先頭の二人との距離を一気に縮めた。

六人はその一瞬で、完全に真丈の姿を見失っている。構えて硬くなった人間は、視点を固定しがちだ。容易に対象を見失う。

真丈は、右腕全体を鞭(むち)のようにしなやかに振るい、右側にいた男の、右膝のすぐ下に、警棒を叩き込んだ。ぐしゃっ、と重い手応えがあった。膝を叩かなかったのは、ズボンの下にニーパッドやレッグアーマーを装着し、防御している可能性があるからだ。

上手く膝下を打てば防御の隙間を打つことができるのだが、手応えからして、防御はしていなかった。いずれにせよ目的は、相手の体勢を著しく崩すことにある。たとえ防御の上から打っていたとしても、打撃の強さからして成功していただろう。棒立ちのマネキンの膝下めがけて、野球のバットをフルスイングしたようなものだ。

衝撃で男の右足が後方へ跳ね上がり、すぐ後ろにいた仲間の腿にぶつかってぎょっとさせた。残りの体が、ものすごい勢いで前方の宙へ投げ出された。

その男が倒れるよりも前に、真丈の左拳が、左側にいた男の腹に真っ直ぐ突き込まれた。どすっ、とこちらも重い手応えがあった。感触が、分厚い防御の存在を伝えてきた。こちらは刃物で刺されたときのためプロテクターを身につけていたようだ。

だがそれも関係なかった。こちらの男に対する目的は、突き飛ばして退かせ、後ろにいる者たちの障害物になってもらうことだ。

それも、成功した。すぐ後ろにいた女が、急に下がってきたその男の背にぶつかって下がった。さらに女の背が、最後列の別の男が真丈の姿を確認しようとして首を伸ばしながら前に出たため、ぶつかってしまった。三人が互いの体重を押しのけ、自分の体重だけをコントロールすれば良い状態に戻るまでに、数秒かかった。

その間、最初に膝下を打たれた男が、両腕で、辛くも床との激突を防御した。その男からすれば、床のほうが猛スピードで自分に向かってくるように見えていたことだろう。

男がその転倒の衝撃から立ち直る前に、真丈が素早くその背中に座った。

ただ尻を乗せたのではない。自分の全体重を叩き込んだのだ。

打撃は、拳や足でするものとは限らない。腿の外側だろうが、二の腕の内側だろうが、はたまた尻だろうが、自分の体のどこでも使って打てるのが、格闘術というものだ。

男が、くぐもった悲鳴をこぼした。床という硬くて重量のあるものが、衝撃を倍増させてくれた。打たれた脚が猛烈に痛む上、突然の打撃で息が詰まり、しかも大事な武器は自分の体の下にあって動かせない。真丈にとってはこの上なく理想的な状態だ。

その男の上で、真丈が踊るように体を四分の一回転させ、両脚で勢いよく別の相手の脚に絡みついた。先ほど、膝を打たれた男の足がぶつかって驚き、腰が退けた男だ。そいつを引き倒すのは簡単だった。梃子の要領で巧みにそいつの膝の力を奪ってやった。

そいつが仰向けに倒れ、後ろの女に背をぶつけた。女はそいつを抱き留めながら、前方へ闇雲にスタンガンを突き出した。明らかに、床にいる真丈を見つけられていない。混乱のせいで、倒れた仲間と真丈を、一つの大きな物体としてしか認識出来ないのだ。

この時点で、すでに彼らは六人ひと組ではなかった。ばらばらに事態に対応しようとする人間が六人いるだけで、連携能力を失っていた。

真丈が両脚を絡めたまま上半身を起こし、左脇にそいつの左足首を抱え込み、遠慮なく足関節とアキレス腱を拉いだ。尻は、最初に倒れた男の上に乗せたままだ。

十分な手応えがあった。ぎゃあっと悲鳴が起こった。完全にそいつの足を破壊する必要はなかった。数週間ほど使い物にならなくなればいい。

真丈は、そいつの足を放り出し、時計の針のように体をまた四分の一回転して、自分が尻を乗せている男の右脚を左腕ですくいとった。そして握った警棒を頭の側に掲げ、そろそろ来るであろう攻撃に備えた。

抱えた脚を、体重を込めて思い切りひねり、膝にダメージが集中するようにした。男は呻くことも出来ず痛みで体を激しく震わせた。肺が息を吐ききった状態のまま、呼吸することが出来ないのだ。これで、この男への攻撃も完了した。膝下を警棒で引っぱたいた上に、窒息寸前まで追い詰めたとしても、それは攻撃の完了とはならない。

打撃のみによるダメージは、おおむね短い時間で戦闘再開が可能な状態にまで回復してしまう。回復を早めるための呼吸法も存在する。脳内でアドレナリンが噴出すると痛みが消え、骨折した拳で殴ったり、折れた脚で走ることも出来る。

だが、関節を損傷すれば、そうはいかない。回復に長い期間を要する。関節は、ほとんどの動物にとってなくてはならないものだが、同時に最大の弱点でもあるのだ。

また、今ここで狙うのは、あくまで脚であるべきだった。武器を持っている手や腕を攻撃しがちだが、それでは効率が悪い。別の手に持ち替えられて反撃されるからだ。

それに、両腕を拉いだとしても、立てるし、蹴ることだって出来る。真丈のように、両脚で絡みつくことも可能だ。ゆえに、脚だった。理想は膝を挫くことだが、足首でもいい。何なら足の指でも。それで格闘の継続が困難になる。継続できても戦闘力は激減する。

抱えた脚を放したとき、予期した通り反撃が来た。

左前の、腹に真丈の拳を受けた男が、蹴ってきたのだ。せわしない蹴り。真丈が仲間の上にいるのを認識して激昂し、今すぐどかそうとした。そういう性急さが、動作に現れていた。二度、半端な蹴りを受けた。どちらも真丈の頭部を狙ったものだが、一度目は、構えていた警棒の上からわざわざ蹴ってくれた。脛(すね)に警棒が当たって痛かったのだろう。ややまごつき、二度目は警棒を避けて頭を蹴ろうとしたため、狙いを外して肩に当たった。

蹴られているほうの真丈は、警棒を反撃には使わずにいる。男の脚をひっぱたいて追い払うことは可能だが、そうしない。そうすると、この男が痛みで真丈の手の届かないところに逃げ、左側の二人が前に出て来てしまうからだ。

三度目の蹴りを、するりと転がってかわし、倒れた男の背からどいてやった。

床に尻をつけて戦車の無限軌道のように自在に体の向きを変えるローリングで、蹴ってきた相手の軸脚に、己の脚を絡ませ、引き倒した。いともたやすく。

ルーチンワーク。真丈は身を起こす力を利用して体重を込め、男の足首を捻った。

そもそも、男が蹴って来たのは、大間違いだった。どんなときも蹴るからには反撃に備えねばならない。自分の体勢を保つための、二つしかない脚の一つを使うのだから。

どうせ脚を使うなら、こっちの首を警棒ごと思い切り踏み、そのまま押さえ込もうとすべきだった。そうすれば、床という巨大な物体を、自分に有利な形で使うことが出来る。

あるいは、そもそも脚を使わず、自分も片膝立ちになり、手にしたトンファーを真丈に向かって振り下ろすべきだった。そうすれば、仲間も男と同様にしていたはずだ。すぐさま連携を取り戻し、真丈を取り囲んで滅多打ちに出来ていただろう。

だが、もし攻撃が外れたら、倒れた仲間に当たってしまう。そういう不安があるせいで、踏みつけることも武器を使うことも出来なかったのだ。

焦るからそうなる。リラックスした状態であれば、打撃が外れる不安などなくなる。逆に言えば、そういう状態でなければ、効果的に打撃を与えることなど出来はしない。

真丈からすれば、三人とも自分から倒れてくれたに等しい。あとは気の進まない作業が待っている。残り三人のうち、二人も女がいた。フェミニズムの問題は根深いが、「やる」と決めているのだから、躊躇はなかった。

ここに来るまでの間に、そう決めていたというわけではない。もっとそれ以前から決めているのだ。攻撃に備える。即反撃する。反撃は正確に、効果的に行い、相手の機動力を奪うまで続ける。日常的に、心の準備を終えている者ほど、速く動ける。闘争の流れをイメージし、実行に移せる。たとえそれが、僅かコンマ数秒の差であったとしても、格闘中にその差はどんどん開く。徒競走と同じだ。あっという間に、追いつけなくなる。

左の列の真ん中にいた女が、起き上がる真丈に瞠目(どうもく)した。今見ている相手が、間違いなく仲間ではないことを確認しているのだ。複数人が入り組んで格闘すると、そういう風に混乱する場合がある。そうなるよう真丈が仕掛けたのだから、効果はてきめんといえた。

女が、丸一秒ほどかけてやっと真丈の頭へブラックジャックを振り下ろしにかかった。当然、それでは真丈の動きに追いつくことは出来ない。

真丈は、あっさり警棒でブラックジャックを受けた。革袋に砂鉄や乾電池などを入れた、女性でも人間の頭蓋骨を砕ける武器だ。基本的に振り下ろすことで威力を最大に高められる。横へ正確に振るにはコツがいるし、周りに仲間がいるのだから、女がその武器を縦に振ることは簡単に読めた。相手が敵か味方か判別する一番の方法は、顔を確認することなのだから、そのとき見ているものを打ち据えようとすることもわかっている。

どこを狙われているかわかれば対処は楽だ。当然、即座に反撃した。武器を持つほうの女の肘に腕を絡みつかせ、肩の関節をねじって斜めに引き倒す。そうしながら女の脚に自分の脚を絡ませ、女がバランスを保つすべをいっぺんに奪った。

女が、ブラックジャックを握りしめたまま、顔面を床に打ちつけた。

真丈は相手の腕を放し、女の左足首を抱え、拉ぎながら横へ転がった。

痛みで女が息を詰まらせた。筋繊維が、ぎちっ、と女の代わりに悲鳴を上げた。

真丈は手を離して前方に一回転し、片膝立ちになりながら、横へ大きく警棒を振るった。後ろの二人が、無防備に前へ突き出していたスタンガンを、まとめて打ち払ったのだ。どちらの武器も、二人の手から吹っ飛んでしまった。

武器を失った男女が、まじまじと真丈を見た。今倒した女と同じ反応。倒れている四人が仲間であること。すこぶる元気な男が敵であること。自分達は、武器も連携すべき仲間も失っていること。それらを確認するために、貴重な時間を費やしてしまっていた。

真丈が片膝立ちのまま、すっすっと女に接近すると、相手はびくっとなって身構えた。低い位置から警棒を振るわれると思ったらしく、肩をすぼめ、両腕で腹や股間の辺りをガードしようとした。そのガードのせいで女の視界が妨げられた。真丈の両脚がさっと床を滑って絡みつく様子も、まともに見えていなかっただろう。

女が慌てて逃げようとしたが、あっという間に引き倒されていた。

そこで初めて、ただ一人立っている男が、すべきことをした。手足を広げて大の字になり、真丈を押さえつけるべく覆い被さってきたのだ。

遅きに失した攻撃。真丈は女の左脚をかいこみつつ、右手で警棒を立てた。柄頭を床につけ、真っ直ぐ先端を上に向けて、ただ置いてやった。

警棒の先端が、降ってきた男の胸にもろに突き込まれた。見事な自滅だ。男が呻き、仰向けに転がるのをよそに、真丈は抱え込んだ女の脚を捻りながら、両膝を床について起き上がった。膝関節に痛撃を加えられた女が悲鳴をこぼし、弱々しく壁際で縮こまった。
敵側の効果的な反撃なし。彼らの頸椎（けいつい）を蹴り砕くなどして、とどめを刺す余裕も、たっぷりある。もちろん、殺すことが目的ではない。殺すほうが効果的で効率的な国は、残念ながらいくらでもある。だがこの国はそうではない。殺すほうが面倒になる。そういう国が一つでもこの地球上に増えてほしいものだ。

彼らの息の根を止める代わりに、警棒に突き刺さってくれた男に、膝立ちのまま、すっすっと近寄った。男が、両手をついて身を起こし、もの凄い形相で真丈を睨んだ。ことほどさように、打撃からは短い時間で回復してしまう。痛みが相手を怯ませるとは限らず、憤怒を抱かせ、アドレナリンの大量分泌を促すこともある。

男が息を整えながら呟いた。どうも罵詈雑言（ばりぞうごん）らしい。真丈が聞き取れたのは、

「章魚（チャンギュウ）……」

という言葉だけだ。真丈は苦笑した。やはりそう言われるのかと思った。

男が、右腕を大きく振った。肩下で大きく弧を描いて振り上げる、アンダースロー式のパンチ。しなやかにそうしてのけたのであれば、効果的な反撃になっていたかもしれない。だがそれは、強ばった腕を振っただけだった。がちがちの、力任せの一撃だ。狙う場所も、胸元のどこかに当たればいい、という感じだった。

右拳が胸元に来ることは、相手の肩の動きで予測できた。たぶん攻撃する男よりも、真丈のほうが正確に、その動きを把握していただろう。

真丈は警棒を横にし、左腕を十字に添え、相手の拳の軌道上に位置させた。

がん、と男の拳が警棒をぶっ叩いた。真丈は、両腕と背と腰と脚で、巧みに衝撃を分散させている。殴られた拍子に、仰向けに倒れることもない。だが男のほうは、衝撃がまともに返ってきたせいで、のけぞって倒れそうになった。

「痛（トン）！　痛（トン）！　好痛（ハオトン）！」

またしても自分で自分を痛めつけた男が叫びつつ、立ち上がった。今度は蹴る気だろう。だがまた警棒でガードされることを恐れて、即座にそうすることが出来なかった。

行動のイメージが、いちいち現状に適合していない証拠だ。

それが彼らと真丈の違いだった。警棒は主に牽制と防御に使う。ここではそう決めていた。手にしたものは何であれ、使う目的をはっきり定めて正確に扱わねばならない。料理で包丁を使うとき、上の空で適当に振り回せばどうにかなるわけではないのと同じだ。

六人の誰一人として、それが出来ていなかった。真丈の体のどの部分をどう痛めつけるか、何のイメージもなかった。だから、武器を繰り出すタイミングを逸してしまう。逆に真丈のほうは、持っている物が警棒ではなく折りたたみ傘だったとしても、有効な武器として遅滞も逡巡もなく繰り出せる自信があった。

真丈は、その警棒のロックボタンを押し、先端を床に叩きつけ、柄の内側に収納した。

すっと両足で立ち、警棒をホルスターにしまってボタンを留めた。

素手で、最後の男と対峙した。床に落ちた彼らの武器を使う気もなかった。

男は、侮辱されたと思ったらしく、激しい調子で無事な方の手で牽制の拳を放った。ジャブだ。鋭く、さまになっていた。だが脅威は感じられなかった。

真丈は、半身になってその拳を避け、真っ直ぐ右拳を突き出した。

正確に、最適なタイミングと角度で、拳が男の心臓を直撃した。

もちろん、心臓を直接打つのは不可能だが、衝撃を届けることはできる。その一発で、男が壁に背をぶつけ、くずおれた。拳銃で撃たれたように。息ができず、脚に力が入らず、体が溶けてぐにゃぐにゃになってしまったような感覚に陥っていることだろう。

男の目が、畏怖(いふ)でまん丸に見開かれていた。今の一撃で、はっきり悟ったのだ。根本的な訓練の差、衝撃の運用率の差を。殴る蹴るというのは、相手の肉体に衝撃を加えることを目的とする行為だ。しかしそれは、自分の肉体に衝撃を及ぼす行為でもある。誰かを殴れば、自分の拳、手首、腕、肩、全てが、相応のダメージを受ける。

与える衝撃を最大にし、返ってくる衝撃を最小にする。その衝撃の運用が、打撃戦での一番の基本といっていい。だが普段、グローブをし、サンドバッグを叩いていると、それを忘れてしまう。どんな格闘のプロでもそうだ。プロボクサーのチャンピオンですら、路上の喧嘩でうっかり相手の頭や肋骨(ろっこつ)を殴ったせいで、手を骨折してしまったりする。

そうならないためには、単純に、硬い物を打って訓練するしかない。壁や、床を。ざらざらしたコンクリートの塊を、しっかり打つ。距離をとらえ、微妙な角度の違いを味わいながら打つのだ。拳を痛めつけて鍛えるのではない。拳の握り方を精密に調整し、体のあらゆる部分を同時に使って、跳ね返ってくる衝撃をコントロールする。

そうやって繰り返し硬い物を打っていると、そのうち、衝撃の多くを壁の内側に送り込むことが出来るようになる。拳や腕を痛めない打ち方が身につく。

拳の関節部分も、凹凸が減り、平べったくなる。拳全体が衝撃を送るための形状になるのだ。黒々とした拳だこが出来るのは、むしろその部分にかかる摩擦や衝撃をコントロールし切れていない証拠だった。男の拳がそうだ。だから脅威を感じなかった。

「そろそろ、もう少しましな人間をよこすよう、周に言っておいてくれ」

中国語で言いたかったが、上手く言えないので、日本語でそう告げた。記憶術が発音にも役立ってくれればいいのにとつくづく思う。

男が這いつくばったまま、歯軋（はぎし）りした。怒っていたが、怯えてもいた。わざわざ関節を痛めつけることはしなかった。男から戦意が失われていることはわかっていた。

ただし中国人は面子（メンツ）を重視する。一人だけ放置されたことを恥と思い、また真丈を追ってくる。別の仲間と合流して。重要なのはメッセージが伝わることだ。周やそのボスへ。そう簡単にこちらは捕まらない。お前達が思う以上に手強い。そう誇示し、相手がもう面倒は御免だと思えば、何らかの取引が持ちかけられる可能性が高まる。

取引を行う人物がいれば、背景に何が存在するか読むことが出来る。逃げるだけでなく攻めることも考えられる。中心人物を捕まえて意図を吐かせることも。

そのためには政治的な厄介さも示さねばならない。それはこれからだ。

先ほど青年が姿を消してから、一分と経っていなかった。青年が背後から襲ってくる様子はなく、引き続きこちらを追跡する気だろう。

真丈は通路を出て、会社帰りと思われる男女とすれ違った。彼らが床に倒れた六人を見て驚きの声を上げたときには、悠々と改札を出て、雑踏の中に姿を消していた。

24

鶴来は窓外のはるか下方で東京があっという間に背後に遠ざかっていくのを頼もしく思った。今は速度が肝心とあって、緊急事態におけるヘリの使用を押し通したのだ。

操縦は羽田の人員に任せ、後部シートに香住と並んで座っている。香住の同行を許したのは、空自のパイロットの聴取に協力してもらうためだ。何をどう判明させるか、そしてまたオルタへの報告をどのタイミングで行うか、鶴来は最善の結果をイメージしようと試みた。すでに捜査方針の組み立てで失策を犯したのだ。これ以上の失敗は命取りになる。

つい、島津光雄氏も消えたのでは、現職の警察官二名のように消されたのでは、などと想像してしまう。自分らしくない。原因はわかっていた。

――真奈美のように消された。

妻の面影が脳裏をよぎるせいで、動揺を覚えていた。とはいえ十分にコントロール出来るはずだ。自分も。状況も。

香住は何も言わない。彼も彼で、聴取の段取りについて考えを巡らせているのだろう。

やがてヘリは陸上自衛隊の霞ヶ浦（かすみがうら）駐屯地の一角に降り立った。百里基地を目指さなかった理由は、パイロットがすでに陸路で基地を出発し、羽田に向かおうとしていたからだ。

百里基地から羽田空港まで、陸路なら二時間前後で来ることができる。その予定を変更し、空自が施設の一部を借りている霞ヶ浦駐屯地で合流することに決めたのだった。島津一尉の安全確保のために。今件に関与する者が空自内部にいるかは不明だが、島津一尉を狙う者がいた場合、そのチャンスを奪ってやれたはずだ。島津一尉は鶴来達よりずっと早く駐屯地に入っている。まさか駐屯地のまっただ中で襲うことはできないだろう。

鶴来と香住がヘリから降りると、緑の迷彩服という陸自の作業着姿の男達が案内してくれた。詳しい事情を知らない司令も駆けつけていたが、挨拶もそこそこに用意された部屋へ案内してもらった。がらんとした会議室だ。その隅に、他の隊員に囲まれて表情を硬くする島津一尉がいた。

「すまんが、用があるのは島津さんだけだ」

香住が言って、色めき立つ隊員たちを宥めにかかった。

「捜査じゃない。事実確認だよ。すぐ終わる。何かあればおれが責任を取る」

露払いしてくれる香住を、鶴来は感謝しながら黙って見ている。警察の一員である自分が発言すれば無用にことを荒立てるだけだからだ。

ほどなくして会議室には三人だけになった。

「さてと。こちらが鶴来警視正だ」

香住に促され、鶴来は部屋に入ってから初めて口を開いた。

「警備局の鶴来です。わざわざご対応下さり感謝しております」

島津がうなずくというより顎を引いた。

「いえ」

警戒心の塊だ。当然だろう。夜中に警察庁の人間に呼びつけられたのだから。

テーブルに重ねられた紙コップとお茶が入ったペットボトルがあり、香住が三人分注いでくれた。

「とにかく座って話をしようか」

三人ともそうした。鶴来と島津が向き合い、香住が二人を横から見るかたちだ。

「緊急の事態につき、単刀直入にお話しします。スクランブル発進ののちの命令系統について確認させて下さい」

鶴来は言った。緊急という言葉で、相手と気分を共有できることを期待していた。ともに対処しなければ、何かが手遅れになる、だから協力してくれという態度。

日頃からスクランブル発進に備えている人間からすれば、それこそ慣れ親しんだ緊張感であるはずだ。果たして島津が、顎を引くだけではなく、小さくうなずき返した。

「はい」

鶴来も大きくうなずいた。相手と同じ動作を大げさに繰り返すことで、お互い協調関係にあるという気分を作り出す手法だ。

「では確認させて下さい。午後六時頃、スクランブル発進がありました。それは通常の指揮系統においてけるものでしたか?」

「はい」

「指示はどこから?」

「DCを通じ、SOCから指示がありました」

防空指令所を通して、方面隊作戦指揮所からの指示に従ったということだ。

「亡命機であることは知らされていた?」

「当該機のパイロットからのコンタクトで、初めてそのように知りました」

答えが作文的すぎる。こう言え、こう答えろ、とさんざん指示されたに違いない。

「驚いたでしょう」

変化球を投げる。相手の個人的な感情を口にさせる。

「一応、そうした場合のマニュアルもありますので」

そつのない返答。

あなたも消されるのが怖いのか？　そう訊きたくなった。彼も一枚噛んでいると考えたわけではない。その可能性はゼロではないが、きわめて低い。こうして、がちがちに言質を取られまいとしながらも、単身聴取に応じているのだ。もし事件に関与しているなら、会うまでに相当な妨害があったか、それこそ姿をくらましているはずだった。

問題は、この人物の記憶から、今件の全体像を解明するヒントを引っ張り出さねばならないということだ。彼自身、そうであることを理解していない何かを。

「羽田に誘導するよう指示したのもＤＣですか？」

「いえ。ご理解なさっておられるかわかりませんが、有事においても民間航空機が優先されるため、我々は定められたコリドーを飛ぶしかありません」

コリドーとは回廊のことで、空自機が飛行可能なルートを示す。ＳＡＲＰ、スクランブル・アンド・リカバリー・プロシージャーという中央協定によるものだ。空自機よりも民間航空機が優先される。そしてこれらよりも米軍機が優先されることになっている。

民間および他国より優先順位が低く、制限を設けられてばかりの状態で、さらに責任まで押しつけられてはたまったものではないだろう。鶴来は大きくうなずいて理解と共感を示し、島津に続けるよう促した。何としても、会話に弾みをつけてもらわねばならない。

「自分はこのコリドーに従って飛行しましたので、コンタクトの時間は非常に限られていました。可能な限り増速しても、羽田沖において数分ほどのコンタクトが限界でした」

「なるほど。コンタクトの前後でＤＣから指示はありましたか？」

「いえ。対象機視認後は、特に指示はありません。それが通常です」

「わかりました。では亡命機からのコンタクト後、あなたはどう対応しましたか？」

「マニュアルに従い、緊急周波数を使って我々がエスコートすると相手に伝えました」

「そうしたところ、相手は従いましたか？」

「いいえ。羽田空港への着陸を希望しました。そして、あらかじめ飛行ルートを設定していたかのように、実際に着陸体勢に入っていました」

「あくまで相手が、民間の空港に強行着陸しようとしたわけですね？」

「はい」

「危険は感じませんでしたか？」

「私達自身への危険性ということであれば感じませんでした。爆撃機で戦闘機を攻撃するということは通常考えられませんから」

「では、都民が攻撃にさらされる可能性があるとは考えませんでしたか？」

「可能性はあると認識していました」

「では、それを防ぐために撃墜するということは考えませんでしたか？」

「そうするには少なくとも法令上は中部航空方面隊の司令官の許可が必要です。しかも本件では高度な政治判断を要するため、合わせて大臣の許可も必要とします。また、撃墜した場合、陸地に落ちる可能性がありますので、かえって危険だと考えました」

「数分しかコンタクト出来ないのであれば、許可を得る時間などなかったでしょうね」

「はい」

「そうして亡命機は、羽田空港へ真っ直ぐ向かった。あなたはDCに報告しましたか？」

「はい。亡命機が羽田空港へ着陸する気であることを報告しました」

「そのあと、羽田空港の管制が亡命機に指示をし、実際に着陸させました。誰かが管制にそうするよう指示をしたのですか？」

「わかりません」

そこでふいに香住が口を挟んだ。

「民間空港自体は、国交省の管轄だからな。空自の制止を振り切って機体が着陸体勢に入ったとなれば、事故防止の観点から受け入れを行うしかなかっただろう」

鶴来は二人に向かってうなずきつつ、あくまで島津へ丁寧に話し続けた。

「認識不足をお詫びします。ただ、確認のため質問させて下さい。羽田空港の管制は、亡命機が着陸する気であるという情報を、あなたやDCから得たのですか？」

「私ではなくDCです」

「DCが、羽田空港に、着陸を受け入れるよう促したと思いますか？」

「いいえ。最終的にはDCから引き継いだTWR……東京タワーの管制です。そもそも六〇マイル、二万フィート以内に存在する機体のアプローチは、東京国際空港の東京レーダー管制となり、五マイル、三千フィート以内からは東京タワー管制に移行します」

「ご説明に感謝します。それでは、ＤＣからあなたに、亡命機を撃墜したりするな、あるいは亡命者とコンタクトし続けろ、といった指示はありましたか？」

島津の顎にぐっと力がこもり、微表情に変化が見られた。何かがあったのだ。鶴来はあえて間を置くため、紙コップを手にとって口をつけた。

島津が言った。

「自分は通常のマニュアルに従い、やり取りをしました」

するとまた、だしぬけに香住がこんなことを尋ねた。

「細い首だと思わなかったか？」

島津が、眉をひそめて香住へ目を向けた。

「あのパイロット、楊さんだったか。飛行機乗りにしては細い首だと思わんか？」

島津が、やや警戒しつつ、うなずいた。

鶴来が、何のことだと目で香住に訊いた。

「軍機のパイロット、特に戦闘機乗りは、首が丈夫じゃなきゃ飛べやしない。Ｇに負けずに周囲や計器を見続けなきゃならんのだからな。それでたいていパイロットは、猪首（いくび）になるんだよ。こちらの島津一尉みたいに」

鶴来がうなずいた。漠然と香住が次に何を尋ねるか予測がついた。

「島津一尉。貴官にコンタクトし、亡命を希望すると告げたのは女性パイロットか？」

「はい。そう認識しています」

「彼女が機長だとか、他に何人乗っているかといったことは告げたのか？」

「いいえ。いずれも聞いておりません」

「亡命を希望しているのに、自分の立場も乗員の人数も口にしなかったわけだ」

「はい。ただ、われ亡命を希望す（アイム・シーキング・アサイラム）、と彼女は告げました」

「われ（アイ）であり、われら（ウィー）ではない。他の人員の存在を告げなかったのはなぜだと思う？」

「自分にはわかりません」

島津がかぶりを振った。受け答えに動作が初めて伴った。警戒が解けつつある証拠。香住が黙った。鶴来もすぐに次の質問に移らなかった。島津が喋るのを待った。

「ニュースで見た女性パイロット以外の搭乗者は、どうしているんですか？」

果たして島津が疑問を口にし、鶴来が答えてやった。

「姿を見せません。ずっと機体内部に閉じ籠もっていると思われます。爆弾倉内で」

島津の顔が険しいものになった。鶴来や香住への警戒心によるものではない。緊急事態という言葉に、いよいよ現実味を覚えてくれたのだ。

鶴来は言った。

「私達は早急に、何が起きているか判明させなければなりません。なぜ楊芊蔚だけが亡命を希望したのか。なぜ他の者が機体に閉じ籠もったままなのか。スクランブル発進から爆撃機の羽田着陸に至るまでの間に、通常のマニュアルにはない指示はありませんでしたか」

「なぜ我々の側が問題になるのですか？　亡命希望者に聞くべきことでは」

「ご存じと思うが、彼女は現在、行方不明です。ニュースには一切出ていませんが、日本の警察官が失踪に関与した疑いが濃厚です」

「なんですって？」

「さらには経産省と外務省の一部人員が関与しているものとみられます」

一挙に情報を開示する。一方的に共有させる。相手がその重みに狼狽し、緊急という熱を帯びやすくするために。

「とんでもないことだ」

ようやく島津が完全に乗ったのがわかった。鶴来はうなずき返した。島津がこれから喋ることが、事態解明の一歩となるのだというように。

「一点、我々とは異なる通信があり、それを傍受しました。別の機体が、緊急周波数を用いて亡命機とコンタクトを取っていました。F／A－18G米軍機です」

香住が目を見開いた。鶴来はここぞとばかりに身を乗り出した。

「米軍機も出動し、亡命機と接触していたというのですね？」

「はい」

「どのような通信だったのですか？」

島津が下を向いた。返答したくないのではない。言うべきかそうでないか、自分自身でも判断がつかなくなっているのだ。

「言い忘れていたが、当然、ここでの話は滅多なことでは公開されん。極秘の聴取だ。お前さんとおれたちが会ったことも記録には残さない」

香住が勝手に断定した。鶴来は驚くというより呆れた。あまりにあからさまな欺瞞だ。鶴来などはむしろ公開する気持ちのほうが強い。香住は自分が責任を取るタイプの人間なのだ。ありったけの咎めを背負って。目の前の若いパイロットの分まで。

何であれ島津の迷いを断つには、確かに効果的だった。

「米軍機のパイロットが、亡命機のパイロットに、誰々は乗っているか、といったことを尋ねるのが聞こえました。おそらく人名だと思いますが、発音が不明瞭で」

「だいたいで構いませんので、どのような発音か教えて下さい」

「エーンイン、あるいは……イエンイン。そういった感じの名前です」

25

「亡命機のパイロットは、どう答えたのですか?」

「私のそばにいる、と。米軍機のパイロットは了解したと告げ、通信を終えました」

「米軍機のパイロットが、爆撃機にいるはずの誰かの存在を確認したのですね?」

「文脈からそう判断できるというだけで、事実どうであるかは不明です」

鶴来はうなずいた。イエンイン。搭乗者の確認であるなら、人名ということになる。だがそれ自体、暗号である可能性も否定できない。そもそも三日月計画という米軍主導の作戦が存在しているという情報は、鳩守からもたらされたものだ。予断は禁物だった。

「その後、米軍機がどうしたかわかりますか?」

「帰投したようでした。我々とのコンタクトはありません」

「亡命機が着陸してのち、あなた方も帰投したわけですね」

「はい」

「最後に。楊芊蔚と、他の搭乗者が会話をする様子はありましたか？　たとえば機長である誰かの指示に従っている様子だったとか」

「いえ。私には彼女の声以外、聞き取れませんでした」

「わかりました。ご協力ありがとうございます」

ふっと安堵の息をつく島津を、香住がねぎらった。

「わざわざ、すまなかったな。自分からも感謝する」

島津がうなずき、呟くように言った。

「自分は本当に、亡命を希望する者をエスコートしたのでしょうか」

判断のつかない問い。今はまだそれすら不明だった。少なくとも鶴来にとっては。

「撃墜しなかったことを悔やむ結果にだけはせん」

香住がそう返し、よくそんな約束ができるものだと鶴来を感心させた。自分にはそんな安請け合いはできない。いざとなれば自分一人が責任も後悔も引き受けてやるという態度。

「ではこれで失礼します」

鶴来はそう言ってドアを開いた。待ち構えていた隊員たちがどっと部屋に入ってきて島津のもとへ向かった。香住が彼らとまた短く挨拶を交わすのを待って、施設を出た。

ヘリに戻ってすぐ離陸した。防音仕様のヘッドセットを装着したまま、しばらく二人とも黙っていたが、やがて香住が言った。

「シナリオを書いた誰かがいる。そいつがエックスをあの機体に乗せて羽田に向かわせた」

「ええ。そして米軍機が出動し、亡命機とコンタクトした」

「どういう絵図だと思う？」

「資本家の国外移住を促すという米軍側の作戦に、誰かが上書きしたのでしょう。どんな利益のためにやったにせよ、その誰かは国内にいるはずです。機体も搭乗者も、失踪したパイロットもこの国にいるんですから。そしてその作戦はまだ完結していません」

「鳩守さんの言い分とまったく違うな」

「ええ。日本側が、米軍の強引な作戦のつけを払っている、というのが辰見さんや鳩守さんの主張です。何ら主導的立場になく、幕引きを請け負うだけだと」

「米軍は、そうだとも違うとも言わんだろう。作戦の存在を認めないだろうからな」

「全てを米軍や中国のせいにして、今件に便乗したがる人間にとっては好都合ですね」

これは米中の対立によって起こったことであって自分達は関係ないというシナリオを守るのが辰見や鳩守の仕事だ。米中の諜報戦の舞台にされたのだという主張を。

彼らにとって、エックスは亡命希望者ではなく、中国の怒れる人物が遣わした破壊工作者でしかない。となれば、鶴来が確保しようとした二人の警官は、中国側の要請で消えたことになりかねない。義兄から得た、周凱俊という男の行動からして、確かにその可能性はある。警官失踪というレベルにまで影響を及ぼすほどの報復を計画した可能性は。

だがそもそも報復対象は米軍だ。爆撃機を米軍基地に突っ込ませて自爆させるというのではなく、最初から羽田に降ろす気だったというのが奇妙だった。それだけエックス自身が切迫し、何としても東京に降り立ちたかったことを示す情報もない。

「イエンインという搭乗者を、米軍はほしがってるんだろう。もしかすると機体以上に」

「ええ。何者か不明ですがね。しかもどうやらまだ機体の中にいる」

「なぜ出てこないと思う？」

「外に出れば危険だと思っているのかもしれません。何らかの取引が行われている最中であれば、望み通りの結果が出るまで隠れ続けるでしょう。なんであれ本人に訊くしかありません。機体の内部の探査は上手くいきそうですか？」

「そもそも探査を防ぐ機体だぞ。難航中だよ。こっそり近づいてハッチから中に入る手もある。そういう訓練を受けた部隊を呼んでな」

その結果、内部にいる誰かがアローを起爆させ、国民が炎の波になぎ払われるさまが、まざまざと思い浮かんだ。あるいは、飛散した放射性物質の雨を浴びるさまが。

「それはエックスを確保してからです。彼女が不在のまま強行する気はありません」

香住が肩をすくめた。

「お前さんは今、なんの裏を取ろうとしてるんだ？」

「エックスがどこまで計画的に行動していたかということです」

「お前さん、実は彼女がどこにいるか知ってるんじゃないか？」

香住が当てずっぽうで言っていることはわかっていたので、大げさにかぶりを振った。

「まさか」

そうしながら、つい感心させられた。こういう勘が働く人間だから、今こうして鶴来にくっついているのだ。火の粉を浴びる覚悟で。早々に逃げた辰見や鳩守との違いだ。

香住がなおも追及する気なのもわかっていたが、そこで思わぬ助けの手に恵まれた。ぱっと香住が胸に手をやった。携帯電話が振動で着信を報せたのだ。香住が携帯電話を取り、マイクつきイヤホンをポケットから出して接続し、ヘッドセットを片側だけ外してつけた。ヘリや小型飛行機で移動することが多い人間ならではの習慣だ。

「おれだ。綾子か?」

香住の声がヘッドセット越しに聞こえた。それで鶴来は気を抜いて窓外へ目を向けた。

香住綾子のことは知っていた。香住の姪で、防衛装備庁の優秀な人材だったが、問題を起こして辞めてしまったのだ。そののちオーナーの一人である父親のコネで、義兄と同じ警備会社に転職したのだった。義兄が勤める会社からの電話。そう思って、身をすくめそうになった。

「そうか、わかった。ああ、訊いてみるよ。警察で働いてるあいつの義理の弟にな」

振り返ると、通話を終えた香住が、じっと見つめてきた。

「なんです?」

「姪の綾子からだ。太一が、警察へ事情聴取に赴いたまま帰って来ないらしい。坂田という部長もどこかに行ったまま戻らんそうだ。太一が今どこでどうしているのか、お前さんにも訊いてくれないか、とさ」

「太一さんだけでなく、会社の部長とも連絡が取れない?」

意表を衝かれたのは、もちろん後者だった。周凱俊。義兄とエックスを追い回している男。そいつが義兄についての情報を欲し、部長をつかまえて聞き出そうとしているのかもしれない。大いにあり得る。楊立峰氏の件を通報したのは、その部長だ。周の視界に入った人物であることは確かだった。

「太一から連絡はあったのか？」

香住が訊いた。鶴来は両手を上に開いてみせた。

「仕事が終わったら連絡が来ると思います。真面目に仕事をしていればですが」

まったくの嘘ではなかった。坂田という部長も、大事には至らないはずだ。義兄を会社に送り込む際に面会したが、ただの保身的な管理職タイプの人間で、尋問の必要すらなく何でもぺらぺら喋るだろう。そうされたところで周が義兄の正体に辿り着くことはない。

「太一とお前が組んで動いているんじゃなかろうな？」

これまた大した勘働きだ。鶴来は溜息をつきたくなった。

「まさか」

香住が携帯電話とイヤホンをしまった。

「まあいい。情報を出し合える限り、お前さんの仕事にけちはつけんよ。それより綾子だが、現場に呼んでもかまわんか？」

「綾子さんを？」

「島津さんから聞いた件で裏取りをする間、誰かに馬庭さんを見張っててほしいんだ」

「民間人ですよ」

「装備庁は今もあの子の復帰を願ってる。エンジン音だけで、どこに故障があるか聞き分けられる人種だからな。馬庭さんにもひけをとらんだろう。何かあれば、おれが責任を取る」

「わかりました。香住さんがそうおっしゃるなら、許可します」

鶴来は、義兄の話題を避けるため、あっさり承知してやった。

香住の姪が監視役を兼ねた連絡役になろうとも気を遣うことではなかった。綾子のことは知っているのだ。疑問があれば何でも周囲の人間に訊いて回るタイプ。今の電話がいい例だった。いわゆる善人で、学者や好事家（こうずか）タイプであり、情報を秘匿できる人材ではない。それどころか、装備庁を辞めることになった原因は、最新鋭の装備の仕様をSNSで堂々と流したからだ。世界各地のエンジニアや軍事マニアとの交流のために。下手をすれば刑事事件になりかねない情報漏洩（ろうえい）。香住が消火せねば大ごとになっていたはずだ。

そんな人間が自分の下で働くと思うとぞっとするが、他の誰かが管理するというなら知ったことではなかった。

ほどなくしてヘリが羽田空港に帰着した。空港の全てが沈黙したままだった。不気味な静けさ。滑走路の一角で巨大なステルス爆撃機が、進入禁止コーンと機動隊の車両によるバリケードで囲まれている。そのため、誰もそれに近づけない。まるで高価な展示物のようでもあり、疫病に冒されて隔離された獣のようでもあった。

二人ともパイロットに礼を言いつつ、足早に空港警察署に戻った。

本部に入ると人々が待っていた。吉崎と亀戸副署長。オペレーターをふくむ職員が十名ほど。吉崎がきつく眉をひそめて鶴来を見ていた。その表情だけで、鶴来は十分に事態を察することができた。壁のモニターに映し出されたものを確認することもなく。

香住がモニターを見て目を丸くした。

亀戸副署長が、モニターを指さした。

「これが先ほど、経産省の鳩守さんから送られてきました。この男を指名手配すべきだとのことだが、どう思われますか？」

鳩守の意趣返し。経産省と司法はこの国の一般市民が思う以上に密接だ。大企業では、しばしば監査法人や第三者機関ではなく、突如として検察が出てくる。経済原理こそ法の原則を上回るという考え方を、どこかの超大国が教え込んだせいだろう。

鶴来は、悠然とした態度を装って、モニターを振り返った。

義兄がエックスとともに、夜の街を歩いている画像がでかでかと映し出されていた。背景に何があるかすぐにわかった。スカイツリーだ。

「この画像が何を意味するか、我々にも納得いくよう説明して頂きたい」

どうやら鳩守は、自分と義兄のつながりを調べたらしい。どこでか？　アネックス綜合警備保障の部長から聞き出した情報かもしれない。その場合、鳩守が周とつながっていることになる。説明すべきはあの男のほうだと言ってやりたいところだが、良い働きだった。鶴来と香住がとんぼ返りをする間、あちらはあちらで怠けず仕事をしていたわけだ。

鶴来は、彼らを振り返ると、逆に大声で詰問してやった。

「いったいなんだこれは？　誰か説明できる者はいるか？」

吉崎がぽかんとなり、亀戸副署長らが目を剝いて鶴来をにらみ据えた。

26

　真丈は、六本木駅を出るとすぐ、タクシーをつかまえた。

　自分の足でも辿り着けるが、ひと息ついておきたかった。

　息をつくのは重要だ。刀を鞘（さや）に納める。弾丸を装塡（そうてん）する。体を充電する。言い方は様々だが目的は同じだ。心身の状態を把握し、ポテンシャルを最大限発揮できるよう整える。

　出勤してから、かれこれ十人以上と格闘したが、深刻なダメージを受けたわけでも、疲労困憊（ひろうこんぱい）しているわけでもなかった。この調子なら、まだまだ敵と戦えるはずだ。

　敵と。今ではすっかり相手のことをそう認識していたが、憎悪や怒りを抱いたわけではない。相手はどうかわからないが少なくとも真丈のほうは自分をクリーンに保っている。冷静沈着に。過剰なやる気を慎み、失敗や消耗を防ぐ。最終的な勝利を収めるために。

　勝利の定義は明白だ。本件に限らず、常に同じなのだ。人間だけではなく、命あるものであれば、虫も動物も植物も、勝利の仕方は変わらない。

　領土の奪取。相手の陣地を調べ、最も防御が弱い場所を探り出す。そこに可能な限り戦力を集中させて攻め込み、自分たちが自由かつ安全に行動できる場所に変える。

　具体的には、真丈もセンも隠れる必要がなく、自由にうろつき、スカイツリーだろうが大観覧車だろうが好きに見に行けるようにする。一時的にではなく、恒久的に。この先ずっと、自由が保障される。それが勝利だ。センの母親が人質になっていて、行動が妨げられるなら、その解決も勝利になる。

センは、安全で自由な生活という大事な領土を奪われた。それを取り戻さねばならない。物理的に、そしてまた法的に。敵を打倒していくのは、そのための一手段であって、勝利そのものではない。センが、腕力派ぶる真丈を馬鹿にしたのは、そのためだ。十人かそこらを格闘で制したあと、残り何人を同様の目に遭わせれば勝利したといえるか？　いつまで経っても勝利することはない。無意味な殲滅戦を個人でやり続けることになる。

殲滅がもたらす成果は、実のところ多くが錯覚にすぎない。自分たち以外、満足に動ける者がいなくなれば、結果的に領土を得た気になるというだけの話だ。その錯覚のせいで、近代に入ってもまだ、殲滅こそが勝利だと思い込む人間がわんさかいた。

それが有効なのは、古代や中世で行われていた、人口数百の村の奪い合いだけだ。それだって本当に有効だったかは疑わしい。

目に見えるものは、人命も建築物もことごとく破壊する。将来再び復活するかもしれない潜在的戦力を恐れ、女子どもも殺す。血縁関係にある者も徹底的に捜して殺す。

文化的な存続も潜在的戦力になるため、言語や宗教、特徴的な衣服に至るまで滅ぼす。だがそこまでしても、完全殲滅に成功する確率は低く、たいてい何らかのかたちで潜在的戦力は温存される。殲滅は、すさまじい労力をかけて殺戮と破壊を繰り広げる割に、効果がないのだ。むしろ潜在的戦力が再び復活したとき、自分たちがやられたことを覚えている分、きわめて攻撃的な存在に生まれ変わりかねない。イスラエルなどはその典型だ。

ローマと戦ったハンニバルで有名なカルタゴなどは、そのような殲滅の歴史を繰り返してきた。

ローマがカルタゴを占領したあと、住民を大量虐殺した上に、丘を切り崩してそれまであった都市を全部埋めてしまった。跡形もなく。そうして入植し、カルタゴに新たな都市を築いたローマ人もまた、別の民族に攻め込まれて似たような目に遭った。そうした歴史が、地中に何層にもわたって埋められたまま残っている。

それでいてカルタゴはカルタゴのままだ。何度も都市の名を変えられたが、結局はカルタゴに戻った。原子爆弾を落とされた広島と長崎が地上から消滅しなかったように。

ことほどさように、潜在的戦力は簡単には消えない。消えると信じるほうがどうかしている。古代の人々は早くもそう悟り、そもそも何をすれば勝ったことになるか真剣に考えた。それは安全な領土の獲得であり、大規模な攻撃に頼るのは非効率だと結論した。外交、貿易、政略結婚、流行するカルチャー。いずれも領土獲得のバリエーションだ。その全てを網羅して戦略を立てる。それで初めて大帝国の建設が可能になった。

センという個人の自由と安全が、敵にとっては押さえるべき領土だった。非常に大がかりなことをしてまでそうした。なぜか？　センの領土が、別の領土に通じるからだ。海に出て貿易港を押さえたいどこかの国家が、隣国に攻め込むように。領土の先に何があるかわかれば、戦いの目的がはっきりする。それがわかれば、勝利を収めるすべもみえる。

センの領土の大半は今、敵の制圧下にある。制圧を命じた人間に辿り着かねばならない。それが敵の急所だ。その敵を起訴するといったことは、真丈の目的ではなかった。義弟は違うかもしれないが。ある程度、敵の安全を脅かさねばならないだろうが、それは取引のためと割り切っていた。センを自由にするための取引だ。

敵の戦力的重心と、それに近づく突破口となる致命的な脆弱点を探す。

そうおのれに命じながら、タクシーの中で電話をかけた。

またしても前回と同じ受付の女性が出たので、伝言を頼んだ。女性は、一晩で三度もかけてきた相手をちゃんと覚えており、渋々とだが対応してくれた。

目的地からやや離れた場所でタクシーを停めさせ、降りた。

ゆっくり歩いて青山公園へ向かった。二度目の往訪。今回はトイレに入らなかった。その必要はなかったし、敵が襲ってきた際、公衆トイレ内では脱出が難しい。入ってくる人間を一人残らず打ち倒さねばならなくなる。そんなことで消耗したくなかった。

公園で立って待っていると、足音が近づいてきた。二つの足音。アバクロンビーと、犬だった。でかいドーベルマンだ。アバクロンビーが立ち止まると、きちんとお座りをした。欧米人は犬のしつけに手を抜かない。

「犬と散歩ですか？」

「犬の散歩だ。ほかに外に出る理由があるか？」

アバクロンビーが不機嫌そうに訊き返した。数時間前に見た服装ではなく、スニーカーにゆったりとした上下のトレーニングウエア、犬のリードを握らぬほうの手には、糞を片付けるためのスコップとポリ袋を持っていた。

「あなたの犬ですか？」

「バラックスで飼われている番犬だ。しつけの行き届いた雄犬だぞ、こいつは」

「名前はＡＢＣ？」

「そんな芸のない名はつけん」

アバクロンビーがぶすっとなった。ＡＢＣというのはイギリスで雄犬につけられるベタな名前トップ3のことだ。アルフィー、ベイリー、チャーリー。アメリカだと、これにマックスが加わる。

「こいつの名は、ハウンターだ」

アバクロンビーが言った。真丈は首を傾げた。よくわからない造語だと思ったのだ。

「取り憑く(ハウント)？　ホラー映画のタイトルみたいですね」

「日本人なのにポケモンを知らんのか？」

「いるんですか、そんなのが？」

「舐(な)められると体が震えて止まらなくなり、死に至るというゴースト・モンスターだ。この猟犬の名にふさわしいだろうが」

アバクロンビーの誇らしげな態度に感化されたように、犬がつんと鼻面を上げてみせた。

「ははあ。こちらも幽霊みたいな相手に追いかけられてまして」

「どこのエージェントだ？」

「韓国出身のチェイサーで、影法師(クリムジャ)と名乗りました」

「ほう」

アバクロンビーが珍しく両方の口角を上げた。

「ご存じなんですか？」

「そういう人材がいると聞いたことがあるな」

物欲しそうな目だった。生粋の軍人家系の出にしては珍しく、優れた人材は、たとえ傭兵(ようへい)的な存在でも分け隔てなく自分のものにしたがる男なのだ。

「追ってきているというのだな。ハウンターの散歩なら敷地内でもできる」

「残念ながら、お邪魔している余裕はないんです」

「誰が貴様と一緒に中に入ると言った。助けを求めに来ただけなら、私は引っ込む」

「その前に少しだけ話をさせて下さい」

アバクロンビーがおおげさに両方の肩をすくめた。さっさとしろというのだ。さもなければ、もうひとしきり犬の自慢をしてそのまま帰りそうだった。

「楊立峰氏の殺害犯を追っているとおれが言ったとき楊芊蔚の情報をくれませんでしたね」

「必要があったか？」

「あとで必要になるとわかっていたのでは？」

「かもしれん」

「おれの行動に制限はありますか？」

「現時点ではない。明日正午にオルタが委員会を招集する。それまで情報確認が個別に行われるだろうから、一人残らず寝不足で機嫌が悪いに違いないがな。そこで成果を披露できれば、貴様はアクティベイターとして行動したと追認される」

「できなければ？」

「お前など誰も知らんことになる。組織と個人の天秤は、そのようにして釣り合う」

「ご教示痛み入ります」

「礼には及ばん。女パイロットを、我々に預ける気はないのだな？」

「藪（やぶ）をつついて蛇を出しきったら考えますよ。うっかり蛇がいる場所に預けちゃ可哀想だ」

アバクロンビーが何か投げつけられたかのように顔をしかめた。

「オルタへの疑いを堂々と口にするな。貴様を制限せねばならんような面倒はごめんだ」

「三日月計画については全員が知っていたはずでしょう？」

「関心を払っていたかどうかは別問題だ。関与していたかどうかとなれば、多数のオペレーションの一つにすぎん。私にとっては知ったことではない作戦の一つだ」

「だが少なくとも、やる価値のある作戦だった。干渉されたことを察知していても、爆撃機が羽田に降りるのを黙って見ることにするだけの何かがあった」

「貴重な品（プレシャス）が手に入るからかもしれんな。その先は一人で推測するだけにしておけ」

「その品というのはアローではないんでしょうね」

「忠告を聞けというのだ、馬鹿者。そんなもの我が軍は処分に困るほど持っとる」

「国内の人的資源（アセット）を明かしてもらえますか？」

アバクロンビーが鼻腔を広げて息をついた。アセットとは資産のことだが、アバクロンビーのような人種にとっては諜報のため現地で雇う人員を示し、真丈もその一員と認識されている。必ずしも雇用関係とは限らず、脅されて従う者もいる。センのように。そのためあまり上品な言葉ではないと思っているのがアバクロンビーの態度から感じられた。

「利害共有者（ステークホルダー）なら教えてやる。ただし三日月計画は解体し、抹消作業に移行した。計画の存在を実証する気なら諦めろ」

「楊立峰氏の存在も抹消した」

「そうだ。ただし我々が彼を殺したわけではないぞ。死を隠蔽する必要もない。計画への関与の証拠を一掃しただけだ」

「承知してます。あなた方が、爆撃機のパイロットをテロリストに仕立て上げたかったのなら話は別ですが」

「断じて違う。利益がなさ過ぎる」

「なら問題ないでしょう。教えて下さい」

「ナンバーワン・グループと呼ばれとる。日本語では『イチノカイ』だ。漢字のナンバーワンをイニシャルにしとる」

「一の会」

真丈が呟いた。言い直されたと思ったらしくアバクロンビーが顔をしかめた。

「やけにシンプルなグループ名ですね」

「どうせ日本人らしく、ややこしい由来があるんだろうが、私は知らん。トップと幹部は労使紛争で名の知られた連中らしいが、高度経済成長期に、労使協定に転向した財界人だ。今ではハイテク企業への投資と、多額の政治献金で知られとる。このグループの価値は、司法関係者を多数取り込んでいること、利害を共有する相手の便宜を図ることだ」

「あなた方にもアセットを提供した。税関や警察の関係者を」

アバクロンビーが唸った。犬がそれを聞いて、真丈に向かって軽く唸った。余計なことを言うなというのだ。あるいはどちらも歯痛持ちかもしれない。良いコンビだった。

「そのグループが最も対立している相手を教えてもらえますか？」

「当然、外務省だ。三日月計画で背反行為に荷担させられたからな。逆に経産省とは上手くやっているらしい。もともとこの国の外務省と経産省はハトとタカで、仲が悪い」

「どちらも財務省には弱いそうですが」

「貴様らは財布の紐を握る者に弱い。財布を持たせてやっているのだと教えてやれ」

「機会があればそうしますよ。それで外務省の誰かは、計画の対象となるべき中国資産家や軍事テクノロジー企業のリストを、一の会に渡すことになった。計画が破綻したからには、リストを取り戻して、なかったことにしたいでしょうね。それとも、すでにそういうアセットを外務省に紹介してあげたんですか？」

アバクロンビーが、無理をして話を合わせようとする相手を慰めるような顔になった。

「無理に頭を使うな。オクトパスは手足を使う仕事のほうが得意だろうが」

「頭を使うのが得意な義弟がいますからね」

「クレーンか。泥沼にくちばしの先だけ入れて獲物をとるのが上手い。上品な鳥だが、今はフェニックスの生まれ変わりなみに火だるまになっているぞ」

アバクロンビーが初めて笑みをみせた。追い詰められた誰かを、犬と一緒に眺めて楽しむ顔だった。知性を武器とする軍人は、ときどきそういう顔をするものだ。

「義弟なら心配いりませんよ。自分だけ防火服を着て火をつけるタイプですから」

「心配などしとらん。そろそろハウンターを歩かせてやっていいか？」

「その前に、その犬と気が合いそうな人間を紹介させて下さい」

アバクロンビーが呻き声を漏らした。どうせそんなことだろうと思った、という風に。

「貴様が言っていた幽霊か。どこだ?」

真丈は辺りを見回した。誰もいないように見えた。犬も反応しない。だからといって、いないと考えるべきではなかった。そのことはここに来る前にもうわかっている。

「ここでもう少しおれを足止めすれば、周に頼まれた仕事も終わるんじゃないか?」

誰も答えない。アバクロンビーが首を横に振った。真丈の言葉を信じていないのではなく、下手くそな挑発だと思っているのだ。

ふいに、犬がぱっと立って公園の一角へ顔を向け、低く唸った。

そこに、電車内で追ってきた青年がいた。

おそらく木の陰に隠れていたのだろうが、一瞬でそこに出現したような登場だった。

「おれがここに来るとわかってたのか?」

真丈が訊くと、青年がむすっとした顔で答えた。

「そんなわけないだろう。タクシーだよ」

「乗るところを見られたんだな」

「乗ると思ってた場所を見てたんだよ」

真丈はアバクロンビーを振り返った。

「優秀でしょう?」

アバクロンビーが大いに眉根を開いてうなずいた。相当気に入ったらしい。

「なんで、おれに話を聞かせた?」

青年が訊いた。

「興味を持てば出てきてくれるかもしれないだろ」

「興味はないよ」

「なら利害関係もない。追うのをやめてくれないか？」

「そりゃ無理だ」

「うちが雇うぞ」

アバクロンビーが割り込んだ。

「それも無理だ。ころころ雇い主を変えちゃ信用を失うだろ」

青年がにべもなく言った。それから道路のほうへ顎をしゃくった。

ぞろぞろと男女が道路を渡って公園に入ってきていた。追っ手たち。ほぼ全員が集合したのだろう。二十人ほどもいて、扇状に列をなして真丈の逃げ道を塞いだ。

驚いたことに、日本人とわかる者たちもいた。

やけに体の大きなスーツ姿の男が、制服警官を四人も連れて現れたのだ。

「おい、入るな。ここがどこだかわかっておらんのか」

アバクロンビーが、怒るというより困惑したように彼らに怒鳴った。犬は吠えず、唸りながらアバクロンビーの命令を待っている。

「ここは公園でしょう。そこにいる男性に用があるだけです」

でかいスーツ姿の男が英語で言い返しながら歩み寄った。警察官を引き連れているからには、楊氏に関する通報を無に帰すことに協力しただろうし、センの失踪にも関与しているに違いない。真丈はしっかりとその相貌を記憶した。

「我々が、そのようにしてやっているだけだ」

アバクロンビーが傲然と言った。

「あなた方の領地だとでも？」

「そうは言っとらん」

内心では大いにそう思っていることがうかがえる言い方だった。

「そこをどいて頂きたい。あなたたちに面倒をかける気はありません」

スーツ姿の男が慇懃(いんぎん)に言った。そのくせ好戦的な表情をたたえていた。ふと真丈は相手が誰かわかった気がした。義弟が言っていた、外務省の男、辰見喜一だろう。

「当然だ、馬鹿者が」

アバクロンビーがますます傲岸不遜に返し、スコップとポリ袋を持った手を宙へ高々と掲げた。

その背後にある敷地のどこからか、何本もの細い光が放たれた。

赤い光線だ。その一つが、集団の前に出たスーツ姿の男の胸元に当てられた。

他の面々の胸元も同様に照らした。警察官たちにも。周の手下とみられる人々にも。

チェイサーの青年に対してもだ。

バラックスの屋上から十二条ものレーザー光線が放たれていた。ちょっとしたライブ会場の演出のように。それらが、ゆらゆらと僅かに揺れながら、彼らのほぼ半数を照らしていた。誰もが、ぴたりと動きを封じられていた。

「武器ではないかもしれん。うちの連中がおふざけでブリーフィング用のポインターを持ち出して、ああしてお前らを照らしているのかもしれんな。本当のところどっちか知りたいか？　誰か試しに動いてみたい者はいるか？」

アバクロンビーがせせら笑いながら手を下ろした。誰も動かなかった。

「言っておくが、過去いかなる事件も事故も、この場所では起こっておらん。未来永劫、起こりえない。ここで何が起ころうとも、一切記録に残らないからだ。わかるか？」

誰も返事をしなかった。わからないと返す者もいなかった。

「ジョー、私に紹介したい連中はこれで全部か？」

「ええ。彼と話しますか？」

チェイサーの青年を指さした。青年がうんざりしたように宙を見上げた。青年一人なら、この状況からでも逃げられるのだろう。だが青年が動き、そのせいで誰かが撃たれたら、雇い主から責任を問われるはずだ。

「彼が話したくなったらでよかろう。そろそろハウンターが痺れを切らしておる」

アバクロンビーが犬のリードを引き、集団を見やった。

「お前らは、この優雅な犬が運動を終えるまでそうして立っていろ。行くぞハウンター」

そう言って、真丈にも目を向けず、犬とともに、ゆったり走り出した。

真丈は何も言わず、屈辱で目を見開くスーツ姿の男に軽く手を振ってやった。ばいばいだ。チェイサーの青年にもそうしてからアバクロンビーとは逆の方向へ足早に移動した。

道路に出て、最初に来たタクシーをつかまえた。

情報は得た。義弟に連絡すべきだが、タクシーの運転手に聞かせる話ではないので、メッセージだけ打った。一の会とその対立相手。攻めるべき相手の領土を示すキーワード。

義弟のほうも何かつかんでいるだろう。だがすぐには返事が来なかった。向こうも向こうでやることがある。会議とか人員への指示とか組織のコントロールとかだ。そして情報の裏を取る。どれも義弟のほうが得意なので、全てお任せだった。

真丈のほうは、それとは別のことをしなければならない。

センと合流すべきだった。センが大丈夫か確かめねばならない。

無事であることはわかっている。センがつかまらないから、敵は真丈を追うのだ。

問題は信頼だ。真丈の指示に従っているかどうか。恐怖や不安に耐え、冷静さを保ち、じっと一人で待つことができているか。もしかすると、逃げてしまったかもしれない。そうなれば、誰かの金や身分証を盗むことになる。ろくでもない未来が待っている。

それが嫌なら、敵と戦うしかない。だが正しい情報もなく、自分の身を拘束されれば即相手の勝利となる状況では、合理的な戦い方など不可能だ。

だから彼女の最善の選択肢は、真丈の指示に従うことであるはずだった。真丈からすれば、そう確信できる。センが同じように確信してくれるかどうかで今後の方針が決まる。

真丈は考えるのをやめた。どうなるかは、これからわかることだ。考えることは、エネルギーを消費する。考えても仕方ないことにエネルギーを割くべきではなかった。

真丈はほとんど瞑想状態といっていい、無思考を保ったまま、世田谷へ向かった。センもそうしているようにと願いながら。少しでも心身を休め、このあとの戦いにポテンシャルを振り向けられるよう用意を調えているのなら、それは全面的に真丈を信じたということを意味する。そうであれば、この先ともに戦うことができるはずだ。

目的地の少し手前でタクシーを降り、歩いていった。

楊立峰氏の自邸に。

真丈が知る限り、誰も来ない場所。警察は来ない。周やその仲間が、そう工作したからだ。周たちももう来ない。楊立峰氏はアメリカ側のアセットで、証拠を一掃するための人員とここで出くわすかもしれないからだ。アメリカ側も来ない。なぜなら証拠を一掃する仕事は終わったとアバクロンビーが言っていたからだ。真丈の読み通りに。

僅かな可能性として、チェイサーの青年がこの場所を読むかもしれなかった。そうではないことを確かめるには、本人に訊くしかない。そんなわけで青年にそれとなく尋ねたところ、そこまで読まれているわけではないことがわかった。

青年は今ごろ、考えることに大量のエネルギーを費やしているだろう。アバクロンビーの存在を、真丈という人物に重ね、分析をやり直すために。そうなるとアバクロンビーならびに米軍諜報部隊の活動全体の、どこに真丈がはまるのか見通す必要がある。

アクティベイターとは何だ？　青年はそう考えているに違いない。あるいはセンも。

真丈は堂々と、楊邸の敷地に入った。裏口のドアノブは別のものに換えられていたが、玄関のドアは工作されていない。そしてそちらのドアの鍵を、真丈はセンに預けていた。警備会社が預かる鍵だ。決して第三者に渡してはならないものだが、楊立峰氏は許してくれるだろう。やつらを捕まえるためなのだから。

玄関のドアには鍵がかかっていた。どの部屋の灯りもついていない。

真丈はインターフォンを鳴らした。ドアの向こうで気配が起こるのを待った。

物音一つしない。五回、ゆっくりと呼吸した。それからまたインターフォンを鳴らそうとしたとき、かちりと音がして、ドアが解錠された。ついで、開かれた。

センがいた。長い髪をヘアピンで束ねているが、ぐしゃぐしゃに乱れていた。髪が四方八方に乱れ飛んでいる。明らかに寝癖だ。靴を履き、変装時の上着をはおり、いつでも外に飛び出せるようにしてはいたが、顔全体がまだ覚醒しきれずぼうっとした感じだった。

しっかり休養していたのだ。今後の戦いに備えて。真っ暗な家の中で。たった一人。

「ありがとう」

礼を言った。センが不思議そうな顔をした。中に入り、ドアを閉め、鍵をかけた。

「休んでたんだな」

「そうすべきだから」

センは当然のように言って、眠気を払おうとして目尻をこすった。自分だけ寝ていたと思われるのが嫌そうな感じだった。嫌がることなどまったくなかった。よくやったと誉めてやりたかった。妹にそうしてやれなかったという思いが胸をよぎった。

「収穫はあったの？」

廊下に上がりながらセンが小声で訊いた。真丈も同じようにしながらうなずいた。

「オプションが増えた。時間制限はあるが、身を隠すだけが防御のすべてではなくなった」

センが振り返り、真っ直ぐ真丈を見た。その言葉を信じて待っていたというように。

「ここからは、おれたちがやつらを狩り出す番だ」

27

指名手配というオプションについて鶴来は考えを巡らせた。

どう応じるかではない。鳩守の目的は、自分や義兄の行動を阻むことだとこれで判明した。指名手配という警察独自のシステムに干渉して。その事実が、鳩守という人物に特徴を与えているのだ。行政側に通じる経済ブローカー。そのことに注意を向けるべきで、鳩守が打つ手に対してどうすべきかといえば、可能な限り何もしないことが望ましい。

「どうしたのかね？　誰も答えられないのか？」

「我々はあなたに訊いてるんですよ！　答えられないんですか！」

亀戸副署長が鼻息も荒く、鶴来の胸元を指さした。

鶴来は、モニターの画像を指さして言った。

「これがガセネタではないと断言できる者はいるか？」

亀戸副署長たちが一斉に眉を逆立てた。

「中国人の女が映っとるでしょうが！」

「これが偽造ではないと断言できる根拠は？」

「ここで用意された服を着とるでしょう！」

「似たような服ではないと断言できるか？　過去数時間以内に撮られたものであるとどうして断言できる？　何ヶ月も前から用意されていた画像であるかもしれないのに？」

鶴来は、強引な屁理屈であることを十分承知しながら言った。予想どおり亀戸副署長たちが悶絶しそうな顔になった。

警察的な風習というべき相互理解が生じているのだ。トップが既定路線に固執する場合、どれほど現実と矛盾しようとも組織は従わなくてはならない。愚かに見えるが、偽証や妨害工作が横行する世の中では、現実がどうであるかは大した問題ではないのだ。重要なのは合法的か、因習的か、規定に従っているかであり、ほかの些細な現実など取るに足らない。警察が組織を維持し、指揮系統を強固に保つには、それ以外にないともいえる。

だが亀戸副署長は、よほど腹に据えかねているのか、なおも食い下がってきた。

「これは経産省の人間からの情報だぞ！」

「なるほど。経産省の人間から提供されたということが、先ほどから見受けられる、あなたのきわめて断定的な態度の根拠なのですね？　経産省の鳩守淳ないしその関係者と、交友関係を持っているということですか？」

鶴来は、すかさず相手の話の流れをねじ曲げてやるために言った。

「そんなことは言っとらんでしょうが！」

亀戸副署長が顔を真っ赤にし、悲鳴じみた声を上げた。情報提供者たる官僚と警察官の関係について疑わしげに言及されることは、かなりナイーブな空気を醸し出すものだ。

「ではなぜエックスの失踪工作に荷担した可能性の高い人物の言葉を信じるのですか？」

「なんですって？」

副署長が度肝を抜かれたように手を垂らした。他の面々も似たり寄ったりの反応だ。

みな鶴来の言葉を待った。それこそ鶴来が根拠を説明するはずだと信じているのだ。

残念ながら鶴来にその気はなかった。組織運用が下手な者ほど、ここで口を開いてしまう。鶴来はそうではなかった。正確な情報をつかんでいるのはこちらだと彼らに信じさせることができればいい。事実そうなのだ。その上で、鳩守を油断ならざる人物として印象づける。話を続けるうちに義兄が情報源だと見当をつけられるのはよろしくない。

鶴来は、さらに話をねじ曲げて彼らの反論を完全に封じるべく、質問を投げかけた。

「他に鳩守氏は、あなた方に何を吹き込んだのだ？」

亀戸副署長が、画像へ手を振った。力強く指さす気はなくなっているようだった。

「国内の中国人を殺害したとか、アクティベイターと呼ばれているとか……。あと、あなたの義理の兄だとも聞きましたが……」

鶴来は微笑した。肯定も否定もない。単に、わかったと告げるジェスチャー。あなた方の意見など求めていないという、駄目押しの意思表示。

周と鳩守のつながりがより明白になった。殺人事件を隠蔽するのではなく義兄になすりつける工作に変更したらしい。だが中国大使館が正式に訴えてきたという情報はなかった。強引で効果の薄い、口先だけの翻弄。悪辣なブローカーという印象がますます強まった。

問題はアクティベイターというキーワードだった。鳩守はどこまで知っているのか。その点について探る余裕がなく、鳩守もそれを見越しているはずなのが腹立たしい。

「どこかのエージェントかもしれんですな」

だしぬけに香住が発言し、みなの耳目を集めた。

「私はこの人物を知ってますよ。自衛隊内に一時期、籍を置いていた男です。国内外の特殊部隊畑を渡り歩いていて、あだ名は、タコ真丈」

「タコ？　食べ物の？」

亀戸副署長がぽかんとなった。

「まあ、我々はそう思うが、海外じゃ獰猛な生き物です。海の中で、タコに勝てる生き物はない。一匹いるだけで生態系が変わる」

「その通りの人物だというのですか……？」

亀戸副署長がすっかり引き込まれたような顔つきになった。

「諸外国の名だたる特殊部隊員たちが、認めた人物であることは確かですな」

鶴来からすればどうでもいい、うかつに近づくなという警告をふくんだ情報提供。

「それが……エージェントとは？」

亀戸副署長が訊くと、香住が肩をすくめた。この国でエージェントといえばアメリカ側と相場が決まっている。副署長たちの脳裏では、アメリカに雇われた傭兵じみた日本人が動いている、という想像が働いたに違いない。半ばその通りなのだが、どういう理屈でそうなるのか彼らにはさっぱりわからないはずだ。鶴来ですら想定外だったのだから。

なんであれアメリカ政府や軍の雇用者は、日本国内において存在してもしていないとみなすべき相手だ。純粋に法的な問題だった。アメリカの雇用者は自国の法に従い、日本国の法律の埒外にある。日本の警察も検察も手出しできない。世界でも、これほど不平等な協定は珍しい。しかも是正するどころか日本は同様の不平等協定をジブチといった第三国に押しつけている。カエルの子が立派なカエルになったわけだ。

エージェントは、そうした益体もないことがらを一気に連想させる言葉だった。印象に残るが、具体性はない。深く考えないほうが身のためだと思わされる。

鶴来にとって理想的な状態。香住がちらりと鶴来を見た。やっと手札をみせてもらったぞと言いたげ。鶴来はやんわり微笑み返した。自分は何も知らないというしらばっくれ。

鶴来は改めて、彼らにあさってのほうを向かせるべく言った。

「諸君。すべきことは変わらない。エックスの捜索、失踪工作の解明、そして工作を担った警察内の人員の特定だ。私と香住さんは、機体の監視方法について話すことがある。みな、くれぐれも部外者による得体の知れないネタに振り回されるな。それと、本部内の情報を外部に漏洩する者は、厳しく処分する。いいな」

香住と吉崎を除く人々が、渋々といった様子で部屋を出て行った。遅れを取り戻したいところで足を引っ張られたかたちだ。今後も鳩守が打ってくる手に備えねばならない。

「吉崎、この馬鹿馬鹿しい画像を消してくれ」

鶴来は携帯電話を取り出しながら言った。思った通り義兄からメッセージが来ている。義兄の動きに対しても遅れてしまった。義兄に後れを取るのも無性に腹が立つ。

鶴来がメッセージを確認する間に、吉崎が素直に命令に従った。反抗的な態度も、懐疑的な表情もなし。義兄と鶴来の関係についても、携帯電話にどんなメッセージが送られてきたのかとも訊かない。むしろ、しっかり鶴来に同調した提案をしてくれた。

「鳩守淳ですが、経歴以外も調査させますか?」

弱点を探るということだ。鶴来は大きくうなずき返してやった。評価の証しとして。安心して使える人員は、惜しみなく誉めてやらねばならない。

「そうしろ。指名手配という考えをどこまで広めたか確認。それと、香住さんに落ち着いて電話をかけられる部屋を用意してくれ。あと、一人、兵器の専門家を呼ぶ。共同で仕事をさせると馬庭さんに話しておけ」

「了解」

良い返事だ。吉崎が退室した。香住と何を話すのかとも訊かず、しっかりドアを閉めたことにも満足した。これが自分と義兄の違いだ。自分は人を使うことで力を発揮する。

香住が長テーブルにどかっと腰を下ろして、鶴来の注意を自分に向けさせた。

「あの経産省の男、辰見さんが現場の幕引きに失敗したんで、別の手を打ったってわけか。存外本気で警察庁を動かして指名手配させるかもだ」

正確には、警察庁指定被疑者特別手配という。読んで字のごとく警察庁が手配する。もちろん警視庁ではない。全国都道府県の全警察組織による捜査が必要とされるのだから。つまりは鶴来が今属している組織そのものを使って、義兄を足止めしようというのだ。

「思い通りにはさせません」

鶴来は携帯電話をしまって言った。鳩守を過小評価する気はなかった。これまでの鳩守の動きは、機敏の一言だ。アメリカの秘密作戦に関与し、外務省、警察内部、中国側ともつながっている。まさに暗躍だ。

指名手配は確かに巧妙だった。エックス捜索は事実上の指名手配に等しい。すでに態勢ができているものを別の目的に使うだけで済む。権限の上書き。パワーゲームのコツをつかんだ者のやり口だった。

指名手配されるのは、反政府活動、テロ、殺人など、社会的な影響が大きい事件の被疑者とみなされた場合だ。逮捕状が発行され、逮捕依頼が全国に通達される。警察署から交番まで、全組織に手配書を行き渡らせる。ただし一般市民に公開するかどうかは別だ。必ずしも指名手配が、世間に公開されるとは限らない。だが自分が鳩守なら、もちろん重大性をそこまで高めるよう画策する。

義兄はアクティベイター復帰の道を断たれる。全国に顔も名も知られた上で務めうる仕事ではない。義兄はそれすら気にせずエックスのために働くだろう。そして泥沼にはまりこんでいくことになる。そんな事態になることを防ぐのが、自分の仕事だ。

「ベレンコ中尉が亡命したときは組織争いは大して起こらなかった。北海道警察が主体だったし、自衛隊も初動を譲った。なのに今回は大騒ぎだ。お前さんもひと苦労だな」

「少々手間取りましたが、例の件を頼みます」

「スクランブル発令後の指揮引き継ぎは、おれがはっきりさせる。綾子にはメッセージを送っておいた。おっつけ到着するだろう。爆撃機に乗ってるはずの誰かについても、タコが知ってると助かるんだがな」

香住がわざとらしく言って腰を上げ、部屋を出て行った。

鶴来は再び携帯電話を取り出しながら、不覚にも溜息がこぼれた。

義兄が、スカイツリーからハーディ・バラックスまで、追っ手を撃退しながら突き進んだのかと思うと、痛快なのか頭痛がするのかよくわからなくなってくる。

なんであれ義兄から送られてきたメッセージは、事態解明の鍵だ。鶴来がアバクロンビーに訊いたところで何も教えてはくれなかっただろう。義兄が一人で訪問しても。事実、最初の訪問で義兄は何一つ情報を得られなかった。

エックスを保護しただけでなく、失踪工作の実在を証明するため、あえて追っ手を山ほど引き連れて現れたからこそ、アバクロンビーも情報を開示したのだ。義兄ならではの力業。とても自分には真似できないし、腕力で錠前を引きちぎるやり方に倣う気はない。

鶴来は手早く携帯電話でメッセージを送った。義兄にではなく、吉崎にだ。

三日月計画の人的資源（アセット）を提供したグループ——一の会の調査を命じた。鳩守もつながっているはずだ。そのつながりさえわかれば全容解明へ前進できる。

何より、外務省がこの件で一の会とやらと利害が対立しているという情報は大きい。外務省が積極的に情報提供してくれる可能性は高い。黒幕がオルタの一員ではないという確証を得る上でも聴取は有用だ。ファイブもシックスもそう判断するはずだろう。たとえ肝心の外務省が嫌がったとしても。そう考えながらインカムでオペレーターに命じた。

「今件で、政府官僚に情報提供を求める。外務省、北米局参事官の海老原（えびはら）威（たけし）氏にアポイントメントを取れ。場所は問わん。全面的に相手の条件に従う。ただし一時間以内に取りつけるよう手を尽くせ。誰を派遣するかは私が決める」

オペレーターが淡々と了解を告げた。相手が政治家だろうが官僚だろうが、粛々とやるべきことをやるだけだという態度。大変良い傾向だ。

鶴来は携帯電話と部屋のモニターの両方で、続々と情報が集められるさまを眺めた。

一の会の断片的な情報。体系的に整えるには時間がかかる。そんな時間があるかもわからない。進行中の計画を司る者はどこの誰だ？　米軍、中国の航空部隊、日本の警察。それら全てを操り、二人の警官を消した。それぞれの利害を見抜き、損益を示してやることで、おのずと関係者全員が、計画者にとって望ましい行動を取るよう促した。これほどの事態を意図的に引き起こすなら、そういう技能が必要になる。

優秀で、広い視野を持ち、合理的な計算に長けた人物。

進行中の計画の実在を証明するには、その人物の特定が不可欠だ。中心にいるとは限らない。離れた場所で事態を見守っている可能性もある。現場で事態の進行を監視している可能性もある。どちらに手応えを味わうタイプだろうか。

そいつは数多の権力と組織を知り尽くし、平然と無関係の人間を巻き込む。楊芊蔚がそうされたように。そしてまた妻の真奈美が、誰かの計画の歯車に挟み込まれ、逃げられなくなったように。

そう考え、血が沸騰するような激しい感情が込み上げてきた。

解消の仕方はわかっている。こうした計画者を、権力と欺瞞の泥の中から引きずり出して裁きを受けさせるのだ。義兄とはその点でも違う。あの現場主義者は、巻き込まれた人間を安全地帯に連れ出すという、救出行為そのものを勝利とみなす傾向がある。

だがそれは鶴来にとって勝利とはいえない。計画者を裁く。血祭りに上げる。そうせねば気が済まない。

ふと考えがわいた。エックスの他に、義兄が握っているもの。現場で押収した拳銃。

手土産に格好の品。鶴来はその考えをメッセージ・アプリに打ち込んだ。通話で伝えるまでもない。義兄なら上手くやる。すでに同じことを考えているかもしれなかった。

メッセージを送信し、ひるがえって鳩守の仕掛けを改めて評価し直した。

効果的だが、下策だ。そういえるだろう。鳩守以外の人間にとっては。

やるべきことが多すぎる。リスクが高すぎる。日本の捜査機関を敵に回しかねない。楊立峰に反撃されて死んだ人物が何者かは不明だが、外交官だと言い張るのはさぞ骨が折れるだろう。偽証を重ねる行為。日本の警察が捜査を行えば、容易なことではない。

貧乏くじを引くのは、周と辰見だ。彼らが積極的に賛同したとは思えない。安全地帯にいるのは鳩守だけだ。彼らが何を目的として結託しているかわからないが、義兄の指名手配など、本来ならオプションから外したかったはずだ。

それでもやったのは、警察を使ってそれ以外の存在の介入を防ぐためだ。それこそ米軍や、米国の諜報機関、あるいはアクティベイターの介入を。

どのような利益が、彼らを駆り立てるのか？　周、辰見、鳩守、それぞれに異なる褒美が用意されているのだ。中国人アセットの国外流出という米軍側の作戦にも、作戦を知った中国側の逆襲にも、日本の官僚が協力している。誰かが米軍の作戦を中国側にリークしたのだろう。その時点ですでに、誰もが互いに矛盾する目的を持って動いている。

鳩守の仕事が、利益をでっち上げることである可能性は高い。周も辰見も、目的のために働いていると信じているだけなら、この矛盾に説明がつく。米軍の情報開示がその偽りを暴く可能性があるから、周とのつながりをあらわにしてまで手を打ってきた。

鳩守は計画者ではないだろう。だが強力な計画推進者だ。優秀で悪辣なブローカー。誰が巻き込まれようと知ったことではなく、巻き込む人間を可能な限り増やそうとする。

妻の命が奪われたときと同じだ。心のささやき。こいつを許すな。鶴来はかぶりを振った。言わずもがなのことをいちいち繰り返す自分の心が鬱陶しかったからだ。

明日正午、オルタが招集されるまでにパズルを解く。計画者を特定する。それができれば自分たちの勝ちだ。まだいくつも手がかりを求めねばならないが、少なくともどうすれば勝利の証しとなるかはわかった。矛盾した目的のもとで集わされた者たちをばらばらにし、いさかう彼らのど真ん中に、鳩守を投げ込んでやるのだ。

28

『真丈殿。訪問すべき相手に打診中。なお経産省の鳩守淳氏が、くだんの中国人死傷の咎を騙り、貴殿を指名手配犯に処さんとす。入手した品の活用を提言する。健闘されたし』

義弟からの律儀な文面。漢文かと勘違いしてセンに翻訳を頼もうと思ったほどだ。

真丈は、やたらと肌触りの良いバスタオルで身を拭いながら、やはり義弟とは妙なところで気が合うなと思った。性格は真逆といっていいが、不思議と同じ結論に辿り着く。

もうすでにその準備を終えていると返事をしたら義弟は機嫌を損ねるだろうか？　やや考え、素っ裸のままメッセージを返した。

『ヨッシー殿。大変素晴らしい考えだ。例の品は保存状態も良好だ。ありがとう』

いろいろと働いてもらわねばならないので、けっこう気を遣ったつもりだった。

綺麗な下着とシャツとソックスを身に着けたところで、やはりもう少しメッセージを考えるべきだったと思った。あれでは義弟に、同じことを考えていたことがばれるだろう。

だがそう考えるうちに、またもや義弟からメッセージが来た。

『訪問相手が快諾。ただちに訪れたし』

こちらの考えを読んだような連絡。住所と訪問時の注意点も付記されている。

やはり気が合う。機嫌を損ねてもいないようだ。いや、義弟に限っては安易に断定できない。柔らかに微笑みながら激怒するという器用さを持ち合わせている男なのだ。

それはそれとして、そつなく仕事をこなす義弟に感心した。大勢の部下に指示を出し、部下が集める情報に首まで浸かり続けるというのは、経験がない人間が想像する以上に大変だ。心から感謝しつつ、二つの携帯電話を持ち、脱衣所からベッドルームに出た。

楊立峰氏が死んだ部屋。血の痕は綺麗に洗浄されている。周が派遣したクリーナーは良い仕事をしていた。アバクロンビーのスイーパー部隊も。楊立峰氏が死んだ証拠も、彼が何のために働いていたか示すものも、何一つ残っていない。

おかげで台風の目のようにここは静かだった。灯りをつけて堂々と動き回っても誰も来ない。勝手にシャワーを浴びても、楊立峰氏の遺したものを使っても、誰も咎めない。

楊立峰氏も許してくれるだろう。彼の最後の願いを叶えるためなのだ。捕まえろ。その人数は増える一方だった。それとは別に、センの安全と自由という、より優先順位の高い戦略目標が設定されているが、きっと楊立峰氏はその点についても許すに違いない。

真丈は都合よくそう決めつけて免罪符にし、クローゼットから引っ張り出しておいた楊立峰氏の服を手に取った。服はサイズがひとまわり小さいものばかりだった。イタリア製が多く、ぴっちりしていて辟易させられた。何着か伸縮性に富んだものがあったので、それらの中から最も地味なグレーのワイシャツとスーツの上下を選んでおいた。

着替える必要があったわけではない。追っ手を刺し殺して返り血を浴びたわけではないのだ。しかしリフレッシュできるなら、そうしたほうがいい。心身の疲労を拭い、活発化させるためにも。戦術上、必ずすべきことだ。疲労は勝手に消えてはくれない。意識されない疲労も、じわじわと蓄積され、いざというときに力の発揮を難しくしてしまう。

ズボンとワイシャツを身につけ、ジャケットに腕を通した。着心地に問題はなかった。窮屈な服では身体におかしな負荷をかけてしまう。動きにくいだけならまだしも、神経や血管を圧迫するものは避けねばならない。手足に重りをくくりつけるようなものだ。

靴は自分のものを履いた。こちらはさすがに、ぴったり合うものがなかった。屋内だがいつ緊急事態になるかわからないので、堂々と靴を履いて歩き回った。

携帯電話をズボンのポケットに入れ、アネックス綜合警備保障の備品である、指出しグローブをつけ、ベルトと防刃チョッキを脇に抱えると、土足のまま一階まで降りた。

さすがに楊立峰氏も文句を言うかもしれないが、靴は重要だ。緊急のとき、靴を履いているかそうでないかで致命的な差が生じる。靴がなければ戦えない。コップを一つ、床に叩きつけて割るだけで勝負がつく。裸足では一歩も動けなくなる。

薄暗いリビングに入ると、二人掛けのソファで、センが横になっていた。毛布をかぶり、目を閉じている。できるだけ休養しようというプロの態度。こちらも靴とジャケットを、いつでもすぐ手に取れるよう、そばの床に置いている。

ローテーブルに置かれた品々のことを考えれば、センが完全に自制していることもわかった。真丈がシャワーを浴びている間、センがそれらに手をふれた様子はなかった。どれも真丈の記憶にぴったり適合する位置にあった。

ハンドガン。この家の鍵。そして楊立峰氏の車のキー。それらをあえて置きっぱなしにしたのは、信頼を示すためだ。センが武器をひっつかんで一人で行ってしまうことはないと真丈が考えていることを示す。この先、信頼がものを言う。二人ひと組で動くなら、お互いがすべきことを確認するよりもまず、決して相手がしないことを確かめるべきだ。

といって、ただ単に武器を放置したわけではない。犬に「待て」と命じるように、実際に待てるかどうか試したわけではないのだ。今や武器として以上に重要な意味を持つことを、センに実感してもらうためだ。真丈の勝利として設定された、センの安全と自由の奪還へ至るための、鍵の一つであるということを。

ハンドガンと弾倉は、それぞれ別に置かれていた。弾倉からは、弾丸が一つ残らず抜かれ、全て別々に、キッチンで見つけた食品保存用のビニールパックに入れていた。ハンドガンと、弾倉と、十発の実弾を、十二の袋に分けて。

指紋がついた状態で、それらを保管するためだ。ただしハンドガンは綺麗に拭ってある。それを所持していた周の部下の指紋だけでなく、真丈とセンの指紋もついているからだ。

だが弾丸はそうではなかった。こちらには周の部下の指紋しかついていない。

弾丸を込めた人物が、銃の所持者であると考えるのは、きわめて合理的だ。

弾丸の一つからは、真丈がすでに指紋を採取していた。センが変装のために使ったアイシャドウと化粧用ブラシ、そして楊立峰氏の書斎から拝借したセロハンテープを使って。採取したセロハンテープは、該当する弾丸と一緒に袋に入れてある。

ただし、あくまで指紋の存在を確認しただけだ。指紋採取は、職人技といっていい。映画やドラマと違って、おそろしく面倒で繊細な作業なのだ。採取した指紋を登録し、いつでも照合可能な状態にするとなれば、技術だけでなく専用の機械が必要となる。

真丈も技術だけならあるが、道具もなければ時間もなかった。それに、物品を渡せば専門の人間がやってくれるのだから、そこまでする必要はない。

真丈が近づくと、センが目を開けてこうべを回らせた。ぼうっとした様子はなかった。僅かとはいえ休養を取った成果が出ていた。適度な緊張と、生気をたたえた顔だ。

センが身を起こし、ジャケットをつかんだ。変装前に、空港で与えられたものだ。変装に用いた衣服とかつらは、大きなバッグにまとめて入れてソファの横に置かれている。

「ここを出るの？」

「ああ。準備ができた」

真丈が、空いているソファに防刃チョッキとベルトを置いた。キッチンへ歩いてゆき、買い物袋を手に取ると、それを持ってリビングに戻った。

テーブルの上の袋詰めにされた品々を、真丈が丁寧に買い物袋に入れていく様子を、センが黙って見ていた。センにとっても、それはもはや引き金を引いて用いるものではなかった。別の用い方をすべき武器だった。

銃と弾倉と弾丸が、買い物袋の中へ消えたところで、センがまた訊いた。

「私も一緒に行くのね？」

真丈はうなずいた。力を込めて。この先、絶対に必要となるパートナーシップを、きわめて短時間で構築するために。

「ここからは君とおれが連携して働く必要がある」

センがじっと真丈を見つめた。何をすればいいか言ってくれという顔で。

「格闘、追跡、尾行、逆探知、どれか訓練した経験はあるか？」

「その四つに、銃器の扱い、特殊エレクトロニクス、高速運転技術、航空技術、重機の操縦、ベーシック・サバイバルを加えて」

真丈は眉を開いてみせた。誇張も過小評価も連携ミスにつながりかねない。

「本当に特殊部隊員なのか？」

「特殊技能員よ」

「成績は？」

「こういう目に遭うくらいには、良いほうだとみなされたんじゃないかしら」

真丈はちょっと口角を上げて同意を示したが、返事に満足したわけではないと暗に告げてやった。ユーモアは大切だが、曖昧な自己評価に耳を傾けるわけにはいかない。

「部隊では誰よりも筋が良かった。特別情報戦略班への配属も内定していたけど、周の一族に基地を牛耳られて輸送班へ回されたの。あなたに自分を売り込む気はないけど、高給取りになって母に楽をさせてあげられるはずだった」

「現場活動のほうも優れてる。大した変装だった。おれにもわからなかったよ」

センが肩をすくめた。まったく自慢にはならないと思っているのだろう。

「重要人物を変装させて守るための技術よ。自分が変装する日が来るとは思わなかった」

「今は君が、重要な人物だ」

センが形の良い鼻から嘆かわしげに息をこぼした。

「誰かを守る仕事に就きたかった？」

「家族や国民を。だから逆に生活も保障される。兵士としての年齢制限はあるけど」

軍人はみんなそのはずだと言いたげ。貧困ゆえにやむをえず軍人になる者もいることはわかっているのだろうが、少なくともセン自身はそうではないらしい。軍に入ることを、大企業への就職か、国家公務員試験に合格するのと同様にとらえている。軍需産業で潤う地域の出身者によくある態度だ。中流かそれより上の家庭で育ったことも窺えた。

「おれは単に、自分に向いていることをやってるだけさ。これから、互いに囮になって、敵集団を攪乱（かくらん）し、指揮官クラスをおびき出して拉致する。いいかい？」

たちまちセンの顔つきが鋭くなった。怯えや気後れはない。自信をみなぎらせている。腕力に自信があるのではない。集団相手の戦闘を、パズルとしてとらえる知略を学んでいるのだ。確かに現場のインテリジェント・オフィサー向きの人材だ。だからこそ、単独テロリストとして説得力のある人物とみなされたであろうことも想像できる。

「その相手は誰なの？　周凱俊？」

「本当のコマンダーが誰か、今から特定しに行く。情報提供者から話を聞きに行くんだ。ついでに、君を自由にするための手続きを請け負ってもらう」

センが目を丸くした。喜びの顔ではない。信じがたいという顔だった。彼女を便利に動かすため、真丈が適当な嘘をつき始めたのではないかと疑っているのだ。

真丈が、銃が入った買い物袋を指さした。

「百パーセント大丈夫だと約束することはできないが、こいつがあれば頼むことくらいはできる。やって損はない。何か問題が？」

センがかぶりを振った。代わりに別の質問をした。

「なぜそこまでしてくれるの？　日本政府の命令？」

死んだ妹がそうしろと呼びかけ続けているとは言わなかった。

「おれも誰かを守る仕事に就いてる」

「私はあなたの国の国民じゃないわ」

「結果的にそうなるかもしれない。トルコと日本みたいに」

「トルコ？」

「百年以上も昔、まだ日本が統一国家の体裁を整えようとしている最中のことだ。日本でトルコの船が難破し、近くの村人が乗員を助けた。当時、たとえ日本人が溺れても西洋諸国の人間は助けなかった」

「それでも助けるだけの利益があった」

「具体的な利益じゃない。目の前で困っている人間がいたから助けた。この世で最も、信頼を生む行為だ。その後、トルコと日本は民間レベルで互助関係が根づいた。中東での紛争で現地に取り残された日本人を、トルコの航空会社が救ってくれた。日本で震災が起こったとき、真っ先にトルコが支援を申し出た。無償の助け合いだ。良い話だろう?」

「じゃあ、クルド人難民を受け入れないのも、トルコのため?」

センが醒めた顔で話の腰を折った。トルコではクルドの自治独立運動は頭痛の種だ。

「難民の受け入れは別の問題なんだ。日本はそもそも難民を扱った経験が少ない」

なぜか申し訳ない気分になって真丈が言った。

「そうね。アジアはどこもそうよ。世界中そうなのかも。みんな、お金も里も失った人が嫌いだもの。事情があって国を出なければならなかった人には来て欲しくないのよ」

今は自分がその立場なのだという慨嘆をにじませてセンが言った。

「母に会いたい」

最後に小さな声で呟いた。もはや叶わぬ望みかもしれないが、と目が言っていた。しかし少なくとも、はっきり口にする程度には、真丈を信じていることが窺えた。

互助関係。自発的な信頼の関係。良い傾向だ。

「君がお母さんを連れて、東京タワーを案内してあげるといい」

センの目尻に涙が浮かんだ。期待通りの効果。センを弱気にさせるために言ったのではない。希望あるビジョンは、いつだって車のヘッドライトのように、進むべき先を照らしてくれる。それがあるのとないのとでは、バイタリティの発揮が大違いなのだ。

ややあってセンがうなずいた。良い傾向だ。

「ここを出よう。これを移動中に試着して、いつでもつけられるようにしてくれ」

真丈は、防刃チョッキとベルトをセンに渡した。

「私が？　あなたは？」

「おれはこれだけでいい」

指出しグローブを掲げてみせ、その手で銃の入った買い物袋を取った。

センが口を開きかけたが、その前に真丈が言った。

「君が、重要な人物だ。ただし君にも働いてもらう。人手が足らなくてね」

センはなおも何か言いたげだったが、唇を引き結んだ。共闘の意志を込めて。この上なく良い傾向。チョッキとベルトだけでなく、変装用のバッグを取って肩に担いだ。

真丈が、家の鍵と車のキーを手に取った。裏口の錠は替えられていたが、鍵は食品棚の壁に、マグネット式のキーホルダーにかけて吊されていた。新品の鍵を、さも昔からそうしていたように見せかけて。おかげで、そちらから悠々と出られたし戸締まりもできた。

車庫に回って車のキーの解錠ボタンを押した。ハザードランプがまたたいた。ぴかぴかの高級車。楊立峰氏の車の位置情報は、米軍側にも敵側にも筒抜けだろう。だがこの車は幽霊だ。無意味に衝突しないため、米軍側も敵側も、見て見ぬ振りをする。

楊立峰氏も、むろん黙認してくれるだろう。全ては彼の冥福のためだ。真丈は真面目にそう考えながら後部座席のシートの下に買い物袋を置き、それから運転席に座った。

センが後部座席に乗った。走行中にチョッキとベルトを着るためだ。

真丈がシートベルトをして、エンジンを始動させてセンに声をかけた。

「おれと君で、ひとまず事件の捜査官として振る舞う」

「日本にも、英語で会話をする捜査官がいるの？」

「はじめはおれが日本語で話して、どこかで英語に切り替える」

「捜査官ではないとばれるわ。拘束される危険は？」

「心配ない」

センが口をつぐみ、ミラー越しに真丈を見つめた。東京タワーへ移動したときのように。もちろんそのときとは異なる眼差しだった。

「あなたがアクティベイターだから？」

真丈もミラー越しに目を合わせ、にやっとしてみせた。

「アクティベイターって何なの？」

センが焦れったそうに訊いた。

「全てが終わったら教えるよ」

真丈は車を出し、寝静まる住宅街を抜け、国道二四六号線を北東へ向かった。

29

同じ場所を行ったり来たり。真丈は、その所感を追い払い、運転に集中した。

長時間にわたる緊張の継続が、心身に影響を与え始めていた。どれほど超人的な精神力や体力の持ち主であろうと、必ず疲労する。シャワーや着替えでリフレッシュしても、疲労は残る。ただ疲労を感じるうちはまだいい。徒労感となると問題だ。もう休みたいという身体の願いを、脳が翻訳し、どうせ頑張っても無駄だぞというメッセージに変えるのだ。ポテンシャルの発揮を制限し、疲労を抑えようとする心身のメカニズム。

本来それは正しい働きだが、今はまだ自分を駆り立てる必要があった。数時間前に通った道をまた通るのかという徒労感ではなく、正しい答えへ近づいているという意識を強く持たねばならない。真相を覆う偽装は、少しずつ剝がれ始めている。正体もわからぬ相手の動きに合わせて、追ったり逃げたりするだけだったが、今は違う。ぼんやりとだがボトルネックが――戦略的目標となるべき人物や集団が――判明しつつある。

深夜の道路は空いていた。予想より早く到着し、徒労を追い払う役に立ってくれた。

捜査官を装っての情報収集――義弟のメッセージに従って。

場所。一の橋付近のマンション。

相手。外務省、北米局参事官、海老原威。

備考。マンションの来客用駐車場の一つを空けさせている。

義弟の鶴来誉士郎の生真面目で律儀な性格のたまもの。おかげで、スムーズに車を停めることができた。大都市での時間のロスの大半は、道路の混雑と、駐車場所の少なさのせいで生じる。せっかく急行したのに、車という便利で厄介なものの置き場を探して、目的地周辺をぐるぐる移動するはめになりかねない。そのロスを防ぐため、消防車や救急車はあらかじめ道交法違反を免責されているが、物理的に進入できなければどうしようもない。警察が緊急時に自転車で駆けつけることが多いのは、時間のロスを防げるからだ。

もしかすると自転車を手に入れることも考えるべきかもしれない。電車はどこも間もなく終電になる。そんなことを考えながらシートベルトを外して振り返った。

センが、準備は終えているというように両手を広げてみせた。長い髪をきちんとまとめてアップにし終え、さらにウィッグをかぶってショートヘアに見せかけていた。

黒い上下のスーツ。腰には真丈の仕事用のベルトを装着し、警棒と催涙スプレーを装備している。防刃チョッキは手に持ったままだが、すぐにジャケットの上から着られるようベルトの調整は終えている。

「行こう。土産はおれが持つよ」

真丈が言った。センが足下から買い物袋を取って差し出した。やはりその中身を装備したいとは言い出さなかった。残弾数が限られたハンドガンなどに頼る気はないのだ。

しかし真丈が買い物袋をつかむと、センがすぐには手放さずに握り返した。

「私が拘束されそうになったら抵抗していいのね？」

行動の前の最終確認。真丈はうなずいた。自分も加勢するという意思表示。

「抵抗すべきだ。ただし、これから会う人間と敵対することが目的じゃない。味方にする。そのために話をする。いいかい？」

「期待してるわ」

彼女が買い物袋を手放した。最後の生命線をどこに設定すべきかの問題なのだ。全て無駄だから諦めろと、いつどこで自分に命じるべきかの問題。

「失望はさせない。君は、その防具を袋に入れて持っててくれ」

センがうなずき、防刃チョッキを変装用の荷物を入れたバッグに押し込んだ。

車を出た。買い物袋をぶら下げたカップル。捜査官には見えないが構わなかった。

守衛に会釈し、インターホンで部屋の番号を押して呼び出した。住人からは来客者の顔が見えている。真丈は自分の顔をアップにして、なるべくセンが見えないようにした。

「羽田から来た者です。海老原威さんとお話しさせて頂けますか」

女性の声が返ってきた。

「伺っています。お上がり下さい」

自動ドアが開いた。二人で入館し、エレベーターに乗った。目的の階に着き、通路を進むとすぐに誰かが部屋のドアの前に立っているのが見えた。

女性だ。三十代半ば。綺麗に編み上げた髪。入念な化粧。人目を引く美貌。肩パッド入りジャケット。タイトなスカート。胸元を強調するチューブトップ。金とパールのネックレス。表面が平たい指輪を両手の中指につけている。腹の辺りで重ねた両手。ネイルは何時間もかけたように整えられている。そして、きらきら光る靴。

とことん着飾った、『銀座辺りのホステス』と名札に書いてありそうな姿。

真丈は反射的に足を止めた。女性の挙動に十分対応できる距離で。センを止めようとしたが、すでに止まっていた。真丈と同じくセンも感づいたらしい。大したものだ。

女性のジャケットの両脇に不自然な膨らみ。脇下にホルスター。おそらくテーザー銃。あるいはピストル型の催涙ガス噴射器。刃物やハンドガンではないだろうが確信はない。

スカートの下に短いスパッツを穿いているはずだ。羞恥心で動きを妨げられないように。髪はウィッグだろう。つかまれたらすぐに外れるようにしている。

引っ張られればすぐに千切れるネックレス。指輪はひっくり返せばブラスナックルになるしろもの。靴底は平たく、ハイヒールではない。靴が左右に膨らんでいる。素早く動けるよう衝撃吸収剤入りのソールを靴に入れているのだ。推測だが、平らな靴底に、剃刀(かみそり)でギザギザの模様を刻み込んでいるだろう。格闘のための滑り止め。

ボディガードか、中にいる人間をとっくに始末した暗殺者か。どちらかわからない。

周凱俊が、そんなたぐいの人材を派遣したとは思えないが、確証はなかった。

「海老原は中でお待ちしています。お持ち物を拝見してもよろしいでしょうか?」

女性が言った。インターホンで応じたのと同じ声。無機質なほどの慇懃さ。

真丈はうなずき、歩み寄って買い物袋を差し出した。互いに懐に入れる距離。女性が両手で袋を取った。見事な重心移動。柔術をたしなんでいるらしい。買い物袋をつかんだ瞬間に引っ張られても、前のめりにぐらついてしまわないよう姿勢を保っている。

暗殺者なら今のような動き方はしない。両手を差し出すような真似は避けるし、とっくに攻撃しているだろう。そもそもこちらが対応可能な位置で待ち構えたりもしない。

それで合点した。日本の官僚がこの手の人材を紹介してもらう場合、ルートは三つだ。いや、三つの領域からというべきか。合法、非合法、超法規だ。このうちの最後は、当然アメリカ側アセットになる。自国の法にのみ従い、日本の国内法を無視できる存在。

おそらくアバクロンビーらが外務省側に提供したアセットだろう。日本の官僚がきちんと仕事をしてくれるか監視する役も兼ねた掃除人。

それを愛人風に装わせる理由はよくわからない。自分を弱く見せる偽装だろうが、閣僚に奉仕する官僚とＳＰが苦労をともにするうちに妙な遊びを考え出すこともある。

女性が買い物袋の中身を見た。

「ありがとうございました」

袋詰めにされた拳銃と実弾を目にしても顔色一つ変えずこちらに返した。

「両手を左右に挙げて頂けますか？」

真丈はそうした。

「失礼します」

女性が言って、真丈のボディチェックをした。的確に。タイトなスカートだが伸縮性に富んでいることがわかった。思った通り内側に白いスパッツを穿いていることも。

通路はマンションの共用部分であるはずだが、誰かが来ることを気にする様子はない。誰かに見られてもいい、というより、このフロアには誰も来ないと考えているのだ。

「そちらの方のお持ち物も拝見できますか？」

真丈がセンを手招いた。センは眉間に皺を寄せ、警戒心をあらわにしながらバッグを差し出した。

女性が先ほどと同様にし、そしてセンに返した。

女性が断りを入れ、センのボディチェックをしたが、警棒や催涙スプレーを取り上げようとはしなかった。その程度の武器なら大した問題ではないといいたげだ。

「大変失礼をいたしました。それでは、ご案内させて頂きます」

女性がドアを開き、真丈とセンに入室を促した。

真丈は、手振りでセンを通路に立たせ、先に玄関に入った。

待ち伏せなし。男性ものの靴が一足、すでに並んでいた。洒落たアラビアものっぽい模様の玄関マット。女性のものと思われるスリッパが一足。来客用のスリッパが二足。傘立てに何本か傘が入っており、人の出入りがあることを示している。傘は、部屋に住人がいること、ないし頻繁に使われていることの証拠だ。むろん偽装でなければだが。

女性が率先して靴を脱ぎ、廊下に上がってスリッパを履いてから壁際に立った。靴を脱げば、格闘する上で大いに支障をきたす。武器はないと握手で示すのと同じだ。

「どうぞお上がり下さい」

女性が促した。室内にいる人物もすでに靴を脱いでいる。これも偽装でなければだが。

真丈も靴を脱いで上がった。スリッパを履き、屈んで靴の向きを変えた。礼儀でそうしたのではなく、いざというとき素早く靴を履いて部屋から脱出するためだ。

センもそうした。女性はドアを施錠しなかった。閉じ込める気はないらしい。このフロア全体が人を閉じ込めるための空間でないならば。

「どうぞこちらへ」

女性を先頭に廊下を進んだ。開けっ放しのドアから、広々としたリビングに入った。

三人掛けのソファに座る男性が、こちらを振り返った。長身にダークグレーのスーツ。壮年だが髪は黒々とし、やや日焼けしているが、しみもくすみもない。眼鏡もかけず、座ったまま白い歯を見せて微笑んでみせた。清潔で愛想が良く、若作りに余念のない男。

海老原威。日本政府の人的資源（アセット）。その隣に一人分のスペースをあけて、女性が座った。

「どうぞどうぞ、おかけ下さい」

海老原が、いかにも親近感を抱かせる様子で、差し向かいのソファへ手を振った。

「失礼します」

真丈が一礼し、すぐにまた腰を上げられるよう、浅めに座った。センが無言で倣った。こちらも三人掛けのソファだった。互いの間には、角も縁も丸い小テーブルが一つあり、紙コップと、未開封のお茶のペットボトルが何本か用意されている。

部屋の電気スタンドはプラスチック製の華奢（きゃしゃ）なしろものだ。部屋に緑を添えるための植木があったが植木鉢はこれまたプラスチック製。キッチン・カウンターの縁も丸い。

背もたれが薄く、脚が細い、洒落た革張りの椅子が四つ、テーブルを囲んでいる。布製のブラインド。窓ははめ殺し。

凶器となるもの、肉体的な打撃を与える上で有用なものが、一つとして存在しない。

刃物代わりに使えるガラス製品は皆無だった。三人掛けのソファを担いで振り回すのは困難だ。小テーブルも低すぎて、担ぎ上げようとして屈んだ途端、目の前の女性に手痛い一撃を食らうだろう。相手をテーブルに叩きつけても、角が硬くて尖（とが）っていなければ致命的なダメージを与えるのは難しい。キッチンの椅子も、振り回したところでプラスチック製のバットなみの衝撃しか与えられないだろうし、盾としても使えそうにない。

こういう仕掛けは、心理面で効果を発揮する。こんな場所で暴れても意味がないと無意識に判断させるのだ。逆に、テーブルに鈍器代わりになる灰皿を一つ置いただけで、人の心は変調する。テーブルに拳銃を置いて話すと、何も置かない場合に比べ、人は攻撃的な会話をしがちになる。目の前にある道具が、人の精神状態を変えてしまうのだ。

「良い部屋ですね」

真丈が言った。

「オフレコで話すにはちょうど良くてね」

海老原がにこやかに同意した。

「失礼ですが、そちらの女性は？」

尋ねると、女性が、ぴったり閉じた膝に両手を重ねて置き、人形なみに姿勢を正して座ったまま、やんわり微笑んで小さくお辞儀した。

「卯佐美要子（うさみようこ）と申します」

肩書きもなし。何のために同席しているかも言わない。

「ボディガードですか？」

「愛人だよ。私の」

海老原がぬけぬけと言った。女性が同意するように真っ赤な唇の端を上げた。同じ表情のまま、こちらの喉笛に手刀を叩き込んできそうだ。いつでもそうできるよう、女性が重心をしっかり整えているのがはっきりと感じ取れた。

「私はこうして、たまたま愛人宅にいるところ、聴取されるはめになったわけだ」

「ははあ。オフレコの内容が漏れた場合、その手のスキャンダルでごまかすわけですか？」

「ごまかすのは容易ではないがね。ただ、愛人を同席させた上で、ぺらぺら喋ることがらには、信憑性（しんぴょうせい）に重大な疑問符がつくことになる。少なくとも国民はそう感じる」

「名声に傷がつきそうですが」

「情報管理に失敗した者へのペナルティだな。もちろん、それでよしとはしない。彼女は、誰が誰へ漏らしたか調べるのが、とても上手い」

「漏らした人物を懲らしめるのも上手そうだ」

「もちろん、たいてい相手は後悔してくれる。覆水盆に返らずというが、こぼれた水を綺麗に拭ってくれる。ちなみに彼女のお得意様は、アメリカだ」

これで確信できた。やはりアセットだ。情報漏洩専門の掃除屋。政府関係者に紹介されるほど優秀なスイーパーなら、相当な修羅場を経験しているだろう。

日本では多くの省が特殊部隊の設立を望んでおり、中でも外務省にとって人質救出部隊や諜報部隊の設立は悲願といっていい。だが現実は、非公式に人を集めるしかなく、卯佐美はその一人というわけだ。

センといい、幽霊じみた追跡手（チェイサー）といい、今日は珍しい人間と次々に出くわす日だった。

「あなたはブローカーですか？」

端的に訊くと、案の定、海老原ではなく卯佐美の目の光が鋭くなった。真丈を、海老原に圧力をかけにきた人間だと感じたのだ。ある意味そうだが、目的は敵対ではない。

海老原が笑った。

「もう少し若ければコーディネーターだと返して、それが意味するところを語り尽くそうとしただろう。だが結局、我々のような人種は、肩書き以上でも以下でもないよ」

真丈は、お説ごもっとも、という感じで深々とうなずき返してやった。

「そう言う君と、そこの彼女は、何者かね？　警察庁警備局から連絡が来たそうだが、警察が私を聴取すべき理由などないはずだ。実際のところ、この状況下の、この時間帯に、この私を狙って、どこのエージェントが来たか言ってくれ」

「彼女は羽田から来ました。空港警察署から。私は彼女に同行する者です」

センが小さく頭を下げた。日本語のヒアリングに問題はない証拠だ。真丈のまどろっこしい話しぶりに苛々しているだろうが、我慢してくれていた。

「警察庁の人間には見えないな。あの警棒つきのベルトは支給品かね」

海老原が、卯佐美に訊いた。

「民間警備会社のものでしょう。袋の中にロゴ入りのプロテクターが入っておりました」

卯佐美が言った。海老原が、どういうことかわからないというように腕を組んで背をソファに預けた。忙しいからさっさと話してくれ、さもなければ帰れ、という態度だ。

「英語で話しても構いませんか？」

真丈が言うと、海老原と卯佐美が同時に眉をひそめた。

「彼女のことを私はセンと呼んでいます。先ほど言いましたが彼女は羽田から来ました」

真丈が、英語で言い直した。センを会話に加えるという合図だ。海老原と卯佐美への、ヒントにもなる。果たして卯佐美が瞠目し、ついで海老原が息を呑んでセンを見つめた。

そんなはずがない、という思い込みのせいで気づかなかったのだ。騙されたような気分を味わったに違いない。海老原も卯佐美も、意表を衝かれることを好む人種ではないだろう。彼らの腹立たしさが伝わってきたことで、二人の態度が演技ではないと断定できた。

情報がここまで辿り着いていない。爆撃機に乗って亡命してきた女性が、日本の警備会社の社員と一緒に逃げ回っているという大ニュースが、出回っていない。

――すごいな、ヨッシー。

真丈は心の中で義弟を称賛した。経産省の鳩守の仕掛けを、警察庁の内部で封殺したのだ。本来、警視庁が管轄するはずの、アウェーである空港警察署で、そうしてのけた。先ほどの海老原の言に倣えば、覆水を完封する手腕の持ち主ということだ。

「你的名字是什么？」

海老原が、自然な調子で中国語を口にした。基本フレーズの一つなので、さすがに真丈もなんと言っているかわかった。名前を訊いているのだ。

「楊芊蔚」

センが、母語の発音で返した。それから、真丈のために英語に切り替えてくれた。

「中国人民解放軍空軍、スペシャルフォース所属です。事情があってここにいます」

海老原が、組んでいた腕をほどいて膝に載せ、センを覗き込むようにした。

「どのような事情で？」

「父がアメリカ側の工作に荷担した罪で拘束されたと言われました。何も知らない母も同様の目に遭うだろうから、父母の身を案じるならば、祖国の作戦に貢献するようにと。それで命令通り、最新鋭の爆撃機に乗って亡命を装いました」

海老原は前屈みの姿勢のまま、興味深そうに相づちを打っている。

「何のためにそうする必要があったかはわかりません。また、入管庁で亡命手続きに入る前に、日本の警察官二名が私に手錠をかけた上で、本来の移送先と異なる場所に送り込みました。そこには私に作戦を命じた人物がいて、どこかへ連行しようとしました」

「そこでたまたま私が遭遇し、彼女を解放したわけです」

真丈が説明を差し込んだ。卯佐美が、真丈とセンの間で視線を行ったり来たりさせた。嘘を言っていることを示す、微表情や声のトーンがあらわれていないか確かめているのだ。少しでもこちらが嘘をつけば、すぐに海老原に教えるのも、彼女の役目らしい。ボディガード兼、スイーパー兼、嘘発見器。なかなか多彩な仕事ぶりだ。

「君に命令を下した人物の名前を教えてほしい」

海老原が言った。

「周凱俊」

「何者かね？」

「どこの部隊ないし機関に属しているか、私にはわかりません。中国の基地で私にすべきことを指示しました。日本では現地の警察と結託しているようでした」

センが淀みなく答えた。海老原がちらりと隣を見ると、卯佐美がうなずき返した。センは嘘を言っていない、と推定してやったのだ。

海老原が、真丈とセンを同時に視界に収めるため、またソファにもたれかかった。

「驚きだな。彼女を、日本の警察が大勢捜し回っているのは何かの偽装工作か？」

「詳しくはわかりませんが、シンジョーがそのようにはからってくれました」

センが言うと、海老原が目だけ動かして真丈を見た。

「それで？　たまたま彼女と遭遇したという君は、何者かね？」

真丈は勿体ぶらず素直に答えた。

「アクティベイター」

海老原が微笑んだ。卯佐美の目の光が、先ほどよりもさらに鋭いものになって真丈に向けられた。

二人とも、それはなんだとも、本当かとも訊き返さない。

「私の目的は、彼女と彼女の家族に、安全と自由を保障してやることです。そのために、今件に関与した人物たちと、その目的を判明させ、日米双方に報告します。ちなみに私の米軍側の窓口は、アバクロンビー情報将校です。ご存じですか？」

海老原が、唇を突き出して鼻息を噴いた。あのアメリカ至上主義の、心からアジア人を馬鹿にしている、口の悪い情報将校だな、と言いたいのだろう。アバクロンビーと少しでも話したことのある人物なら、たいていそういう感想を抱く。

真丈は、同感です、というように海老原にうなずき返してやった。

「ミスター・アバクロンビーが、私に会えと指示したのかね？」

「彼からは、三日月計画で米軍がアセットとして使っていた、一の会というグループについて教えてもらいました。そのグループと最も対立している人物のことも」

「対立とは心外だな。私の務めは、適切な友好と利益のため、誠意を尽くすことだ」

「今件では中国側が猛抗議しているでしょうね」

「当然だ」

「どのような対処を？」

「対処？　私や私が擁する人材が、今件でどうするかという話かね？　もちろん、お互いの適切な友好と利益のため、誠意を尽くして対応する」

センが眉をひそめた。会話を拒否したと感じたのだろう。センという厄介ものを見なかったことにする、という態度でもあった。

「三日月計画を、中国側にリークしたのはあなたではないのですか？」

真丈は、お構いなしに訊いた。

「なぜ私がそんなことを？」

海老原が、芝居がかった調子で、目を丸くしてみせた。

「適切な何かのためでしょうね」

「計画のことなら開始初期から内容は知っていたよ。だがそれを中国側に教えてなんになる？　彼らとて似たようなことを世界中でやっているよ」

「教えるほど得のある何かが、これまでなかったということでしょう」

「今も大してないさ。こうなってしまっては、ますますない。にもかかわらず、私や私にまつわる誰かがリークをしたせいでこうなった、という噂が流れかけたらしい」

「それは大変ですね。噂は封じ込めたんですか？」

「さっきまで、彼女がその仕事をしてくれていてね」

海老原が言うと、卯佐美がにっこりした。愛嬌（あいきょう）たっぷりの人食いワニという感じだ。

「噂の出所はわかりましたか？」

「経産省」

ぽつっと海老原が言った。続きを言えるか、こちらを試しているのがわかった。

「鳩守淳」

海老原と卯佐美が同時に口角を上げた。事情を知らなかったら、とっくに鳩守は始末されたと勘違いさせられていたかもしれない。

「その人物を、適切に処理したんですか？」

センが、表情を曇らせて尋ねた。荒事を忌まわしく思っているのではない。交渉相手になるかもしれない人物を片端から抹殺されては困ると思っているのだ。

「いいや。まだ裏を取っているところだ」

海老原が、心配ないというようにセンに微笑み返した。自分たちは、そこまで短絡的ではないというのだ。そうであることを信じたいのは真丈も同じだった。

「その鳩守という人物は、私とセンを指名手配するよう警察庁に働きかけました。センを移送ルートから外した警察官とも、中国側とも、協力し合っているようです」

「なるほど。あっちでもこっちでも、仕事が多い男だ」

「ええ。そして動きが早い」

「指名手配されそうかね？」

「今はまだ。そのストッパーがほしいと思っています」

「どのようにして？」

真丈は、自分が持っていた買い物袋を持ち上げ、テーブルの上に載せた。

「周凱俊の部下から、私が奪った品です。日本の警察官二名が、周凱俊にセンを引き渡そうとしていた現場で」

卯佐美が買い物袋を取り、海老原の横で広げてみせた。海老原が、この上なくにこやかな顔になった。卯佐美が買い物袋をソファの脇に置き、元の姿勢に戻った。

「周凱俊のアキレス腱だな。銃の所持は、この国では重罪だ。銃は本物だろうね？」

「はい。指紋も採り放題です。照合もできるでしょう。センの引き渡しに使われた場所もお教えします」

真丈は、倉庫の住所を諳んじた。海老原ではなく、卯佐美がうなずいた。耳にした住所を長期記憶にとどめておくことに慣れた態度だ。

「君や彼女が指名手配される確率は、ゼロに等しくなったと考えていい。それで？　手土産を持参する義理堅い人物ほど、むしろ多くを欲するものだ」

「周凱俊はどの程度、あなたにとって貴重な人物ですか？」

「誰であれ、私は、両国の適切な友好と利益のため、誠意を尽くすのが仕事だ」

センが溜息をついて言った。

「私は、ここで拘束されないだけましと考えています。しかし、もし私の母の安全が保障できるのであれば、私を拘束し、本国に引き渡して下さい。あなた方の手で」

「それは最悪のオプションですがね」

真丈は、自分がそうはさせないという態度をはっきり示して注釈した。

「その場合、事件の背景が解明されないどころか進行中の計画が実現するでしょう」

「何の計画だね？」

「三日月計画を利用した何か、としか、まだわかりません」

「なんであれ、それを解明して止めねばならないと考えているわけか」

「彼女の安全と自由のために。それが私にとっての適切な友好と利益と誠意です」

「なるほど。その三つが全て同一というのは、実にシンプルだ。羨ましいよ」

海老原が言った。勿体ぶった態度。それで真丈もやっと悟った。彼にとってそれら三つにそれぞれ異なる事情があるのだ。

「あなたの言う適切な友好には、どういった人々が関係しているのでしょうか？」

「私たちの常なる問題は、国家という個人がいるわけではないということだ。どの国家も、内に渦巻くのは確執でね。対立する人々が、四分五裂した状況を作りだしている。それらをさておいた上で、友好的であらねばならない」

「参考までに、三日月計画に関わった人々の所属を教えて頂けますか？」

「国内の話なら、ほぼあらゆる省庁だよ。我が外務省のほか、経産省、国交省、財務省も多かれ少なかれ関わっている。主体は在日米軍のアセット・チームであるはずの一の会だがね。うちに出向してきた辰見喜一、経産省の鳩守淳は、そのメンバーだ」

「鳩守淳もメンバーなんですか？」

「彼の祖父が、一の会の幹部の一人だった。数年前に亡くなったがね」

まだつかんでいない情報がやっと出て来た。真丈はうなずいて先を促した。

「中国側に限定すれば、あちらは一族で考えねばならない。四川系の楊氏と周氏だ」

「主要人物は？」

「楊顕奇(シエンチー)将軍。そちらのミズ・ヤンが乗っていた機体を管理すべき人物だが、これは建前でね。

将軍にとって部隊は二の次で、まともに仕切っていない。もとは反日演説が得意な地方官で、政治局がプロパガンダに利用し、軍部に押し込んだ異例の経歴の持ち主だ」

「軍人ではないのに将軍なんですね」

真丈が言った。センは事情を察しているらしく、小さくうなずいている。

「あちらの国では、政治局と軍部が勝手に連絡することは御法度だ。反乱を起こすかもしれないからね。両方を統轄できるのは共産党トップだけと決まっている」

「はい」

とセンが相づちを打った。自国のこととあって俄然興味を惹かれている様子だ。

「だが軍部にとって重要なものが政治局にとっても無視できなくなる、という場合がある。中国航空工業集団公司……航空機の部品製造や研究を行う企業で、軍用ステルス機の開発もしているんだが、ここの施設は一部、政治局管轄だ。というのも軍と企業は癒着がひどくてね。政治局も人のことは言えないが、相当数の軍人が粛清対象となった」

「それで、政治局がここぞとばかりに、軍にも受けのいい人材を送り込んだ」

真丈が言った。要約しないと余計な情報がどんどん増えそうだった。

「そういうわけだ。そうすべき理由はほかにもあった。ステルス機といった最新鋭の特殊機体を飛ばすため、新たに試験用滑走路と格納施設を建設していたところ、その現場でなんとレアメタルの鉱脈が見つかった」

「滑走路を造るか、穴を掘るか、悩ましいところですね」

「もちろん、彼らは両方やる。すでに実行中の計画に、まったく異なる計画を押し込むのが得意なんだ。計画から実行に移す期間も、きわめて短い。我が国も見習わねばならんのだが、それはともかく将軍の最重要課題はレアメタルの採掘管理だった」

「誰が爆撃機の開発を管理していたんです？」

「楊一族の他の者だ。四川の航空工業を牛耳る連中の一人に、楊志康という人物がいる」

センの表情が険しくなった。海老原も卯佐美もそれを見逃さなかった。

「私の父です」

センが言った。海老原がうなずいた。同情はするが遠慮せずに話すぞ、というように。

「楊志康氏は、実験機や機密に関わる重大な兵器の管理を担っていた。同じ一族の将軍と一緒に、軍機開発とレアメタル鉱脈開発を両立するため尽力した。政治局も政治局で賄賂が横行しているし、レアメタル鉱脈が出現したとなれば、そこら中であぶく銭が生まれる。そこを、周氏が突いた。周氏主導で、楊氏を標的とした粛清が進行した」

センが無言でうなずいた。一族がこうむった不快な出来事を思い出したのか、その凜とした横顔が、ますます張り詰めたものになっている。

「そうした事情につけいったのが、米軍の工作チームですか？」

「そうだ。粛清から逃れねばならない人間が大勢いた。最初に、楊立峰という人物が日本に移住し、楊一族の脱出経路を確保する役目を担った。中国国内では、楊志康氏がそれを担った。ちなみに、彼の愛人とされる女性がいるんだが、これは米軍のアセットだ」

センが息を呑んだ。父は愛人と一緒に逃げようとした。真丈はセンからそう聞いていた。だが裏の事情があったことを急に告げられたせいでセンが戸惑いをあらわにして言った。

「でも、実際に愛人なのでしょう？」

「そのように装うことが、家族を守るためでもあったのだろうね。見上げた心意気だ」

海老原が言った。センを心情的に取り込もうとしているのだ。

真丈は予想外の話の流れに、どう反応すべきか思案した。父親。本当に海老原の言う通りなら、安全と自由を保障すべき存在が一人増えることになる。結局、真丈にとっては、それだけのことに過ぎない。だから何も反応を示さないことにした。

「楊志康氏は、今どうしているんですか？」

真丈が訊いた。センを慰めるために肩に手を置くといったこともしない。

「周一族に攻め込まれて、窮地に陥っている」

「戦国時代みたいですね」

「歴史は繰り返される、というやつでね。そもそも周一族が工業系企業を牛耳っていた地域を、楊一族と航空工業が侵略したんだよ。当時、汚職にまつわる粛清対象は、もっぱら周一族だった。楊一族の策略で、そうした憂き目に遭った者は多い」

「周凱俊は、その周一族の出というわけですか」

言わずもがなだ、というように海老原が顔を傾げてみせた。真丈はなおも確認した。

「私が聞いた話では、楊一族がアメリカと結託したことに怒った将軍が、三日月計画に介入して爆撃機を日本に送り込んだとされています」

「私も、そんなおかしな話を吹聴して回る、どこかの鳥がいると聞いたよ」

鳩守のことだ。海老原が、鳩守を敵視していることが口調から窺えた。

「将軍にはそんな力も知識もない。彼はステルス爆撃機がどこで開発され、どのように保管されているかもわかっていなかったはずだ。機体開発は全て一族の楊志康氏に任せていた」

「仕組んだのは周一族。彼らが、楊一族を追い詰めて脅迫し、爆撃機を用意させた」

絶対に誤解があってはならないことなので、真丈はあえて繰り返し確認した。

「聞いたところでは、楊志康氏は、妻と娘に危害が及ばないよう、自分の責任で米軍への逆工作を主導したらしい。にもかかわらず、機体に娘を乗せられるとは。周一族の冷酷きわまる復讐心のなせるわざだな。ぞっとするよ」

センが身を強ばらせた。真丈には、海老原が何のためにセンを刺激するのか読めなかった。内心では、そろそろ海老原に対する怒りを感じるようになっていた。

「楊立峰氏は、周凱俊の部下に殺害されました」

真丈が、話題をセンの父から逸らすために言った。すると卯佐美が血の臭いをかいだように、鼻先を真丈に向けた。殺し屋の目で見られると、こちらこそぞっとさせられる。

「遺体はどこかね？」

海老原が訊いた。

「周凱俊が隠匿しています。死んでいないことにするために」

「調べさせよう。この銃と同じくらい有用だからな。さて、訊きたいことは以上かね？」

「適切な利益についても伺いたいですね」

すぐさま切り返すと、海老原がにやっとなった。どうやらセンだけでなく、真丈の気も引きたいらしいことが、それでわかった。

「周一族は鬱憤を晴らす。将軍は大失態で更迭される。楊一族が巻き返すのは、難しい局面だ。周一族の誰かが日本人と組んで、今件を仕組んだことが証明されない限りはね」

それが情報を出す条件だとでも言いたげだ。真丈は別のことを尋ねた。

「日本国内のほうはいかがですか？　今回の件で、一の会に何の得があるんでしょう」

「普通に考えれば、大損だろう。事業が吹っ飛んだ上に、アメリカのアセットであるという立場も危うい。一の会の幹部連中は、労使闘争で名を馳せた人物ばかりでね。なかなか先進的な、遵法（じゅんぽう）闘争というやつを推進した。労働者の権利を獲得するため、法を犯さず闘った。だが、最終的には彼ら自身が権力者になるほうが手っ取り早いという結論に至り、その手段として、アメリカ政府と企業、そして米軍のアセットになった」

「この国の、本当の権力者と手を組んだわけですか」

皮肉を込めて言った。センが、嘆かわしげに息をこぼした。父が同様にアメリカに助けを求めたからだろう。

「ときは日本のバブル期だ。彼らは大歓迎された。彼ら一の会の初期メンバーは、日本企業の内部情報を惜しみなくアメリカ側に流し、その見返りとして、日本国内の既得権益の奪取に力添えをしてもらった」

「自分たちの組織的利益の起源にも反するから、三日月計画の破綻は、損でしかない」

「そうだ」

「なのに、亡き祖父がメンバーだったという、どこかの鳥が、周凱俊のような人物に協力している。辻褄が合いませんね。アメリカから中国に乗り換えたのでなければ」

「自殺行為でしかない。中国側のアセットなど、アメリカが全力で潰すだろう」

「鳩守は、一の会を潰したい？」

「私もそう考えたが、違うようだ。もしそうなら、一の会のアセットが、とっくに鳩守をどうにかしてくれているよ」

自分たちの代わりに、と言いたげ。それでやっと、海老原の腹が読めてきたが、情報を出す代わりに鳩守を暗殺してくれなどと頼まれたら、それこそ厄介きわまりない。

「アメリカとのつながりを自分から断ち切るモチベーションは、思いつきますか？」

海老原が大きく肩をすくめた。見当がつかないという意味のジェスチャーではない。逆に、心当たりがありすぎて困るという感じだった。

「この国ではどういうわけか、アメリカに協力して権力を得た者ほど老齢になって過激な愛国心に目覚めるんだ。アメリカに従属してきた自分が心底嫌になるらしい。そして突然、損益計算上、異常なことをしでかす。超越的損益を目標とした行動というやつをね」

「だが現場で動いている者は、鳩守もふくめ、老人たちではありません」

「その後始末をしているとしたら？」

なるほど、と真丈は心の中で呟いた。鳩守を敵視するのは、背後にもっと厄介な存在がいるとわかっているからだ。そしてそっちの始末など自分はやりたくない、という海老原の気分も伝わってくる。できれば他の者にやらせたいという思惑も。

情報を得るという点では正しい相手だったが、手土産を持って来た分、重荷を持って帰るはめになっては意味がなかった。センが奪われた安全と自由が、周たちから海老原の手に移るだけというのは、馬鹿馬鹿しいにもほどがある。

「もしそうなら、鳩守は進行している計画を止めたがっていることになります。しかしそうは思えない。センを拉致して周凱俊に引き渡し、一件落着にして下さいと頼むのは変でしょう。もともとセンは周凱俊のアセットです。派遣した人物を回収する意味がない」

「彼女が何か命令されていて、それに背いたから、修正する必要があったのでは？」

「彼女は無事に爆撃機で羽田に到着しました」

不自然なことは明らかだった。センと引き替えに、三日月計画をなかったことにしてくれと中国側に頼む日本人。そんな人物像を無理やり構築したところで現実にそぐわない。

「そもそも利益の話だったと思いますが。超越しているというのは、大損すればするほど嬉しいということですか？」

「想像しにくいだろうが、そういう人間もいるんだ。権力のトップに立ったり、政府中枢に身を置いたりすると、カネではない何かを求めるようになる。特に、自尊心から生まれる報復の意欲というやつは、途方もなく強くなるものだ」

「今まで言いなりになっていた相手に、目にものを見せたい。それは理解できます。国内に被害をもたらしてもいいという考え方も。しかしそれこそ支援が必要でしょう。若い連中が、老人たちを止めたいなら、この国の政府に報告すればいい。それができないほどの、アメリカに代わりうる支援者が一の会についているという理屈になる」

そこまで言って、はたと気づいた。バブル期の世界構造の踏襲。それは、過去の自分たちの行いを清算するのではなく、Ａという過去が不快になったので、Ｂという別の過去を呼び寄せることに過ぎない。確かに損益など超越していると言うほかなかった。

海老原が、その手の醜悪さには慣れているという穏やかな顔で、真丈に代わり告げた。

「ロシアだ。冷戦時代の常識に照らし合わせて考えればそうなる。一の会は自分たちと同じくらい過去の栄光と挫折に縛られた国に、その身を売り渡したに違いない」

30

「香住綾子、任務につきます！」

わざわざ着替えてきたらしい小洒落たスーツ姿の綾子が、十度の敬礼をして言った。

鶴来は微笑みはしたが、敬礼は返さなかった。

「こんな時間に羽田まで来てくれたことに感謝するよ、綾子さん」

「いいえ。私こそありがとうございます。あの機体が見られるなんて最高です」

綾子が目を輝かせて言った。鶴来もにこやかにうなずいてみせた。素晴らしいものが見られるぞと暗に告げるように。だが内心では何が最高なのかさっぱりわからなかった。うら若い娘が兵器に夢中になるということ自体、鶴来にはいまいち共感できない。しかもマニアックな趣味を通り越して、自分の手でアレンジを加えた防衛装備庁内の機密資料をＳＮＳで公表するなど、まったく理解不能だ。

「詳しいことは担当者に訊いてくれ。よろしく頼む」

「はい。よろしくお願いします」

浮き浮きする綾子が職員とともに滑走路へ歩いて行くのを、無感情に見送った。

滑走路と空港の建物の間に、機動隊員が警護する仮設テントが建てられている。機体監視所だ。あの経産省の鳩守が連れてきた馬庭利通というエンジニアが、機体解析チームの一員として働いていた。

綾子にもチームに加わってもらうわけだが、鶴来は彼女に任務を与えたとはさらさら思っていない。香住の要望に従って招き入れたまでだ。またアネックス綜合警備保障のオーナーの一人が娘の綾子を溺愛しているので、その方面の事情も考慮せねばならなかった。

アネックス綜合警備保障が義兄に不利な証言をしないように。敵は組織的に、義兄の動きを封じようと画策したし、今もしているはずだ。こちらも組織立って義兄をバックアップする必要がある。義兄があくまで通常通りの勤務に就き、楊立峰氏を襲撃した者たちを拘束したことを証言してくれる人間がいるのだ。それなのにアネックス綜合警備保障のオーナーが厄介ごとを避けるため、社員に証言を拒否するよう命じるのが一番痛い。

綾子がこちら側についていてくれれば、そうした心配もなくなる。人間ドミノ理論。父を動かすなら、娘にそうさせる。娘を動かすなら、娘がほしいものをくれてやる。

香住も香住で誰かを動かしたがっている。つまり自分を。それもわかっている。現場の航空自衛官が不利になるような事件の幕引きをさせないよう、自分を梃子にする気なのだ。利害は共有されている。そう振る舞うことで、鶴来も香住を動かさねばならない。

香住は今、爆撃機の領空侵犯から着陸に至るまでの全指揮・統制系統を解明してくれている。関係者全員に、電話をかけ続けることで。楽に見えて、ひどく骨の折れる方法だが、それ以上に確実な方法はない。

もし何も出なかったとしても、計画は実在するという確信は揺らがない。命令系統そのものに干渉でき、かつ自分は姿を現さない誰かがいるというだけのことだ。

あと数時間で朝が来る。政治家たちが事態の幕引きを急がせ、オルタの決定が下される。それまでに計画の全容を解明し、中心人物やプランナーを特定しなければならない。敵が政府対応の本格化より前に実行する気なら、次に太陽が昇るときがデッドラインだ。

鶴来は、オレンジ色の灯りに照らされた滑走路を見やった。機動隊員の列の向こうにある、巨大で異様な機体。どんな計画が進行しているにせよ、あれが全ての中心だ。あの中にまだいるという誰か。島津一尉が告げてくれた、イエンイン。

動かすどころか触れることすらできないしろものを見つめていると、監視所から誰かが来るのが見えた。馬庭だった。受け入れがたい何かに直面したであろうことが、彼の姿勢、大股の歩み、何より握りしめた両拳の様子から、とっくりうかがえた。

綾子が何かしでかしたのだ。送り込んでまだ数分だというのに。ある意味、凄い人材だ。

「鶴来警視正！　あの女性はいったいなんなんですか!?」

大声で呼ばわりながら近づいてくる馬庭を、鶴来はやんわりとした表情で迎えた。

「防衛装備庁の香住さんのアシスタントです。機体の監視を補佐すると聞きましたが」

「いきなり携帯電話で動画を撮り始めたんですよ！　機体や解析モニターの内容を、個人の携帯電話で撮るなんて！　流出したらどうするんです！」

「馬庭さんから注意してやって下さい」

「鶴来警視正からも言ってやって下さい。現場の責任者として」

まっとうな要望だったので馬庭と一緒に監視所まで歩いて行った。できれば放置したかったが、コンプライアンス無視の人員に対処しなかったことを問題視されるのも面倒だ。それに、馬庭と二人だけで話すのはこれが初めてなので、良い機会でもあった。

「鳩守さんから連絡はありましたか？」

「鶴来警視正に追い払われたと、電話で」

馬庭が言った。嚙みつく口調ではない。

「管轄の問題でしてね」

「でしょうね。まあ、言ってはなんですが、おかげで仕事に集中できます」

意外な返答。鶴来は、馬庭の横顔を注意深く観察した。

「鳩守さんが何か？」

「何でも仕切りたがりますしね。お役人の本能みたいなもんでしょう。専門家のプランを採用しておいて、自分がプランを立てたような顔で口を出すんです。素人の意見ほど、プランを停滞させるものはありませんよ」

鶴来は眉を上げて同意を示した。自分は一言も口を出してはいないという顔で。

馬庭がかぶりを振った。つい口を滑らせたことを反省しているのだ。だがその短いやり取りで、鳩守に対する馬庭の感情が十分にうかがえた。エンジニアとしての高いプライド。便利に使われることへの忌避感。自分が主導権を握るべきだという不満。

民間人が、官僚から与えられがちな感情。

この国のエリートの大半は、幼少期から塾に通い、効率的に問題を解き、最適な態度を取ることが人生の原体験で、それ以外のものはすっぽり抜けている。良い成績を取ることが当然の二十年間を経て、その延長線上にある官僚同士の出世レースに参加する。そして民間人の協力が必要不可欠なとき、根本的な常識の欠如に直面するのだ。

民間人を便利に使う反面、面倒で得体が知れないと感じる。やがては自分の足を引っ張りかねない存在とみなし、心の中で疎むのが、おおかたの官僚的傾向だ。

そんな鳩守を、馬庭が内心で嫌悪しているのがわかった。鳩守がブローカーとして動いているなら、なおさらとばっちりを受けているはずだ。

解明すべき計画が、鳩守の手によるものなら、馬庭も荷担させられているに違いない。そして馬庭は、駒扱いされていると感じていることだろう。もしそうなら馬庭を利用して鳩守を動かせるかもしれない。人を駒のように扱うのは、実のところ鶴来も得意だ。官僚的傾向そのものといっていい。その性格を真丈兄妹に見抜かれ、さんざん指摘され、からかわれてきたことが思い出されたが、速やかに頭から放り出した。

「私も追い出されるのではと気にしてましたよ、鳩守さん。大丈夫だと言っておきましたが、間違った返答でしたか？」

あの娘が自分の代わりをするのではなかろうな、と疑っている調子だ。

「いいえ。馬庭さんが頼りですから。我々には他に頼れる人材はいません」

鶴来は、大いに持ち上げてやった。さらに噛みつくか、自尊心を満たそうとして何か言ってくるかと思ったが、馬庭はちょっと肩をすくめただけだった。抑制の利いた人物。職人肌。自分の仕事をまっとうすることが最大の価値になるタイプだ。

モチベーションを適切に刺激すれば、こっちの思い通りに動いてくれるだろう。

そう考えながら監視所のテントの下に入った。所狭しと並ぶ機材の熱で、むっとした空気が漂っている。長机に並ぶ三名の監視オペレーターが、それぞれ異なる方法で機体の中の様子を読み取ろうとしている。別の長机に馬庭の席があり、ラップトップが三つ並んでいる。その三台のコンピュータがそれぞれ何かのプログラムを走らせているのが見て取れた。

馬庭の席のそばに、きりっとした顔を作る綾子と、困惑顔の職員がいる。

鶴来は、綾子が握っている携帯電話を指さした。

「それを使うことで、情報を流出させる危険を冒してはならない。わかるか？」

「セキュリティ対策は、ものすごくしてます。ここの通信より万全ですよ」

綾子が不満そうに言った。

「なら、ここのセキュリティ対策に貢献してくれ。どの情報がどこにあるかを把握するのも、ここの人々の仕事だ」

「はーい。わかりました」

綾子はまったく反省した様子もないまま、携帯電話をスーツのポケットに入れた。

その携帯電話を取り上げ、撮ったという動画を削除するのが当然だろうが、そうせずにおいた。綾子を意地にさせかねないからだ。

どうやらこのチームに対する、自分の最大の仕事は、エンジニアの機嫌を取ることらしい。そう考えるとげんなりするが、むろん顔には出さなかった。

「ここでの成果を君が香住さんに報告してくれ。彼らの仕事は、彼らに任せて。いいね」

鶴来は優しく言った。

「了解しました」

綾子が元気よく返答した。これでいいか、というように鶴来が馬庭を見た。馬庭が口をへの字にした。対応が甘いと思っているのだろう。

「素人が見てわかるもんじゃありませんよ」

馬庭が言った。綾子が、馬庭の席にあるコンピュータへ手を振りながら言った。

「ブラックボックスの復元データですよね、これ。フライトレコードを逆算すれば、機体の仕様がわかりますし。飛行性能を知るなら、設計図を手に入れるよりレコードを手に入れた方が確実ですから」

馬庭が眉をひそめて綾子を見つめた。

「機体の無線接続システムの仕様をどうやって入手したんでしょう。まあ米軍だと思いますけど。あとこれ、機体システムを書き換えてませんか？　てことは機体の操縦を奪って、中にいるもう一人に投降を促す、という作戦とみました。いかがですか」

呆気にとられて言葉を失っている馬庭に、鶴来が言った。

「残念ながら私は素人なので、彼女が何を言っているかもわからないが、彼女はそれなりにこのチームにふさわしい知識を習得しているのではないでしょうか」

「まあ……確かに、素人ではないようです」

渋々といった調子で馬庭が言った。綾子が勝ち誇った笑みを浮かべ、鶴来に向かってグッジョブサインをした。そうされるいわれはなかったので、鶴来はうなずき返すにとどめ、今度こそ彼らに背を向けた。

署に戻り、独占状態の会議室で腰を落ち着けた。

ラップトップで、吉崎たちが調べているものを見た。現代の通信技術に感謝だ。いちいち報告を受けずとも部下が入手した重要な情報を、瞬時に共有できる。

ただし利便性という点では難があった。警察組織が導入するデジタル技術はたいてい安価に抑えられているし、フェイスブックやグーグルには太刀打ちしようもない。中国のように国民監視装置としてのサイバー部隊を置くことも長い議論の最中だ。

それでも今必要なパズルのピースが埋まっていっていることは確認出来た。

一の会のリスト。警視庁出向組の辰見喜一と、消えた二人の警察官の名があった。勝俣仁志巡査部長と横原正巡査長。そして、鳩守淳の名。よし。これでつながった。

この集団のトップが計画の主体と考えるのが自然だ。米軍のアセットとして働き、利益を得てきた者たちが、何かの目的のため、中国側に情報を流し、三日月計画を変貌させた。

鶴来は席を立った。別の部屋へ向かい、ドアをノックした。ドア越しに話し声が聞こえる。電話中だ。返事を待たずに中に入った。

香住が、肩と首で携帯電話を挟んで喋りながら、ホワイトボードの前に立っていた。

鶴来が入ってくると、香住がマーカーペンを持った手を振って、ドアを閉めるよう指示した。そうしながらも、香住は英語で喋り続けている。

「ああ、感謝するよ。借りが一つできた。ああ、すぐに返せると思う。ありがとう」

鶴来はドアを閉め、ホワイトボードに書き連ねられたものを眺めた。

人名の群だ。左側に、指揮系統を担った者と、同席者、関係者の名前がずらりと記されている。全て日本人の名だ。いくつかの名が二重線で消されているのは、無関係と判明したことを示しているのだろう。一番下に、首相と何人かの大臣の名があったが、一つの名を除いて二重線が引かれている。

外務大臣の名だけが、まだ生きていた。政府を除外しきれていないということだ。

右側は全てアルファベットだった。ほとんど米軍関係者だろう。

香住が電話を切り、ホワイトボードの中央の位置に、何かを書き込んだ。

『PIGEON』

鶴来は、大きな息をついた。何かの罠かと思うほど、明白な言葉。

「思ったより時間がかかっちまった」

香住がにやっとした。わざわざ謙遜しているのだ。昭和世代らしい態度。鶴来は喜んで付き合ってやった。

「この短時間で、ターゲットを判明させられるなんて、信じがたいことですよ。それだけの人脈にコンタクト出来る自衛隊関係者なんて、香住さんくらいでしょうね」

「こういうときのために、日頃さんざん貸しを作って回ってるんだ」

香住が、右側の名前の一つを、ペンの頭で叩いた。丸で囲まれた名前を。

在日米軍司令部の副司令官――オルタ・シックス側の代表。

オルタが関わっている。

「大ざっぱに言うと、こういうことだ。那覇で空自がスクランブルを発令したときには米軍側のスクランブルも発令されていた。空自よりも早くな」

「どういうことです?」

「米軍は最後の三日月計画が実行されたという認識だったんだよ。沖縄の基地で受け入れる気だった。なのに爆撃機が真っ直ぐ沖宮ラインを通過しちまったんで慌ててスクランブルを発令して追いかけた。当然、空自もスクランブル出動した。米軍は爆撃機が何をしようとしているかわからず、撃墜もオプションに入れていたらしい」

「撃墜? 戦闘機による海上での攻撃ですか?」

「そのほうが艦載ミサイルよりずっと安く済むからな。その場合も事故として処理できるようにしたかったただろう。だが爆撃機はロストし、グアム方面へ向かったとみた空自の西部航空方面隊は出動しなかった。米軍も自分達の拠点があるグアム方面を警戒した」

「だが爆撃機は羽田へ向かっていた」

「そうだ。そのことに気づいた日米がさらにスクランブル出動した。米軍機の役割は三日月計画であちらさんが受け取るべき荷の存在を確認するためだ」

「イエンインと呼ばれる存在を。いったい何者ですか?」

「おれが聞いた限り、誰も正体は知らんということになってる。爆撃機本体よりも重要かもしれんほどの相手だ。そしてもう一つ、こいつが米軍側の情報アセットだ」

香住が、『PIGEON』を丸で囲んだ。

「そもそも三日月計画が中国側に漏れたことを米軍に報せたのが、ミスター『鳩(ピジョン)』だ」

鶴来は大きく息を吸い込んだ。うっかり暴言を吐いてしまわないように。にやりとなる香住を見ながら、静かに息を吐いて言った。

「そしてのうのうと私達の前に現れた。鳩守が中国へ作戦をリークしたと思いますか？」

「米軍とこの国の外務省は、その可能性があるとみている」

では鳩守がアローを用意させたというのか。どうやって。なんのために。冷戦時代ではあるまいし。米軍は今さらそんなものをほしがらない。アローの情報があった場合、むしろ何としても撃墜しろというオプションに傾いていた可能性が高い。

「ミスター鳩が連れてきた馬庭さんだが、とっくに機体を解析し終わっていて、データを米軍に流していたとしても、おれは驚かんよ」

「馬庭さんが機体のブラックボックスにアクセスしていると綾子さんが言っていました」

「機体に入りもせずにか？　だったら開発コードを手に入れてるってことだ。三日月計画とやらの成果だろう。他に考えられん」

鶴来はうなずいた。これでまた一つ、つながった。馬庭は、鳩守に反感を抱いているにせよ実際は同じ側にいる。何が目的かわからないが、機体に関することであれば、それはすでに達成したか、達成間近に違いない。そう考えると背筋が寒くなった。機体を通して核弾頭をいじり倒していたということだ。鳩守との接点を保つために泳がせ過ぎたか。

「馬庭さんをどうする気だい？」

「話を聞くべきでしょう。その前にミスター・ピジョンを米軍はどうする気ですか？」

「米軍さんは計画の痕跡を消すことで大忙しだ。どこかを飛んでる鳩を捕まえるのは、日本側に任せる気だよ。それより、どうして鳩は止まり木を替えたと思う？」

「軍事方面で、香住さんより明るいなんて思っていませんよ。考えを聞かせて下さい」

鶴来は適切に持ち上げてやった。香住がまんざらでもないという顔になって言った。

「一つ考えられるのは、ダークマーケットだ。軍にはつきものだし、ブローカーみたいな飛び方をする鳩なら、ステルス爆撃機の航空データの売り先にも困らんだろう」

「一度の取引で、十分な財産が築けると？」

「わからんが、もしそうならロシアの寡頭貴族（オリガルヒ）の日本人版だな。亡命請負人が、兵器商人に転向するわけだ」

「売り先はロシアですか？」

「言葉のあやだ。イランかもしれんし、ひょっとしたらシリアかもしれん」

「ダークマーケットでのビジネスを選びますか。官僚が」

「売り手を探せばそこしかない。問題は、売り手を探していない場合だ。売りもしないとなると、あの機体が今ここにあるということが、目的そのものだと考えるしかなくなる」

戦慄ものの言葉だった。進行中の計画。ブラックボックスへのアクセス。アロー。自爆可能な機体。

「何のために？」

香住が肩をすくめた。訊く相手を間違えているというのだ。鶴来はうなずいて自分の携帯電話を取り出した。今すぐ情報を義兄に送りたかったが、その前に吉崎にコールした。

「吉崎です」

従順な部下のいらえ。鶴来はひと息に言った。

「馬庭利通を緊急逮捕しろ。容疑は私が会議室で口にしたことでいい。そうだ。外患誘致罪の容疑で、署内に拘禁する」

31

どこまで信じるべきか。真丈は、悠然とする海老原と、置物みたいに微動だにせず座る卯佐美を見比べながら、早々に評価を下さねばならないことを感じていた。

隣にいるセンを守るには、何より戦略目標を見誤らないことが肝要だ。

いわく。一の会は米軍のアセットでいることをやめ、対中国工作の利益をかすめ取り、ロシア側の組織と組むことに決めた。冷戦時代の再現。だが実際に一の会がそうしているのか今はまだ断定できない。

過去の栄光と挫折に縛られた国。海老原はロシアをそう表現したが、どこの国もそれは同じだ。日本だってそうではないとはいえない。

何にでも当てはまることがらを、さも特殊であるかのように語っている。意図的に。

どうも海老原はマスターマインド・タイプの人間らしい。センの感情をこつこつ刺激したことからもそれがうかがえる。感情を煽(あお)って操るのだ。特に不安と願望を刺激する。

真丈は、しばし考えた。そうしていることを隠しもせず、腕組みし、首をひねった。

海老原が、さらに誘導しにかかるなら裏に何かあることになる。海老原個人か、彼が属する組織の利益のために、真丈を使いたがっている。そのために大嘘を並べ立てる。

だが海老原は穏やかに微笑んだまま何も言わなかった。

自分が語ったことがらを、真丈がとっくり消化するのを待っている、というように。

真丈は、考えるのをやめた。裏を取るのは自分の仕事ではない。なるべく義弟の仕事が容易になるよう、材料を増やす。そのために、もう少し話を聞き出さねばならない。

「両国の適切な友好と利益のため誠意を尽くす。そう仰いましたね」

「その通りだ」

海老原がにこやかにうなずいた。自分の決まり文句が世に広まるのが嬉しいのだろう。

「友好はわかりました。周氏は、楊氏を怨んでいる。米中はせめぎ合っている。あなたは、どっちもどっちだと思っていて、みなと分け隔てなくお付き合いする気でいる」

「そうすべき相手である限りね」

「一の会が、日本国内で危ない商売を仲介するなら協力してやるというんですか？」

「まさか。経産省ならそういうことをするかもしれないがね。外交において重要なのは、相手の政策でこっちがやられないことだ」

「やられるとは？」

「たとえば、中国の対日政策の柱は三つだ。日米分断。日韓分断。日露分断。そのためにあらゆることをやる。日本が右傾化したというプロパガンダを欧米に対して行い、日本の軍備を問題視させる。韓国の反日感情を刺激する。日露の領土問題を煽る。そうやって日本を孤立させた上で、日中の経済協力を推進する。自分たちだけが味方だと言ってね」

「あなた方は、そうはならないようにしないといけない」

「選択肢のない経済協力など無惨の一語だ。ひたすら蹂躙される」

「アメリカもまったく同じことを日本に対してしていると思いますが」

「戦後七十五年以上にわたって改善されてきたことを評価してほしいものだな。太平洋戦争での孤立と敗戦から、ここまで世界の信用を取り戻せたのだぞ」

「なのに一の会が、あなたがたのその努力を台無しにするというんですか?」

海老原が速やかに手の内を明かすかどうか推し量った。センもしっかり海老原を観察している。この男が自分たちを利用する気でいることをとっくに悟っているのだ。

「一の会の狙いは、将来における国内の潜在的軍需の独占だよ」

「軍需? 日本のですか?」

「あくまで潜在的軍需だ。技術がある。設計可能である。資金がある。研究施設がある。人員が存在する」

「つまり、いつでも兵器を製造できるけれど、そうしない」

「潜在的軍需の拡張は、我が国の外交における急所の一つだ。たとえば米国は一時、核燃料が日本国内で保管されないよう、圧力をかけた。なぜなら、ロケット技術があり、核燃料があり、核燃料サイクルの施設があり、技術者がいる。ということは、事実上いつでも核兵器を造ることができるということだからね。それを売ることすらできる」

「軍備ではなく、軍需というのは、輸出するということですか」

「そうだ。兵器を売るわけではない。だが兵器に必要なありとあらゆる物品を売る。一の会には、それができる。長らく米軍のアセットとして働いた彼らの、面従腹背のなせるわざだ。特に三日月計画では、中国の富裕層を国外に流出させるという名目で、軍事技術の流出の橋渡しも行ってきた。一の会は、米中両国の技術情報をストックしている」

「技術情報だけでも売り物になる。日本が再軍備すれば、こっそり売る必要もなくなる」

「そう」

「ロシアも、日本がそうなればいいと思っている」

「その点の確証はないがね。少なくとも、日本再軍備イコール米軍撤退というシナリオなら、ロシアは大歓迎だ。我が省のロシア担当も嬉しがる。北方領土問題が進展するからね。ご存じの通り、欧米はＮＡＴＯや在日在韓米軍によってロシアの封じ込めを長年行ってきた。朝鮮半島と日本列島から米軍がいなくなれば、ロシアも中国も万々歳だろう。中国やロシアから見て、日本列島がいかに厄介かわかるかね？」

「太平洋側の出口をほとんど塞いでますからね」

「アメリカの橋頭堡であり補給基地なんだよ、この列島は。百五十年前からアメリカがほしがっていたものだ。朝鮮半島もね。中露にとって、いまや宿敵が息づく土地だ」

「米軍が消えて、日本の自衛隊や韓国軍だけになれば、なんとでもなると？」

「もちろん即制圧可能とは考えないだろう。日本が徹底的に再軍備を進めるのも困る。中露はそうさせないためのプロパガンダを大々的に打ってくるだろう。狙いは先ほどと同じで、日本を孤立させた上で、自分たちだけ仲良くしてあげることだ」

「ロシアと仲良くなっても、一の会にも日本にも利益がないように思えますが」

「中露の友好は、実際のところ国境を挟んだにらみ合いでもある。ロシアは本音では日本の力を借りて、中国を牽制したがっている。潜在的軍需の延長であれば、アメリカがそうであったように、ロシアは黙認する」

「中国のステルス爆撃機を手に入れることが日本の再軍備のシナリオであると？」

「おっと、再軍備云々は行き過ぎだった。すまないね」

海老原が軽薄な調子で言った。いまひとつ本気で喋っているのかどうかつかめない。

「確かなのは、一の会が軍事的な技術情報を溜め込み、売り先を探しているはずだということだ。米軍から離反し、中国の機体をかすめ取れば、売り先は一つしか残っていない」

「ロシア」

「そうだ」

海老原が倦まずたゆまず合わせてくる。誘導熱心な男だ。

「センを追いかけてきた人間は、おおむね中国人でした。韓国人も一人いましたが、フリーランサーです。ロシア人に追いかけられた覚えはありません」

「だからといって背後にロシア系組織が存在しないとは限らない。周一族の背後に、ロシアの工作部隊がいたとしても驚かない」

「誰もかれもがロシアに操られている。これだけの騒ぎを計画的に起こすと決めた。それはロシア人である」

真丈が言った。口にすることで違和感がないか試すためだ。違和感だらけだった。

センも同感なのだろう。半眼になるほど眉間に皺を寄せている。彼女の一連の行動において、ロシア人の存在など影も形も見えなかったに違いない。

だが海老原は、まさにそうだというように両手を開いてみせた。

「中国機による首都圏侵入。前代未聞だ。しかもパイロットは失踪。実にショッキングだ。その後、中国機が自爆すれば、中国側の破壊工作という見方が濃厚になる。亡命という国際的にもナイーブなことがらを活用した、卑劣な工作。こうして中国を人身御供にすることで、日本国内の軍備強化にエクスキューズを与える。三日月計画を世間にリークする。フェイクニュースを流す。あの手この手で、米軍撤退の筋道をつける。どうだね？」

「ついでに憲法九条も改正させる」

「そう」

「そういうとんでもなく強引なシナリオを書いた、ロシアのプランナーがいる」

「そうだ」

「たいていの日本人は納得しないと思いますが」

「納得してもらっては困る。言語道断だ」

「あなたは、そのシナリオを食い止めたい」

「当然だろう」

「友好と利益はわかりました。誠意についても教えていただけませんか？」

海老原が、隣に座る、外科用メスみたいな光を目にたたえた女に向かって、これだ、というように両手をひらひらさせてみせた。

「こちらの卯佐美要子くんを、君たちに貸そう。経費はもちろんこちらが持つ。すこぶる有能だぞ。

君たちがこれから何をしようとしているにせよ、役に立つこと請け合いだ」

卯佐美が、にこりとした。優しげに見えて、次の瞬間には、ものも言わず、隠した武器を振るってきそうな怖い目をしている。

センがぞっとしたように首をすくめ、真丈にもの問いたげな顔を向けてきた。

真丈が何か言う前に、海老原がさらに口を開いた。

「駐車場に車がある。そちらも使っていい。キーは卯佐美くんに渡してあるよ」

真丈とセンに最も有用なものを、おまけにつけてきた。この時間帯では、あしのついていない車がさらに手に入るのは確かに僥倖（ぎょうこう）だ。正直、海老原がこう来るとは考えていなかった。まだ意図がつかみきれていないが、断固として拒否すべき提案とも思えない。

「人手はほしい。敵のボトルネックをつかまなければいけないから」

真丈は、センにそう言った。あくまでセンの意思を尊重するつもりだった。

「わかった」

センが短く答えた。また卯佐美をちらりと見た。卯佐美が真っ直ぐ笑みを返し、

「よろしく、ミズ・セン」

流暢な英語で言った。センが身を強ばらせ、小さくうなずき返した。

「もう一つ、お願いがあります」

真丈が、海老原に言った。

「何かね？」

すっかり話を予期している顔で海老原が尋ね返した。

「センの両親の安全と自由のために働きかけて頂けますか」

センが息を呑み、真丈と海老原の顔を見比べた。

海老原が、買い物袋を見た。拳銃と弾丸が入っている買い物袋だ。

「君が持って来た土産を活用して、周凱俊に圧力をかけることはできるな」

「周たちはすでにセンの両親を人質に取っています」

「君たちの目の前で、二人の頭に銃を突きつけているわけではない。あくまで政治的な脅しだ。もし周凱俊が、中国以外のアセットとして働いていると立証されるようなことがあれば、再び楊氏が盛り返すことになるだろうね。この上なく力強く」

「たとえば周はロシアのアセットかもしれない」

「そうだ」

「日本のアセットかもしれない」

「だとしたら大変だ。周一族の粛清の理由が、我が国にあることになってしまう。反日ブームは避けたいじゃないか。ちなみに周凱俊の一族は親日派だったが、粛清されたあと反日傾向を強めた。楊氏も反日だったが、権力を得ると日本通になった。まあ、あちらの政治的な手段なんだよ、反日は。権力を手に入れるとすぐに日本のことなど忘れてしまう」

「油を注ぎたくないし、楊氏が再び反日勢力になる前に、復権するほうが都合がいい？」

「アメリカ側の作戦を破綻させた周一族よりはよほどね」

「周凱俊が、ロシアのアセットである証拠が出るとは思えません。むしろ純粋に中国側の人員に思えます」

「その辺りは卯佐美くんと相談したまえ。周凱俊がたとえどこのアセットにも見えないとしても、彼女の手にかかれば、たちまちそう見えてしまうことになる」

でっち上げるということだ。センにもわかったのだろう。思わずという感じで、真丈の腕に触れてきた。本当にこんな人物を連れていいのかと問いたげに。セン自身、特殊部隊にいると言っていたから、工作がどういうものかよくわかっているのだ。

だが真丈は、おかげで海老原の腹が読めたことに、感謝していた。

「周凱俊はロシア側のアセットでなければならない」

「今後の日本の国際関係上、それがいい」

海老原が快活そのものといった調子でそう言い、ウィンクまでしてみせた。

「三日月計画のおかげで、中国側には相当な遺恨が残る。盾にできそうな存在があるとしたら、ロシアをおいて他にないじゃないか。そうだろう?」

「全てはロシアに操られていた」

真丈としてはまったく気にくわなかったが、それが自分たちと海老原のいわば取引であることはわかっていた。そして海老原は、我が意を得たりというように破顔し、言った。

「新元号が示す通り、我が国は、近隣国と美しい調和をはかるべきだよ。我が国以外の先進国が互いに熾烈(しれつ)な争いを繰り広げる中、我が国だけは全ての国と平和で穏便な距離を保つのだ。国際競争などには付き合わずにね。それこそが調和だ。そうは思わないかね」

32

真丈はセンと一緒に部屋を出ると、マンションの駐車場に停めた車に乗った。後部座席に。前の座席では、マンションの住人に見られる可能性がある。

エンジンをかけずに待った。別の車が使えることになったので、楊立峰氏の車はここに置いていくつもりだ。新しい車のキーを持っているという卯佐美は、準備に十分ほどかかると言った。何の準備かは訊かなかった。荒ごと用のドレスでも持っているのだろう。高級クラブの従業員みたいな姿で、目の前の人間をいつでも殺せる姿勢を崩さない女だ。

米軍から紹介された政府お雇いの超法規的スイーパー。海老原が、そんな女をわざわざ真丈に同行させるのだから、意図は明白だった。うんざりするほどに。

海老原本人が、具体的に誰かを消せというような指示はしていないはずだ。日本にはそういうことができる行政機関は存在しないことになっている。人命に対する責任をとるのが嫌で、死刑執行時に三つもボタンを用意する国だ。

卯佐美の仕事は、情報を消すことでしかない。その過程で、あくまで副次的に、情報源である人間が消える。そういう言い訳を好む依頼主と、最も上手くやっていくことができるのは、逆に、人命に対する全権を自分が握っていると頭から信じ込むタイプだ。本人はそうは言わないし、そう思っていないと思っている。だがその実、人の命を奪うことに何の抵抗もない。むしろ能力証明のため最も効果的な手段と信じているのだ。

ＰＴＳＤなどとは無縁の、根っからの殺し屋。そういう人間にとっては、銃撃戦も、暗殺も、爆弾を仕掛けることも、何の違いもない。相手がどうなるかに興味がないのだ。ただおのれの能力が発揮されることに喜びを覚える。

彼女が同行する理由は、真丈と同じで、鳩守を押さえたいからだ。真丈と異なるのは、いろいろと背負わせた上で、消したいと思っている点だ。もちろん、消されては困る。センのためにならない。これっぽっちも。これまでの努力が台無しになってしまう。

といって同行を拒むのも面倒だ。どうせ姿を隠して追って来る。すでにそうしているチェイサーが一人いるのだ。物陰に潜んでいるのが、卯佐美なのか影法師（クリムジャ）なのかわからないと、この先いろいろと困ってしまう。だから、見えるところにいてもらうほうがいい。

これから始まるのは、厳密な法則にもとづく、人間同士のチェスゲームだ。

人間という生き物がどう考え、どう動くか。その膨大な統計的根拠をもとに、過去、名だたる組織が、無数の作戦を立て、そして実行してきた。

奇襲作戦。囮作戦。人質救出作戦。包囲撃滅作戦。どんな現場でも、誰かが激昂や恐慌にのみこまれれば、たちまちカオスがあらわれる。混乱した人間が想定外の行動を取る。

それでも、人間は特徴的な傾向を示す。統計的には、僅か四パターンに限定される。

進行する、脇道にそれる、停止する、後退する。

やろうとしていたことを過激にやる。まったく関係ないことを、本人もなぜそうするのかわからずし始める。何もできずに凍りつく。安全地帯を探して逃げ出す。

どのような人間が、どのような状況下で、どの傾向に陥るかは、生命保険会社が利益を出すための方程式レベルであれば、文字通り、確率計算が可能だ。もちろん、いちいち電卓を叩いていられないので、何十種類ものパターンを頭に叩き込めば即興には十分だ。

卯佐美という予定外の飛び入りが増えたとしても、上手く使えばいい。そのための布石を打つ。その段取りも見えていた。それが自分の適性でもある。どれほど困難な状況に陥っても、次に何をすべきかという行動の選択に困った経験がない。

ずっと、みんなそういうものだと思っていた。違うことに気づいたのは、命がけの状況で、どうしていいかわからなくなる人間を実際に目の当たりにしたときだ。何もできずに凍りつく。真丈に、その傾向はなかった。そうなったためしがない。

そういうわけで、卯佐美を待つ間に、義弟に電話した。今後の行動のために。

コール三つで、相手が出た。

「鶴来です。太一さん？」

「おれだよ。相手はロシアのせいにしたがってる。そしてスイーパーをつけたがってる」

沈黙。

「ヨッシー？」

「聞いてます」

さっさと喋れというような言い方。きっと忙しいのだろう。自分が忙しくさせた面もあるので、許してやらねばならないが、今なぜ忙しいのか説明してくれてもよさそうなものだ。妹はよくこの義弟とコミュニケーション不足に陥らなかったものだと感心する。むしろ義弟から、妹が会話に応じてくれないと相談されるほうが多かったような気もするが。

真丈は、忙しい義弟のため、なるべく要点を絞って言ってやった。

「作戦実行だ。駒の取り合いになる。相手の駒を取って、おれが交換取引に持ち込む」

「交換って……」

「そうだよ。他にないだろう」

真丈は肩をすくめた。その様子を、センが淡々と観察していた。

「危険だと思わないんですか？」

「上手く行かないと思ってるのか？」

「いえ。太一さんが順番を間違えなければ、狙い通りになりますよ」

なるでしょう、ではなく、なりますよ、だった。ちょっとした語尾で、信頼は伝わるものだ。真丈は気をよくして言った。

「じゃあ、いいじゃないか。おれが間違えてしくじるのが心配なのか？」

余計なことを言ってしまった。真丈が、電話の相手から信用されていないかのような言い方だからだ。そのような印象をセンに抱かれるのはよろしくない。

「おれが、こういう作戦で失敗したことがあるか？」

あえて強気に言い返した。それで義弟も、真丈の意図を察したらしい。

「こちらは全面的に太一さんの考えを支持します」

センも聞いているかのように言ってくれたが、肝心のセンには聞こえていなかった。それでわざとふんぞり返って、態度で相手が納得したことを示してやった。

「だろう？　何の心配もない。チェスみたいなもんだ」

「チェスでは相手の駒を利用できませんが」

「ルーブ・ゴールドバーグ・マシン方式は？　ピタゴラ装置のほうが日本人らしいか？」

センが眉をひそめた。意味がわからないらしい。あとでネットで動画を探して見せてやったら、きっと喜ぶだろう。こんなふうに上手く行くという具体的な例を示してやれる。

「追跡手段を確実にして下さい。スイーパー封じも」

「了解だ。そのあとのことは頼んだ」

「了解です。ご健闘を」

電話を切ってセンに顔を向けた。不安が少しでもあれば宥めてやろうと思ったが、センの様子は冷静そのものだった。

「質問が二つ。訊いていい？」

真剣な表情だ。不安を宥めるよりも一段難しそうだった。しかも卯佐美が来るまでに片付けねばならない。真丈は心してうなずいた。

「アクティベイターって何？」

「全て終わったら教えるよ」

「なぜ今じゃないの？」

「まだ復帰していないからね。今ここで君に喋ったことが後々ばれると問題がある」

「わかった」

センが言った。意外に早く納得した。こちらの答えを予想していたのだろう。

「なぜ私を助けるの？」

矢継ぎ早に二つ目の質問を口にした。

「よかった」

センが眉間に皺をよせた。

「何が？」

「おれが君を助けていると、君が認識している。信頼はとても重要だ」

「何をしているかは訊いていない。なぜかを訊いているの」

「親切なんだ」

「マナミさんのことを教えてくれる？」

「なぜ？」

「あなたが言っていたから。マナミが死んだときみたいだって」

「そうだったか？」

「そう。私が見たあなたの印象は、問題を抱えている人。そしてそれを解決したがっている。私やこの状況に、その問題を投影しているか、転嫁している」

真丈は大いに感心させられた。ますます妹みたいだ、と危うく言いかけた。代わりに、最も端的な答えを心がけて告げた。

「マナミはおれの妹だ。彼女は死んだ。銃が命を奪った。誰が撃ったかはわかった。おれと義弟で捕まえた。なぜ撃たれたのかもわかった。妹は防衛省で、ある調査をしていたんだ。それまで、おれも義弟も、妹がどんな仕事をしているか知らなかった。二人ともその仕事を知って、引き継ぐことにした。アクティベイターという、書類上は存在しない肩書きを与えられて」

「妹さんがアクティベイターだった。妹さんが殺害された事件を、あなた達が解決した」

「ああ。だが、解明はできなかった。妹を撃ったやつも、そうするよう仕向けられただけだった。仕掛けたのはストレンジャーだという結論だけが残った」

「ストレンジャー？」

「どこから来たのか、どこにいるのかわからない。そういう連中のニックネームだ」

センがうなずいた。だが質問は終わらなかった。

「私が殺されたら、妹さんを守れなかったことの再現になると感じているのね？」

「ああ」

「この件も、ストレンジャーがやったという結論で終わると思っているの？」

「そうはさせない」

センがうなずき返し、視線を外すことで、質問は終わりであると示した。

二人だけのブリーフィング・タイムの終了。だが義弟と違って、再びこちらを見て、こう付け足してくれた。

「あなたへの御礼も、全部終わったあとで言う。それでいい？」

「ああ」

実に良い気分になって笑顔を返したとき、駐車場に出てくる人影が見えた。センも気づいた。二人して外に出た。やって来た相手を見て、良い気分が完全に消えてしまった。

卯佐美は、ランニングに出て来た、というように黒い上下のスエットスーツを着ていた。靴はランニング・シューズ。黒い手袋。汗を拭うためのリストバンドも黒だ。髪を頭の後ろで束ね、額にきっちりスポーツ用のヘアバンドを巻いているが、これも黒っぽい。髪がやや光っているように見えるのは、ジェルを塗っているからだ。

ほかに、顔を覆う目出し帽でもポケットに入れているに違いない。

やる気まんまんの出で立ちに、ぞっとさせられた。何を隠し持っているかわからないという以上に、何も残さないよう着衣を整えたのだ。衣服、毛髪、汗、唾液といった、生体由来の痕跡を極力残さない工夫。髪にジェルを塗って毛髪が落ちるのを防ぐなど、外科手術に挑む医師さながらだ。これから人を殺しに行くと宣言するような出で立ち。

獅子身中の虫そのもの。センが恐怖もあらわに真丈を見た。本気でこの女と行動するのかと。センからすれば、消されるのは自分であってもおかしくないのだ。

「彼女のことは心配ない」

真丈が言った。自信を込めて。卯佐美を抑える手だてはすでに考えついていた。センがぐっと顎に力を込めてうなずいた。緊張と、そして全面的な信頼の証し。

卯佐美が、そばに来た。

「お待たせしました。では早速、これからの行動を教えて下さい」

「まずキーをくれないか」

真丈が手を差し出すと、卯佐美がポケットから取り出して素直に渡した。

「移動しながら話そう」

真丈がキーを宙にかざしてボタンを何度か押した。すぐにフォードアのセダンタイプの車がロック解除を示してヘッドライトを明滅させた。

真丈が運転席に乗った。センが助手席に。卯佐美が後部座席に座り、全員がシートベルトを装着した。乗車時の鉄則。シートベルトをしろ。人間は、時速三十キロメートルの速度における急カーブと急ブレーキで、簡単に宙を舞う。乗車した全員、鉄則に忠実であることがわかった。これからのチェスゲームを考えれば、そうでなくては困る。

真丈は車を出し、湾岸へ向かった。来た道を戻る気分。時の経過が実感された。

あと半日で状況は変わる。悪いほうへ。予断ではない。とても悪い状況になる。

センの両親が本格的に人質となる。周凱俊はその手配をしているはずだ。鳩守という男の計画がどんなものであるにせよ、大きく進行する。義弟が教えてくれた、二人の警官が消えたという事実が、そのことを物語っている。警官の失踪など、すぐに問題視される。それまでに進められる計画だからこそ、思い切った手を打ったのだ。

時間がないときにすべきことはいろいろあるが、してはならないことが一つだけある。

運に任せてはいけない。計画し、実行する。相手がそうしているように。かつて妹がそうしたように。そしてまた、妹を消すことを決めた誰かがそうしたように。

問題を抱えている人。

センの言うとおりだ。真丈の脳裏では、今まさに助手席に妹が座って、こう言っていた。楊立峰氏が口にしたのと同じことを。暗闇から響く血なまぐさい声で。

――捕まえろ。

そうするつもりだった。一人も残さずに。

33

鶴来は、しっかり時間を与えてから、取調室に入った。

馬庭を閉じ込めた部屋だ。逮捕と言いつつ、手錠もはめず、通信機器の没収もせず、監視もつけず、ただ部屋に入れた。そして十五分間、相手に不安を抱かせるため放置した。

それから、吉崎に命じて馬庭の所持品を没収し、手錠を施した。いよいよこちらが確たる証拠をつかんだかのように。相手の反応を見るための基本的な揺さぶりだ。

どうせ簡単には落ちないだろうし、状況は相手に有利に働いている。専門的な技術が要求される現場では、常に馬庭のような専門家がアドバンテージを取る。

香住が綾子を呼んだのは馬庭のアドバンテージを崩すためで、今では鶴来も大いに活用するつもりだった。尋問の様子をリアルタイムでネット上に流したりしなければだが。

鶴来が入室すると、すぐ馬庭と目が合った。ずっとドアを見つめていたらしい。

馬庭は、手錠をはめられた両手を組んで、テーブルに置いている。困惑した様子も、途方に暮れた様子もなかった。とても落ち着いていた。

鳩守が連れてきてからずっと馬庭は機体を監視していたが、今その仕事がどの程度、進行しているか見極めねばならなかった。機内にいるはずの誰かを確認する、という作業が隠れ蓑(みの)になったのは確かだ。その誰かとコンタクトするなど、すでにすべきことを終えているなら、そらとぼけるだけでいい。まだ終えていないのであれば、何とかして現場に戻ろうとする。どちらの反応を示すか、見定めることから始めねばならない。

鶴来はテーブルの裏を手探りした。そこにガムテープで固定しておいた録音機があった。それをガムテープごと引っぺがし、録音をオフにし、これ見よがしにテーブルに置いた。

録音機器のデータを再生した。馬庭の声が流れ出した。

「鳩守さん、おれだ。現場から連れ出された。プレシャスは移動してない。以上だ」

鶴来が再生を止めた。

「鳩守に、拘束されたことを伝えたな？」

馬庭が小さく溜息を漏らした。

「留守電でしたけどね。当然でしょう？」

「なぜだ？」

「なぜ？」

鶴来は、馬庭の表情の細かな反応をつぶさに見て取りながら、繰り返した。

「そう。なぜ？」

虚偽は無駄だという厳然とした態度。相手がごまかしに入るか、苛立ちや不快感など感情を盾にするか、余裕たっぷりの姿を防壁にするかで攻略法はまったく変わってくる。

だが馬庭は、どれとも違った。手錠を嵌められた両手を膝の上に置き、椅子の背もたれに身を預け、鶴来と同じように、こちらを観察しにかかった。

「正直、あなたの言ってることがわからない。意味不明だ」

何の情報も与えない。こいつは訓練されている。鶴来の直感がそう告げた。目的を遂行するための訓練。情報を秘匿し、有利な立場を保ち、成果を挙げるための。

「お前は何者だ？」

真っ向から訊いた。

「エンジニアですよ。知ってるでしょう」

馬庭が淡々と返した。ふてくされたように。その反応に、鶴来は頑丈な金庫を連想させられた。中にあるものに、誰の手も触れさせまいとする鋼鉄の箱。

上等だ。鶴来は、必ずこじ開けるという決意とともに、馬庭と向かい合って着席した。

34

鳩守は、六本木ヒルズを眼前にあおぐ、さくら坂（ざか）公園に佇みながら、こんな場所にいるべきではないと思っていた。繁華街の近くで遊具に囲まれ、都心ならではの窮屈な夜空を見上げている場合ではない。だが、大がかりな人と金の動きを仲介し、複雑なプランの進行を任されると、予定通りの行動をしているときのほうが少なくなるものだ。

それで、このときもあえてそこにいるのが当然のような顔をして、コンビニで買った、温かいコーヒーが入ったカップを二つ持って立っていた。他に荷物はない。眼鏡と、薄手のコートのポケットに入れた携帯電話があればいい。それ以外のものを手に持ちたくはなかった。それ以上のものは。重大な犯罪の証拠となるような書類や物品を持ち歩くのは、他の誰かにそれを押しつけに行くときだけだ。

やがて薄暗い道路から、乱暴な足音が近づいてきた。振り返ると大きな男が公園に入ってきて、かろうじて憤激を抑えているといった低い声で言った。

「どうなってるんだ、いったい」

辰見だった。鳩守はその男を落ち着かせるために手にしたカップの一つを差し出した。

「どうなったのか聞かせて下さい」

辰見はカップを受け取ると、プラスチックの蓋を取ってがぶりと口にしたが、気に入らなかったらしく残りをカップごと茂みに投げ捨て、蓋を握り潰して靴で踏んだ。

激情を解消するやり方は人それぞれなので、鳩守はカップの蓋を取らずにすすった。

辰見がふーっと息を吐いた。多少は落ち着いたらしい。

「米軍に止められた」

「相手はアバクロンビー情報将校です。国内アセットの元締めみたいな人間ですよ。当然あなたの情報も手に入れています。先方があなたに興味を持っていたら、基地内に引きずり込まれて出てこられなくなっていましたよ」

「失踪した中国人パイロットを独自に捜索していただけだ」

「あちらの在日工作部隊員の団体と一緒にね」

「おれが一緒にいたのは警官だ。あいつらはたまたまいた」

「なんでわざわざ顔を出すんです？」

「現場の監督だ。周が現場で責任を持たんから、九人も使い物にならなくなった」

なら同じ数だけまた投入すればいい。鳩守はそう思った。必要なら倍の数でも。周は優秀なハンドラーだ。人に言うことを聞かせることを仕事にしている。政財界、軍、闇社会で、引く手あまたの人材。彼が扱う人員は、基本的に使い捨てだ。

しかし辰見に言っても無駄なのはわかっていた。辰見は組織と一体となって生き、子飼いを大切にする。組織犯罪対策部時代に捜査対象だったマフィアの構成員に対してすら、義理だの借りだのよくわからない論理を持ち出す。ただ一概に無意味とは言えなかった。結果的に、効率よく人間が動くという点では、周に引けを取らないのだから。辰見に命じられるからこそ、警察官も本来の職務を逸脱した働きを許容するのだ。

「その九人はどうしたんですか？」

「中国大使館で治療を受けてる」

辰見が顎をしゃくった。中国大使館はここから歩いてすぐだ。

「巡査たちは帰した。あいつらは誰にも話さんから安心しろ。周のチームもひとまず中国大使館内に入れておいた。お前が雇ったチェイサーは気づけば消えていた」

黙っていなくなるなんて不義理だと言いたげだ。消えるのが仕事だというのに。

「それで、どうやって追うんですか？」

「警備会社の男と逃げた女を、広域指名手配にかけるんじゃなかったのか。さっき来てくれた巡査たちにはそう説明したんだぞ」

「警察庁の鶴来警視正が握り潰してるんです。あと先ほど、馬庭さんが拘束されました。本人から電話がありましてね」

辰見の眉間に深い皺が刻まれた。また何か投げる物を与えてやる必要がありそうだ。

「なんだそれは。あの男が何をした」

「さあ」

鳩守は素直に肩をすくめた。あの男を何のために送り込む必要があるかは知らなかった。自分が知る必要はないと割り切っているのだ。

「あっちの動きがつかめなくなる。誰かを送り込まねばならんじゃないか」

「人の出入りは厳しく監視されています。ただでさえ鶴来警視正は、護送した者たちの聴取を強行してるんですから。全員の聴取が終わるまで動けなくなります。亀戸副署長から話を聞くことはできないんですか？」

「それ以外にないならそうするが……警視庁に借りを作るのは好かん」

鳩守はまたコーヒーをすすり、携帯電話を出して時間を確認した。

午前一時半を回っている。そろそろ周が合流する頃だった。

「勝俣と横原に、連絡がつかん。何か知ってるか？」

「ご老人方の判断ですよ。私が知るわけありません」

辰見が、わざわざ鳩守の正面に回り込んできた。

「三日月計画の後始末をするのに、二人が姿を消す必要があるか？」

「姿を消しただけならいいですがね」

辰見の眼差しの鋭さが層倍になった。鳩守は呆れた。そうした動物的威嚇が物を言う現場にいたせいで、睨みつければ何か別のことを喋ると思っているのだろう。

鳩守は無言だった。辰見も何も言わなかった。ショックを受けており、大事な子飼いがそんな風に扱われねばならない理屈を必死に探しているのだ。

鳩守にはどうでもいいことだった。どんな人材も組織も消耗品だ。大企業もダミーカンパニーも富を生産し、流動させ、蓄積する道具だ。経産省にいればそういう思考が染みつく。どれだけ消費期限を延ばすことができるか。人の価値など所詮はそんなものだ。

「私はもうずっと、ご老人方の後始末ばかりしてましてね」

鳩守は意図して話題をずらした。相手を宥めるためだ。この組織従属型のゴリラ男が激情を抱えると、関係各所にその感情を伝播させかねない。

「現役の仕事の大半は、いつだって、ご老人方の後始末です。今のご老人方もそうでした。半世紀以上前の、敗戦の後始末に比べれば、この仕事は楽なほうでしょう。たとえ、しくじったときは私たち自身が後始末の対象にされかねないとしても」

辰見が何か言いかけて口を閉じた。また足音が近づいてきた。六本木ヒルズ側から周と二人の部下が現れ、辰見と鳩守と向かい合って立ち止まった。

「東京タワー以降の女の足取りから、何かつかめましたか?」

鳩守が訊いた。なぜ日の出埠頭から東京タワーに行き、それからスカイツリーのある押上駅に移動したか不明だった。まるで観光だ。理由がわかれば女と謎の警備員の潜伏先がわかるかもしれず、もっと重要なものも見つかるかもしれないので、調査したのだ。

「何も見つかりませんでした」

周が無感情に日本語で言った。辰見が興味を失ったように宙を見やった。だが鳩守にとっては女自身より関心のある調査だったので食い下がった。

「何も？　晏嬰とのコンタクトの痕跡も？」

「何も見つかりませんでした」

周が繰り返した。彼自身が調査を担ったわけではない。調査員が現場にいたのでもない。女の移動ルート沿いの様々なシステムを、中国のサイバー・チームが調査したのだ。チームが何か見つければ周が部下を使って調べさせる。顔認証や通話監視をふくむ追跡システムが張り巡らされた中国では有効だが、日本ではあまり意味のない調査だったらしい。

「なんであれ彼女を手に入れてスケープゴートにするしかありません。この件でお尋ね者になるのは誰だって嫌でしょう」

「楊芊蔚を連れ去ったのは、米軍のアセットなのですか？」

「そう。アクティベイターですよ」

「それは何なのです？」

「私も本当のところはわかりません。ご老人方から忠告されただけでしてね。あなた方が捕らえて吐かせる予定だったのですが」

「警察が追ってくれると聞いていました」

周が言い返した。

「米軍に邪魔された」

辰見がぶすっと言った。

「雇ったチェイサーが追っています。今は彼の報告を待ちましょう。加勢も用意します」

「加勢？」

辰見が眉をひそめた。鳩守は構わず電話を操作してコールした。すぐに相手が出た。

「ハロー、ハトモリさん。ビジネスが必要？」

ロシア訛りのきつい日本語だった。鳩守が言った。

「はい。あなた方の協力が必要です、モルスカヤ・ズィズダ」

「はは。日本人は発音しにくいよ。モルスカヤか、マリーン・スターでいいよ」

「では、ミスター・マリーン・スター。協力してくれますか？」

「ビジネス？」

「ビジネスですよ。もちろん。三人に、今夜中にお願いしたいことがあります」

「やるよ。三人ともオーケイ。何すればいい？」

「男を一人、捕まえて大人しくさせたいんです。そして、女を一人、これも捕まえて大人しくさせたい。相手の居場所がわかったら、お知らせします」

「いいよ。自分たちだけ？　他の人たちと働く？」

「他の人たちもいます」

「オーケイだよ。連絡待ってる。他の仕事しない。じゃあね」

通話が切れた。

「ロシア系の、こちらのアセットが合流します――」

鳩守が、辰見と周に言いかけたとき、その手の中で、携帯電話が振動した。

追うべき相手の行方がつかめたのではないかという期待の念が無言のうちに共有された。だが鳩守は携帯電話の画面を見つめたまま出ようとしなかった。見覚えのない電話番号だった。自分の電話番号は限られた者にしか教えていない。うち一人が空港警察署で拘束された馬庭であることを改めて思い出していた。

全員が、鳩守を見つめた。鳩守は応答ボタンを押し、耳に当てた。

「もしもし？」

「鳩守淳さん？」

面白がるような声がそう訊いた。鳩守は素直に応答した。

「はい。どちら様ですか？」

「おれは、真丈太一だ。けりをつけよう」

35

「けりをつけるとは？」

電話の向こうで鳩守が訊き返してきた。日本語はよくわからないと言うようだ。

それではとばかりに真丈は英語で言い直してやった。

「問題を解決するのさ」

鳩守の反応を探るためでもあり、そばにいるセンのためでもある。日本語でもセンはそれなりに理解するが、英語のほうが間違いがなくていい。日本語は日本人が考える以上に、外国人にとっては曖昧で要点がつかみにくい言語だ。

携帯電話は、運転席と助手席の間に置き、スピーカーモードにしてあった。

後部座席で、ぞっとするような微笑を浮かべる卯佐美も、英語は問題ないはずだ。中国語でも真丈より上手に喋ることができそうだった。もしかすると他に何カ国語も喋れるのかもしれない。米軍や外務省の御用達ともなれば、インテリなスイーパーが選ばれるのだろう。

「どういうことでしょうか？」

鳩守が訊き返した。日本語だった。英語が苦手か、自分が主導権を握っているのだとアピールしたいのだ。そばに誰かいるなら、周凱俊のように言葉がわかる人間だろう。

「最初のステップは、あんたの電話のスピーカー機能をオンにして、周りにいるやつらにもこの会話を聞かせることだ。周凱俊とは日本語で話したほうがいいのか？」

探りを入れたが乗ってこなかった。それどころかなおも日本語で訊き返してきた。

「米軍にこちらを監視させているというわけですか？」

「彼らにそんな暇はないさ。残念なことにね」

真丈は正直に教えてやった。こちらが米軍に守られていると思われたら、相手は警戒して手出しをしなくなってしまい、作戦に問題が生じることになる。

「あくまであなた個人の取引であると？」

まだ日本語のままだった。

「おれは外野だ。センの問題を解決したいんだ。楊芊蔚の」

「ははあ」

その人物ならニュースで知っている、という茫洋とした返事。そらっとぼけることが本能になっているらしい。首尾良く拘束したら尋問は義弟に全面的に任せようと決めた。

「おれは今、彼女とある場所にいる。あんたらがここに来れば、問題を解決するための話し合いができる。いったん切るから待っててくれ」

「はあ――」

気のない声。真丈は通話を切った。目配せすると、センがうなずいてシートベルトを外した。真丈もそうしながら、卯佐美に言った。

「ここで待っててくれ」

「はい」

卯佐美が、にっこりした。暗殺を依頼されても同じ表情で受諾しそうだ。いや、もっと嬉しそうに笑うに違いない。

真丈は携帯電話を持って車から出た。日の出埠頭の倉庫街の一角にいた。真丈が、センと初めて会った場所だ。当然ながら仕掛けたカメラは消えていた。

車のボンネットに携帯電話を置こうとして、センに訝しげな顔をされた。

「何をしているの？」

「カメラで自分たちを撮りながら通話するんだ。動画でね」

「何をしているの？」

だが同じ質問を繰り返された。

「この電話を置かないといけないだろう？」

「なんで置くの？」

理由を説明しようとする前に、センに携帯電話を取り上げられた。センが右手の指だけで器用に携帯電話を固定し、腕をめいっぱい伸ばした。携帯電話は起動したままの状態だった。センが親指だけで巧みに画面を操作し、ビデオ通話のコールボタンを表示させた。

「もうちょっと寄って。映らないでしょ」

センが言った。真丈はその通りにした。遠慮がちに肩をくっつけ合った。

これがいわゆる自撮りというやつらしい。真丈にとっては初めての体験だった。なんだかとても仲のいい男女が映っているように思える。これから交渉する上で、こちらの連帯の強さを見せつけるのは悪いことではないが、ちょっとはしゃいでいるようにも見えた。

車内の卯佐美が、妙に目をきらきらさせて見ていた。交ざりたがっているのだろうか。彼女も自撮りが好きで、相手を殺す前に、一緒に動画を撮るのかもしれない。

「これでいい。コールするわ」

すっかり主導権を握ったセンが器用に画面を操作してコールした。

すぐには応答されなかった。ビデオ通話になるとは鳩守も思わなかったのだろう。

だがこの呼びかけを無視するという選択肢は、鳩守にはない。理由は明確ではないが、鳩守たちはセンを必要としていた。機体だけで十分だというなら大人数で彼女を追いはしない。センがまだ話してくれていない、機体にいるはずだという誰かに関わることだ。

果たして、応答があった。凡庸(ぼんよう)そのものといった感じの男の顔が表示された。背景に緑が見え、どこかの公園にいるらしいことがわかった。

対して、こちらの背後には倉庫の外観がある。

「我是楊芊蔚(ウォーシーヤンチエンウェイ)」

センがよく通る声で言った。たちまち、相手の画面がめちゃくちゃに揺れた。

「落ち着いて下さい！」

鳩守がわめく声に、

「给我（ガイウォー）！」

聞き覚えのある声。周凱俊だ。よこせ、と言っている。鳩守の手から携帯電話を奪おうとしているらしい。

「離れろ！」

別の声がした。日本語だ。周を押しやる、でかい男の姿が映った。フォルムだけで誰かわかった。ハーディ・バラックスの隣の公園で足止めされた一人、辰見喜一だ。

ビデオ通話の特徴は、勝手にスピーカーモードに切り替わることだ。携帯電話に耳を当てたら画面が見えないのだから当然だろう。これで鳩守の周囲にいる人間がはっきりした。武術クラブの面々はいなかった。影法師（クリムジャ）はきっとこちらを追っている最中だろう。

「やあ、ミスター周、また会ったな。無事に倉庫から出られてよかったよ」

真丈が英語で言って、火に油を注いでやった。周の早口の声が聞こえた。センが喉の奥で唸った。不快そうだ。真丈には聞き取れなかったが品の良い言葉ではなかったらしい。

「いったい何がしたいんですか」

鳩守が自分の顔を映し出しながら、日本語で言った。途端に周の鋭い声が飛んだ。

「不要说日语（ブヤオシユオリユー）」

これは真丈にも聞き取ることができた。日本語で話すな。真丈に合わせて英語を使うか、センに合わせて中国語を使えというのだ。周も日本語はわかるはずだが、自分にはわからない細かなニュアンスを暗号代わりに使われるのがいやなのだろう。

「落ち着いて下さい」

鳩守が、なんとこの期に及んで日本語で言い返した。

情報を共有するという態度をまったく示さない鳩守に、真丈は感心した。自分の利益と保身が最優先であることを隠そうともしない、典型的なブローカー・タイプ。他者を巧みに操作することに傾注するあまり、感情面でのやり取りにさっぱり興味を持たないのだ。相手が怒っているという事実を認識していても、自分とは関係のないものだと考えてしまう。

義弟が想定した暗躍者のプロファイルに合致する。とんでもない犯罪を平然とやってのけるタイプでもある。

「あんたの顔しか見えないんじゃ、せっかく動画にしてる意味がない。どこかに電話を置いて、そこにいる全員を映してくれ」

真丈が言った。向こう側で、男たちが声を低めて何か言い合った。あまり騒ぐと通報されてしまうのだろう。背景に六本木ヒルズが見えた。これで位置もわかった。ここに来るまでの時間も読める。作戦を実行に移す上で、重要な情報なのは言うまでもない。

画面がひときわ大きく揺れ、どこかに固定された。鳩守、辰見、周が並んでいるのが見えた。周の部下たちは左右で見切れていた。

「何語で喋るか決めたかい？」

真丈が英語で尋ねた。

「用件を言って下さい」

鳩守が、やっと英語で返した。

「おれたちが今どこにいるか、わかるだろう？　ミスター周？」

「イエス」

「ここで、あんた方を待ってる。来てほしいのは、今そこにいる三人だけだ。鳩守淳、辰見喜一、周凱俊」

全員の名を呼んでやった。

「イエス」

周が口早に答えてくれた。鳩守が苦々しげに溜息をついた。もう一人はどうか。辰見喜一。こちらも刺激しておく必要がある。

「この近くに水上派出所がある。誰もいないみたいだが、念のため、警官が来ないようにしてほしい。いいかな、ミスター辰見」

「ああ、わかった」

ぼそっと辰見が答えた。きちんと会話に合わせて英語を使っている。

「ありがとう。この倉庫にセンを連れてきた二人の警官だが、その後、彼らがどうなったか、知ってるか？」

「いいや。何か知ってるのか」

「あとで話そう」

そう言って、相手の心に鉤をかけてやった。鍵ではない。車のウィンチのワイヤーをひっかける鉤のように、相手の心をこちらへ引き寄せるための言葉だ。

辰見の顔面に力がみなぎった。大いに感情を刺激させられた証拠。だが怒鳴りはせず、しっかり自制している。良い男だ。こちらとは友人になれそうだった。相手が望めば。

「以上だ、ミスター鳩守。くれぐれもあんたが逃げて、二人しか来ないなんてことがないようにしてくれ。三人が揃っていない場合、センは姿を消す」

「いったい何が目的ですか?」

鳩守が今さら、こんな申し出を受け入れるわけにはいかない、というように訊いた。

「来たらわかる。あんたも鬼ごっこは終わりにできる」

鳩守が眉間に皺を寄せた。追いかけるのは自分の役目ではないと思っているのだろう。

「一時間以内に来てくれ。以上だ」

真丈が手を伸ばし、ずっとセンが持ってくれていた携帯電話の画面に指を当てた。通話をオフにしてから、携帯電話を受け取った。

センが、伸ばしていた腕を曲げたり伸ばしたりした。

「来ると思う?」

真丈は携帯電話をしまい、車から卯佐美がするりと出てくるのを見ながらうなずいた。

「来るしかない。おれたちの狩り場に」

そう言って、センを見つめた。

「例の誰かについて、まだ話せないか?」

機体の中に隠れているという、別のパイロットのことだ。鳩守や周にとってもセンを無視できない最大の理由なのだと容易に推測できた。

センは途端に口をつぐんでしまった。卯佐美は、こちらへ来ず、車にもたれて二人を見ている。余計な口を出さず、さりとて何も聞き逃したりはしないという態度。

「アローを使ったテロが敵の最終目的なら、その誰かも止めなければいけない」

「わかってる」

「この作戦が上手くいったら話してくれるか？　その誰かを助けるために」

真丈は優しく言った。センの顎に力がこもった。はっきりとうなずいた。

「約束する」

36

鶴来が金庫を連想したのは、決して手が出せないという意味でではない。逆だった。金庫というのは、必ず開くように作られているのだ。条件が合致すれば必ず開示される。それが人間の本質だ。人間には情報を共有しようとする本能がある。「王様の耳はロバの耳」と叫びたくなる感情が、万人に備わっているのだ。どんなソシオパスにも。

「私の言うことが意味不明だと？　そちらの履歴には目を通しているつもりだ」

鶴来は姿勢を崩して脚を組み、やや相手に対して横を向くようにした。高圧的ではなく親しげな感じを出すポーズだ。

「私の履歴に何か？」

「とにかく優秀すぎるという印象だな。コネを頼り続けて今の地位についたという感じがまったくない。エンジニアの世界のことは詳しくないが、それだけ図抜けていたら、どこでも風当たりが強かったんじゃないか？」

馬庭が苦笑した。

「まあ、出る杭を打つような国では特に」

鶴来はにっこりした。共感と敬意を込めて。馬庭が肩をすくめた。金庫の錠前が、最初の歯車をかみ合わせるため、くるくると回り始めた。

プライドの刺激と信頼の構築。それが捕虜から情報を引き出す上で、最も重要だとしたのは、第二次大戦中に尋問の天才と称えられたドイツ空軍の尋問官ハンス・シャルフだ。

拷問なし。脅迫なし。水と食べ物を取り上げて素っ裸で独房に放り込むといったことは決してしない。かつてその尋問を受けた捕虜の一人は、シャルフに話しかけられたら、修道女でさえ神と勘違いして自分の不品行を喋るはずだ、と語ったという。

シャルフ流尋問術は、戦後、ナチスのロケット技術と同等の価値があるものとして、アメリカ軍が取り入れた。ついで情報機関が、そして捜査機関が倣うようになった。

怒鳴り声を上げたり、脅迫めいた言葉で迫ったりして喋らせる行為は、聴取や尋問とは呼べない。あくまで自白を強要したいときにとる手法だ。

その自白が真実であるかどうかは関係がなく、自白させたという事実が得点になる組織で横行しがちな手法。日本やアジアの警察をはじめ、欧米の司法や軍においても、残念ながらシャルフ流は主流ではない。前近代的なテクニックだと馬鹿にされる場合もある。結果、今なお脅迫と拷問がまかり通ってしまうのは、つまるところ自白の獲得が得点につながるという、いかんともしがたい組織的圧力によるものなのだ。

　鶴来も、自白の強要という選択をしようと思えばできるしペナルティを受けることはない。よく頑張ったと誉められるだけだ。自白の内容が証拠と相反していても、責任を取るのは自分ではない。法執行システムとは、挽肉機みたいなものだ。食用肉と、誤って手を突っ込んでしまった人間の肉を区別しない。人間をばらばらにした機械に罪はなく、巻き込まれるほうが悪いのだ。ゆえに冤罪（えんざい）事件を生んだ司法関係者を罰する法律すらない。

　だがここで自白を強要するのは無意味だし、解明と解決から遠ざかるだけだ。

　きっと馬庭は事実とは異なることを、べらべら喋り出すだろう。馬庭があらかじめ尋問に耐える訓練を受けていることは確実だ。企業秘密と軍事機密という二つの重要な情報を扱うからだろう。知識を持ったトレーナーからみっちり指導を受けたに違いない。

　尋問者をミスリードしながら、情報面での有利を保つのは耐尋問訓練の初歩だ。拷問されそうになったら、証明が難しいでたらめを喋る。そうすれば体力も温存できるし時間も稼げる。尋問する側は裏づけに労力をとられる。どのような場合に、どうミスリードするか、馬庭はいくつもシナリオを用意していることだろう。

　さんざん怒鳴りつけた挙げ句、偽情報をつかまされて奔走させられるなど愚の骨頂だ。

　鶴来はさらに馬庭という金庫が進んで扉を開きたくなるよう、おのれの表情と言葉と態度を駆使し、集められた情報を活用しながら馬庭の錠前に働きかけていった。

「開発部門に配属されたというより、経産省への出向を見越して自分から配属を希望したんじゃないのか？　日本人の発想じゃないな。ヨーロッパで二年間、履歴にない仕事をしていたようだが、そのときに学んだのか？」

「機密に関わることですから履歴には残せないんですよ。まあ、日本人は職人が好きですからね。二十年も三十年も、同じことをこつこつ続けて、他のことができない師匠になる。それが要するに日本の物作りってやつです。テクノロジーが急速に発達する時代になると、ついていけずに仕事がなくなる人間が本当に多い」

師匠。そう口にするときに訛りがあった。ドイツか中欧か。マスターではなくマイスターと口にした。発音と単語の選択は、その人間が無意識に取捨選択したバックグラウンドを如実にあらわす。オーストラリアで暮らせば、そのうちエレベーターのことをリフトと呼ぶようになるのと同じだ。

「あなたが学んだマイスターたちは、日本の徒弟制度的な師とは異なっていたと？」

「まったく違いますよ。こっちより若いのだって大勢いる。もっとも、古めかしいところもある……宗教的な儀式が欠かせないんだ。アメリカのベイエリアでも、どっちかといえば無神論者や原理的思考がない人間は嫌われる。なぜ自分は生きているのか、なんてことを、しつこく自分に問いかける。その点、日本人は柔軟というより、そもそも何も考えちゃいないから、楽と言えば楽ですけどね」

ベイエリア。シリコンバレーと呼ばれた一帯に、サンフランシスコなどの都市部を加えた地域の総称だ。スタートアップ企業が都市部に拠点を移したことからテックの勃興地として認識されている。自分は欧米の最先端テクノロジーを学んだという自負のあらわれ。

「なぜ海外でマイスターの一人になる道を選ばず、極端に窮屈な仕事を選んだんだ？」

「貢献するなら自分の生まれた場所がいい。そうは思いませんか？」

「自然な感情だな」

「海外に出ると、なおさらその感情が強くなる。自分が生まれた国が、窮屈で貧しい場所になっていくのを黙って見ているのは……辛いんですよ」

「のびのびとした豊かな国にしたいと思って今の道を選んだ？」

馬庭が微笑み、リラックスした状態で椅子にもたれかかった。鶴来の言葉を肯定すると同時に、別のメッセージをふいに送ってきているのがわかった。

「あんた、話が上手いな。古き良きやり方だ」

感心した様子で言った。シャルフ流の尋問も心得ている証拠。鶴来はしっかり相手に合わせて微笑み返した。人間は、互いに信頼を抱き合いながら銃を向け合うことのできる、不思議な生き物だ。尋問される者とする者との間に、ある種の回線が開かれようとしていた。金庫の扉の一部が透けて、向こう側が見えるようになるといった感じだ。

「彼女が世界初の核テロリストであることはわかっているんだ。大ニュースになって世界中に拡散する。特にこの国では、万人があらゆるかたちで知ることになる。ここにいる自分たちが、最後まで危険も顧みずに戦い続けたということも。お互いヒーローになるだろうな。フクシマ・フィフティみたいに。そして、この国を変えることになる」

馬庭が、いきなり喋った。ここまでは開示していいだろうと計算しての発言。だがシャルフ流の尋問が功を奏しているなら、馬庭の計算はすでに大きく狂っているはずだ。

王様の耳はロバの耳。情報を共有しようとする本能を刺激された人間は、黙っているべきことがらの範囲を自分から狭め、より多くを喋ってしまう。

「私には勝手なストーリーに聞こえるが……核テロリストだと？」

馬庭が口角を上げた。わかっているだろう、というように。

鶴来は、一本取られたな、という印象になるよう肩の位置を調整した。そうしながら一言一句間違えることなく、馬庭が口にした言葉を脳裏で反芻（はんすう）した。

彼女。楊芊蔚のことだ。代名詞を使っている。まるで自分たちの間で「彼女」といえば、ただ一人しかいないというように。

核テロリスト。アローの存在を知っている。「わかっている」という言葉を使った。これも鶴来と馬庭が、同じ考えと情報を持っているし、持つべきだという心のあらわれ。

これだけで信頼の構築がかなりの程度、成立していることがわかる。馬庭は本来喋ってはいけないことを、口にした。そのはずだ。金庫の扉に隙間ができ、中身を覗かせた。

それは何だ。大ニュース。世界中に拡散。万人があらゆるかたちで知る。

勝手なストーリー。鶴来はこの上なく慎重に、相手に感心しているという態度で、身を乗り出した。思わず殴りつけたくなる衝動を自分の中に感じながらそれを抑えつけて。

「フェイクニュースを用意しているんだな？」

馬庭が鼻息をついた。鼻で笑っているようにも見えるが、違う。信頼のあらわれ。相手を評価する気持ちがそうさせていた。お前ならわかると思っていたよ、という態度だ。

「それも、ヨーロッパで学んだことか？」

「世界中が今まさに学んでいることだ。そうだろう？」

馬庭が言った。鶴来は、その通りだというようにうなずいてみせた。

フェイクニュースという言葉が一般化したとき、世界のソーシャル・ネットワーク・サービスは、新たな時代を迎えていたといっていい。コマーシャリズムの発達によって、個人データからあらゆる傾向が分析され、物を売りやすい人間が抽出されることになった。

そうしたリストが金になるのは古今東西の常識だ。日本でも古くから馬鹿げた教材や健康グッズに多額の金を出す人間はリスト化され、悪徳商法で稼ぐ者たちの手から手へと渡っていった。それと同様、特定の情報に反応しやすい人間を何万という単位でリスト化したものが売買されるのだ。フェイクニュースは、ただテキストや動画を加工し、本来存在しないデータをでっち上げる愉快犯的な行為の産物ではない。信じ込む人間が確実に存在することを前提とし、ターゲティング手法に基づいて行われる、ビジネスだ。

しかもそれが犯罪とみなされることはない。そもそもテレビ・コマーシャルが発達したのは、詐欺罪を適用されず、誇張や歪曲(わいきょく)が表現の一環とみなされたからだ。

「フェイクニュースの請け負いどころは?」

「どこでもやってる。東欧、中東、中国なんかは、村の大半がフェイクニュースで食ってるってところもあるんだ。ケシ畑を作るより安全だからな。英語も日本語もわからない人間が、翻訳ソフトを使ってフェイクニュースを作ってる。誰が何をしているかなんて、誰にもわからない。それがテック・ワールドだ」

「日本に中国の核テロリストが現れたというフェイクニュースが流布すれば、それ自体が歴史に残るだろう。目的はこの国を変えることか? 何を変えれば満足なんだ?」

「主権を失わせている根本的な問題を解決しなきゃいけない。インドやパキスタンみたいに。この国の最大の問題は、まともに戦争をする能力がないことなんだ。そうだろう？」

鶴来は感銘を受けたようにうなずいた。自分もそう考えていた、というように。

インドやパキスタン。激しく対立する両国に共通するものは、核武装だ。

「あの爆撃機を使って核テロを行うというんだな？　そして最終的に、それが日本の核武装を肯定するニュースとなる。少なくとも核武装すべきだという風潮を作る。そんなことを、ずっと一人で考えていたのか？　どういう精神力の持ち主なんだ君は」

鶴来は言った。孤独な戦いを続けてきた者を励ます態度。内心では、自己陶酔型のサイコパスであると馬庭を分析していた。

「誰でも考えられることだろう？　でもなぜか、本気で実行できる人間は少ない」

少ない。自分一人とは言わない。仲間の存在の示唆。金庫の扉が、開きつつある。

「確かに、そうはいないだろう。君以外にいるとも思えないが……」

「ストレンジャーさ。テック・ワールドで、そう呼ばれている連中がいる」

鶴来は危うく、自分がその存在を知っていることを態度に出しそうになった。

真奈美のことが思い出された。引っ込めねばならない記憶。妻の命が奪われたことへの衝撃がよみがえりそうになり、全力で抑制しながら、さりげなくインカムにふれた。

「聞き慣れない言葉だ。ストレンジャー？　そう名乗る人間がいるのか？」

「そう呼ばれてるだけで名乗りはしない。メディエイター、つまり真の仲介者だ。思想の持ち主と、手段の持ち主をつなげる。ネットの本当の力さ。人と人をつなげる――」

そのとき、ノックの音がした。

「なんだ」

鶴来がドアへ怒鳴るように訊いた。

「すいません。至急、お話ししたいことが」

吉崎の声だ。鶴来は、苛立たしさをあらわにして立ち上がった。そうしたくてたまらなかったのだから、演技としてはかなりリアリティのあるものになってくれた。

「失礼。誰も声をかけないようにと言っていたのだが」

鶴来は詫びた。二人だけの会話を邪魔されて不快になっているというように。

馬庭が、にやっとした。信頼の証拠。あるいはミスリード。馬庭がどちらの気持ちで笑みを浮かべているか、分析しなければならない。早急に。冷静になって。

鶴来はうなずき返して部屋を出て、ドアを閉めた。

「良いタイミングだ」

鶴来は、駆けつけた吉崎に言いつつ、背後の二人に目を向けた。インカムからの合図で、ノックをするよう吉崎に言っておいたのだが、なぜか香住と綾子まで来ていた。

「ちょうど、お二人が警視正にお話ししたいことがあると……」

吉崎が言った。

「機体の監視で何か問題が？」

できれば無視したかったが、問わないわけにはいかない。

「綾子から提案があってな」

香住が、困った顔になって言った。鶴来が猛反発することを予想しているのだ。

「吉崎。持ち場に戻ってくれ」

「はい」

吉崎が回れ右で従った。同じようにしてくれと心から願いながら綾子に視線を移した。

「協力を求めるべきだと思います」

綾子が、端的に言った。

「君に協力を求めているじゃないか」

「私やここにいる人員だけでは駄目です。世界に協力を求めないと」

「世界？」

「ホワイト・ハッカーに頼みたいとさ」

香住が、頬を掻きながら言った。綾子の発想に、香住もついていけないのだ。

もちろん鶴来もついていけなかった。

「ここの機密情報を公開することになる」

「警察だって公開するじゃないですか。指名手配犯とか。不特定多数の私人の協力を求めることに比べれば、ずっと確実です。だって、ホワイト・ハッカーですよ」

ヒーローが悪いことをするはずがないと言っている子どもの口調だ。今まさに背後の部屋にはテック・ワールドを渡り歩いてきた過激思想の中毒者がいるというのに。

過激思想の恐ろしいところは、アルコールや麻薬と同様の影響を及ぼすということだ。快感を味わうが、すぐにもの足らなくなる。より過激な考えや行動を求めるようになる。

問題は、爆弾犯や放火魔ではないということだ。テクノロジーを駆使した犯罪は裏づけが難しい。ノートパソコンで建物の自動ドアを遠隔操作し、そのせいで人が死んだ場合、凶器は何か？　自動ドアか。プログラムか。キーボードか。何がどう作動して危害を及ぼしたか。それが故意かどうか。おそろしく面倒なことがらを解明せねばならない。

そして馬庭は、すでに何かを仕掛けている。とんでもない何かを。あの男の妄言が、鶴来をミスリードするためのものではなかったとしたら、そうなる。

「君たちだけで、対処することはできないというのか？」

「何を食い止めるかによりますけど」

綾子が眉をひそめ、唇を尖らせた。ただ単に機体の通信系統を解析して、中にいるパイロットに呼びかけるだけでは止められない何かがある、という言い方だった。

「機体の暴走や自爆といったことは、万一にも起こさせてはならない」

「だったら、せめて通信へのアクセスが、なぜか別の回線に切り替わってしまうのを、どうにかしないとですよ。機体に備えられた何かのユニットだと思いますけど」

まくし立てる綾子を、香住が遮って言った。

「中にいる誰かは、機体の電気系統を作動させ続けている。何かを待ってるってことだ。合図か、時間が来るのを待ってるのかはわからんが」

「猶予はない？」

「おれなら、そういう前提で対処する」

「確認ですが、馬庭利通は、機体の制御を奪おうとしていたんですね？」

「無線でのアクセスですし」

綾子が言った。それだけでわかるはずだという言い方だ。鶴来にはわからなかった。

「有人の爆撃機は無線で操縦できるようにはなっていない。米軍でさえ最近やっと、ドローン以上の能力を持つ無線型の戦闘機、つまり無人戦闘機の試験段階に入った。あの規模の爆撃機を、無線で操作できる技術は米中どちらも確立していないんだ」

「つまり馬庭のブラフだったと？」

「操縦そのものではなく、操縦プログラミングへのアクセスに準ずる何かですよ」

綾子が、また〝わかっていて当然でしょう〟ワードを連発した。

鶴来は辛抱強く、香住の解説を待った。

「馬庭さんが何にアクセスしたか、はっきりさせる必要がある。アクセス・コマンドは完結していて、それが何であるかもよくわからん。下手にアクセス・コマンドを再現しようとして、何かのスイッチを入れちまう可能性もある。そのスイッチを入れさせるために、わざと逮捕直前に至ってもコマンドを端末から消さなかったのかもだ」

鶴来は、綾子へ尋ねた。

「君たちは誰一人として、馬庭利通に技術面で匹敵しえないということか？」

「仕様がわからないのに一から解析って、企業がプロジェクトを立てるレベルですよ？」

綾子がむすっとして言い返した。

「ハッカー連中の協力などリスクが高すぎる。忘れてくれ」

「連中じゃありません。一人に頼めればそれでいいんです。Mガラハッドさんに」

「どこの誰だ？」

「そう名乗ってるってことしかわかりませんよ」

「結局、無数のハッカーが寄ってくる。どれだけ拡散するかわからないし、もし機体の遠隔操作に成功した人間がいたらどうする。これは君たちの力で解決すべきものなんだ」

綾子がしょんぼりとうつむいた。やっと諦めてくれたらしい。

「善処しまーす」

なんとも頼りない返事をすると、くるりと背を向けて行ってしまった。

香住が顎をこすりながら鶴来を見つめた。

「そっちも、やばそうだな」

「想像を超えています」

香住が顎から手を離した。何であれ、させるものかという気概を、ずんぐりした身体から横溢させている。むろん鶴来とて同様の気分だ。

「機体のほうは善処する。全力でな。そちらは何とかしてデッドラインをつかんでくれ」

「わかっています」

馬庭の妄言じみた考えの概要は見えた。それがミスリードであるかどうか判断するには、単純に、一つのことがらを突き詰めればいい。

タイムリミットだ。実現可能な計画かどうか、それでわかる。到底実現できないか、もうとっくに実現すべきタイムリミットを口にしたなら、馬庭が告げたことは全てでたらめと判断していい。

だがもし、現実的で、厳密な目的意識に基づいたタイムリミットを口にしたら。

羽田空港もろとも、現場の全員が、核の炎で蒸発することを覚悟しながらの尋問となる。おびただしい数の被害者が、馬庭の言うヒーローとして祭り上げられるかもしれない。

「頼んだぞ」

香住が言って、立ち去った。

鶴来は部屋のドアを振り返りながら、じわじわと疲労が蓄積されているのを感じた。自分の限界と、相手が設定するタイムリミットとを、正確に推し量らねばならない。

決してミスは犯すな。二人の警官を失踪させたようなミスは。この先、ただ一つのミスが命取りになる。そう自分に言い聞かせながら、馬庭が待つ部屋のドアを再び開いた。

37

真丈たち三人が、計画通りの配置につくのに、十分とかからなかった。

センを倉庫群の一角に置き、真丈と卯佐美が、浜崎橋(はまざきばし)付近の待ち伏せポイントに移動すると、あとは相手が現れるまで、待つこと以外にすることがなくなった。

戦術的に、日の出埠頭はうってつけだった。構造上、都合の良い点がいくつもある。

出入り口の数が限られた出島構造は、待ち伏せや迎撃に最適だ。入る者は限られたルートを必ず通らねばならない。通報する第三者も、都心に比べればいないに等しい。

何より、敵に対する心理的な影響が期待できる。周凱俊にとっては自分のバックヤードだ。地形を知り尽くしている安心感も、懐に潜り込まれたという不快感もあるだろう。

どちらの感情も、周の行動を促してくれる。性急な行動を。

ここに辿り着くまでに温存しておかねばならない気力と体力、こちらの行動を読んでしまうチェイサーの存在、そして何より、センが自分を信用してくれるかどうかという問題があったが、全てクリアできた。我ながら上出来だ。ついでに卯佐美という駒も得た。

鳩守の背後に誰がいるかは、鳩守という駒を上手く使うことで判明させられる。

問題は、時間だ。センの両親が人質にされるまでの時間。鳩守たちが計画を進行させ、目的を果たしてしまうまでの時間。いつカウントダウンがゼロになるかわからない。すでにゼロになっているのかどうかも。これも駆け引きの中で判明させるしかなかった。

「悪い時間にならずに済みそうですね」

卯佐美が言った。スエットの袖をまくって頑丈そうなダイバーズウォッチを見ていた。

時刻は午前二時を回ったところで、じきに魔の時刻が訪れる。午前四時が。人間のバイオリズムにとって、何もかもが弛緩しがちな時間帯が。ロシアの特殊部隊などは、襲撃の原則として午前四時頃を、最も成功率の高いゴールデンタイムとみなす。欧米の特殊部隊も今ではそのゴールデンタイムに倣い、また最も警戒すべき時間としている。

待ち構えるほうにとって不利な時間帯なのだ。そうした知識を持っているということは、彼女も特殊部隊出身か、あるいは通信教育でも受けたのだろう。アメリカでは、傭兵になりたい者のための教本が通販で手に入る。たいてい眉唾物だが、民間軍事企業が発行するものなどには、最後のページに履歴書の提出先が載っていたりする。

「うっかり眠気に襲われて、やることを間違えないでくれよ」

真丈は言った。卯佐美がにこっとした。誰にものを言っているの？　という感じだ。

「顔を隠すのを忘れないでくれってことだ」

「はい。ご心配なく」

先ほどとまったく同じ笑みを返された。

「いつも顔を隠すものを持ち歩いているのか？」

「仕事のときは。役に立つものかどうか、確かめますか？」

「信用してるよ」

どうせ目出し帽のたぐいだろうと思って、かぶりを振った。それから二人とも黙った。真丈は頭の中で、今日見たものの記憶が再生されるに任せた。あるいは、やや離れた場所にあるラーメン屋の建物を無心に眺めた。

やがて、彼らが現れた。浜崎橋の向こう側に車が一台現れ、路肩に停まった。

出入り口の封鎖だ。誰も車から出て来ない。一斉行動のタイミングを待っていた。

包囲戦。案の定、それが彼らの攻撃手段だった。

埠頭の全ての出入り口に、同時に人を配置し、誰も逃げられないようにする。

海側も押さえるとなると、けっこうな人数が必要となる。だから互いの間隔をなるべく空けて、速やかに輪を狭めていく。特定の倉庫が目標なので、包囲は楽なはずだ。

周のサイバー部隊も、真丈とセンがここの倉庫の前から通信したことを確認しているだろう。もし鳩守がかけ直してきたら、センが数秒だけ通話し、すぐに切ることになっている。それで、さらにセンがそこにいると確信するはずだ。

いったん停まった車が動き出した。徐行運転で周囲に目を光らせながら、橋を渡り終えてすぐのところでまた路肩に停められた。

車から人が出て来た。二人だ。

東芝浦橋(ひがししばうらばし)のほうからも徒歩で二人来た。合流はせず、距離を取った。互いに手を振って合図をしながら、高速道路とゆりかもめの線路の下を、埠頭へ近づいていった。

東京都港湾局の管理事務所がある辺りだ。その敷地に入るには、柵を乗り越えねばならない。

一人が柵の内側を覗き込んだが、乗り越えようとはしなかった。

そいつはそこで立ち止まって監視役となった。開けた場所なので、一人で一望できる。向こう側から柵を越えて逃げようとする者がいれば、仲間に報告し、足止めをはかる。

三人が、山狩りの要領で間隔を空けて横一列になり、日の出桟橋ゲートへ向かった。

彼らの背後で、真丈と卯佐美が、無造作に歩み出した。入念に隠れ潜んでいたのではない。道路の分離帯にある、ゆりかもめの線路を支える柱に背を預けていただけだ。

彼らが来るときには見えないが、振り返ればすぐにわかる。だが誰も振り返らなかった。

なぜなら包囲戦だからだ。敵は前方にいる。輪を狭めていくことが重要であって、通り過ぎた場所を振り返って確かめることではない。そんなことをしていたらきりがない。

もし獲物が包囲を突破しようとするなら、そいつは飛び出して走り抜けようとする。何しろ相手は二人しかいないのだ。待ち伏せへの警戒も、背後の警戒をおろそかにさせる要因だった。真丈とセンが突然現れて攻撃してくると考え、背後からそっと忍び寄られることを想定していない。

卯佐美が、スエットのチャックをそっと胸まで下ろし、何かを取り出してから、またチャックを上げた。取り出したものを、卯佐美が顔に装着した。

真っ黒く塗装されたホッケーマスクだった。マット加工されていて光を反射しない。真丈は半秒ほどそのホラー映画のモンスターじみた姿を見つめてしまった。

だが駒として利用すべき味方に気を取られている場合ではない。意識して卯佐美のいかれた姿のことは忘れ、柵の前に立つ男へするすると近づき、そして、突進した。

そいつが足音に気づいて振り返った直後、真丈が腰へ猛然とタックルを食わせた。

「わあっ!?」

仰天して声を上げるそいつの体を、ぐいっと斜め横へ引っ張った。真丈自身の体重をめいっぱい使って、立っている場所から引きずり落とすようにし、路上に転倒させた。

それだけでも、かなりのダメージになる。地面は、最高の武器だ。どんな達人も地面にはかなわない。何より、地面は呼吸を奪う。激突した瞬間、肺の中の空気を吐き出してしまう。そうやって体が衝撃から身を守ろうとするのだ。

驚いて振り返る三人へ、無造作に歩み寄る卯佐美の背を一瞥しつつ、真丈は腕と脚をそいつの右脚に絡みつけた。タコというあだ名に恥じぬ滑らかさと容赦のなさで。

そいつが慌てて息を吸い、声を上げられるようになるのを待ってから、力を込めた。

ぼくん、という独特の音を立てて、そいつの足首がおかしな角度にずれた。

そいつが絶叫した。いい声だった。大声を上げさせることが目的だったので、自分の腕前に満足し、素早く起き上がって残り三人へ向かおうとした。

相手が四人いるのだから、自分と卯佐美で二人ずつ、というのが当然の分担だ。

だが走り寄る真丈の向こうで、三人が恐怖の声を上げて退いていた。すたすた近づくだけでそこまで威嚇できるとは、なかなかのものだ。

かと思うと卯佐美が右手をさっとかかげ、振り下ろした。

格闘技の動作ではない。戦闘術の動作だった。

「ぎゃっ！」

一人が悲鳴を上げた。卯佐美は歩みを止めず、右手を上げては振り下ろすという、まじないでもしているような動作を繰り返した。

左手に握る何かを、右手で取り、的確に投げつけている。どれくらい的確かといえば、投げたもの全て相手に命中していた。肩口、腹、脚に。

「ひいいい！　ひいいいい！」

たちまち二人の男が悲鳴をあげながらくずおれ、ぶるぶる震え出した。身動きできぬほどの激痛に襲われているのだ。

投げたのは、投擲（とうてき）に適した刃物だろう。酸や劇薬の入ったカプセルであれば強烈な臭気が漂い出す。爆発で相手を吹っ飛ばすようなものならば、当然、爆音がする。

投げつけることで、臭いも音も発さず相手に苦痛を与えられるものは、刃物しかない。

ナイフではない。何本ものナイフを次々に投げるのは馬鹿のすることだ。相手に進呈するだけだし、そもそも投げる道具として作られてはいない。

投げることに特化した鋭利な何か。素人では扱いの難しい武器。そうでなければ相手に投げ返される不安がつきまとうことになる。

「我是楊芊蔚（ウオーシーヤンチエンウエイ）！　我是楊芊蔚（ウオーシーヤンチエンウエイ）！」

卯佐美が足を止め、二人の悲鳴に負けじと大声で言った。私は楊芊蔚だ。

残った一人が、怒声を放った。早口の中国語だが、罵詈雑言であろうことは、なんとなくわかった。卯佐美を、すっかりセンと思い込んでまくし立てている。

男が手にしていたのは三段ロッド式の警棒だった。そいつで卯佐美を打ち据えようという気持ちと、何か投げられたら弾き返さねばならないという警戒感で、構えが中途半端になっている。あるいは、わざとそういう隙を作って卯佐美の攻撃を誘っている。

真丈は、やや距離を取りつつ回り込んで二人の横へ来た。卯佐美が身につけた格闘術を確認しておきたかった。先ほど何を投げたのかも。

卯佐美は左手に細長い短剣状のものをいくつも逆手で持ち、右手を重ねておかしなハンドマークを作っていた。左手の人差し指を右手で握り、右手の人差し指を立てているのだ。忍者の真似をするときにやる、あれだった。そのままとしかいいようがない。

男は警棒を突き出して牽制する姿勢をとっている。恐怖心が募ると、人間は手足を前に突き出してしまう。恐怖の対象を遠ざけたいのだ。

卯佐美のほうは不気味なマスクのせいで表情を読めず、おかしな忍者ポーズからどう動くのか予想もつかない。

男が警棒を振り上げて迫った。かと思いきや、上半身を柔軟にひねり、下半身をくるっと回し、背を向けながら左のかかとを卯佐美へ蹴り込んだ。

回し蹴りの応用だ。伸ばされた左足、軸足、そして真っ直ぐ地面に平行になった上体が、ほとんどTの字になっている。巧みなフェイント。警棒を持った腕よりも、さらに遠くから攻撃できるゆいいつの方法でもある。

悪い選択ではなかった。それが恐怖心のあらわれであるという点を除けば。警棒でなぎ払うより、もっと遠くへ相手を押しやりたいという気持ちがあらわになった蹴り。

真丈であれば、相手が上半身をひねった瞬間に、相手のかかとが飛び込んでくると読んで、その足首をつかんで拉ぎ、地に倒すだけだ。

しかし卯佐美の場合、それよりずっと手が込んでいた。すっと半身になって、男の蹴りを左腕で受けたのだ。卯佐美の体が後方へ吹っ飛ばされるところを真丈は想像した。男もそうだろう。だがものの見事に弾き返されたのは男のほうだった。

男が、信じがたいという顔で後退した。卯佐美が組み合わせていた手をほどき、それぞれの手の指をまたおかしな形にしつつ、軽やかに男へ駆け寄った。

フィンガーグリップ法だと、やっと理解がついた。ゴルフクラブを握る方法ではない。指を特定の形にし、上下へ向けることで、体全体を操作する技術だ。

指は、意外なほど体に影響を与える。指を特定の形に固定することで、全身の筋肉ばかりか内臓器官にも影響を及ぼす。親指と小指を開いて下に向ければ、横隔膜が押し上げられて呼吸が鎮まる。片方の手の甲を上にし、他方を下にし、親指以外の指を噛み合わせると、全身の骨と筋肉ががっちり噛み合い、相当な重量に耐えることができる。

逆に、両手の親指を固定されると、驚くほど全身に力が入りにくくなる。どういうわけか、人体とはそのようにできているのだ。

最初の忍者ポーズは、防御の構えだ。体を鉄の塊のように重く硬くするための。

次に指の形を変えたのは、攻撃のためだ。真丈が理解したときには、卯佐美が男へ跳躍していた。タックルではない。男に肩車をしてもらおうというように、正面から太腿で相手の頭部を挟み込んでいた。

いくら相手が体勢を崩し、頭部が低い位置にあったとはいえ、とんでもない跳躍力だ。

男が、卯佐美の腹に顔を埋め、じたばたしながらその体重を支えようと踏ん張った。だが卯佐美が宙で身をひねり、あっさり男を地面に倒した。真丈のときより強烈に。卯佐美自身は倒れた相手に座るようにして、衝撃を受けずに済ませている。

飛びついたときの脚の使いようによっては、今の一撃で、相手の頸椎を砕き、即死させることができていたはずだ。代わりに、右手で左手から刃物を一つ取ると、衝撃で息を詰まらせる男の右のふくらはぎへ、無造作に振り下ろした。

ぶすっ、という音がし、男の口から、甲高い悲鳴がわき起こった。

卯佐美が立ち上がった。男は激痛のあまり自分の右脚に手を当てることもできず、ぶるぶる震えながら悲鳴を上げ続けている。

卯佐美が、くるりと真丈を振り返った。穴だらけの真っ黒いマスク越しに、笑みを向けられたのが、雰囲気で何となくわかった。

「それはなんていう武器なんだ？」

「こじりの一種です。棒手裏剣のようなものですね」

黒い怪物が、面白がるように告げた。

「忍者が使うやつか？」

「忍者とは限りませんよ」

ジョークのような会話だが、二人とも真面目だった。これで、女が修得した格闘術がなんとなくわかった。古武術だ。近代的な体術と組み合わせると、たちまち得体の知れないしろものと化す。日本にそういうテクニックが存在するということは広く知られているが、とてつもなくマイナーなので、空手などと比べれば、構えを見ただけでは次に何をするのか読めない。その点を好んで、わざわざ身につけたのかもしれない。

「あの武器は、抜けにくいのか？」

三人が震え続けているのを見て訊いた。食い込んだものを、筋肉が何とか押し出そうとしているせいで、身動きもままならないほどの痙攣（けいれん）状態になるのだ。

「矢尻のように、返しがついています。刺さると硬直した筋肉に返しが引っかかって簡単には抜けません。抜くにはペンチとメスが必要です」

恐ろしいことを、卯佐美があっさり言った。

いろいろと言いたいことはあったが、それ以上、会話をしている暇はなかった。

「予定通り行動する。あー、殺しはなしだ。いいな？」

「はい。なるべく大きな悲鳴を上げさせるためですね」

黒塗りの仮面の裏で、どんな笑みを浮かべているのか想像すると背筋が寒くなった。

「そうだ」

真丈は、包囲に参加した者たちへの同情を覚えながら言った。それからきびすを返し、全力で走った。道路沿いに、ゲートのほうへ。

卯佐美も、のたうち回る男たちに背を向け、軽々と柵を乗り越えて埠頭へ入った。

これで、真丈ともう一人の女性が待ち伏せていたことが、敵に伝わった。真丈とセンの名を名乗った女が。しばらくの間、敵は卯佐美のことをセンだと思ってくれるだろう。

苦痛の声が遠ざかった。真丈は柱の陰に立ち、待った。しばらくすると、誰かが駆ける音が後方から聞こえてきた。人数は一人だ。

音が通り過ぎた直後、真丈は柱の陰から飛び出し、背後からそいつに飛びかかった。

38

順番とタイミング。常に、その二つが作戦の成否を決定する。

いくつも存在するターゲットを、どの順番で攻撃するか。どのタイミングで、アクションを仕掛けるか。アクションは攻撃とは限らない。和解を呼びかけることも、囮を放つことも、重要なアクションだ。それら一つ一つの積み重ねが、作戦の成否を左右する。

真丈は、すぐそばを走り抜けた男の背へ、果敢に飛びかかった。

人間に人間が飛びかかる方法は、大きく分けて二つある。

しがみついて、自分の体重を最大限に活かし、相手を地面に引き倒す。

肩や膝など、自分の体重を一点に集中できる箇所を用いて、相手を押し倒す。

いずれにせよ武器となるのは自分の体重と、万物を引き寄せている巨大な地面だ。

真丈は、相手の背に飛び乗って、しがみついた。

グローブを嵌めた両手を相手の首の下で交差させ、襟をつかんで喉と胸を締め上げる。両脚で相手の腰を挟んで、振り払えないようにする。

相手は、真丈の全体重をいきなり背負わされたかっこうだ。しかも走っているところをやられたのだから、普通はそのまま、前のめりにぶっ倒れる。

だが相手は息を止め、踏ん張ることに全身の力を使った。だいぶ鍛えた身体だ。その力を、真丈は大いに利用した。相手が踏ん張ってその体重を後方へ向けた瞬間、ぐいっと後方へ身体を傾けた。今度は後ろに倒れないよう、相手が慌てて前屈みになろうとした。

その動作も、真丈は利用した。思い切り、全身を右へひねった。

相手がくるりと反転し、自分の右腕を下敷きにして倒れた。顔の右半分を、アスファルトの地面に、がつんと痛打している。

相手は、呻くこともできない。喉と胸を圧迫されて呼吸を奪われているのだ。二人分の体重が相手の右腕にのしかかっており、そちらの腕も使えない。

相手が、左手でこちらの顔を引っ掻こうとした。指で、真丈の目や耳を攻撃したいのだろう。だが、真丈が僅かに首を傾けただけで、相手の手は届かなくなっている。

相手が、脚をじたばたさせ体勢を変えようとした。だが起き上がれない。押し潰された右腕を基点にして、時計の針のように、地面の上で身体を回転させるだけだった。

このまま相手を窒息死させる気はなかったので、真丈は、素早く襟の絞め方を変えた。喉ではなく、頸動脈を圧迫してやった。

ぶひゅう、と相手が唾を飛ばしながら、必死に息を吹き返した。だがその間も、脳へ流れる血が堰き止められ、相手は意識を遠のかせている。

唐突に、ぐにゃっと相手の力が抜けた。絡みつかせた手足を外し、ほとんど機械的な作業として、相手の右足首をひねった。靱帯を破壊しない程度に。一週間ほどは、全力疾走ができない程度の損傷を与えた。痛みで相手の身体がびくっとなり、また虚脱した。

真丈は、建物の陰へ男の身体を引きずり、そこに放置した。

正面の柵の向こうにある倉庫街のほうから、新たな悲鳴が聞こえてきた。卯佐美が、誰かに、ひどいことをしたのだろう。

真丈は柵に取りつき、身軽に乗り越え、向こう側に着地した。

倉庫街のほうへ、足音を立てぬよう気をつけながら走った。

すぐ先を、誰かが走っているのが見えた。卯佐美をセンと勘違いし、包囲しようとしている連中の一人だ。その一人へ、真丈が跳びかかって膝を打ち込んだ。

背骨に衝撃を与えてやった。相手が走っていた勢いのまま、つんのめって倉庫のシャッターに激突した。がしゃーん、と盛大な音が響き、苦痛を訴える罵声が続いた。

真丈は、倒れたそいつの右脚にするりと両腕で絡みつき、おのれの腰を地面につけ、回転した。相手は、自分のそばでいきなりブレイクダンスをやらかし始めた真丈に、呆気にとられたらしい。ぽかんとしたまま、何もしないでいてくれた。

次の瞬間、右膝が嫌な音を立てて拉がれ、あまりの激痛に、相手が長々と絶叫した。

真丈は素早く起き上がり、倉庫と倉庫の間を駆け去った。

悲鳴を上げさせずに倒す。大いに悲鳴を上げさせて倒す。順番とタイミングをはかり、交互にやる。そうすることで、包囲態勢にある彼らの方向感覚を失わせることが目的だ。

包囲は、どのような場合においても有効な戦術だ。人間は、前後左右に同時に対処するようにはできていない。包囲されれば五感そのものが混乱する。距離、速さ、そして空間の認識そのものがおかしくなってしまうのだ。

包囲する側は、前方にだけ意識を集中させればいい。人間の視覚と聴覚は、前方にあるものの距離と速度を、かなり正確に算出できる。

だから、包囲されないためには、逆に相手を混乱させる必要があった。こちらは前方に集中するだけでよく、相手は前後や左右に気を配らねばならない状況を作る。

効果的なのは、相手の聴覚に訴えることだ。

人間の五感は、聴覚、視覚、嗅覚、触覚、味覚の順に、感覚する対象が近づいてくる。まず音が聞こえ、ついで目でとらえる。臭いを嗅げるようになり、触れる距離に近づく。最後に、食うわけだ。動物としての人間のレーダーは、この順番で距離を感覚する。

多層的に距離をはかるのは、対象の速度をつかむためだ。物音がしてから、動くものが現れるまでの時間から、相手がどれほどの速度で動いているか体感できる。

獲物を仕留める。天敵から逃げる。どちらも距離と速度の感覚が必要不可欠だ。

嗅覚が発達した動物は、視覚と嗅覚の距離が入れ替わるが、聴覚に関してはどんな生き物にも共通の役割がある。離れた場所にあるものの動きをとらえることだ。日本の白バイ隊員や、欧米のハイウェイ・パトロール隊員は、車両の走行音だけで、それがどの程度の速度で走っているかわかる。

仲間の悲鳴は、彼らにとって最も意味のある音だ。意識を奪われること甚だしいだろう。しかも、あっちで悲鳴が起こったと思ったら、他の仲間がいるはずの位置を通り抜けて、また別の場所で悲鳴が起こる。ただ単に、悲鳴、沈黙、悲鳴という順番では、悲鳴が起こった地点を線でつなげば移動経路は推測できてしまう。そうできないようにするために、真丈と卯佐美が連携するのだ。

仲間の悲鳴が上がったとき、真丈と卯佐美のどちらの仕業か瞬時に特定できなければ、線でつなぐことはできない。つなごうとしても、線が分岐していってしまう。

二人の他に何人もいて、自分たちのほうが包囲されているのかもしれない。そう疑ってくれたら、しめたものだ。相手は、四方八方に意識が分散し、五感でとらえるべき対象の位置、距離、移動速度という、重要な情報に混乱をきたす。

真丈は、倉庫の陰に身を潜め、誰かがそばを駆け抜けて行くのを見守った。背後から襲うこともできたが、見逃した。これで、悲鳴、沈黙、空振り、という三パターンが生まれた。そこら辺のものを海に投げ込めば四つ目のパターンが生まれる。こちらが海に飛び込んで逃げた可能性だ。今のところ三パターンだけで包囲を混乱させるには十分だった。

真丈は、浜崎橋方面へ、足音を立てず駆け足で戻った。日の出桟橋の、クルーズ乗船所に近づくと、歩調を緩めた。正面に、インターコンチネンタル東京ベイの輝きが見えた。そのホテルの一室で、センをゆっくり休ませてやりたいという気持ちがわいた。

あともう少しで、そうすることができる。逆にあと数時間でけりをつけねば、そうすることは不可能になる。

足を止めて周囲を見回した。誰もいなかった。施設の警備員も、管理事務所の人間もいない。辰見が追い払ったのではなく、もともといないのだ。

真丈は、がらんとした乗船所に立ち、暗がりに向かって声をかけた。

「いるんだろう、影法師（クリムジャ）？」

相手の呼び名以外は、英語だ。韓国語はあまりわからない。適当に喋っても、きっとまた、語学力不足だと相手に言われるだろう。

返事はなかった。だが確信をもってさらに声を放った。

「お前を雇ったのは周じゃなくて鳩守か？　爆撃機のパイロットが実はテロリストだから捕まえたいと、お前に話したんじゃないのか？」

返事はない。構わず喋り続けた。

「センは無理やり乗せられた。父親と母親を人質にされて。鳩守の目的は不明だが、少なくとも爆撃機の中に入ってるものと関係がある。あの機体は、アローを積んでいる」

「くそっ（シバル）！」

斜め後ろで声がした。韓国語だ。振り返ると、建物の横に、青年が立っていた。

「マジか（ホル）、ありえねえ（マルドアンデ）。くそ（シバル）、終わった（マンハン）」

「シバルはわかるよ。韓国語の悪口だ。他の言葉もだいたい同じ意味だろう」

真丈は言った。影法師（クリムジャ）がじろっと睨んだ。

「本当なんだな？」

こちらに合わせて英語で喋ってくれた。

「ああ。義弟が空港で警備と捜査を管理している。核を日本に持ち込んだのは、アクシデントじゃない。今回の騒動を仕組んだ連中が、意図的にやったんだ」

「なんで言わなかった？」

「荷担してると思ったからさ」

「はあ（エヒュ）ー……」

見ていて可哀想になるくらいの落胆ぶりだった。

「核密輸に関わったフリーランサーなんて噂が立てば、まともな依頼はなくなるな。それどころかＣＩＡにつけ狙われるんじゃないか。ロシアだって興味を持つだろうな」

「雇われただけだ。日本と中国の役人に。金は日本人が出すって。ラビッドの代役だよ」

「ウサギ（ラビット）？」

「狂犬（ラビッド）だよ。ラビッド。あんた雇っただろ。ホッケーマスクの狂った殺し屋。有名人だぜ」

「雇ったわけじゃない。急に現れてついてきたんだ」

その点について、海老原は何も言わなかった。鳩守が最初に米軍のアセット提供を求めたのだ。だが米軍は突っぱねた。それどころか何もかも綺麗に片づけようという米軍と海老原の意図を、はっきり感じた。鳩守のほうこそ出口戦略に必死というわけだ。

「お前は殺しはやらないのか？」

「そんな必要あるか？」

影法師（クリムジヤ）が顔をしかめて訊き返した。チェイサーとしての能力だけで十分食えるのだ。

「ターゲットに説得されちゃおしまいだ。おれは降りる。教えてくれてありがとうよ」

「いや、降りないでくれ」

「なんだって？」

「仕事を途中で投げ出したら、金はもらえないし評判も悪くなるんじゃないか？　それより最初からおれに協力するつもりで鳩守の仕事を受けた、ということにしたらどうだ？」

「何させようってんだ？　核の話で脅すんなら意味ないぜ。必要ない殺しはしないってだけで、ピジョンをおれが狩ってもいい。どうせラビッドがやるだろうけど」

「殺されちゃ困るんだ」

影法師（クリムジャ）が、しげしげと真丈を見つめた。

「もしかして、女パイロットのために、あいつを証人にするとか考えてんの？」

「そうだ」

「その女、そんなに重要人物なのか？」

「母親を守るため、米軍基地に拳銃一挺で乗り込む前に、東京タワーを見たがっていた。母親と会いたくて泣くような、普通の女の子だよ」

「あぁー……くそ（エヒュ　シバル）」

影法師（クリムジャ）が頭上を仰いだ。それなら仕方ないという感じだ。なんとなく彼も母親思いであろうことが察せられた。韓国では、試験に合格して一流大学に入るか、軍の特殊部隊に入ることで、最も両親を喜ばせられると聞いたことがある。裏稼業で働くのも親のためなのかもしれない。なんであれ真丈は影法師（クリムジャ）のことを特殊な兵士としてだけではなく、一人の男としても気に入った。

「おれに何しろっての？」

影法師（クリムジャ）が尋ねた。困惑をあらわにしているが、黙って姿を消す気はないようだ。

「お前が頼まれた仕事を、そのまま続ければいい。おれがどこにいるか探る。お前のやり方で。そして依頼主の鳩守が危ないようだったら、守ってやる」

「ボディガード代は別なんだ」

「請求してやれ」

「払えるのかな、あいつ」

ぶつぶつ言いつつ、影法師（クリムジャ）が肩をすくめた。どうなるかわからないが、とにかくやってやるか、という感じだ。かと思うと、すっと後ろ足で建物の陰に入った。その姿が暗闇に吸い込まれるようだ。真丈とは異なる運動能力の持ち主だった。

「まだ行かないでくれ」

直後、足音がした。五感は影法師（クリムジャ）のほうが優れている証拠だった。若ければ若いほどその点では有利なのだ。歳をとるごとに五感は確実に衰えていく。ピークは二十四歳から二十七歳。三十代に入れば、経験を武器にするしかなくなる。

真丈も、すぐに影法師（クリムジャ）が消えたほうへ移動した。影法師（クリムジャ）は影も形もない。桟橋のほうへ誰かが走る音がし、そして遠ざかっていった。

「まだいるか？」

「ああ」

どこからか声がした。

「鳩守は、南浜橋（みなみはまばし）辺りで、車に乗ったままか？　芝浦方面に車を向けて？」

「そうだよ」

よくわかったな、という言い方ではなかった。当たり前だろう、という感じだ。何かあればすぐに逃げ出せる位置にいるのだ。

「辰見喜一と周は？　二人とも新日（しんひ）の出橋（でばし）のほうか？」

「そう。お互い、逃げないように見張ってるんだろ。あと、ピジョンが雇ったモルスカヤ・ズィズダとその仲間二人がいる」

「モルスカヤ？　ロシア人か？」

「ヒトデ（マリーン・スター）だよ。三人組の何でも屋。知らないの？　名刺をそこら中で配ってるよ。自分たちはビジネスマンだって言って」

「なんでヒトデなんだ？」

「顔にそういう感じの傷があるし、死体を海に沈めて消しちまうのが好きなんだろ」

タコとヒトデか。なんとなくそんな風に思った。どちらがどちらを食うかの争い。

「お前と同じで、鳩守が雇ったんだな？」

「そうらしい」

なら支払いは一の会だろう。鳩守が窓口になっている。辰見ではなく。鳩守と辰見の役割の違い。

それが、順番とタイミングの根拠となる。

「あんたのボディガードは必要ないんだな？」

影法師（クリムジャ）が訊いたのは親切心からだろう。なめられているのではないはずだ。多分。

「必要ないさ」

沈黙が降りた。完全に気配が消えた。暗がりのどこかにいるという感覚も。

「影法師（クリムジャ）？」

声をかけたが、今度こそ返事はなかった。つくづく見事な消え方だ。

真丈は建物から離れ、走った。むろん影法師（クリムジャ）を捜してではない。頭の中でターゲットを整理していた。鬼ごっこをどう仕上げるか。センを救えるかどうかがそれで決まる。

真丈は、倉庫群のそばを、一定の速度で走った。見晴らしのいい一直線のコース。遠くから人影を見て取ることはできるが、それが敵か味方か、包囲する側には判別が難しい。

何百メートルか先で、二人の男が、真丈のコース上に出てきた。

二人がこちらを見た。真丈は走る速度を落とさず、彼らへ向かって、手を振ってみせた。その手を、日の出駅の方向へ、大きく突き出してやる。

彼らの仲間のふり。包囲が混乱をきたすと、こういうことができるようになる。果たして二人が手を振り返し、日の出駅のほうへ走っていってしまった。

センと初めて出会った倉庫の裏を通り過ぎたとき、どこかでまた悲鳴が聞こえた。卯佐美が的確に、敵を攪乱しているのだ。おそらく、大いに楽しみながら。

センの姿はない。作戦通りに行動してくれているはずだ。

水上派出所のほうへ向かうと、手前の駐車スペースに、一般車やコンテナを積んだ大型トラックが並んでいた。真丈は倉庫の陰で身を屈め、駐車スペースを見た。

エンジンをかけっぱなしの車が二台、ヘッドライトで、倉庫街の二つの道を扇状に照らしている。封鎖ポイント。ヘッドライトの輝きの向こうに、周がいるのが見えた。

真丈はポケットから携帯電話を取り出し、手早くメッセージを打って送信した。

『用意しろ』

義弟に向けてではない。自分個人の携帯電話。それは今、センの手にあった。

すぐに返事が来た。

『了解』

真丈は携帯電話をしまった。

背後で、かすかな音が聞こえた。

真丈は、斜め前方へ身を投げ出し、転がった。

半秒前まで、真丈の後頭部があった辺りで、ぶん、と何かが唸った。

脚だ。やたらと図体のでかい男が、棍棒を振るうように蹴りを叩き込もうとしたのだ。

片膝立ちになる真丈を、男が怒りで目をギラギラさせながら見下ろしている。

辰見喜一だった。凶猛といっていい笑みを浮かべて言った。

「ここには米軍はいないぞ」

真丈は、にやっと笑みを返しながら、両手をわきわきさせた。ウォームアップを兼ねた威嚇だ。

低い姿勢から、つかみかかるぞというジェスチャー。

辰見が、半身になって右拳を身体の前で構えた。右手と右脚を前へ出し、左手は手刀の形をとっている。西洋式とアジア式、東西の格闘術の折衷という印象。中国やロシアの特殊部隊員が、しばしばそういう構えを取る。とはいえ、この男自身は隊員ではなく、教官として招聘される立場なのだろう。隊員になるには歳をとりすぎているからだ。

「捜す手間が省けてよかった。先に、あんたを片づけておきたかったんだ」

真丈は言った。本音では卯佐美に片づけてほしかったのだが、それは言わなかった。

辰見が、ひゅううーっ、という呼吸音を低く響かせ、にわかに踏み込んだ。

真丈も、まったく同じタイミングで動いた。この男には、たっぷり悲鳴を上げさせる必要があると考えながら、蹴りを放とうとする相手の脚を逆に両手で抱え込もうとした。

刹那、顔に何かが飛んで来た。拳を作っていたはずの辰見の右手だ。

首と全身を同時にひねった。それでも相手の指先がこめかみをかすった。直後に相手の蹴りも来た。こちらは股間を狙っていた。それを手でガードしながら撤退に切り替えた。地面に転がり、腰を基点としたブレイクダンスじみた動きで、相手と距離を取った。

辰見の構えそのものが、一変していた。脚をやたらと前に出し、腰をとんでもなく低い位置に落とした構え。いまどき、映画や武術ショーでしか見られないポーズ。

蟷螂拳（とうろうけん）。両手とも指先で何かをつまむような形に変わっている。指を凶器にするためのフィンガーグリップ法。アジアでは、蟷螂手という呼ばれ方で知られた技術。

右手の指先で、真丈の左目を抉ろうとしたのだ。そうしながら、金的を狙いに来た。とにもかくにも致命的な一撃を与えたいという気持ちでいっぱいらしい。

しかも、近代的な格闘術を使うぞというふりをされ、それにはまってしまった。こめかみに熱を感じた。血が流れ落ちていく。視界を遮る位置でなかったのが幸いだ。

「騙されたよ」

真丈は、憎悪と怒りを滾らせる辰見へ笑みを送りながら、両膝を地面から離した。辰見の技量が素晴らしいものであることがわかった。そんな男が大きな悲鳴を上げたなら、きっと他の者たちは驚くだろう。戦意を喪失するほどに。

真丈はそれこそ大いに戦意を燃やし、自分から果敢に飛びかかっていった。

39

——綺麗じゃないか。

真丈は、辰見の古風な構えに感心しながら、一気に距離を縮めた。

小刻みに近づくのではなく、勢いをつけて跳び、相手の顎を蹴り上げようとした。

辰見が当然のように、その大げさな攻撃をスエーバックでかわした。悠々と。そして蹴り上げた真丈の脚へ、腕を絡みつけにきた。

その腕を、真丈のもう一方の脚が蹴り払った。二段蹴りだ。宙に舞い上がって左右の脚で連続して蹴る。たいてい派手なだけで威力は弱いが、意表を衝くには良い。

辰見が下がった。真丈はその眼前に着地し、さらに相手のみぞおちへ真っ直ぐ蹴りを放った。足のつま先をぴんと前へ向け、杭のように突き込んだが、あっさり空振りした。

半身になってかわした辰見が、また真丈の脚へ手を伸ばした。真丈がその手をつかもうとしたので、辰見がさっと手を引っ込めた。真丈が足を地面に戻す間にも、お互いに手を伸ばしては引っ込めるということを繰り返した。

じゃれ合っているように見えるが、二人とも真剣だ。もし相手の手の甲の側から手首をつかんだり、相手の肘にこちらの手首を潜り込ませてやれたら、その時点で一本取れたに等しい。競技的な意味での一本ではない。腕を一本、破壊できるという意味だ。

筋肉、血管、関節、骨——破壊すべき組織はその四つに分類される。壊し方は様々だが、重要なのは一つだけ。角度だ。こちらは好きなだけ力を加えられるが、相手は力が入らない。そういう角度で押さえつけることができれば、つかむ必要すらない。手の平で軽く押さえただけで、相手の身体を地面に転がし倒すついでに、手足を捻挫させてやれる。

辰見の構えは、蟷螂拳の名で知られる武術の一つで、とりわけそうした人体の構造を前提としている。発明されたのが何百年か何千年前かは知らないが、当時の人々からすれば魔法でも使って人を倒しているように見えたことだろう。

辰見は、その武術でお前を倒す、と全身で表明していた。あまりに綺麗すぎる構えで。

——大嘘だ。

そう断言できた。人間は、自分の意図や感情を様々に表明し、かつ覆い隠す。ちょっとした動作にも内心があらわれるものだ。それが明け透けになるのを防ぐため、儀礼的な動作を身につける。服を何重にもまとうように。

古代ギリシャから今のレスリングに至るまで、人間を裸に近い格好にして戦わせるのは、日常では表に出ない感情が、肉体を通してあらわになるさまを楽しむためだ。裸になることは、正々堂々、嘘偽りない状態になることを意味する。それがスポーツ精神の本質だ。

だがもちろん、それでもなお人間は嘘をつく。裸になっても相手を欺こうとする。

辰見の構えも動作も見せかけだった。本当にやろうとしていることを隠す。あえてわかりやすいポーズを取る理由はそれ以外にない。

真丈は、スポーツ的な交流よりも、今の辰見のような男を相手にする方が好きだった。互いに致命的な打撃を与えるため、とことん騙し、虚を衝く。勝敗が決したとき、むしろお互い正直になれたようで気分が良くなる。そういう感性の持ち主だから、センから腕力派呼ばわりされるのだし、世間では受け入れがたい人間とみなされることもわかっている。だがそんな自分でも役に立てることはあるし、そう思えるのは、もっと気分が良い。

——捕まえろ。

死人たちの声を脳裏で聞きながら、真丈は、手足を迅速に、何十回となく繰り出し合った。集中力の削り合い。もうこれを続けられないと相手が思うまで、必ずこれを続けると自分に命じる。当然、有利なのは辰見だ。真丈は一人だが、辰見はへばっても仲間を呼べる。辰見もそれがわかっていて削り合いを仕掛けており、真丈はあえてそれに付き合った。

辰見がじりじりと下がっていった。その背後に、倉庫の壁が迫った。真丈は、ここぞとばかりに攻め込み、左右へ逃がしはしないという牽制の動きを、派手にみせてやった。

辰見が、追い詰められることを嫌がるように、前へ出ようとした。

真丈は、その胸を掌で打った。相手の胸部にダメージを与えたいのではない。相手の身体を後方に押しやって逃げ場を奪うためだ。

辰見が下がろうとして、壁に背を打ちつけた。

——追い詰めた。

真丈は全身でそう思っていると相手に伝えた。猛然と跳びながら顎を蹴りにいった。最初に空振りしたことを根に持っていて、とどめはこうすると決めていた、というように。

辰見の身体がすとんと真下に落ちた。ここに来る前、真丈が、電車で追い詰められたときとまったく同じ、身体の落下だ。合理的な脱力による、危機からの脱出。

真丈の蹴りがまたもや空振りし、倉庫の壁に激突して大きな音を立てた。

辰見が、真丈の下で鮮やかに転がって壁から離れた。片膝立ちになって振り返ったときには、左手で懐からスタンガンを取り出し、低い位置からつき出す体勢をとっている。

手にした素早さからして武器はポケットではなくホルスターに納めていたのだろう。非殺傷武器を。コンバットナイフなどでは殺してしまうと考えて。だが構えはもう中国武術のそれではない。現代の武器を前提とした、軍隊格闘術のそれだ。

武術で倒す気などさらさらなく、引っかかった真丈を嘲笑(あざわら)いながら電撃で身動きを封じる。狙いは肋骨と腰骨の間だ。人体で最も骨が少なく、重要な臓器をたやすく傷つけることができる。ナイフでもそこを狙う。スタンガンでも効果的に体内に電撃を送り込める。

地面に足を落としていたら、そうなっていたはずだが、真丈は着地しなかった。もう一方の足で倉庫の壁を蹴っていた。二段蹴り。上手く意表を衝けば効果的な技術。

滞空時間を少しでも延ばすため、両膝をたたみ、宙で一回転した。いわゆるバク宙だ。そうして、互いの位置を決定的に変えた。

両膝と腰で衝撃を吸収しながら、危なげなく地面に舞い降りた。

片膝立ちになった辰見の、後方だ。辰見がわざと壁を背にしたのは、素早く位置を入れ替えて、真丈を壁際に押し込めるためで、それをまんまと逆手に取ることができた。

立とうとする辰見へ、後ろから突進した。相手の立てたほうの膝の後ろへ両腕を絡ませ、地面でスライディングした。そちらの脚は辰見が体重をかけているため、立つか屈むかしかない。それが真丈の全体重で引っ張られ、ものの見事に地面から引っこ抜かれた。

辰見の体が、地面についたほうの膝をその場に残したまま前へ引っ張られ、尻をついた。両脚を前後に投げ出す、股割りの体勢の一つ。ハードル走で跳んでいるときの姿勢だ。辰見が呻いたが、かなり柔軟な股関節のおかげで悲鳴を上げずにすんだようだ。

真丈は、相手の膝から足首へと握る位置を変えながら、身をひねった。辰見が大急ぎでスタンガンを真丈の体に押しつけようとしたが届かない。そして真丈は悠々と、辰見の右足首を拉いだ。

辰見が、食い縛った歯の隙間から苦痛と怒りで唾を飛ばしながら身を右側へ倒し、両手を地面につけた。手で攻撃しても届かないと悟ったのだ。それで、後方に伸びた脚をなんとか引っ張り出し、真丈を蹴ろうとした。

そうすることはわかっていた。だが回し蹴りや、かかと落としは、体勢的に難しい。両足を前へ出した状態で上手にできることではない。真っ直ぐ足の裏を突き出し、こちらを追い払おうとすることは自明だった。はっきりと数秒先のことがイメージできた。真丈は辰見の左足を受け止め、手足を絡みつかせた。地面に転がって身をひねり、そちらの足をまた辰見の背側に戻してやりながら、思い切り足首を捻ってやった。

辰見が痛みで呻き、唾の飛沫を盛大に飛ばした。なかなか叫ばない。真丈は立ち上がり、相手のスタンガンの位置を素早く確認した。それを握る右手は、地面についたままだ。

真丈は左足のかかとで、辰見の手甲を踏みつけた。いわゆるストンピングだ。地味な動作だが、人間に可能な攻撃方法の中で、文句なくトップクラスを誇る打撃だ。衝撃をしっかり送り込む合理的な一撃を心がければ、頭蓋骨だって踏み砕ける。

真丈の体重と、地面という最大の凶器のはざまで、辰見の右手がぐしゃっと音を立てて破壊された。辰見が、絶叫した。ほとんど咆哮だった。必死に激痛を緩和させようとする声。それが一帯にいる人間に、辰見の敗北を告げ報せた。

足をどけると、折れた骨が手甲の皮膚を突き破っていた。ついでに握っていたスタンガンのプラスチックパーツも壊れてしまったようだ。だが真丈は油断せず、相手が切り札を残している場合に備え、もう一方の手を警戒した。果たして辰見の左手が慌ただしくスーツをまくり上げながら背側へ回された。

真丈は、右足のかかとを相手の左肩に叩き込んだ。いい手応えがあった。辰見が衝撃で頬を地面に打ちつけ、激しく唾を噴きながら苦悶した。真丈は屈んで辰見のスーツをまくった。ホルスターに納められたハンドガンが現れた。武装を悟られないよう、普通そうはしないというくらい背側に身につけている。ギャングが背骨の辺りでハンドガンをズボンのベルトに差し込んでおくような感じだ。

だが真丈からすれば、片方の手で武器を抜いたのなら、もう一方の手にも何か握るものがあるだろうと考えるのが当然だった。来るだろうと見当がついていれば怖くはない。

目の前の人間が、自爆覚悟で手榴弾のピンを抜くのを見たこともある。そのときも怖くはなかった。爆発しないよう、適切に処理すればいいだけだ。義弟にそのことを話したら、わかりますよ、と言われた。あなたは恐怖心がないのではなく、自分の行動とその結果に対するイマジネーションが強すぎて、他の可能性が想像できないのだと。

そうかもしれない。このときも、適切な処理をするだけだった。

真丈は、辰見の頭の前に立ち脱力した。両膝から、すとんと体を落とし、辰見の頭の上で正座するようにしたのだ。膝で頭を打つ気はなかった。それは地面の仕事だ。

辰見の額が、ごつっと音を立てて地面を打った。いや、地面に打ちのめされた。

頭蓋骨を破壊してはいない。そこはちゃんと手加減した。殺す必要はないのだ。

辰見が昏倒し、虚脱した。現場主義の腕力派。嫌いではないタイプ。別の状況なら仲良くやれたかもしれないが、敵対した以上は、やるべきことをやらせてもらうだけだ。

辰見の手にハンドガンを握らせた。ベレッタだ。周の部下が持っていたものと同種の銃。どうも米軍の横流し品に思えるが深くは考えなかった。どうせ義弟が考えてくれるし、海老原のように上手にこの品を活用してくれるだろう。

銃口を倉庫に向け、辰見の指で引き金を引かせた。ばん！　良い音がした。ばん、ばん！　倉庫の壁に、小さな穴が三つ空いた。逆三角形に。

グローブをはめた手の平でハンドガンを取り上げ、地面に置いた。手早く辰見の左の靴と靴下をひっぺがした。生温かい靴下で右手を包んで弾倉を抜き、辰見のズボンのポケットに入れた。銃身は右手から外した靴下で包み、倉庫の屋根に放り投げた。

ちょっと乱暴な、証拠品の保全。辰見の人生を葬りうる墓標だ。義弟に任せれば交渉材料にしてくれる。

そうする間、誰も来なかった。多くの人間が辰見が射殺されたと思ったのだろう。敵は、真丈の位置に見当がついているのだから出てくるのを待てばいい。真丈も、この先逃げる気はなかった。

戦術指揮官クラスとみていい辰見を仕留めたのだから十分だ。

おもむろに、派出所の方へ歩み出した。

二つの車のうち、一方のヘッドライトの光を浴びた。相手から自分がよく見えるように。ちょっとばかり登場がドラマチックになっただろう。もちろんヘッドライトの光で目がくらまないよう、視線は車から外し、その脇で呆然と立っている周に向けている。

もう一つの車がヘッドライトを向けている方に、周の残りの部下たちが息を切らして立っていた。六人の男女だ。二人のスーツ姿の男たちもそちらにいた。

みな、真丈を見て呆然としていた。五体満足。まったくの無傷。彼らのように、ぜいぜい息を切らしてもいない。信じがたい相手。

「男だ。女は来てない」

周が日本語で言った。手に携帯電話を持っている。スピーカーモードで通話中らしい。相手が誰かはわかりきっていた。現場からほどよく遠い場所にいる鳩守だ。

「辰見はそこで寝てる。怪我をしているから治療してやってくれ。ちなみに、銃を撃ったのは、おれじゃない。辰見が撃ったんだ。弾は、誰にも当たってないよ」

真丈は、英語で言いながら、ヘッドライトの前を横切り、周との距離を縮めた。約十五メートルが、十メートルほどになった。周が、険しい顔で後ずさった。辰見のように戦おうという気配はなかった。それは彼が操る人間の仕事なのだ。

「別磨烦了（ビエモファンラ）、快点儿干吧（クアイディアネルガンバ）！」

周が、男女を叱咤（しった）した。真丈にも意味がわかった。ぐずぐずしていないで、さっさと仕事をしろ。

何かをする、という意味の干吧が、日本語の頑張れの略に聞こえた。

六人が左右に広がった。男が四人、女が二人。

一人は、六本木駅で真丈に胸を打たれた男だ。やはり追跡に再び加わったらしい。特殊警棒を握っている。他の面々の武器も、さっと確認した。トンファー、ブラスナックル、ブラックジャック。懐にスタンガンや拘束用の結束バンドなどだろう。銃器はない。もし持っていたらとっくに出している。切り札を温存する余裕はないはずだ。

男二人が、日本の警察が見張りの際に持つような棒を構えた。ビリヤードのように尖端を突き出している。棒の長さを読まれないためだが、使い手の恐怖心が、構えの意味を変えてしまっていた。武器の陰に隠れたいのだ。全身ががちがちに強ばっている。

真丈は彼らへ歩み寄った。棒を構えた二人がまず攻めてきた。遠距離から安全に攻撃出来るからだ。二人とも突くとみせかけ、くるくると棒を回転させ、真丈を叩き伏せようとした。棒状のものを振り下ろす場合、狙いは頭しかない。杖だろうが金属バットだろうが同じだ。外れた場合、肩に当たることを期待して、相手の頭目がけて振り下ろす。対峙した相手が突っ込んできたときは、背を叩いて地面に突っ伏させてのち、改めて頭を叩く。

横に棒を振るのは、相手の動きを牽制するか止める効果しかないし、懐に入られる隙を生んでしまう。打撃を与えたいなら、相手の体の中心線を狙って突くのが一番だ。眉間、喉、胸、みぞおち、下腹部。どこも致命的な一撃になりうる。ただし動く相手を正確に突けなければ、繰り出した棒をつかまれ、奪い取られてしまうかもしれない。

そういうわけで、頭を狙ってくる可能性が高いとわかっていたので、かわすのは楽だった。ひょいと手を上げ、降ってくる棒を、手甲と腕で押しのけるようにして逸らした。右手と左手で、交互に。歩み寄りながら、左右の手で一人一人に挨拶をするような感じだ。受け止めて防ぐ必要はない。棒の軌道は、横からの力で容易に逸れる。恐れずタイミングを見極めれば、何でも同じ要領で防げるのだ。斧でも日本刀でも。義弟などは腕を斬り飛ばされますとかなんとか言うかもしれないが、慣れればできる。そのはずだ。

かーん、かーん、と棒が勢い余って地面を打つ音が響いた。

真丈は左右の手にスナップを利かせ、ぱん、ぱん、と棒を上から叩いた。

棒が男たちの手からすっぽ抜けた。真丈は瞬時に身を沈めて右側の男の脚をとらえて地面から引っこ抜き、頭から叩き落とした。左側の男が慌てて棒を拾おうとして屈むのに合わせて、真下から喉に手刀を叩き込んだ。二人ともくずおれて動けなくなった。

後方の四人からは、二人の男と真丈がひとかたまりに見えたことだろう。六本木駅での乱闘の再現。真丈は、ぱっと身を起こし、四人のうちトンファーを構えた女へ迫った。

トンファーは便利な武器だ。素早く打つことも、突くことも、防御することも容易だ。棍棒のように握って振り下ろすことも、握り部分で相手の武器や首を引っかけて動きを封じることもできる。世界で多くの警察が基本装備に採用する、合理的な武器。

横殴りに唸るトンファーを、よく見てかわした。残り三人も退いた。ぶんぶん唸りを上げるトンファーが邪魔で近づけないのだ。トンファーを持った女は周囲を見ていなかった。恐ろしい男を遠ざけたい気持ちに支配され、仲間という最大の武器を失念していた。

真丈はさっと身を沈め、相手の膝を脚で刈り取った。女は地面へダイブし、手と顔を盛大に擦(す)り剝いた。トンファーが転がっていった。衝撃で武器を手放してしまったのだ。武器を前へ前へ出すとこうなる。真丈は起き上がって倒れた女の背を、尻で打ち、手足を広げて大の字になった。女がもがいた。胸部を圧迫されて呼吸ができないのだ。

残る三人は、真丈と女がもつれ合って倒れたように見えただろう。彼らにできるのは、武器を振り下ろすか、踏みつけることだけだ。真丈の下にいる仲間に当たらないよう、面積の多い箇所を狙う。胸や腹を。だが一人は頭に血が上り、狙いも定めず警棒を振り下ろした。もう一人の女が、やや冷静に、ブラックジャックを真丈の膝へ叩き込もうとした。そして残り一人が、ブラスナックルをはめた拳を振り下ろすには誰よりも前屈みにならねばならず、そうすると仲間の打撃の巻き添えを食うので、真丈の顔を踏みにきた。

真丈が狙ったのは、踏みつけにくるほうだ。手にした武器からしてそうするしかない。男が勢いよく片方の足を上げた瞬間、真丈は、ブレイクダンスのように身を回転させ、男の地面に残ったほうの脚に、おのれの脚を絡め、刈り倒した。

警棒もブラックジャックも空振りだ。下にいた女の不幸は、両方の武器をその身に受けたことだった。やっと息が吸えたと思ったら、次々に打撃を受けて悲鳴を上げていた。

真丈が絡みついた男は背から倒れた。真丈は体を旋回させ、宙に上げられた男の足首をつかみ、関節を思い切り拉いでやりながら、立ち上がった。

男が絶叫した。残り二人は、真丈を見失っていた。叩いてしまった仲間を、一秒ほど、じっと見つめてしまったのだ。無防備な状態。真丈は、男の手首をつかんで、背へねじり上げた。警棒を握った手だ。あっさり警棒をもぎ取った。

握った手首を力を込めて拉いでやりながら、奪った警棒を投げた。ブラックジャックを持った女が、顔面に警棒を受けてのけぞり倒れた。

真丈は男の体の向きを変えさせて盾にし、周がいるほうへ進んだ。六本木駅からの縁。とらえた男に名前を訊いてもよかったが、答えてくれるかわからなかったのでやめた。

背後では五人が地面で身を丸めている。十分に打撃を受けた。もう働かなくていい。そういう気分が伝わってくる。嫌がる人間を無理に働かせると、ちょっとしたエクスキューズで行動をやめてしまう。

真丈は足を止めた。周は先ほどと同じ場所に立っていた。二人のスーツ姿の男が、周のそばに来ていた。誰も走って逃げない。立場上、そうできないのか。あるいは、そこに立っていると良いことがあるのか。

ヘッドライトをつけっぱなしの二台の車がとても気になった。車内に、誰か潜んでいる気がした。光が盾になって自分たちの姿を隠してくれる場所に。

真丈は、たまたま落ちていたトンファーを見つけると、盾にした男を突き飛ばし、車の一つにぶつけてやった。それからトンファーを拾い、もう一つの車に投げつけた。フロントガラスに当たった。窓は割れなかったが白っぽい傷がついた。ちょっとしたノック。

フロントガラスの内側に、ぬっと顔が現れた。満面の笑みだ。右半面に、ぞっとするような星形の傷跡がある。ヒトデ。影法師（クリムジャ）が教えてくれた通りの面相だ。三人ひと組で動くことも教えてもらっている。

ヒトデ男が、ドアを開けて外に出て来た。

「ああ、びっくりした」

動じた様子もなく言った。訛りの強い日本語。ビジネスのために覚えたのだろう。

「残りの二人も、びっくりしたかな」

真丈が言った。盾にしていた男をぶつけたほうの車から、巨漢の白人が二人降りた。

ぶつけられた男は動かない。やっと役目が終わったと思っているのだろう。

ヒトデ男が、にっこりした。

「私たちを知ってる？」

さっきまでまったく知らなかったが、相手に合わせてやった。

「有名なマリーン・スター・トリオだ。そうだろう？」

「モルスカヤ・ズィズダ。日本人にはちょっと発音しにくい」

言いながら、ヒトデ男が右手の人差し指を宙にかざし、くいくいと動かした。

二人が寄ってきて、ヒトデ男と並んで立った。顔立ちはともかく体格と雰囲気がみんな似ていた。

三人兄弟だと言われても信じただろう。

どうやらこれで、鳩守の手札は出尽くしたらしい。半日かけて働いた甲斐があった。

「死体を海に沈めて消すんだって？　いくらで二人の警官を消したんだい？」

ただの当てずっぽうだ。ははは、とヒトデ男が笑った。仲間の二人も笑った。大して意味のある笑いではない。犯罪を自白する気はないが、否定する気もないというのだ。

ヒトデ男が笑みを収め、じっと真丈を見つめた。また宙で人差し指をくいくい動かした。仲間ではなく、周にだ。

「なんか変だよ。ちょっと。周さん。話してあげてよ」

周が訝しさを表情に出したが、何も言わなかった。日本人のほうが数が少ないのに、わざわざ日本語で会話をするのが嫌だったのかもしれない。

「ハトモリさんだよ。話したほうがいい。早く」

そのとき、音が届いてきた。

どーん、という音だ。爆発音に似ているが違う。車同士が接触した音だった。

全員、音がした方を見た。南浜橋の方角。ここから都内へ戻るための道の一つ。

鳩守がいるはずの場所。

周が携帯電話を見て呻いた。通話が切れていることに、やっと気づいたのだ。

沈黙が降りた。誰も喋らない。真丈は同じ方を見続けた。やがて、別の音が届いた。

車のクラクション。パー、パー、パー。パー、パッ、パー。

「オーケイって言ってる」

ヒトデ男が呟いた。モールス信号を知っているのだ。周もそうらしい。

「何がオーケイなんだ?」

周が、真丈に尋ねた。英語だった。もう日本語は喋りたくないらしい。

真丈は両手を頭の後ろで組み、その場に膝をついた。無抵抗を示すポーズ。そして、周に合わせて英語で言った。

「おれが、あんたたちに投降するってことだ。オーケイだろ?」

40

芝浦方面に向けた車の中にいた鳩守は、エンジンを止めようなどとは一瞬も思わず、ハンドルに右手を置いたまま、周囲に注意深く目をやり、声に耳を傾けていた。

腿の上の携帯電話につながれた、イヤホンから届く声に。イヤホンは左耳にしかつけていない。右耳は、開いたドアウィンドウの向こうから届く物音をとらえていた。

「なんてやつらだ。おれも参加するぞ」

辰見はそう言ったのを最後に、声が聞こえなくなった。女と自称警備員が、包囲を破って逃げたのではない。こちらの包囲をめちゃめちゃに混乱させ、一人ずつ仕留めている。

真丈という男は、大したものだ。女パイロットと一緒に戦うとは鳩守も思わなかった。もちろん荒事について考えるのは自分の仕事ではなく、辰見や周の仕事なのだが。

さてどうするか。膝を揺すりながら思案していると、銃声らしき音がした。三発も。

それからまたしばらくして、携帯電話越しに周の怒鳴り声が聞こえた。

「別磨烦了（ビエモファンラ）、快点儿干吧（クアイディアネルガンバ）！」

怖じ気づく部下たちを叱咤している。なんてことだ。周のそばにまで相手が来た。真丈か女かはわからないが、これはよくない。まったくもって最悪だ。

呻き声や悲鳴が届いてきた。鳩守は溜息をついた。影法師（クリムジャ）も、やられたか。いや、チェイサーとしての務めに徹しているのだ。あの青年が働くのはターゲットの位置をつかむまでで、それ以上は法外な報酬をせびられる。

やがてロシア人たちの声まで聞こえた。かと思うと、こう尋ねる声がした。

「死体を海に沈めて消すんだって？　いくらで二人の警官を消したんだい？」

鳩守は唇をまくり、息とともに不快感を追い出そうとした。これほど厄介な状況になるとは思いもよらなかった。携帯電話の通話を切って胸ポケットに入れた。パワーウィンドウ・スイッチを押して窓を閉めながら、サイドブレーキを解除した。

今すぐここを離れねばならない。躊躇なくアクセル・ペダルを踏んだ。ロシア人たちの働きに期待している場合ではなかった。

さらなる後始末を請け負ってくれる相手をなんとしても見つける必要がある。何もしなければまず自分が始末される。有用なアセットとして生き残る方法は、自分以外の全員を始末することだ。大変な仕事だがやらねばならない。自分がやるのではなく、請け負ってくれる相手を探すのだ。これまでに培ったコネクションを総動員して。一刻も早く。

そうした思考が、いきなりぷつんと途切れ、頭が真っ白になった。突如として、別の乗用車が飛び出し、進路を塞いだのだ。

鳩守は慌ててブレーキを踏みながら、相手の運転手の顔がヘッドライトの灯りに浮かび上がるさまを凝視した。黒い髪の女。屹然(きつぜん)とした眼差し。恨みがましいというより、自分に与えられた役割をしっかり果たそうとする者の顔。

楊芊蔚。かと思うと、女が消えた。身を伏せたのだ。衝撃に備えて身を丸めた。

ブレーキは間に合わなかった。現れた車の横腹に、爆発するような音を立てて突っ込んだ。鳩守の眼前で、瞬時にステアリングホイール内部からエアバッグが爆発的に膨らみ、顔面と胸がめり込んだ。摩擦と火薬の熱で、頰を火傷した。エアバッグを膨らませる際には火薬が用いられるのだ。膝を防御するエアバッグはついていなかった。両膝ともインパネ下部に激突し、背骨がひやっとするような痛みに襲われた。

やられた。萎みゆくエアバッグを慌ててどかしながら思った。脱出しなければ。

だが両膝の痛みで体に力が入りきらない。なんとかギアをバックに入れた。ペダルを踏む足がぶるぶる震えた。車は動かなかった。エンジンがもの凄い音を立て続けている。爆発するのでは、という恐怖に襲われ、シートベルトを外し、ドアノブに手をかけた。

ぎょっとなった。窓の向こうに、いつの間にか女が立っていた。警備会社のロゴ入り防刃チョッキを身につけ、戦う意思をみなぎらせた女が。

周というハンドラーと、自分というブローカーが二人がかりで操作するはずだった人物。彼女を駒のように動かすのは、しごくたやすい仕事に思われた。立場が逆転するなどあろうはずがなかった。

いきなりフラッシュライトの光を顔に浴びせられた。鳩守は身をよじって顔を背け、手で光を遮った。強烈な光で顔を照らすなど、まぎれもない暴力行為だ。怒りがわいたがどうしようもなかった。目を瞬いても容易に視界が戻らない。手探りで助手席へ身を乗り出したところへ、がん！　とすごい音がして、ぎくっとなった。何だ？　がん！　ああ、窓を打ち破ろうとしているのだ。がしゃん！　鳩守の背にガラスの破片が降り注いだ。なんてことだ。こんなにもあっさりと車の窓が割れてしまったことにショックを覚えた。

ぼやける視界の中で助手席側のドアをまさぐっていると、しゅーっという噴霧音がし、今度は目ではなく、鼻と喉に猛烈な刺激が襲いかかってきた。催涙スプレーの中身を車内にぶちまけられたのだ。ものすごい勢いでむせた。顔面のどこもかしこも針で刺されるような痛みを感じた。瞼(まぶた)や頬がずきずき脈打ち、腫れ上がっていくのが感じられた。

鳩守は一心不乱にドアノブを探して、ドアの内側をかきむしるようにした。やっとドアノブを探り当て、気絶しそうな苦痛に耐えながらロックを外し、ドアを開いた。

鳩守は車内から転がるように出た。肘で道路の上を這ったが、息を大きく吸ったとたん激しく咳き込んで動けなくなった。催涙成分がまだ体にまとわりついているのだ。

顔はぐしょぐしょだった。体が毒素を追い出そうとして、あらゆる体液を放出しているのだ。汗、涙、洟水、涎が、信じがたいほど溢れ出た。

その鳩守の背後で、また変化が起こった。耳をつんざくようなアラーム音がやんだのだ。それまでそんな音がしていたことにすら意識が回っていなかった。

なぜ音がやんだか。エンジンが止まったのだ。女がキーを取ってそうしたに違いない。

ふいに右手をつかまれて背に回された。その手を膝か何かで踏まれて固定され、ついで左手をつかまれた。抵抗したが無駄だった。背で両手首を固定された。感触で何となく手錠だと想像がついた。手錠をはめられた経験などないはずなのだが。

どこで手錠など手に入れたのか。まさか女を拘束した手錠だろうか。消えた二人の警官が愚かにも進呈し、回収しなかったもの。それが亡霊のように巡り巡って自分を拘束するなど、悪い冗談としか思えなかった。こんなことが現実であっていいはずがなかった。

41

　これは現実だろうか？　あまりに首尾良くことが運んだため、センもそう疑っていた。

　もちろん現実だ。深呼吸し、興奮状態の自分を精一杯鎮めながら、警棒とフラッシュライトをベルトに戻した。拘束して転がした男のボディチェックを素早く行った。武器はなし。襟を引っ張って上体を起こさせ、胸ポケットから携帯電話を奪った。

　手錠はもとは自分がはめられていたものだから鍵はない。警察が持っているだろう。

「こんな暴力は許されないぞ。絶対に許されないことだ」

　鳩守が、ぜいぜい喘ぎながら日本語で返した。

「大人しくするなら、顔に水をかけて洗ってあげる。大人しくしないなら、もう一度、車の中に戻して同じことをしてあげる」

　センが、英語で言った。催涙スプレーの中身は出し尽くしていたが、脅しとしては有効だった。

　鳩守がかぶりを振り、弱々しく呻いた。

「私に暴力を振るう必要なんてないんだぞ。論理的に話せばいいだけだ」

　また日本語だった。とにかく降参を示す言葉を口にできないたちらしい。

　センは奪った携帯電話をズボンのポケットにしまい、鳩守の両脇から手を入れ、胸の方へ回した。両手を握り合わせ、ぐっと引き上げる。倒れた人間を救助するときの要領だ。

　鳩守を引きずって移動し、歩道に転がした。鳩守の膝は、まだ両方ともぶるぶる震えていた。この分なら、走って逃げ出すことはないだろう。

鳩守から離れて自分が乗っていた車へ向かった。海老原から真丈が借りた車だ。助手席に置いたバッグに、ミネラルウォーターのペットボトルが入っている。それを取り、鳩守のそばに戻り、水を顔にかけてやった。優しさや申し訳なさで、そうするのではない。呼吸不全などを起こされては困るからだ。

周囲では、マンションの灯りがかなりついている。事故の音で、近隣住民が叩き起こされたのだ。すでに通報されただろう。真丈が立てた作戦通りだ。

真丈は無事だろうか。そう思って埠頭のほうを見たとき、足音が聞こえてきた。

たったたっ、と軽快に地面を蹴る音。埠頭からこちらへ真っ直ぐ近づいてくる。敵の可能性が大いにあった。センは素早くフラッシュライトを抜いて、そちらを照らした。

見るだに恐ろしい存在が光の中に浮かび上がった。黒いホッケーマスクをかぶった怪物じみた人物が、両手の刃物をきらめかせながら、ジョガースタイルで駆け寄ってくる。

センは思わずぎょっと後ずさりながらペットボトルを捨て、警棒を抜いた。服装から卯佐美であるとわかっていた。センを演じ、敵を混乱させた仲間。センを伏兵とする布石。

だが接近する卯佐美のことをとても仲間とは思えなかった。マスクを外しもせず刃物を握ってまっしぐらに駆けてくるのだ。その身が発する殺気を、はっきりと感じた。

自分か鳩守。どちらかを狙っている。もしくは二人とも始末しに来た。

鳩守は生きていなければならない。それが自分を自由にする鍵になると真丈に言われていた。この男には何もかも喋らせねばならない。戦ってくれている真丈のためにも。自分がここで卯佐美を撃退すべきだった。

そう決意するセンの眼前に、何かが、ひょいと入り込んだ。

誰かの背だ。フラッシュライトの光が、その背に当たって跳ね返り、センの視界を遮った。フラッシュライトを下に向けた。真丈ではなかった。もっと小柄で中性的な背だった。

「ヘイ。止まれよ、ラビッド」

ぴたっと走る音がやんだ。

突然現れた人物が、英語で言った。声で男だとわかった。

「あんたも動かないでくれよ」

若い男が、肩越しにちらりと振り返って言った。青年といっていい若さだが、おそろしく落ち着いている。佇まいが、なんとなく真丈と似ていた。

「影法師（クリムジャ）？　何してるの？」

卯佐美が英語で尋ねた。

「あの男を殺す気なら、やめた方がいい」

青年──影法師（クリムジャ）が言って、ズボンの尻ポケットから、パスケースを取り出した。さらにそのパスケースから、平べったい何かを出した。カード型の何かだ。穴やギザギザがあり、一部に頑丈そうな紐が巻きつけられている。見た感じ、ワイヤー入りの紐のようだ。

マルチツールの一種。カード型十徳ナイフなどと呼ばれる品。

「鳩守の護衛として雇われたの？」

「チェイサーとしてだよ」

影法師（クリムジャ）がパスケースだけポケットに戻し、カードの穴に右手の中指を軽く引っかけた。親指で紐を留めている部分をこするようにすると、紐がぱらりとほどけた。紐の先に、指にはめるためのものらしい環がついていた。

「なら放っておけば？」

「あとで護衛料も請求するつもりなんだ」

「わざわざつまらない仕事をするのね」

卯佐美が、じりじりとセンから向かって左へ移動していった。鳩守を攻撃出来る位置に来ようとしているのだ。

影法師（クリムジャ）は、その場から動かず、体の向きだけ変えた。

「あんたの代わりに雇われたのが癪（しゃく）でね。あんたより良い働きを見せれば、次からは最初におれに仕事が来るだろ？」

きひっ、とマスクの奥で、卯佐美が甲高い笑い声をこぼした。きひっ、くふっ。どろっとした何かが、ホッケーマスクの穴という穴から溢れ出すようだった。

「可愛いこと言うのね」

凍（い）てついた声音に、センがぞっと鳥肌を立てた。

二人とも動いた。目の前で見ていたセンが遅れて気づくほど、きわめて自然に、おそろしく迅速に。そして影法師（クリムジャ）が、卯佐美のすぐそばにいた。二人とも、数瞬で何メートルも移動している。でたらめに素早く動こうとしてできることではない。あらかじめこう動くと強くイメージした上でそうしているのだ。自分が有利になると信じる行動イメージを。

卯佐美が両手の刃を繰り出し、その一つ一つを影法師（クリムジャ）が信じがたい身軽さでかわし、あるいはほんの小さな面積しかないカード型の武器で弾き返していた。

卯佐美の刃を防ぐだけではなく、影法師（クリムジャ）は、カードから伸びる紐を巧みに使って攻め返してもいる。紐の先の環が、いつの間にか影法師（クリムジャ）の左手の中指に嵌められており、ぴんと張った紐で刃を受け流し、かと思うと輪にして相手の手首をとらえようとする。

卯佐美が一度、刃で紐を切ろうと試みたが無理だと判断したらしく、そのあとは紐を切ろうとはしなかった。やはりワイヤー入りの頑丈な紐なのだ。紐を輪にして相手の手首をとらえれば、力を込めて左右に引くだけで、皮膚や筋肉を切り裂くことができる。

ふいに卯佐美が、身をのけぞらせて後方に下がった。

影法師（クリムジャ）が、右手のカードを離し、左手で振り回したのだ。卯佐美の頸を狙ったらしい。センには、二人の動きが完結してからでないと、何のための動作かもわからなかった。

「こいつを使うのは、あんまり好きじゃないんだ。ま、苦手でもないけど」

影法師（クリムジャ）が、右手にカードを戻して言い、紐を縦に伸ばして体の前で構えた。

くふっ。卯佐美がまた得体の知れない笑い声をこぼし、影法師（クリムジャ）に迫った。

二人を見つめるセンの前で、突然、刃が一つ落ちてきて転がった。卯佐美が至近距離で放った刃を、影法師（クリムジャ）が右手のカードで受け弾いたらしい。呆れるばかりの反応速度だ。

今度は影法師（クリムジャ）が後退した。卯佐美は袖口から新たな刃を抜いて攻め込んでいる。いつまた卯佐美が刃を投げ放つかわからない分、影法師（クリムジャ）も注意深く動いている様子だ。

そこでセンが、はたと我に返った。二人の格闘を眺めることが自分の役目ではない。

急いで自分が乗っていた方の車へ駆け寄った。運転席のドアは開きっぱなしだ。車外から手を伸ばし、ハンドルの中央に押しつけ、クラクションを鳴り響かせた。

モールス信号。こちらはＯＫだと真丈に報せるために。

二人はさらに数秒ほどせめぎ合い、それから互いに後退した。

別の音が響いてくる。サイレン音。管轄のパトカーの急行。複数の通報が続いたのだ。クラクションで、必死に助けを呼んでいると思われたのかもしれない。

影法師(クリムジャ)が言った。

「まだやる？　おれは構わないよ」

卯佐美がすっと武器を下ろした。

「今度にしましょう。また会うのがとても楽しみ」

凍てつくような声で言い残すと、きびすを返し、来たとき同様、ジョガースタイルで駆け去った。軽く走っているように見えるのに、あっという間に暗がりへ消えた。

センは思わず深々と安堵の吐息をこぼした。

影法師(クリムジャ)が、武器にくるくると紐を巻きつけ、元通りパスケースに納め、尻ポケットにしまった。そうしながら、センに歩み寄って言った。

「その男はおれの依頼人で、おれの仕事は、あんたとタイチ・シンジョーを追うことだ」

「私を捕まえることが仕事ではないの？」

「それは別料金だ。あんたは今、おれの目の前にいる。依頼人と一緒に。となると、タイチ・シンジョーを追いかける仕事がまだ残ってる。だろう？」

影法師（クリムジャ）が、センと鳩守の両方に尋ねた。センは無言だった。

「馬鹿なことを言わないで私を解放しろ。五割増しだ。必ず払う」

鳩守が、がらがら声で言ったが、影法師（クリムジャ）は肩をすくめた。

「どうせ払えっこないだろ」

センのズボンのポケットで、携帯電話が振動音を立てた。真丈から与えられたものではなく、鳩守から奪ったものだ。それを取り出し、スピーカーモードで通話した。

「鳩守さーん。大丈夫ー？」

軽薄な感じの男の声。訛りの強い日本語だ。

「シンジョーはそこにいるの？」

センが英語で尋ねた。

「あんたの言う通りだね。鳩守さん捕まったよ」

センではなく、男は電話の向こうの誰かと会話をしていた。真丈だろう。

「シンジョーを傷つけないで。ピジョンとの人質交換を要求するわ。交換方法は三十分後に連絡する」

「鳩守さんと交換って。三十分後に電話って言ってるね」

男が相変わらず訛った日本語でセン以外の誰かと話していた。意味は通じたらしい。

センは通話を切って、影法師（クリムジャ）に尋ねた。

「シンジョーを追いかけるのね？」

「ああ。あんたと依頼人を見送ってから追うよ」

「見送る？」

影法師(クリムジヤ)が親指で道路をさした。パトカーが曲がり角から現れた。衝突した車の前で停まり、警官二人が車外へ出て、こちらへ来た。

「事故と、乱闘しているという通報がありましたが……大丈夫ですか？」

警官の一人が尋ねた。当然ながら日本語だ。

「私の名前は、楊芊蔚」

センが英語で言った。眉をひそめる警官たちに、続けて、こう告げた。

「羽田に着陸した爆撃機の、パイロットです」

42

「ここにも警察が来そうだ」

真丈が言った。投降ポーズのままだった。センには、こちらへ警察を来させないよう言っていた。人質交換にならなくなる。幸い、警察は来なかった。水上派出所がそばにあるが無人だ。警察の施設とは思えないようなプレハブのような建物と船着場があるだけだった。

「周さん、どう？　鳩守さんのボス、なんて言ってる？」

ヒトデ男が、電話をしている周に声をかけた。相変わらず日本語だ。

周は離れた位置でぼそぼそ通話していたが、やがてこちらを振り返り、英語で言った。

「その男をミスター・クロサワの店に連れて行く。ミスター・タツミは我々が保護する」

「わかったよ。お前、おれたちが連れて行くね」

ヒトデ男が、なおも日本語で言った。どうも真丈がそれ以外の言語が得意ではない人間だと思っているらしい。

「我々は後から追う。先に行ってくれ」

周が頑なに英語で言った。互いに違う言語を使い続けるのは、不和の証しでしかない。真丈にとっては好ましい状況。ヒトデ男もそれを感じたか、急に言語を変えた。

「我明白了(ウオミンバイラ)」

了解を意味する言葉。上手い発音だ。日本語より得意そうだった。

周はかえって不快そうに鼻息をこぼし、ヘッドライトをつけていた車の後部座席へ乗り込んだ。トンファーをぶつけられた車だ。運転席に、スーツ姿の周の部下がいる。もう一人は、ここの負傷者の移送を監督するようだ。負傷者だらけで大変だろう。気を失った辰見も、治療を受けられるらしい。ヒトデ男たちに任せないということはそういうことだ。始末を頼む資金がないのかもしれない。そこのところは不明だ。

巨漢たちが、やっと真丈が頭の上で組んだままの両手を取って背に回させた。もう一人が結束バンドを取り出して真丈の手首を拘束した。

ヒトデ男が真丈の襟首をつかんで立ち上がらせた。恐ろしい傷が刻まれた顔に、人なつこい笑みを浮かべ、鼻をくっつけるようにして言った。

「すごい度胸。それに頭いい。危険なこと好き？」

「大して危険なことはないさ。そうだろ？」

ヒトデ男がにやにやし、真丈をボディチェックした。財布と携帯電話を取り上げて自分の上着のポケットに入れた。

巨漢たちが、隠れていた車の後部座席に真丈を座らせ、左右に座った。トランクに放り込まれることも覚悟していたので、それなりに丁重な扱いだ。今のところは。

ヒトデ男が運転席に巨体を滑り込ませた。率先して自分がハンドルを握るタイプ。現場が大好きなのだ。バックミラー越しに真丈にウィンクして車を出し、Uターンさせて敷地を出た。周が乗る車が、あとからすぐについてきた。

南浜橋のほうを見ると、遠くでパトカーの回転灯が明滅していた。ヒトデ男はそちらへは向かわず、新日の出橋を渡って日の出から離れ、浦島橋（うらしまばし）から旧海岸通り（きゅうかいがんどお）りに出た。

今度も、南浜橋のほうにパトカーがいるのが見えた。

高速道路は使わず、汐留（しおどめ）方面へ向かった。

真丈は、二人に挟まれながらリラックスするよう努めた。彼らが暇つぶしにこちらを殴りつけてくるかもしれないという不安を退け、短いインターバルで可能な限り体力を回復させた。動きっぱなしだし、先ほどの大立ち回りで、かなり体力を使ってしまった。

あとどれだけエネルギーが必要か。真丈は三人の力量を推し量った。彼らが最後の難関になる。彼らの特技や、武器がわかればよかったが、三人とも、そうしたものを見せびらかさなかった。こちらの腹に一発、拳を叩き込んでやろうという様子もない。

ヒトデ男の享楽的な振る舞いとは裏腹に、プロフェッショナルに徹している。なかなか手強い。この日、遭遇した相手の中では一番だろう。しかも三人もいる。

エネルギーが必要だ。いざとなれば渾身の力をこめた戦いができるよう、いつでも全身の神経を活性化させられるよう、必死に休まねばならなかった。そのために思考を意図的に停止させ、ぼうっと窓の外の景色を眺め続けた。

車は汐留を越えて銀座へ入った。人気のない海岸が、きらびやかな繁華街へ変貌した。限られた空間に、いくつも別世界を内包する東京ならではだ。

ヒトデ男が慣れた感じで車を走らせ、銀座の大通りから狭い通りへと折れた。スムーズな運転。ナビも使わずに。もう長いこと日本にいるらしかった。

薄暗い路地裏で停車した。周と部下一人が乗る車が、後方で停まった。

大通りとは打って変わった静けさ。ヒトデ男が降りた。左右の男がほぼ同時に降りた。左にいた男が、真丈の腕をつかんで外に出した。ヒトデ男が古いビルの一つへ入った。巨漢の一人が真丈の前を歩いた。一人が後ろで真丈の左肩をつかんで歩かせた。周と部下一人がついてきた。

ビルに入り、通路の奥にあるエレベーターの前に立たされた。

エレベーターが、がたごと音を立てて降りてきた。意外に大きな箱だったが、六人の半分が大男だと、ぎゅう詰めもいいところだ。軋みながらエレベーターが上昇した。

何階か確かめたかったが、見えるのはロシア人の胸元だけだった。代わりに数を数えた。五、十、十五……。エレベーターが止まり、箱から吐き出されるように六人が出た。上昇時間からして四階か五階だろう。フロアにはドアが一つしかなかった。

右手にインターフォン、頭上にドーム型の監視カメラがあった。

ヒトデ男がインターフォンを押した。スピーカーからひび割れたノイズがこぼれた。

「ご用件は？」

「クロサワさんに会わせたい人が、ここにいるよ。周さんもいるよ」

「どうぞお入り下さい」

ドアが向こう側へ開き、タキシードを着た六十代ぐらいの男が現れた。真丈は、男の胸元にある「二」のバッジに気づいた。自分が正しい場所に来たと知って安心させられた。

「いらっしゃいませ」

タキシード姿の男が言った。ヒトデ男が気楽な足取りで中へ入った。真丈とロシア人たちが続いた。周と部下が入った。タキシードの男がドアを閉めた。

瀟洒なクラブ。こうしたたぐいのインテリアの発祥の地であることを誇示する、いかにもな空間だ。客は誰もおらず、奥に連れて行かれ、ソファに座らされた。

そこに三人の男がいた。一人に見覚えがあり、真丈はぽかんとなった。

アネックス綜合警備保障の、坂田部長だった。

「やあ、真丈くん。やあやあ」

顔を真っ赤にし、体を左右に揺らしながら、目の焦点が合ったり合わなかったりしている。真丈が拘束された状態で、こわもての男たちに囲まれていることを理解した様子はない。べろべろに酩酊させられたか、何かの薬物を投与されたか。おそらく両方だろう。

「部長、何してるんです？」

「君の話をしてるんだよ。ずっとね。ずっとだよ。ずーっと。まあまあ君も飲みたまえ」

もちろん飲む気はなかった。両手も背後で拘束されたままだ。真丈は、坂田部長がいようといまいと知ったことではないという顔をした。実際そうだったが、坂田部長を守るためでもあった。真丈にとって大事な人物であると思われれば、人質にされる。あるいはこちらを脅すため、いきなり始末されてしまうかもしれない。

だから坂田部長は無視して、残る二人を見た。

一人は、三つ揃いのスーツに、「一」の字が刻印されたバッジをつけ、坂田部長の隣に座っている男だ。二人の警官を、ここまで運んだ男だが、真丈はそのことを知らない。

男は、坂田部長のグラスに無言でウィスキーと水と氷を入れ、バースプーンで丁寧にかき回し、グラスの中身が減らないようにしていた。実験動物に餌を補給している感じだ。

もう一人は、着物姿の、八十代に見える男だ。その胸元にも、大きな「一」のバッジがあった。皺だらけの顔。瞼も頬も垂れ下がっており、長い年月をかけて人間性を少しずつ削ぎ落としていったような酷薄さをたたえている。豪奢な一人用のソファに座り、昏い傲然とした眼差しで室内の人々を眺めているが、その誰にも興味がないという様子だった。

「会員制の店みたいですね。店の名前は、一の会？」

真丈が、着物姿の男に向かって言った。もし、暴力で言うことを聞かせようとする連中なら、こうした態度で最初の一撃を誘発される。だが誰も、怒鳴り声を上げてグラスを真丈の頭に叩きつけるとか、拳を繰り出してくるとかいったことはしなかった。

ただ車座になってソファに座り、みなで真丈を見つめていた。抑制の利いた恫喝の空気。暴力以外にも、好きなように人間を操る手段はいくつもあるといった余裕を感じた。

「やられたね、君たち。この人の目的はね、私に会うことだよ」

着物姿の男が言った。恐ろしいほど平板な調子。亡者に地獄行きを告げる閻魔(えんま)がもし実際にいたら、こういう口調で面倒くさそうに喋るだろうと思わせるものがあった。

「あなたがクロサワさん？」

真丈が尋ねた。相手のペースに合わせてのんびり喋る気はなかった。センを自由にするためには、短時間で事態を解決することが必要不可欠だからだ。

「黒澤進一(くろさわしんいち)だ。真丈太一くん。私も、君と話したかった。最初からここに招く気だったんだよ」

もちろん、交渉材料もないまま、そんな目に遭ってやる義理はない。

それより相手の余裕が気にくわなかった。状況を好転させようと努力する様子がまったく見られない。鳩守が拘束された事実などどうでもいいかのようだ。

何らかの計画の進行という点では非常によくない傾向だ。計画達成が間近ゆえの余裕。誰がどうなろうとも、結果は変わらないという確信めいたものが感じられた。

「さ、君の話を聞きたいね」

男——黒澤が言った。真丈は眉をひそめた。相手の意図がわからず困惑しているのではない。意図は明白だ。真丈が何をどこまでつかんだか喋らせる。真丈のほうも、可能な限り黒澤の口を割らせるしかない。そのことに困惑していた。その手の仕事は義弟に任せるつもりだったからだ。自分には向いていない。

「あー、あんたがすべてを計画した？」

「すべてとは？」

「三日月計画。その計画をご破算にして楊立峰氏を殺す。ステルス爆撃機を呼ぶ」

「たいそうなことだ。何のためにそんなことをするのやら」

口火を切った真丈につられず、黒澤はゼロ回答を保持。あっさりリードを奪われた。情けない気分。義弟のようにしようとしても上手く行かない。自己流でやる方がいい。

「なんでもいいさ。どうもここは、似た者同士の集まりみたいだ」

論点をあさっての方へ向けた。

「あんたや、部長の隣にいる男、さっきのバーテンみたいな男、そっちのミスター・ヒトデもね。みんな何か欠落している。ちなみに、おれもそうだ。少し違うところも欠けてるかもしれない。このヒトデが、おれに同族嫌悪を抱いても、おれは何も感じない」

ヒトデ男が首を傾げた。周も眉間に皺を寄せている。真丈のいわんとするところがわからないのだ。黒澤も似たような様子だ。真丈は続けた。

「欠けた人間は、そのことを武器にする。あんたも、そうしてきたんだろう。何かの信念を作り出して、それにしがみついてきた。組織を作って、自分の立場を守った。ひたすら金を貯め込んだ。それから気づいたんだ。何に使っていいかわからないってことに」

黒澤が目を細めた。真丈のやり方は、尋問とは違った。占い師の一方的な断言に近い。直感で相手をとらえて、どんどん抽象的な枠にはめ込んでいく。そうなると相手は二種類の反応しかできない。真丈を理解者とみなすか、何もわかっていない不愉快な相手とみなすか。どちらだろうと相手は反応せざるを得なくなる。人間は、自分のことを話題にされると、本能的に無視できない。ＳＮＳに自分の悪口を書き込まれるのと同じ問題だ。

「金の使い道がわからないから、金で金を増やすことしか考えつかない。三日月計画も、仲間と一緒に金を増やすために請け負った。それを捨てた理由は、金の使い道を教えてくれる誰かが現れたからだ。昔は知らないが、今のあんたはスポンサーにしかなれない。信念を語る気概もない。指導者にもプランナーにもなれない。だから、誰かの計画を知って飛びついたんだ。自分の信念の広告費を払って、宣伝してもらうために。自分には信念があると信じるために。でも、うすうすあんた自身が気づいてる通り、あんたは結局のところこんな場末で、とぐろを巻くしかない。あんたは使われたんだよ。人を使ってる気になってるだけで。ここに来たのは失敗だったな。あんたから得るものは何もない」

相手が止めないので、とうとうと喋り続けた。あんぐりと口を開けて聞いていたのは、スーツ姿の男だ。黒澤にこれほど不敬な言葉を吐く人物を見たことがないのだろう。

周もヒトデ男たちも首をひねって互いに視線を交わし合っている。彼らはいまだに真丈の意図がわからないらしい。一方で黒澤がものすごい眼光を真丈に浴びせかけていた。奥に引っ込んでいたタキシード姿の男までもがこちらに来て、真丈をねめつけている。

「まあ……ちょっと失礼なことを言ったかもしれませんね」

真丈は、わざとへりくだって言った。急に自分の立場を思い出したというように。

シーソーゲーム方式の尋問。自分が上がり、下がる。相手を下げて、上げる。義弟は決してしないだろう。普通は、両手を背で縛られた状態でやるものではない。

「ずいぶん、知ったかぶったことを話す人だね」

黒澤が言った。スーツ姿の男が上半身をやや乗り出し、黒澤を援護するような態度を取っている。タキシード姿の男も真丈を睥睨（へいげい）している。真丈は、頭が三つある怪獣を連想した。映画の産物の一つだ。生まれて初めてそれを見たときは、そのうち首が絡まって自滅するだろうと思っていた。だがそうならなかった。その怪物は一体的な動きをし続けた。こいつらもきっとそうだろう。

周やヒトデ男たちは、このやり取りには無関心な様子でいる。黒澤という男が、鳩守を見捨てるのかどうかという点にのみ興味があるのだ。どちらであるかで、彼らの今後の行動が変わるのだから当然だろう。

だが黒澤は、今や真丈にだけ注目していた。

「君みたいな人からは、そう見えるんだろうね。君、私の好意で話をさせてあげていることを忘れているのではないかね」

「すいません。どうも失礼をしました」

真丈はさも申し訳なさそうに身をすくめてみせた。シーソーゲーム。こちらが下がれば、相手は上がる。果たして、黒澤はさらに喋ってくれた。

「私はね、若い人の理想に興味があるんだよ。それで馬庭くんに会って話を聞いてあげたんだ。大いに感心させられてね。それで馬庭くんに、淳くんをつけてやった。君が捕まえたという淳くんは、亡くなってしまった私の旧友の孫だ。実に優秀な子だ。そうだろう？」

黒澤が疑問系の言葉を口にすると、たちまちスーツ姿の男とタキシード姿の男が、うんうんとうなずき返した。末期シルバー世代バンドの音合わせという感じだ。

「私はね、若い子たちと真摯(しんし)に向き合って、こうすると決めたんだ。それ以前からずうっと優秀な子たちにチャンスを与えたいと思い続けていたんだよ。私たちの世代が積み重ねてきた過ちを、しっかり清算してもらわなくちゃいけないからね。まっとうな未来を作らなきゃいけない。それも、もうじきだ。朝の七時には緊急事態だといって、首相と大臣が集まる。そこを一網打尽にする。これからの日本がどうあるべきか、国民のみんなが考えるようになるんだ」

タイムリミット。最も重要な情報をすんなり口にしてくれた。もうお前には何もできないということが言いたいのだろう。だがこちらからすれば、それこそが突破口だった。

「そのために東京で核テロをやらかすと？　ここにいる全員、ただじゃ済まない」

真丈が淡々と口にした。

周たちが目を剝いた。ヒトデ男たちがぽかんと口を開けた。どうやら彼らも聞いていないらしい。当然だろう。大規模無差別テロに巻き込まれては利益もくそもない。

「ここの地下にはね、シェルターがあるんだよ。アメリカ製のやつがね。七〇年代にはそういうのがいっぱい作られたものだ」

黒澤が誇らしげに言った。だがそれは周やヒトデ男たちの不安を刺激する言葉でしかなかった。不安どころか驚愕の言葉だ。黒澤が、真丈の言葉を肯定したに等しいのだから。

そしてそのとき、素晴らしいタイミングで、インターフォンが鳴らされた。

黒澤が再び口を開いたが、何も言わず、タキシード姿の男を見た。

タキシード姿の男がきびすを返し、バーカウンター脇のモニターに向かった。

ヒトデ男が身を乗り出した。

「クロサワさん。私たち、お金すぐほしい。もらったらすぐ出てくよ。言っとくけど、昔のシェルターとか、無駄だから。本当に核爆発したら、普通に死ぬから。そういうこと教えてもらわなかったの？」

黒澤が眉間に皺を刻んだ。タキシード姿の男がモニターのマイクに向かって言った。

「何か御用ですか」

影法師(クリムジャ)の声が聞こえた。

「タイチ・シンジョーは、ここにいるんだろ？」

一瞬、坂田部長を除く全員の意識が、その声に向けられた。坂田部長はとっくに酔っ払ってソファの背もたれに後頭部を乗せていびきをかいていた。

真丈はさっと立ち上がった。背で拘束された手首を、交差した状態から、平行になるようにした。結束バンドで皮膚を擦(こす)られたが、大した痛みではなかった。手首の外側で、結束バンドの輪を内側から押し広げるようにし、前屈みになって、背後で思い切り両腕を振り上げた。体の柔軟性には自信があった。両腕を振り下ろし、内側から押し広げた結束バンドを、尻の右側へ叩きつけた。分厚い肉に。固い腰骨がある場所へ。

その動作を、何も考えずに三度繰り返した。三度目で結束バンドは千切れ飛んでいた。

ヒトデ男たちが、真丈の行動に一瞬遅れて反応し、立ち上がった。真丈はすかさず蹴りを放った。右足がテーブルを越え、爆発痕が刻まれたヒトデ男の顔面にめりこんだ。

ヒトデ男が、ソファごと後ろへ吹っ飛んだ。

タキシード姿の男が、ぎょっと室内を振り返った。モニターに映る青年はとっくに姿を消していた。店のドアが開いたことにも、タキシード姿の男は気づかなかった。

「ありがとう影法師(クリムジャ)、加勢してくれて！」

真丈が、英語で言い放った。全員の注目が真丈に集められ、それからまた、いつの間にか室内に入り込んだ青年へ向けられた。

影法師（クリムジャ）が苦々しい顔になった。真丈の一言で、室内の面々から敵とみなされたのだ。

「払えるんだろうな」

影法師（クリムジャ）が、尻ポケットからパスケースを取り出しながら言った。

「義弟に訊いてくれ」

真丈はそう返しながら、ロシア人の一人へ身を低めて飛びついていた。

43

鶴来は黙って座り続けた。相づちを打ちながら。喋りたくなった相手にすべきことは話を遮らないことだ。喋りたくなるのは自分のペースが崩れていると感じているからで、ペースを取り戻そうとして喋れば喋るほど、かえって深みにはまる。今の馬庭のように。

「テックは集合的だ。驚くほどユング的なんだ。おれはしばらくドイツで心理学を学習させられていた。以前のテクノロジーの開発者は、生産物を遠隔地に運ぶための合理的なロジスティクスを学ばされたが、今は違う。コンピュータ・テクノロジーの行き着く先は人間の脳だ。情報をどっさり誰かの脳に運び入れて、精神状態を変質させる。突き詰めれば、そのための技術なんだ。だから、合理的に今の最新のテクノロジーを共有しようとすればするほど、集合的無意識状態とはどういうことかをまず学ばされるんだ」

どうでもいいたわごとの数々も真剣に聞いてやった。たわごとの中に必ず馬庭が隠し秘めている情報が反映された何かがある。問題はタイムリミットだ。計画の進捗を示す言葉を、鶴来は待った。何時に変化が起こる。何時まで待てばいい。夜明けとか昼とか明日とかいった言葉でもいい。時間を示すキーワード。それが出たとき、ブラフであれ真実であれ、馬庭の心の金庫を解錠するすべが手に入る。

「世界中で鉄道会社がロジスティクスを発達させた歴史を、情報インフラのモデルにしようとするのは古い考え方だ。ネットワーク・モデルは、確かに線路と駅によく似ている。ハブ駅があり、そこに物資と人が集合する。一部のハブ・インフルエンサーがいて、資本と情報がそいつのもとに集まる。だがみんなそれが見せかけだってことに気づいた。人間は情報の流れを作るとき、物流のあり方を真似てるように見えて、実際はもっと不条理だってことに。物流につきものの物質的劣化と、情報的劣化は全然違う。物質的劣化は食料や物資が腐って役に立たなくなる純粋に化学的な反応だが、情報的劣化はまさに集合的無意識の反映によるものだ。食料が腐れば廃棄されるが、人間は情報を廃棄することを本能的に嫌がる。賞味期限切れの役に立たないつまらない情報を集めて保存するために膨大なコストを支払い続けるんだ。とんでもなく不条理だろう？」

要するに、この苦痛に満ちた時間を過ごす不条理を訴えているのだ。集合。集まる。頻出するキーワード。誰かが集まることを待っている？　逆に恐れている？　鶴来は相手がひと息入れたところをみはからって馬庭を軽く刺激した。

「不条理といえば、こちらも人を集めて対処せざるを得なくなるかもしれない」

「何のことだ？」

間髪を容れず問うてきた。性急な喋り方。ペースを取り戻そうとする人間の特徴。滑って転びそうになったとき、慌てて手足を振り回すのと同じだ。

「あの機体の解析だ、馬庭さん。あなたが講じた何かを解明するにしても、今の人員では無理だと言われた。ホワイト・ハッカーに協力を求めてはどうかとね」

馬庭の眉がぴくっと跳ね上がった。

「そんなことをしたら、あんたの立場が危ないんじゃないか？」

「明日にはクビになることを覚悟しないといけないな」

さりげなくキーワードを盛り込む。明日には。それがタイムリミットに近ければ、相手は反応を示すはずだった。だが馬庭が相好を崩した。わざとそうしているのだ。笑顔は人間にとって最も作りやすい仮面だ。多くの微表情をごまかしてくれる。

「それに見合う成果があればいいな。集合的無意識状態に期待するしかない」

馬庭がにこにこして言った。鶴来も微笑み返しながら、馬庭の必死の抵抗の裏にあるものを探ろうとした。ワンマンの自分に対し、チームで対抗されることを恐れて集合という言葉を繰り返し口にしているのではなさそうだ。人が集まってことをなすことを待っているのか？　集まるとは、何が集まるのだ？

懐で携帯電話が振動音を立てた。

「失礼」

鶴来は大げさに顔をしかめて立ち上がった。馬庭との会話を中断されることが苦痛だという演技だが、内心では馬庭を決定的に追い詰める材料がそろったのではと期待していた。そろそろ義兄の作戦が次の段階に移る頃だ。

鶴来は部屋を出て、後ろ手でドアを閉めた。深呼吸し、疲労感を体外へ放出しようとした。過激思想中毒者の言葉は強烈だ。船酔いじみた気分の悪さを味わわされる。

携帯電話を取り出した。吉崎からだ。思わず期待を抱いて通話に出た。

「私だ」

「吉崎です。エックスを発見。日の出付近で交通事故を起こしたとのことで、現場にうちの人員を急行させました。私も現場に行きますか？」

吉崎が興奮を抑えようとする声で言った。ちっとも抑えられていない。鶴来も思わず目の前で空いた方の手を拳にして握りしめていた。

「そうしてくれ。お前が彼女を連れてくるんだ。その前にエックスと話したい。現場の人員につなげられるか？」

「はい。では一度お切りになって下さい。そちらの電話にかけさせます」

しっかり馴らされた人員らしい対応。いったん通話を切った。遅れて拳を下ろした。

待った。すぐに電話がかかってきて、通話ボタンを押した。

「鶴来だ」

「楊芊蔚です」

英語だ。まぎれもなく彼女の声だった。不覚にも安堵の吐息がこぼれ出した。

「ミスター・ツルギ。あなたと連絡が取れてよかった」

「それはこちらの言葉です。交通事故を起こしたと聞いています」

「ハトモリという男を捕まえるためです。代わりにシンジョーが、わざと捕まりました」

「人質交換のために、ですね」

「イエス。ハトモリを、あなたの部下だという人たちが車に乗せました」

「羽田に連行するためです。私の部下があなたを羽田に移送することに同意しますか？」

「イエス」

「無事であったことを心から嬉しく思います、マーム」

「ありがとう」

通話を切った。馬庭が恐れていたのはこれかもしれないと思った。集合。鳩守と彼女と自分が一カ所に集まること。あらゆる矛盾があらわとなり、正しい情報が炙り出される。

鶴来は刑事部屋に行き、署員に給湯室から冷たいお茶のペットボトルと紙コップをいくつか重ねたものをもらい、それらを持って再び馬庭がいる部屋に戻った。

馬庭の目の前にペットボトルを置いた。祝い事の場で差し入れをするように。無言で紙コップを並べ、お茶を注ぎ、一つを馬庭の前に差し出した。

「ひと息入れようってことか？」

馬庭が笑みを濃くして訊いた。不安があらわになるのを防ぐため笑っているのだ。

鶴来は席についてコップを取り、心から微笑みながら乾杯するように掲げた。

「ちょうど今しがた連絡があってね。やっと彼女が戻ってくる。鳩守淳と一緒に」

そう言って、お茶をひと息に飲み干した。正直いって美味かった。

馬庭の笑顔が凍りついた。まったくまばたきをしない。

「あと十五分かそこらで、到着するだろう」

「鳩守が、パイロットをあんたに差し出したのか？」

鶴来は黙って微笑み返した。内心では、なるほどと納得していた。馬庭は、鳩守が裏切ることを危惧していたのだ。鳩守のパーソナリティからして当然だろう。

「鳩守淳がどうなるかは、まあ、これからの態度次第だな」

否定も肯定もせず、それだけ返した。海外ではそうした司法取引が合法的に行われるが、日本ではもっと後ろめたい、闇取引のたぐいとして伏せられることがもっぱらだ。

「彼が何を喋るにせよ、あなたにも伝えると約束しますよ、馬庭さん」

馬庭の額に皺があらわれ、うっすらと汗がにじんでいる。素晴らしい兆候。金庫の扉を閉ざしている錠前に、急激にがたがきている。義兄の無謀で勇敢な作戦のおかげだ。

鶴来は思い切って、馬庭の心を閉ざす金庫の扉に手をかけた。

「機体にいる人物に、どんな指示を送った？　鳩守淳が到着する前に喋ったほうがいいとわかっているはずだ」

馬庭が笑顔のまま目を剝き、唇をまくり上げた。この上なく動物的な威嚇の表情だ。

「あんた、話術は大したもんだが、テクノロジーを知らなさすぎるな」

馬庭が言った。必死に金庫の扉を閉めようとしている。だが結果的に、言葉がこぼれ出し始めている。機体の中にいるはずの誰かについて尋ねたのに、テクノロジーという不自然な言葉が出て来た。彼の中にある秘密を抑え切れない証拠だ。

「その通り。私は素人だから、優れたハッカーである君に訊かねば何もわからない。君が駆使したテクノロジーと、機体の中にいる者について話してほしい」

馬庭がすごい形相で笑んだ。まだお前は解明できていない。おれが隠し秘めていることがらが理解できていない。そう言いたいのだ。もしかすると鶴来が何もかも理解した上でわざと問いかけているのではないか、という疑念を押し殺しながら。

「おれがハッカー？　あんたはわかっちゃいない。ホワイト・ハッカー？　ハッカーはハッカーだ。自分の生活を便利にする（ハック）ことしか興味がない。そんなクズは自分の頭を粉砕（クラック）すりゃいい。おれはハッカーじゃない。国家的信念に基づいてプランを立て、とことんシミュレートして実行可能性を計算した。そのおれを世界が知るときがもうすぐ来るんだ。おれが話す必要は何もない」

「歴史的評価が定まるまで気長に待てと言うのか？」

鶴来が小馬鹿にしたように訊き返した。やっと馬庭が吐いたことに快哉（かいさい）の声を上げたくなっていた。もうすぐ来るんだ。馬庭は今まさにそう言った。もうすぐ。

タイムリミットの示唆。鍵は解錠された。あとは力ずくで扉を開くだけだ。鶴来は紙コップを握り潰して壁に投げつけ、勢いよく立ち上がった。

「ハッカーが怖いのは、そのプランを考えたのは自分だと名乗り出る者が現れるからだろう？　お前のプランがネットで拾ってきたものだとばれるかもしれないぞ」

「ふざけるな！　そんなわけがあるか！」

金切り声を上げて盛大に唾を飛ばしながら、両拳を手錠ごとテーブルに叩きつけた。顔が真っ赤になり、息が荒くなっている。怒りのあまり目が焦点を失っていた。

「鳩守淳は非常に協力的だ。お前自身は幼稚で扱いに手こずるし、プランはぐずぐずの穴だらけだったと言っているぞ」

「あの野郎の言うことに価値なんかあるか！」

「署内でのサイバー攻撃をお前に任せたが、もっと上手くやれる人間がいたとぼやいていたそうだ」

「あの野郎はシステムのことなんか何もわかっちゃいない！　ここに侵入できなかったのは中国人どもだ！　おれがハックしなきゃ女をさらうことも無理だったくせに！」

次々にすんなり吐いてくれる。鳩守の確保があってこその自発的な告白。

「言い忘れていたが、もうすぐあの機体の解体が始まる。エックスの協力のもとでな。お前がしたことはまったくの無意味だ。さっさと喋ったらどうだ？」

「あと二時間かそこらであれが解体できるものか！」

ついに吐いた。正確なタイムリミット。戦慄ものの告白。

鶴来は馬庭から顔を逸らした。お前に用はないというように。実際今すぐ機体の監視班に教えるべきことだった。だがあえてすぐに部屋を出なかった。馬庭が自分の価値を認めてほしくてさらに何か叫ぶのを、二秒だけ待った。

「操縦席から移動した瞬間、吹っ飛ぶ！　解体なんてできるものか！」

鶴来は振り返り、ほとんど敵意を込めて、馬庭をせせら笑ってやった。

「操縦席だと？　何を言っているのかさっぱりわからん。そこで一人で叫んでいろ」

「イエンインをコントロール対応パッケージだと思ってるなら大間違いだ。あれはサブ・セントラル・システムだ。管制誘導なしで飛べる世界初の独立型コンポジットだ。それをおれが書き換えた。お前らにはコード一つわかるものか」

くそ。金庫の扉を開け放ったとたん意味不明の言葉がほとばしり出てきた。適切な人間に聞かせねば無意味な言葉。

「理解できる優秀な人間ならいくらでも呼べる。羽田を選んだのも、爆撃機をわざわざ着陸させたのも失敗だったな」

こちらが理解できる言葉を喋らせるため、さして根拠もなく、わざと相手のかんに障る言葉を並べたが、これが効いた。

「おれのプランは完璧だ。パイロットが気づいてシステムを止めるのだって計算ずくだ。おれがここに来て再修正する。パイロットは消えてテロリストとみなされる。軌道計算も条件設定もより精密になる」

これは鶴来にも理解できた。羽田はいわば馬庭へ爆撃機をバトンタッチするための中継所だ。狙いは羽田の先にあるもの。おそらくは、首都圏全域。

鶴来はそう確信し、なおもわめく馬庭を置き去りにして、部屋を出た。

携帯電話で吉崎にコールした。

「馬庭利通に見張りをつけろ。一切話しかけるな。ただし向こうが口にしたことは全て録音しておけ。私は駐車場で亡命者(エックス)と鳩守淳の到着を待つ」

「わかりました」

きびきびとした返事。鶴来は満足して足早に階段を降りて署の玄関から外に出た。

空がかすかに白み始めているのを見て息が詰まるような気分に襲われた。監視所にいる香住に電話を入れようとしたとき、声が飛んできた。

「鶴来警視正！」

綾子が駆けてくる。香住も一緒だった。鶴来は携帯電話をしまって言った。

「ちょうど呼ぼうと思っていたところです」

「エックスがこっちに戻るって本当か？」

香住が尋ねた。綾子が興奮で息を切らして続けた。

「副操縦士なら、機体に安全にアクセス出来る手段を知ってますよね？」

「彼女に訊きましょう。馬庭が私にはわからないことを吐きました。コントロール対応パッケージではなくサブ・セントラル・システムであり管制誘導なしで飛べると……」

「要は、機体の中にいる誰かをどうにかしようなんて考えてなかったんですよ。ファクター集合式の起動コマンドを設定してたのを隠してただけなんです」

「それは……？」

「条件がそろうとプログラム通りに動き出すということだ。ファクターというのは時刻や天候や位置情報といった、あれやこれやだ」

集合。集まる。条件がそろう。馬庭が無意識に口にしていたものがやっとわかった。

「自爆ではなく、あの機体を再び飛ばす気なのですね？」

香住がかぶりを振った。

「わからん。自爆ならただのタイマーで済む話だ。中に主任パイロットがいるなら、手の込んだことをして飛ばす必要がない」

鶴来は、馬庭の言葉から推測されることを口にした。

「管制誘導なしでも飛べるシステムということは、今はもう無人なのでは？　機内で何かしらの準備を整えた上で、自決した可能性はありますか？」

最初から無人だったのではない。毒を飲むか何かをして命を絶った。だから、さんざん外部から存在を確認しようとしてもできなかった。

だが香住は即座に否定した。

「ありえん。無人ステルス爆撃機なんてのは開発難易度が高すぎる」

「ＡＩで飛ばせるといったこともありえないのですか？」

すると綾子が憤慨したように言った。

「軍用機に、いちいち軍用機よりはるかに高価なスーパーコンピュータを載せてたら、予算が吹っ飛びますよ。軍用機の稼働率知ってます？　現実的に、実戦に投入できるのは配備された機体の半分もないんですよ。全機出撃なんて映画の中の話です」

「綾子の言う通り、運用効率が悪すぎて維持できんだろう。しかもただ飛ばすだけで勝手に戦ってくれるわけじゃない」

「将来それが可能になると考えて製造された試作機という可能性は？」

「ステルス爆撃機を丸ごと使ってやることじゃない。運転手のいない自動車ですら普及してないんだからな。やるならもっと別の、もっと意味があることだ」

「それがなんであるかわかれば、早急にあれを安全化できますか？」

深刻さを隠さず口にした。香住と綾子が同時に表情を消した。

「タイムリミットが迫ってるんだな？」

香住が訊いた。鶴来はうなずいた。

「二時間」

綾子が呻くように呟いた。

「海に沈めたほうが早いかも」

鶴来もそう思いたいところだが、アローが存在する限り廃棄もできなかった。代わりに別のことを香住に尋ねた。

「逆に、なぜそれだけ時間がかかるんでしょうか？　整うべき条件とはなんですか？」

「なんでも考えられる。軌道計算中か、気象条件が整うのを待ってるか、標的がどこかに到着するのか、軍用人工衛星が軌道回帰するのか……」

香住が言いつつ、道路のほうへ顔を向けた。

鶴来も同じほうを見た。車列がこちらへ向かってきていた。

吉崎が運転する車の前後を、三台のパトカーと六台の白バイがものものしく護送しながら、駐車場に入ってくる。彼女がいた。助手席に座って、窓越しに鶴来へ目を向けていた。

「彼女が、答えを教えてくれるでしょう」

44

敵主戦力は三人のロシア人だ。周とその部下、バッジをつけた三人の老人たちは、最小限の対処で済む。そう思っていると、影法師（クリムジャ）がカードの形をしたマルチツールを取り出し、紐をほどいてその先にある環を左手の中指にはめるなり、縦横に振るった。

ロシア人の一人が素早く下がったが、影法師（クリムジャ）の狙いはその男ではなかった。

マルチツールが、まず、バーテンの額を横一文字に切り裂いた。

ついで棒立ちになっていた周とその部下の額に、同様の傷を負わせた。

三人とも、何をされたのかわからなかっただろう。急に額に痛みが生じ、そこを撫でたとたん、傷口から血が溢れ出して視界を奪った。彼らは両手で顔を覆いながら、めいめい混乱に陥った。バーテンが背から棚に激突し、ボトルが雪崩を打って床に落ちた。周は背もたれのないクッションソファに足を取られ、テーブルを倒しながら、誰もいない壁際のソファの上でひっくり返った。部下は壁に肩をぶつけ、その場でうずくまった。

これで、格闘中に飛び込んできたり、物を投げたりして邪魔をするということもない。おかげで影法師（クリムジャ）に対するロシア人たちの警戒度が激増し、小柄な青年を無視して、ただちにトリオで真丈に向かってくることを防いでくれていた。

ひどいやつだ。真丈は大いに助けられながら、ついそう思った。周は雇用主に近い立場にいる人物なのに。問答無用で額を切り裂くなんて。だがとても頼もしいことは事実なので、歓声を上げてやった。

「さすがだ影法師（クリムジャ）！」

同時に、ヒトデ男が身を起こすより早く、テーブルを踏み越えながら、ボトルをつかんでアンダースローで、スーツ姿の男へ投げ放った。

スーツ姿の男の顔面に、ボトルが吸い込まれるようにしてめり込んだ。至近距離の一撃。だがそちらはろくに見もせず、もう一人のロシア人に肩から突っ込んだ。

体の頑丈さが自慢の大男は、こういう攻撃をかわさずに受け止めがちだ。そいつもそうだった。こちらを抱きすくめようとした。真丈は、相手の顔面を、右肩でめいっぱい打ち下ろした。相手がソファごと倒れた。突っ込んでくる真丈を弾き返すには、ソファとテーブルに挟まれた狭い空間から離れて足場を確保すべきだったが、その隙を与えなかった。

相手は、ソファに座ったままだ。背を下に、膝を上げた姿勢。ロケットに乗った宇宙飛行士みたいに天井を見ている。

真丈は、相手の太い左脚に腕を絡ませた。膝の裏だ。素早く膝関節を捻りながら、右拳を縦にし、丸見えの急所に打ち下ろした。金的だ。股間が真上を向くなど、滅多にあることではない。素晴らしい機会を逃すべきではないので、三発続けて滅多打ちにした。

気づけば男は失神していた。一ヶ月は腫れ上がって身動きするのも辛いだろう。膝の方も同程度の打撃を受けたはずだ。

真丈はやれるだけのことをやると、瞬時にその場から飛び退いた。影法師（クリムジャ）がいる入り口のほうではなく、黒澤がいる、部屋の奥のほうへ。

一瞬前まで真丈がいた空間を、ものすごい蹴りがなぎ払っていた。跳ね起きたヒトデ男が、真丈に仕返しし損ねて、舌打ちした。

ヒトデ男が足を床に戻し、両手を広げてレスリング風に構えた。鼻血で口元を真っ赤に染めながら満面の笑みだ。顔の傷跡と相まって、ホラー映画の怪物さながらだった。卯佐美のホッケーマスクに引けを取らない。今日は、危なっかしい人種とよく出会う日だ。

ヒトデ男が意図的に、自分の顔に注意を引きたがっていることを察した。この手の人間は、あらゆることを意図的にやる。人を驚かせ、隙を突き、優位に立つのが好きなのだ。

真丈は、ヒトデ男の構えに、奇妙な違和感を抱いた。

普通、格闘では手を前後にややずらして構える。自分の重心を安定させ、相手の体勢を崩すには、そのほうが合理的だからだ。防御と攻撃の両方に備える上でも。

だがヒトデ男の構えは違った。両手がほぼ平行で同じような位置にあった。

体術面から説明できるとは思えない。だから、ヒトデ男の手と手の間に注目した。何もないはずの空間。そこに、しっかり注意せねばわからない、細い線がちらりと見えた。

とても細い、黒っぽいワイヤーだ。光を反射しない。ものすごく見えにくい。この薄暗い店内で、よくぞ気づいたと自分を誉めてやった。

ヒトデ男の両手首には、金のバンドがはめられていた。かみ合わせ式の、腕時計のバンドみたいな品。お洒落な装飾であるその二つの輪を、ワイヤーがつないでいる。

おそらく片方の手首に二つともはめていたのだろう。バンドを一つ外し、ワイヤーをほどき、もう一方の手首につけた。

ワイヤーは、手術用の、微小なノコギリ歯がついたしろものに違いない。骨まで切断できる道具だ。見たところ十分な長さがあるようだった。ヒトデ男が一方の拳を突き出し、他方の腕で急所をカバーしても、突っ張らない長さ。ヒトデ男の動きは制限されない。

もしこちらがワイヤーを見落としたまま格闘していれば、手や首をワイヤーでしめられ、皮膚も血管も筋肉もいっぺんに切り裂かれ、わけもわからず致命傷を負っていたはずだ。

先ほど叩きのめしたロシア人も、同様の装備をしていただろう。だから、こちらを抱きすくめようとするような仕草をみせたのだ。

「あなた、目がいいね」

ヒトデ男が言った。真丈を見たまま、足で周囲のソファを押してなるべく足場を広げた。

真丈は真っ直ぐ立ち、リラックスした状態を保ちながら、右へ半歩ずれた。

「動き方もいい」

ヒトデ男が、真っ赤な口元の笑みを濃くした。真丈が店の奥側へ移動したことを言っているのだ。

ヒトデ男は、まだ立ってるほうの仲間と背を向け合っている。

真丈と影法師（クリムジャ）に、挟み撃ちされた状態だ。もし一人が倒れたら、残されたほうは前後から攻撃を受ける。ヒトデ男たちが、この位置取りを逆転させたいと考えていることはわかっていた。多少の負傷を覚悟してでも、真丈と影法師（クリムジャ）を部屋の中央に押しやり、自分たちがその周囲に立てるようにしたいところだろう。

「何をしているんだね」

だしぬけに黒澤がささやいた。スーツ姿の男を叱咤したのだ。

顔面にボトルを投げつけられたスーツ姿の男が、血まみれの鼻を手で覆いながら、よろめき立った。ヒトデ男に加勢したいらしい。若い頃は荒事を好んだのだろう。今でもそうかもしれない。できれば酔いつぶれた坂田部長の隣で横たわっていてほしかったのだが。

真丈はスーツ姿の男は気にせず、ヒトデ男への挑発のため、グローブをはめた手をわきわきさせた。指出しグローブだ。指にワイヤーが絡まれば切り裂かれるだろう。切断されるかもしれない。

だが手の平で受ければ、一秒か二秒は、グローブが守ってくれる。

自分がそう考えていることを、仕草で、相手に伝えたのだ。

相手の意識を、こちらの手に集中させることが目的だった。わざわざ急所から最も遠い手の先を狙ってくれれば、こちらにとってはありがたい。ワイヤーをグローブで防ぐと見せかけて、また蹴りを打ち込むこともできる。

ヒトデ男が唇をまくり上げて笑った。不気味なこと甚だしい。

「狡(ずる)いのも、いいね。好きよ、あなた」

恐ろしいことに、ウィンクまでされた。

「なら仲良く握手して、バイバイしよう」

真丈は微笑み、ヒトデ男の両膝に力がこもると同時に突っ込んだ。

「そうだね」

ヒトデ男が笑い返しながら突進してきた。真丈のほうが一瞬早かった。ヒトデ男が両手を左右に広げたまま前進するのに対し、真丈は両手で顔をガードしつつ、懐に飛び込んだ。

ヒトデ男は、真丈がさっと身を翻して突進を避けるとみなしたはずだ。闘牛士のように。刃物を持った相手に素手で挑むようなものなのだから。

真丈がそのように動くのに合わせて、位置を入れ替える。真丈と影法師(クリムジャ)を中央に置く。仲間と連携する。三人ひと組で働くことに慣れた人間の思考。

だが真丈のほうは、はるかに急いでいたし、単独で働くことに慣れていた。黒澤が示したタイムリミットはあまりに猶予がない。半日かけて動き回った疲労もある。間もなく集中力が持続しなくなるだろう。

だから、両拳を縦にしてくっつけ、指を綺麗に折りたたんだ状態で、ヒトデ男の胸の前にあるワイヤーへ振り下ろした。

当然、ヒトデ男の両腕が下がり、その左の鎖骨を、真丈の頭が打った。鎖骨は急所の一つだ。人体の中で比較的、脆い骨でもある。角度が甘く、砕くことはできなかったが、相手の腕からいっとき力を奪うことには成功した。

真丈は右手の指を大きく開き、手の平でワイヤーを下方へ押さえ込んだ。左腕を、相手の右脇下に潜り込ませた。ワイヤーが右手のグローブを切り裂いてゆくが、構わず組み合った。傍目には、仲良く抱き合っているような体勢だ。

真丈は、ヒトデ男の右肩を、おのれの左肩で担ぎ上げながら、右手でなおもワイヤーを下方に押しやった。胸元のシャツと皮膚がワイヤーで切られたが、それは相手も同じだ。だから相手も、激しくワイヤーを動かして真丈の右手を切り裂くことができない。

存分に動かせるのは、もっぱら脚部だけだ。そして真丈は、巧みに相手の脚を引っかけ、膝を折らせ、倒れさせようとした。ヒトデ男もそうした。脚だけの応酬が続いた。タコとヒトデの奇妙なダンス。店の壁に二人して何度もぶつかった。ヒトデ男が壁に真丈を押しつけようとした。真丈は逆らわずに左足の裏を背後の壁に当て、足場を確保すると、右膝を相手の脇腹に叩き込んだ。何度も。立て続けに。

相手が壁に自分を押しつけてくれたおかげで、可能になった攻撃だ。ヒトデ男が痛みで唸りながら壁から離れようとした。その動きを利用して、左足を壁から離し、相手の膝の裏に絡みつけた。

そうしながら、今度は右足で背後の壁を思い切り蹴った。

衝撃で、ヒトデ男が背から倒れた。相手の右脇下に左腕をつっこんだ真丈が完全に有利になった。脇下から担ぎ上げた時点で、相手の右腕は存在しないも同然だ。左腕全体で相手の右脇下を押しやり、相手が左腕を下にして横になるようにしてやった。相手の右手は真丈の背側にある。ワイヤーの突っ張りもあって、ほとんど動かせない。

真丈は相手の上体にのしかかり、右膝で相手の左手首を押さえた。やっと右手をワイヤーから離すことができた。グローブごと掌が裂けているのを感じたが、握力に問題はない。

ヒトデ男が両脚を激しく動かして逃れようとしたが無駄だった。互いにぴったりくっついたまま、いわゆるマウント・ポジションを取ることに成功していた。真丈は、相手の耳元に顔をくっつけながら、右拳で相手の顔面を打った。相手の荒い息や血の臭いを間近で感じた。相手が身を強ばらせるのに合わせて身を起こし、右手で相手の右手首をつかみ、力を込めて相手の右肘を拉ぎ、さらに肩を脱臼させた。

ヒトデ男が荒々しく息を吐き、唾液と血を激しく床に吹き散らした。

だらんと垂れる右腕を放り出した。右膝で相手の左手首を押さえたまま身を起こし、相手の左足を両腕でとらえた。相手に抵抗する余裕を与えず、その足首を拉いだ。

ヒトデ男が獰猛な唸り声を上げた。真丈は相手の足を離した。関節を完全に破壊することはしなかった。そうすべきだとも思わなかった。相手の精神をいっそう凶暴にさせるだけだろうからだ。そうなると、そのうち殺さねばならなくなるかもしれない。

ヒトデ男の頭のそばに立ち、すっと脱力した。真丈の両膝が、ヒトデ男の頭を床に激しく打ちつけた。殺さないよう気をつけながら。辰見のときと同じとどめの刺し方。膝も痛めず、体力も消費しないので、一日に何べんでもできるのが利点だ。

気絶したヒトデ男の服をまさぐり、財布と携帯電話を返してもらった。ついでにズボンのポケットから、車のキーを取り上げた。

改めてスーツ姿の男と向き合った。相手はアイスピックを握っていた。それで真丈を刺していれば違う結果になっていたかもしれない。上手く刺せれば。もつれ合って動き回る二人のうち片方を正確に刺すのは難しい。ほぼ半分の確率でヒトデ男を刺してしまう。

真丈は、店の内装の柱に施された真鍮(しんちゅう)の飾りに映る自分をみた。胸元と右手が血で真っ赤だ。顔にも点々と血がついているが、これはヒトデ男の顔面を殴ったときに飛び散ったものだった。なんであれ、睨むような目つきをすると、けっこう鬼気迫るものがある。

真丈は、スーツ姿の男に対して、そうしてやった。スーツ姿の男が、すとんとソファの上に腰を落とし、アイスピックをテーブルの上に置いた。

黒澤が、がっかりしたような溜息をついた。

真丈は影法師(クリムジャ)のほうを見た。ちょうど、派手派手しく決着がつくところだった。

影法師(クリムジャ)が、つかみかかる相手を避け、ひときわ高く跳躍するや、壁を蹴って宙で方向転換した。猛烈な勢いで下半身を旋転させ、脛を、相手の延髄(えんずい)に叩き込んだのだ。惚れ惚れするばかりの体のバネ。野球のバットで後頭部を痛打したようなものだろう。

影法師(クリムジャ)が綺麗に着地する一方、男は蹴られた勢いでカウンターに激突し、血まみれで呻く周とタキシード姿の男の間でぶっ倒れ、動かなくなった。

その男も、両手首にバンドを装着していた。三人とも同じ武器を使うらしい。仲の良さを見せつけたいのかもしれない。そのバンドの間のワイヤーに、影法師(クリムジャ)のマルチツールが引っかかっている。せっかくの隠し武器を見抜かれただけでなく、搦(から)め捕られたのだ。それでは両腕を封じられたに等しい。影法師(クリムジャ)相手には、むしろ相性が悪い武器といえた。

影法師(クリムジャ)が、おのれの武器を回収し、真丈に言った。

「ちゃんと払ってもらうからな」

「おれ以外の誰かが払ってくれるはずだ」

真丈がぬけぬけと言った。影法師(クリムジャ)が半眼になったが、睨みはしなかった。

「あんたが払えるとは思ってないよ。あんたを追う仕事は終わりでいいだろ?」

「ああ――」

そこで唐突に、黒澤が声を上げた。

「米国によってこの国に刻み込まれた一方的な意識を改めるため、今この時代に被爆体験をよみがえらせることが――」

「後にしてくれ。電話しないといけないんだ」

手で遮って言った。黒澤は信じられないという顔で目をまん丸にして口をつぐんだ。

振り返ると、ほんの一瞬、目を離した隙に、影法師(クリムジャ)は消えていた。つくづく見事だ。真丈は、いびきをかき続ける坂田部長を指さし、黒澤とスーツ姿の男に言った。

「その人の面倒をもう少しみていてくれ」

二人の返事を待たず、携帯電話を取り出しながら、消えた影法師(クリムジャ)に続いて店を出た。

45

亡命者（エックス）の帰還。重要参考人となった鳩守の確保。亀戸副署長が部下たちをつれて何が起こっているのか知りたがり、鵜沼審判課長からも確認の電話がひっきりなしに来たが、どちらも吉崎に任せた。亀戸副署長と鵜沼審判課長には、エックス拉致に関しての聴取の基礎を押しつけている。百数十名の署員の聴取だ。身内同士の取り調べというナイーブな大仕事。嫌でもやってもらわねば、馬庭や鳩守の聴取の裏が取れなくなる。

　鳩守のほうは手間がかかりそうだった。催涙剤で顔を真っ赤に腫らし、膨れ上がった瞼の下で、目を尖らせて鶴来を睨み、掠れきった声で何かを言った。これは間違いだというようなことを。空港警察署ではなく他の警察署に移してくれとも。あの機体の近くにいたくないことがよくわかったので、逆に署内から決して動かさないよう部下に厳命した。

　センことエックスこと楊芊蔚は、署ではなく監視所へ直行させた。監視班の希望であり、彼女自身の希望でもあったから、鶴来が折り入って頼む必要もなかった。

　彼女を、監視所のテントに連れて行き、機材が所狭しと置かれたテーブルに着かせた。

「武器もプロテクターも必要ありません。窮屈でしょうから外してはいかがですか？」

「はい。そうさせてもらいます」

　センが防刃チョッキとベルトを外して鶴来に渡した。ベルトに留められた武器ごと。鶴来はそれらをテーブルに置いた。彼女の手が届く距離に。無理やり武装解除して拘束する気はないという意思表示として。

「シンジョーは無事でしょうか？」

「まだ連絡はありませんが、彼は信頼できる人物です。私も最善を尽くします」

「はい。機体のステータスを確認できますか？」

綾子が、さっとラップトップをテーブルに置き、くるっと回して彼女に向けた。

「はい、どうぞ」

彼女がうなずいて画面を覗き込んだ。

「誰かが、セカンド・バイパスから設定変更を施したのですか？」

鶴来が答える前に、綾子が早口の英語でまくしたてた。

「高度な技術を持ったエンジニアが実行犯の一人だと早期に見抜けなかったんですよ。あれこれいじられてるはずですが目的がよくわからないんです。このままだとあの機体はどうなるんです？爆発するんですか？　どっかに飛んでっちゃうんですか？」

「確認させて下さい。この端末を操作しても構いませんか？」

「ノープロブレム、ノープロブレム。もう好きなようにやって下さい」

だが彼女は、きちんと鶴来の顔を見て確認した。鶴来はうなずいた。彼女がモニターへと向き直り、キーボードを素早く叩きつつ、隣の綾子に、キーの意味を尋ねた。キーボードの表記が彼女にとって馴染みがないものだからだ。鶴来には何もわからない。ウィンドウがいくつも現れてはわけのわからない記号を表示した。

「不正アクセス防止機能を無効にした上で、一部のコードを上書きしています。開発用プログラムを手に入れたのでなければ、こんな操作はできません」

彼女が、ひどく冷静に言った。鶴来の目には憤慨する気持ちを抑えるのではなく、恐怖を押しやろうとしているように見えた。何ともよくない兆候だ。

「何のための操作ですか？　あの中にいる人物とコンタクトを取ろうとしたとか？」

鶴来が、もう一人について言及した。

「お答えできません」

彼女が言った。モニターを見ていた人々の目が、彼女に向けられた。

「それはなぜ？」

「あの機体に関わることだからです」

彼女という人間に価値を与えている機密。彼女の命綱。いや、義兄の情報からすれば彼女の母親や、父親にとっての命綱でもある。とはいえ馬庭の目論見が成就してしまえば、その命綱とて意味がなくなるかもしれない。彼女もそう理解しているはずだ。

「機体を操作した馬庭という実行犯が、ただのコントロール・システムではないと口にしました。その正体不明のシステムを書き換えたということですか？」

彼女がかすかに吐息した。システムについて知っているのが彼女一人ではないという事実を突きつけられることになったからだ。彼女の気持ちを考えると気の毒だが、他に喋ってくれる人間はいるのだぞというプレッシャーをかけるしかなかった。

「晏嬰のことを言っているのですね？」

イエンイン。馬庭が口にした言葉。米軍機のパイロットが確認した存在。発音が難しいせいで、それらが全て同一のものと確信できなかったが、鶴来はあえてうなずいた。

「はい。具体的にあの機体がどうなり、それをどうすれば阻止できるか教えて下さい」

「おそらく……」

彼女が言いさし、絶句した。言ってもいいことを探しているのだ。しかし何か一つでも口にすれば、自分の価値がなくなると思い込んでいる。事実そうなのかもしれない。だが言ってもらわねばならなかった。

鶴来は素早く質問を切り替えた。答えられる範囲を一緒に探ってやるために。

「あの中にいるはずの別の搭乗者とコンタクトは取れますか？」

彼女は答えない。

「あれは遠隔操作ないし自動操縦が可能な機体なのですか？」

彼女は答えない。

「あれをここで自爆させることが、実行犯の目的ではないとみて間違いありませんか？」

やはり答えない。思い切ってタイムリミットのことを教えてやった。

「あと二時間以内に何かが起こる。実行犯の言葉です」

彼女が顔を青ざめさせながら、キーボードを操作し、それを現した。

時間の表示。タイマー。刻々となくなっていく猶予が、無機質に示されていた。

「はい。一時間十二分後に実行するため、すでにあれは起動状態になっています」

「自爆するのか？」

香住が訊いた。たちまち監視班の人々がざわついた。まずい。鶴来はぞっとなった。彼らが浮き足立って逃げ出すといった混乱は何としても防がねばならない。

「いいえ。あれの進路を妨げたり、解体しようとしない限り、気象状況と衛星回線への接続状態からして、そのオプションにはなりません」

彼女が言って恐慌を防いでくれたが、香住達はみな別の意味でぎょっとなっていた。

「じゃ……何するんですか？　進路って、あれ飛ぶんですか？」

綾子がわめくのをよそに、彼女がキーボードを操作しながら言った。

「回避する方法はあります。私を信じて頂けるなら」

その顔がますます青ざめている。みなが黙って彼女の言葉を待った。だがその方法が何か、彼女は口にしなかった。その作業を黙って見守るほかなかった。

こういうとき義兄ならどうするか。いや、義兄と連絡がつくなら、彼女に話すよう促してもらうほうがいいかもしれない。義兄が、喋らなくていいと言わない確信もなかったが。

ともかくは彼女に作業を任せ、自分は急いで馬庭の尋問に戻るべきだ。そう思ったとき携帯電話が鳴った。取り出して見た。吉崎からだ。この上なく嫌なタイミングだった。

その場から離れ、通話ボタンを押した。

「どうした」

「ば……馬庭が……！」

鶴来は携帯電話を握ったまま走り出した。何があったにせよすぐに署内の全員に伝わるだろうから隠そうとしてもどうせ無駄だ。玄関から中へ飛び込み、階段を駆け上った。

刑事部屋に入ると、取調室のほうへ人が集まっていた。馬庭がいる部屋だ。

「通してくれ！」

鶴来が怒鳴り、人をかき分けて部屋に入った。

吉崎が呆然と立っていた。部屋では鶴来の部下である二人が、馬庭を両側から押さえつけている。

一人が、馬庭の口に、ハンカチを丸めて押し込んでいた。

ハンカチが真っ赤だった。口の両側から血の飛沫が激しく噴き出ている。

馬庭が、鶴来の姿をみとめ、ハンカチの奥で金切り声を上げた。笑っているのだ。

慄然（りつぜん）とする鶴来の前で、馬庭が、手錠を嵌められた手を上げてみせた。

その手に、ぬるぬる光る何かが握られている。

馬庭が、それをテーブルの上に叩きつけた。

びちっ、と湿った音を立てて、鮮やかなピンク色の物体がテーブルにはりついた。

嚙み切られた舌だった。

込み上げる吐き気を抑えつけ、鶴来は命じるべきことを命じた。

「大至急、医務室に運べ！　空港医を呼んで治療させろ！　空港の輸血用パックの有無を確認！急げ！」

部下二人が、馬庭を担ぎ上げるようにして部屋から出した。集まっていた人々が左右にわかれ、うち何人かが救護を手伝うために駆け寄った。

吉崎が、部屋に残された馬庭の一部を見て、すぐに目を逸らした。

「自決を試みたようです……」

鶴来はかぶりを振った。そうした兆候があればわかっていたし、過激思想の中毒者が、ニヒリズムにひた走って自滅するのは、破壊的な手段を講じ終えてからだ。自傷行為で満足できないから、テロリズムに走るのだから。

「いや。聴取を不可能にするためだ」

「それだけのために……？」

そう。それだけのために舌を噛み千切った。ありえない。馬庭はインテリだ。苦痛に耐えることを自慢するマッチョタイプではない。馬庭を異様な興奮状態にした何かがある。考えられるのは麻薬だ。自分で自分の口を封じるすべを用意していた。自決ではなく。最後まで自分の計画の結末をみることができるように。ハイになりながら。

「馬庭の衣服を押収。鑑識に回せ。生地に麻薬成分を染みこませておき、それを口にふくむなどして摂取した可能性がある」

「なんてやつだ」

吉崎が呻いた。鶴来も同感だが、それ以上に、自分の迂闊さを恥じる思いだった。またしても失態だ。警官二人を失いながら、こうまで虚を衝かれるとは。

「馬庭は任せるぞ。私は監視所に戻る」

重い足取りに力を込めて部屋を出た。これで頼りはエックスその人しかいなくなった。尋問すべき最後の人物。どんな手段を講じてでも、彼女に喋らせねばならない。

そう思ったとき、手の中でまた電話が鳴った。

義兄からだった。

46

真丈は、ヒトデ男が運転していた車を走らせながら、携帯電話をスピーカーモードにして義弟に連絡を入れた。

義弟が電話に出た。

「鶴来です」

「おれだ。最終的なタイムリミットは今日の午前七時。制止不能になるのはそれよりも早いだろう。そっちに向かう。おれがいたビルの位置情報を送るから、人員を向かわせてくれ。首謀格三名。警官二人の殺害犯三名。周と部下一名、あと坂田部長がいて、薬物を飲まされた可能性がある」

「こちらは馬庭が舌を嚙み切り聴取不能に。覚醒剤などを摂取したもよう。彼が計画した何かを止めるには、エックスから機体の詳細を聞き出すしかありません」

「センを尋問するのは考え直してくれ。彼女が話さないのは、命綱だと思ってるからだ」

「他に手段がありません。時間もない」

車のフロントパネルを見た。午前六時になろうとしている。真丈はこの半日間、ずっと遠ざけることができていたはずの感情が込み上げるのを感じた。焦燥感。危機感。恐怖。どれも正しい判断を妨げ、動物的な本能だけで物事を解決させようとするものばかりだ。

「機体の何が問題なんだ？」

「馬庭が機体のシステムを書き換えたそうです。彼女が喋らない限り詳細は不明」

「現場にある機材を使って、機体に無線でアクセスしてるのか？」

「ええ。それが何か――」

「機材をそのままにしてくれ。機体にアクセスさせ続けるんだ。それと、おれがすぐに入れるよう、空港警察署に人を置いておいてくれ」

「わかりました」

真丈は電話を切った。

こちらが切ることのできるカードは限られていた。たった一つしかないと言っていい。

問題は時間だった。ギリギリの時刻。相手が目覚めているかどうか。

考えている余裕はなかった。真丈は羽田へ車を向かわせながら、ネット上のあるサイトにアクセスした。世界中のハッカーたちが集い、素人には何一つわからない会話を楽しむ電子空間。そこで、ある名前を探した。

Mガラハッド。すぐに見つかった。真丈が知る最高のハッカー。秘密作戦で用いられる、マーキュリー・チームのエースの通り名だ。

『君と話したい。シナー・ジョー』

真丈はその人物にメッセージを送った。彼は必ず応じてくれる。ペナルティは自分が背負えばいい。アバクロンビーを通して頼んでいる時間はない。

電話を胸ポケットに入れ、道路に集中した。暁暗(ぎようあん)の道は静かで空いていた。みたび湾岸に向かいながら、この静けさが保たれることを祈った。せめてあと少しの間だけは。

47

鶴来は監視所に戻った。尋問を選択肢から外したわけではなかった。むしろ逆だ。彼女が今ここで協力できるゆいいつのことは、機体の中にいる存在について話すことだ。そう彼女に納得させねばならない。

同時に、何かのきっかけで監視班がパニックに陥ったときは、すぐさま彼女を集団から引き離さねばならない。彼女一人を聴取室に呼んで話を聞く余裕もないのだ。

「あの機体の状態について、話せることを話して下さい」

鶴来が、彼女の傍らに立って言った。

「爆撃のための発進準備が行われています。システムのファクター感知やその他の機能が阻害された場合、自爆するようプロトコルが書き換えられています」

彼女の言葉に、香住が声を上げた。

「セイフティは？　エマージェンシーや、機体の電源のキルスイッチは？」

「操作できません」

「中にいる誰かが防いでいるのか？　それとも何かのシステムが？」

彼女は答えない。綾子が目をまん丸にしてわめいた。

「まさか、あれ、本当に飛んだりしませんよね？」

やはり彼女は答えず、鶴来は、さらに何かわめきたがる綾子を遮って訊いた。

「想定される被害の範囲を教えて下さい。民間人は半径三キロ以内から退避させています。それでは足りませんか？」

「とても足りません。最低でもその十倍は離れなければ……」

監視班の面々が一様に虚脱したようになり、腰が抜けてへたり込む者もいた。まるでエックスが爆弾だというように。綾子が茫然自失となり、ついで泣きそうな顔で叫んだ。

「十倍って、それ……まさか、そんなのって、ねえ、嘘ですよね!?　ねえ!?」

すでに該当する兵器が脳裏に浮かんでいるのだろう。綾子の目にパニックの光がまたたいていた。他の者たちも同様だった。香住ですら懸命に動揺を抑えている。

鶴来はあえて暴露させたのだ。アローの存在を。彼女にプレッシャーをかけるために。

退避など不可能だった。アローがあの機体に搭載されている情報をオルタに伝えたにもかかわらず、政府が国家安全保障会議のもとで緊急事態を宣言することはなかった。無理だからだ。たとえ戦時体制下であっても、半日から数時間で一千万人規模の退避など不可能だろう。あるのは、その必要がないようにしろという現場への厳命だけだ。では今すべきことは？　とことんその厳命に従い、成果を出すことだけだった。

「マーム、あなたの協力が必要です。イエンインとは、もう一人の搭乗者のコードネームですか？それとも違う何かを示しているのですか？」

「できる限りの操作をさせて下さい」

彼女が言い、キーボードを再び叩いた。一心不乱といっていい。

鶴来は彼女の手を止めさせて尋問すべきか考えた。監視班全員が彼女に注目していた。誰も疑問の声を上げない。むしろこれで事態が解決することを心から祈っている様子だ。彼女が時間稼ぎをしているとも思えなかった。当然だ。歩いてすぐのところに、肝心の機体が鎮座しているのだから。時間の浪費は全員の死を意味しかねない。アローが炸裂しても、通常の爆弾が炸裂してアローの中身が飛散しても。ここにいる全員どころではない。この一帯にいる全員が危険だった。

気づけば灯りがあるテントの下だけでなく、周囲の景色が見えることに気づいた。空が本格的に白み始めている。薄明かりの中、オレンジ色の光に包まれたこのテントが灯のように輝いていた。時間が止まっているような気すらした。危険な兆候だ。

逃避的な行動に拘泥しているという猛烈な不安が込み上げてきた。わざとぐずぐずすることで精一杯のことをしていると錯覚し、安心しようとする心の働きだ。

彼女の手を止めさせて、口を開かせるべきだ。そう思ったとき、音に気づいた。

低い唸るような独特の音。

鶴来は滑走路を振り返った。つられて全員がそうした。

機体のエンジンが起動していた。周囲に漫然と立ち並んでいた警備の機動隊員が、列を崩しながら退いた。彼らが一丸となって盾になったところで止められるか不明だった。

彼女がだしぬけに立ち上がった。驚いてそうしたのだと思ったが、違った。彼女は真っ直ぐ機体を見つめていた。

まずい。鶴来は反射的に彼女の腕をつかもうとした。

つかめなかった。彼女がテーブルを躍り越え、地面に降りて走り出していた。

「マーム！　待って！　止まりなさい！」

鶴来もテーブルを回って走った。監視班の面々は、驚きで凍りついている。彼らの大半が、どんな仕組みであれ、今すぐ機体が飛び去り、ここではないどこかで吹っ飛んでくれれば自分たちは助かると思って傍観したのだとしても、責めることはできないだろう。

「マーム！」

「私がイエンインを止めます！　あなたたちは隠れて！　地下に！」

走りながら、彼女が叫んだ。機体に乗り込む気だとわかった。地下に。大規模爆発を避けるゆいいつのすべ。だがどれだけ深く地下に潜れば助かるのかわからなかったし、都民一千数百万人を収容できるシェルターなどあるわけがない。

「彼女を止めろ！　誰か！　止めろ！」

日本語で叫んだ。機動隊員たちへ。だがけたたましいエンジン音を立てる機体に気を取られて、誰も従わなかった。機体の周囲で列を乱しながら離れていく。その隙間を、彼女が走り抜けた。

真奈美を止めなければ。鶴来の脳裏でまったく違う名がよぎったが自分でも気づいていなかった。彼女を捕まえて止めることしか考えられなかった。だが彼女はずっと先を走っている。追いつけない。

絶望的な気分になったとき、すぐそばを誰かがとんでもない速さで駆け抜けた。

「セン!!」

義兄だった。

彼女は止まらなかった。機体正面下のラダーと呼ばれる階段のハッチに取りついて叫んだ。

「あなたも隠れて！　来ては駄目！」

義兄も止まらなかった。

「待って下さい！　ちょっと！　太一さん！」

彼女がハッチを開き、ラダーを引っ張り出して昇った。そのあとすぐに義兄が取りつき、あっという間に中へ入ってしまった。

鶴来は気づけば立ち止まっていた。

香住が怒号を放った。

「危ない！　機体の後ろから離れろ！」

果たして轟音が起こった。機体の後部ノズルが、ごうごうと噴射を始めていた。機動隊員たちが我先にと機体から退いていった。

綾子がパニックの叫びを上げた。

「本当に飛ぶの!?　やだ！　飛んだら駄目！　飛んだら駄目ーっ！」

鶴来も声の限りに叫んだ。

「散れ！　もっと離れろ！　もっとだ！」

機体が、ゆっくりと動き出した。ラダーはいつの間にか収納されている。

鶴来は、燃料不足でそれが止まることを期待したが、そうはならなかった。それはむしろますますエンジン音を高鳴らせながら、タラップのタイヤを軋ませて進んだ。その速度がいきなり増し、見る間にその姿が遠ざかっていった。

誰も止められない。止めようがない。鶴来は呆然とそれを見送った。乗り込んだ彼女が、機体を動かしているのかそうでないのかも判然としなかった。

それが疾走し、そして弓から放たれる矢さながらに、滑走路から飛び立っていった。

48

「こいつか。君が守りたかったのは」

真丈は、パイロット・シートの背側にしがみつきながら、そいつを覗き込んで言った。

もちろん爆撃機の操縦席のことなどろくに知らないし、ステルス機のそれなど専門誌の記事でちらっと見たくらいだ。それでも、そいつがそうだとわかった。

左側の機長席に居座る、子供の背丈くらいの、ずんぐりとした金属とプラスチックの塊。両脚があり、腕が四つもついているが、頭部はなかった。代わりにドーム形のセンサーが胸と両肩にある。そして、何本ものコードがその腹からのびてコクピットに接続されていた。背が低すぎて、外から窓を覗いても、箱が置いてあるだけにしか見えなかったはずだ。

ロボットだ。どうやら爆撃機を操縦させるために作られたしろものらしい。それがどれくらい精巧だとか、なんでそんなものが作られたのかといったこともわからない。

「なんで入って来たの!?」

副操縦士の席に着いたセンがわめいた。ハッチはすでに閉じられてロックされている。

「助けに来たんだ」

真丈は、センの背後でシートにつかまる腕に力を込めて答えた。上昇によるGが和らぎ、息が楽になるのを感じた。

「あなたに何ができるの？」

「できることがあるかもしれない。そのロボットが、君の相棒か？」

「晏嬰……マルチオート・テストパイロット。ロードマスターだけでなく爆撃手だって兼務できる、世界で最も優れた空の御者」

「誰にも話せないくらいすごい存在なわけか」

「自動操縦という概念を覆すものよ。多額のコストがかかるＡＩでもない。ドローンでもない。フライト・ロボット。各機体ごと整備する必要がない。データを蓄積した個体を整備済みの機体に乗せればいい。ステルス機のフライトに成功したのは、この試作機だけ」

「米軍がほしがったのは、こいつだったわけだ。この機体でも、搭載したアローでもなく」

センは答えず、複雑なパネルを適切に操作しながら、ヘッドセット越しに何か口にしていた。中国語で。どうやらロボットと会話しているらしい。いや、おそらくロボットのほうが指示を出しているのだ。機体を飛ばせてあげる高度な機械。目の前で見ていても現実感がないくらい奇妙な光景だった。

膝立ちになって窓の外を見た。東京上空を飛んでいた。一瞥して霞が関方向と思われたがよくわからない。高度がぐんぐん上がっていくのがわかった。

「馬庭っていうエンジニアは、機体ではなくこのロボットにアクセスしてたんだな？」

「そうよ。私はサブシステム側から、中止命令を出そうとしたけど無理だった。ここで機体の操縦を少しずつ奪う。条件がそろわない限り、攻撃は実行しない。最低でも高度一万キロ以上でなければ、核は投下できない。爆風で機体も危ないから」

「燃料切れになるまで時間を稼ぐのか？」

「この状況で燃料が切れたら、逆に最悪の結果になる」

ぐらりと機体が傾き、旋回した。ぐんと高度が上がる感覚が襲ってきた。機長席のロボットが滑らかに動かす手足や明滅するランプが不気味だった。

「駄目。高度を戻されてしまう。あなたも席に着いて――」

センが振り返り、血だらけの真丈を見て、きつく眉間に皺を寄せた。ひどく申し訳なさそうな顔だ。見ていて悲しくなってしまう。

「おれが席に着いたらどうするんだ？」

「各座席に脱出装置がついているから。座席ごと射出したあとパラシュートが展開する」

自分はそうしないというようだった。そうしたくてもできないのだと。

「自爆することはできるっていうのか？」

真丈は訊いた。センがこちらを見ずにうなずいた。

「機密保持のためのトリガーが、こちらの席にもあるの。多分、飛行不能にして不時着させられる。被害は出る可能性が高いけど……プログラム通り攻撃が行われるより、ずっと少なくて済むはずよ」

「君はどうなるんだ？　脱出できるのか？」

センは小さくうなずいた。だが確信はなさそうだった。むしろ悲愴な顔をしていた。真丈が機体から出ていってくれなくなると困るから、うなずいただけという感じがした。

「そうする前に、試してほしいことがある。ちょうどこれに乗る前に届いてね」

「届いた？」

にじり寄って携帯電話を見せてやった。それに届けられたメッセージ。

『開けて』

Mガラハッドことマット・ガーランドからの贈り物だった。心から他人のために働くことができる人物からの。真丈はメッセージを開いた。すでにダウンロードされていたアプリケーションの実行を促す文言が現れた。イエス。たちまち何かが起動した。

マット一人の仕事ではないようだった。マーキュリー・チームが目覚めてすぐに総出で取りかかってくれたのだろう。アバクロンビーも止めずにいてくれたに違いない。

真丈にかろうじてわかるのは、携帯電話とロボットが無線接続されているらしいということだけだった。だが変化はてきめんに現れた。センの表情が一変し、目をみはってロボットを見つめたのだ。

「晏嬰と機体の接続を解除しているの!?　どうやって!?」

信じられないという声。その横顔を見ても、真丈はもう悲しさを覚えなかった。そのことに何より安心してしまった。

「おれには、どうやったかはわからない。こういうのが得意な天才に頼んだんだ。おれにできることはあるかい？」

センが、うなずいた。目に力が宿っていた。機長席のヘッドセットを真丈につき出した。真丈はそれを頭につけた。センも自分の席にあるものをつけ、ヘッドセット越しに言った。

「この手順に従えば、サブシステム側から、晏嬰のパージを安全に行える。あなたは、私が合図をしたら、晏嬰の接続コードを全て引き抜いて、操縦席から引きずり出して」

「わかった」

真丈は、携帯電話を起動させたまま懐のポケットに入れ、すべきことに備えた。

センが手順に取りかかった。外科医のように自分がすべきことに集中した。至るところに設置された複数の楽器を同時に演奏しているようだった。

だがそうする間にも、機体の高度は上がり続けていた。そしてふいに、がしゃーん、という音が響いた。床につけた膝に、もろに振動が伝わってくる。センは構わず作業を続けていた。空気がどこからか入り込んでくる感じがした。

「今のは？」

「爆弾倉のロックが解除されたの。条件が整い次第、アローを投下するために」

ヘッドセットから恐ろしい言葉が伝わってきた。もうテロというレベルではなかった。自国人が企てた、国家転覆作戦。自滅覚悟のクーデター。そのための先制攻撃だった。

「止めてくれ。頼む」

真丈は言った。センは返事をしなかった。作業に全神経を集中させていた。真丈はその横顔を見つめ続けた。場違いなほど綺麗だと思った。妹の顔が脳裏をよぎった。東京タワーの下で泣いているセンの声が思い出された。意味がある回想ではなかった。ただの連想だ。死ぬかもしれないという恐怖を打ち消すための。

捕まえろ。楊立峰氏はそう言った。妹の亡霊がそう言っていた。シナー・ジョーは墓を掘る。馬鹿な真似をしでかす者たちの墓を。だが自分の墓については考えていない。今も。まだそのときではないと常に自分に言い聞かせてきた。

「接続コードを抜いて！」

センが言った。真丈は操縦席に身を乗り出し、ロボットから伸びるコードをまとめて握った。窓から首都圏が見渡せた。一千万都市が。それが一発の炸裂で全て消し飛ぶイメージを押しやりながら、力任せに引き抜いた。

ジャック部分が砕けてプラスチックの破片がいくつも飛んだ。ついでロボットの腕らしいものを両手でつかんだ。自慢の握力に物を言わせて。片膝を立て、全身の力で引っこ抜いた。ものすごい重量感だった。うねうねと動く脚の一つがもぎ取られ、残りがフットスペースから引き抜かれた。

そいつの頭脳が発する熱と振動を感じた。

座席と座席の間から、晏嬰を完全にこちら側へ引きずり出した。半端な姿勢のせいで腕力が限界をきたし、床に倒していた。

ぐらりと機体が傾いだ。真丈が床に両手をついた。そこへ晏嬰のボディが転がってきて、腹立ちまぎれとばかりに激突した。目がちかちかした。側頭部を蹴り飛ばされたような衝撃だった。真丈は息を荒らげながら、晏嬰の腕を手探りし、それ以上転がらないよう、床に押しつけた。視界が正常に戻ったところで、後方座席のシートベルトを見つけてつかみ寄せ、晏嬰の機械の手脚に絡みつけて固定した。

右のこめかみの辺りから流れ落ちてきた血を拭い、傷口にグローブを押し当てた。血が目に入れば視界を失ってしまう。格闘中の負傷ではなくて幸いだ。

そうしながら、センと、窓の向こうを見た。

海が広がっていた。機体が真っ直ぐ、海原へ向かっている。

「私だけでは、きっと着陸できずに墜落させてしまうの。だから……」

センがまた申し訳なさそうに言った。その肩に、真丈は空いたほうの手を置いた。

「ありがとう。君がみんなを救ってくれた。大勢の人たちを」

センの手が重ねられた。

「セイフティは作動している。でも決して爆発しないとは言い切れない。ごめんなさい」

「君には感謝しかないさ。ライフジャケットは？」

「シート裏の床」

真丈は手を離してそれを探した。すぐに見つかった。蓋を開き、ライフジャケットの束を引っ張り出したとき、降下する感覚が襲ってきて、前のめりに倒れかけた。

血が流れ落ちてきて右目に入った。構わず手を伸ばしてセンにライフジャケットを一つ渡した。センがそれをつかみ、操縦桿を握ったまま素早く装着した。空気は入れなかった。脱出する前に膨らませると、出入り口でつっかえたり、何かに引っかかって破けてしまったりするからだ。

真丈もただ装着した。右目の周囲から血をぬぐい取ろうとしたが無駄だった。

「着水したら上部の脱出口から出る。座席に着くか、何かで体を固定して」

センは座席に着いたままだった。複雑なパネルと格闘し続け、機体を海面と平行な状態にするよう努力した。まっしぐらに海面に突っ込めば、高い確率で二人とも即死する。

そうならないようコクピットに居続けるセンの精神力を、真丈は心から称賛しながら、ロボットのそばの座席に着いた。

「着水する」

直後、すさまじい衝撃に襲われた。海面を機体が一度、滑るのを感じた。真丈の腰がはねあがり、座面に叩きつけられた。渾身の力でベルトをつかみ、体を座席に固定した。

二度目で海上に不時着水した。めちゃくちゃな揺れが、ふいにおさまった。真丈はベルトから痺れる手を離した。今すぐ脱出しなければならない。一秒でも早く。だが衝撃で体に力が入らなかった。両膝をついてセンに近寄った。ぐったりとしている。衝撃で気を失ったのだ。そう悟ってぞっとなった。

力を振り絞って身を起こした。手を伸ばして座席のベルトを外した。センの腕の下に片方の手を入れ、思い切り引き上げた。二度目の作業。どちらが困難か甲乙つけがたい。

床が斜めになった。今度はパネルに体を叩きつけられ、頭上で何かが割れる音がした。

窓が砕ける。そう思ったとき、どっと海水を浴びせられた。視界が一気にぼやけた。沈んでいく。巨大な棺桶に閉じ込められたまま海底に引きずり込まれる。

真丈は肩でセンを担ぎ上げ、大量の海水がなだれ込むコクピットからにじり出た。喘ぎながら天井の脱出口に手を伸ばした。あっという間に腰まで水に浸かった。数秒と経たずして顔までそうなるだろう。脱出口のロックを外した。深く何度も呼吸した。少しでも酸素を取り込んでおくために。それから、脱出口を開いた。

またしても頭上から海水が雪崩れ落ちてきた。とても逆らえないほどの勢いで。真丈は右手でそこらのでっぱりをつかんで耐えた。切られた手の平が猛烈に痛んだが、手を離さず耐えた。もう一方の手でセンを抱きしめ続けた。

浸水の勢いが和らいだ。代わりに水中にいた。真丈は脱出口を探した。視界が暗すぎてよくわからなかった。パニックが忍び寄ってきたが、冷静にそれを退けた。手探りで脱出口の位置を確かめた。自分が見当違いのほうへ動いていないことを祈った。すぐそばにある脱出口が見つけられずに二人とも溺死するという恐怖と戦いながら、やがてそれの縁を探り当てた。手が痛みで痺れていたが、構わず引き寄せた。自分達のほうが脱出口に近づいていっているのだが、まるで脱出口のほうを引っ張り寄せている気分だった。

視界がどんどん暗くなっていき、ほとんど見えなかった。海水で光が遮られているのだ。あまりに深く沈めば、海上に浮かび出る前に絶命する。

真丈は力を振り絞ってセンの体を脱出口の外へ押しやった。冷静に。センが最後までそうしてくれたように。慌てて酸素を消費して自滅しないよう細心の注意を払って。

センの体が外へ出た。センの手を離さずに、自分も狭い穴から外へ出ることに成功した。ライフジャケットが自動膨張式でないことに感謝した。自動の場合、勝手に膨らみ、脱出が困難になっていたはずだ。

機体から脱出してすぐ渦に巻かれるのを感じた。巨大な物体が沈むことで生じる渦に呑み込まれながらも左手でセンを抱え直し、右手でライフジャケットの紐を手探りした。冷静に。慌ててまさぐることで、かえってどこにあるかわからなくならないように。恐怖で心臓がばくばく鳴り出せば、あっという間に体内の酸素を消費してしまう。パニックに陥れば自分だけでなくセンを死なせることになる。

すぐに紐を見つけ、引っ張った。内部にある小型のガスボンベから空気が噴出してライフジャケットの右側が膨らみ、浮力をもたらし、渦に抵抗する力を与えてくれた。

片側の紐も引いた。それから、センのライフジャケットの紐を二つとも見つけて同様にしたところ、ぐっと浮力が増した。渦から逃れながら、足の下で巨大な機体が沈んでいくのを感じた。それが突如として炸裂するところを想像して恐怖に襲われないよう、しっかりと自制しながら、両脚で海水を蹴りながら水面を目指した。

酸素不足で頭ががんがんしたが、センはもっと辛いはずだと思った。気を失っているから楽だとは限らない。自力で対処できないことほど辛いものはないのだ。そのせいで親を守ろうとして拳銃一挺で軍事基地に乗り込まねばならなくなるなんて最悪だ。

光が強くなった。黒澤たちが攻撃を朝に設定してくれたことに感謝した。夜だったら脱出の可能性は低まる。光に向かって海水を蹴り、右手でかきわけた。もう少しだぞ。真丈は心の中で呼びかけた。もう少しだ。頑張れ、セン。

光が強まった。いきなり二人してビーチボールみたいに海面へ跳ね出ていた。

真丈は大きく息をつきながら、センの頭の後ろを手で支え、顔を上へ向けさせた。もう一方を腰の後ろに当て、寝ながら浮かぶ状態にしてやった。ライフジャケットのおかげで取れる姿勢。非常時に最も体力の消耗を抑えることができる、らっこのポーズだ。

センが呼吸をしているかどうかわからなかった。揺れる海上で確かめることは困難だった。真丈は腕にセンの頭を乗せ、手でセンの鼻をつまみ、その口をおのれの口で覆って、思い切り息を吹き込んだ。

二度三度と繰り返した。このときも恐怖を退けることに傾注した。慌ててもかえって事態を悪くするだけだ。冷静に蘇生を試み続けた。もう大丈夫だ。心の中でそう呼びかけながら。もう大丈夫だ。よく頑張ったな、セン。

ふいにセンが反応してくれた。ごぼっと勢いよく海水を吐いた。真丈はその顔を横に向けた。体を丸めようとするのを、ズボンのベルト穴をつかんでやめさせた。なるべく体が海面と平行になるよう押さえてやりながら、センに水を吐かせた。

センの呼吸が徐々にリズムを取り戻していった。ぜえぜえ喉を鳴らしながら、空を見上げた。朝の澄んだ青空に見とれている様子だった。東京タワーを見上げているときのように。両目から涙が流れ出していた。

その体から強ばりが取れてゆくのを感じたので、腰から右手を離してやった。

センが、空から真丈の顔へ目を移した。

「爆発はしなかったよ」

真丈は微笑んだ。センも泣きながら微笑み返した。

「奇跡よ」

「いいや、君のおかげだ。機体もロボットも沈んだ。きっと壊れただろう。どちらについても、詳しく話せるのは君だけだ」

センが笑みを消し、真っ直ぐ真丈を見つめた。

「君は重要人物で、保護を要求できるだろう。君の両親のことも考慮してくれるはずだ」

「本当に？」

幼い口調になってセンが言った。悲痛な表情だが、安心を覚えているのが見て取れた。

「お母さんだけじゃなく、お父さんも東京タワーに連れて行ってやるといい。何なら、スカイツリーにも。必要なら案内してあげるよ」

そのような機会を、彼女がこの先持てるかどうかは不明だった。だが希望は大切だ。それがあると信じたからこそ、彼女はここまで戦い抜けたのだから。

センが真丈にしがみついた。震えながらすすり泣いた。悲愴感に襲われて泣いているのではなかった。東京タワーを見たときとは違っていた。

生き延び、勝利したことへの涙だった。

49

鶴来は、通りすがる者たちと、にこやかに挨拶を交わしながら通路を進んでいった。

日本語で挨拶をする者もいれば、英語でそうする者もいたが、日本人はいなかった。

警備の者に守られた扉の前に来た。今いる建物の中でも、ひときわ大きな扉だ。

六本木在日米軍基地、赤坂プレス・センターの会議室。扉の前に立つ軍服姿の男へ、軽くうなずきかけた。男がうなずき返し、きびきびとドアを開いて、入室を促した。

鶴来は中に入り、数歩進んだところで足を止め、直立不動で佇んだ。ルール通りに。

背後で、ドアが閉まった。

長いテーブルを挟んで座る面々が、鶴来に注目していた。

オルタ・ファイブと、オルタ・シックス。そして両者の代表。計十三名。

ずらりと並ぶ高級官僚および高級軍人たち。

オルタ・ファイブは、日本側の出席者五名だ。外務省北米局参事官。防衛省地方協力局長。法務省大臣官房長。農林水産省経営局長。財務省大臣官房審議官。

代表者は、外務省北米局長だ。

オルタ・シックスは、米国側の出席者六名で、うち五名が軍人だった。在日米大使館公使。在日米軍司令部第五部長。同陸軍司令部参謀長。同空軍司令部副司令官。同海軍司令部参謀長。同海兵隊基地司令部参謀長。

こちらの代表者は、在日米軍司令部副司令官だ。

戦後の占領時代から存続し続け、この国の政策を左右してきた、日米合同委員会。鶴来にとっての真の上層部。警察のウラ屋のさらにウラを司る人々。彼らの下には、数十からなる委員会組織が存在し、国内の裁判所、交通、通信、航空、テクノロジー関連といった施設を、事実上、管理している。

彼らの手元にあるのは、鶴来が送った詳細な報告書のコピーだ。当然ながら扱いは機密文書であり、一切の公開、複製、持ち出しが禁じられている。会議に出た人々は、ここでそれを読んだあと、テーブルに置いたままにして立ち去らねばならない。

亡命機が太平洋上に落ちてから、二十四時間が経っていた。

事件のあらまし、首謀者や実行犯それぞれの動機と手段、防げなかったものごとと、未然に防ぐことに成功したものごと。そうしたことは全て、会議の面々に知れ渡っている。

きわめて短時間で、あらゆるものごとに結論が下され、多くの案件が解決済みとみなされている。その上でなお鶴来が呼ばれたのは、未解決のことがらに関してではなく、決定事項の通達のためだ。日米のどちらかが通達するのではなく、両者が同時にそうすることに意味があった。両国に共通する利益。そのためにアクティベイターは存在する。どちらか一方だけのために働いてはならない。それがルールだった。その制約があってこそ、この国では、あらゆる事実にふれることができるのだ。

「わざわざ呼び立ててしまってすまないね、クレーン」

親しげに口にしたのはアメリカ側の代表だ。個人的に親しくしたことは一度もない。

「こちらこそ恐縮です、サー」

鶴来は英語で言った。この会議では、英語を日本語に通訳する者はいるが、その逆は存在しない。

「さっそくだが伝えるべきことを伝えよう。アローは……海に沈んだのだから今や正真正銘のブロークン・アローだが、こちらのサルベージ作業は順調に進んでいる。君が心配することは何もない。いいかね？」

「イエス、サー」

「このアローは中国で正式に製造されたものではなく、周一族が独自に製造したものであると判明した。目的はダークマーケットでの転売と信じていたようだ。このことについても、これ以上、君が知らねばならないことは何もない。いいかね？」

「イエス、サー」

「フェイクニュース攻撃についても解決済みだ。君が逮捕した馬庭利通は協力的だし、通信履歴からメーカーを特定できている。これもまた、君が心配することは何もない」

「イエス、サー」

従順に米軍風の返事をしてやりながら、内心では舌を嚙み切った人間をどのようにして協力的にさせたのか訊きたいものだと思っていた。

「馬庭利通の聴取記録の一切と、彼から薬物反応が出た件については、今後、君の行動を必要とすることは何もない。いいかね」

「イエス、サー」

鶴来は無表情に繰り返した。

「スポンサーであった一の会の目的は、日本の核武装による、潜在的な兵器開発技術の活用で、彼らなりの愛国心のあらわれと定義できるだろう。核ビジネスに参入できるという夢を見させた馬庭利通というプランナーは大したものだ。官僚系ブローカーの鳩守淳、黒社会のハンドラーである周凱俊、警察サイドのアドバイザーである辰見喜一。君の報告では、いわば全員、雇われ者だ。そして、一の会のスポンサーたちに資金を出させた仲介者がいると示唆しているな?」

「はい。ストレンジャーが」

鶴来は言った。相手がその言葉を言わせたがっているのはわかっていた。

「そうだ。それこそ今、我々が共通の脅威とみなしているものだ。日米合同体制に疑念を唱え、尊い同盟を決裂させせんと目論む連中だ。君たちアクティベイターは、常にこの脅威に備えねばならない。いいかね」

「イエス、サー」

鶴来は答えながら、特定の誰かに視線を送らないよう、しっかり宙を見つめている。テーブルの一角に、海老原がいた。悠然と座り、彼の方は遠慮なく、面白そうに鶴来を眺めている。事件当初、連絡に出たオルタが海老原であることを鶴来は確信していた。その後も優先的に情報を得ながら、義兄に協力しつつ、この会議が開かれる前に、彼なりの大掃除を済ませたのだろう。周をロシアのアセットにでっち上げることにも成功したかもしれない。鳩守がまだ生存していることについては一つ二つ言いたいこともあるだろうが、むろん、お互い決して口に出来ないことだ。

「最後に、オクトパスの復帰を歓迎する。引き続き職務に励め。以上だ、下がりたまえ」

「イエス、サー」

二人の警察官が死んだことについては言及されなかった。殺害を委託されたロシア人についても。だが質問したところで早く出て行けと言われるだけだ。

鶴来はきびすを返してドアへ歩み寄り、ノックした。

先ほどの軍服姿の男が、外からドアを開けてくれた。

退室し、英語や日本語で挨拶をしながら、元来た通路を通っていった。職務に励む。当然そのつもりだった。会議の意図ではなく、おのれの信念と目的に従って、そうするのだ。

50

「本当に来るの？」

センが尋ねた。もう何度目かわからない。予定時刻が迫るにつれ、自制することが難しくなっている様子だった。

「必ず来るよ」

　真丈は言った。励ますのではなく、当然のことを言っているというように。

「本当に？」

「ああ」

「当局に拘束されていたのに？」

　これも何度も訊かれたことだが、真丈は真面目に返答した。

「楊夫妻より、周凱俊のほうがよっぽど危険だ。自分たちの利益のために、結果的に一の会のクーデターに協力して、中国を核テロ国家にしかねなかったんだから。身柄の交換が効果的だってことは知ってるだろう？　おれと鳩守のときと一緒さ」

「全然違うと思う」

「似たようなものさ。楊夫妻のせいでアメリカ側と揉めて、周凱俊をどんな風に利用されるかわからないのは困る。楊夫妻はただ金を持って国外に出たがっている人間で、国内の資産は没収すればいい。楊将軍は政府に従順で、三日月計画の存在さえ知らなかった。軍機と鉱脈の開発は彼が管理する。みんなで何もなかったことにして丸く収める」

「あなたと周凱俊とは違うと思う」

　センが意地になったように言った。といって、本気で議論がしたいわけではない。不安を紛らわせるために、そうしているのだ。

「確かに、おれの手が届く範囲は、ずっと小さいからね――」

真丈が言ったとき、音が届いてきた。

ヘリのローター音。センが口をつぐんで空を見上げた。米軍のヘリが現れ、ヘリポートに佇む真丈とセンの前で、舞い降りた。

ヘリ胴部の側面扉が開かれ、米軍人が降りてきて、小走りにこちらへ来た。

「ミズ・ヤン・チェンウェイ!?」

ローター音に負けじと、米軍人が叫んだ。

だがセンは、呼ばれる前に、ヘリへ駆け寄っていった。米軍人が足を止め、センが目の前を通り過ぎるのを見送った。

ヘリの腹から、男女が顔を出していた。五十代の夫婦。楊夫妻。センの両親が。

センが駆け寄り、母親を抱きしめた。父親が遠慮がちに参加した。すぐに三人が、しっかりと腕を回し合った。

誰かが腕を叩いた。振り返ると義弟がいた。真丈はにやっと笑みを浮かべた。義弟がうなずいた。

ヘリの轟音のせいで会話ができないのだ。

真丈が拳を差し出した。鶴来が見て見ぬ振りをした。しつこく突き出すと、鶴来が渋々、拳をぶつけてきた。

センが振り返って手を振った。何かを叫んでいる。涙で濡れた顔で、真丈と鶴来の名を呼んでいるらしいことが、かろうじてわかった。真丈と鶴来も、手を振ってやった。かけてやりたい言葉は沢山あったが、もう全て伝わっているはずだ。

米軍人がセンたちに搭乗と着席を促した。側面扉が閉ざされた。すぐにヘリが飛び立った。横田基地へ向かうために。

「ようやく本当の亡命者になれましたね。前途は多難でしょうが」

鶴来が手を下ろして言った。

「家族で支え合って乗り切るさ」

真丈も手を下ろし、気楽に請け合った。

「お互い、良い仕事をしたじゃないか」

「そう言って差し支えないでしょうね」

「オルタは？」

「心配することは何もないそうです」

「もう十分だから、これ以上余計なことはするなってことだろ」

「しないで下さい」

「しないよ。何をするっていうんだ？」

「想像もつきませんよ。それと、太一さんの復帰を歓迎するそうです」

「ともに職務に励もうじゃないか」

また拳を突き出したが、あっさりかわされた。

「行きましょう。送りますよ」

二人並んで、ハーディ・バラックス側の駐車場へ向かった。鶴来が乗ってきた車が見えたところで、二人とも足を止めた。車の前に、青年が立って、こちらを見ていた。

「影法師（クリムジャ）？」

真丈が歩み寄り、鶴来も続いた。

「彼女、無事なのか？」

影法師（クリムジャ）が英語で訊いてきた。

「家族三人で移住することになったよ。彼女が気になって来たのか？」

影法師（クリムジャ）が、そんなわけないだろう、という風に顔をしかめた。

「金の受け取りだよ。鳩守の護衛と、あんたに助太刀した分の支払い」

「無事にもらえたか？」

「えらく値切られたよ。もっとほしいなら雇うってさ」

「雇われる気か？」

影法師（クリムジャ）がむすっとなった。

「安いんだよ、米軍。ミスター・ツルギ、あんたから言ってくれないか？」

「残念ながら、これ以上は無理だ」

鶴来がそう言って運転席側に回ってロックを解除し、全てのドアが自動解除された。

「昼飯をおごってやる。乗れよ」

真丈が助手席のドアを開けながら言った。鶴来は何も言わずドアを開けて運転席に座った。

影法師（クリムジャ）が呆れたように鼻息をついて歩み寄り、後部座席に乗り込んだ。

三人を乗せた車が、敷地を出た。ヘリが去ったのと同じ方面へ向かい、無数に枝分かれする東京の道路を進んで、立ち並ぶビルの狭間へ入っていった。

主要参考文献

『軍事のリアル』　冨澤暉著　新潮新書
『アメリカの巨大軍需産業』　広瀬隆著　集英社新書
『知ってはいけない　隠された日本支配の構造』　矢部宏治著　講談社現代新書
『別冊宝島　地政学から読み解く米中露の戦略』　佐藤優監修　宝島社
『Newsweek 日本版　世界がわかる国際情勢入門　二〇一七年二月九日号別冊』　CCCメディアハウス
『中国人民解放軍の内幕』　富坂聰著　文春新書
『中国人の心理と行動』　園田茂人著　NHKブックス
『中国の地下経済』　富坂聰著　文春新書
『カラー 世界の原発と核兵器図鑑』　ブルーノ・テルトレ著　小林定喜監訳　大林薫訳　西村書店
『核兵器と原発　日本が抱える「核」のジレンマ』　鈴木達治郎著　講談社現代新書
『「戦争」の心理学　人間における戦闘のメカニズム』
　デーヴ・グロスマン、ローレン・W・クリステンセン著　安原和見訳　二見書房
『戦争における「人殺し」の心理学』　デーヴ・グロスマン著　安原和見訳　ちくま学芸文庫
『最高の戦略教科書　孫子』　守屋淳著　日本経済新聞出版社
『米陸軍戦略大学校テキスト　孫子とクラウゼヴィッツ』
　マイケル・I・ハンデル著　杉之尾宜生、西田陽一訳　日本経済新聞出版社
『対テロ部隊HRT　FBI精鋭人質救出チームのすべて』　クリストファー・ウィットコム著　伏見威蕃訳　早川書房
『自爆テロリストの正体』　国末憲人著　新潮新書
『日本の公安警察』　青木理著　講談社現代新書
『日本の検察　最強の権力の内側』　野村二郎著　講談社現代新書

『警察捜査の正体』　原田宏二著　講談社現代新書
『自衛隊「自主防衛化」計画』　毒島刀也監修　宝島社
『別冊宝島　知られざる自衛隊と軍事ビジネス』　宝島社
『完全版　世界の軍用機図鑑』　神奈川憲、後藤仁、嶋田久典、谷井成章著　コスミック出版

初出　「小説すばる」二〇一八年四月号〜二〇一九年十二月号
単行本化にあたり、加筆・修正をおこないました。

本作はフィクションであり、実在の個人・団体等とは
無関係であることをお断りいたします。

装幀　川名潤

冲方丁　うぶかたとう

一九七七年岐阜県生まれ。一九九六年「黒い季節」で第一回スニーカー大賞金賞を受賞しデビュー。二〇〇三年『マルドゥック・スクランブル』で第二十四回日本SF大賞、二〇一〇年『天地明察』で第三十一回吉川英治文学新人賞、第七回本屋大賞、第四回舟橋聖一文学賞、第七回北東文芸賞、二〇一二年『光圀伝』で第三回山田風太郎賞を受賞。主な著書に『十二人の死にたい子どもたち』『戦の国』『麒麟児』『もらい泣き』などがある。

アクティベイター

二〇二一年一月三〇日　第一刷発行

著者　冲方丁（うぶかた とう）

発行者　徳永真

発行所　株式会社集英社
〒一〇一－八〇五〇
東京都千代田区一ツ橋二－五－一〇
電話　〇三－三二三〇－六一〇〇（編集部）
〇三－三二三〇－六〇八〇（読者係）
〇三－三二三〇－六三九三（販売部）書店専用

印刷所　凸版印刷株式会社

製本所　加藤製本株式会社

ISBN978-4-08-771733-4 C0093